삼별초 (上)

삼별초 (上)

인쇄 2020년 05월 20일
발행 2020년 06월 01일

지은이 유현종
발행인 서정환
펴낸곳 신아출판사
주 소 서울시 종로구 삼일대로 32길 36(익선동 30-6 운현신화타워 빌딩) 305호
전 화 (02) 3675-3885, 3675-5635
팩 스 (02) 3675-2985
이메일 sina321@hanmail.net
출판등록 1970년 2월 7일 제28호
인쇄·제본 신아출판사

저작권자 ⓒ 2020, 유현종
이 책의 저작권은 저자에게 있습니다. 서면에 의한 저자의 허락없이 내용의 일부를 인용하거나 발췌하는 것을 금합니다.
COPYRIGHT ⓒ 2020, by Yoo Hyeonjong
All right reserved including the rights of reproduction in whole or un part un any form.
ISBN 979-11-5605-766-6 (04810)
ISBN 979-11-5605-770-3 (세트)
값 15,000원

* 저자와 협의, 인지는 생략합니다.

이 도서의 국립중앙도서관 출판예정도서목록(CIP)은 서지정보유통지원시스템 홈페이지(http://seoji.nl.go.kr)와 국가자료공동목록시스템(http://www.nl.go.kr/kolisnet)에서 이용하실 수 있습니다.(CIP제어번호: CIP2020016855)

* 잘못된 책은 바꿔 드립니다.

Printed in KOREA

삼별초 (上)

유현종 역사소설

신아출판사

■ 들어가는 말

질풍지경초疾風知勁草란 말이 있다. 평소에는 어느 풀이 강한지 알 수 없지만 모진 바람이 불어 휩쓸고 지나가고 나면 어떤 풀이 강한지 알 수 있다는 말이다. 모진 비바람에도 강하게 버티고 저항하며 마지막까지 남는 풀은 역시 길가의 잡초이다.

잡초는 가진 것 없이 고난 속에 사는 서민들이다. 그들은 가진 재산도 없으며 자랑할 만한 집안의 배경도 없으며 가진 권세도 없다. 그래서 언제나 당하고만 사는 힘없는 약자들이다. 하지만 외세의 침략으로 전쟁의 태풍이 몰아닥쳐 나라를 휩쓸고 가면 그래도 마지막까지 남아 선 자리에서 물러나지 않고 굳건히 자기 땅을 지키고 싸우는 것은 이름 없는 서민, 길가의 잡초들이다.

국난이 일어나 봐야 진정한 영웅이 탄생된다고 한다. 서기 1231년, 몽고는 동서양 대륙을 석권하며 사상 유례없는 세계 대제국으로 발돋움하고 있었고 광활한 남부 중국南宋과 일본 공략을 목표로, 그 전진기지 확보를 위한 전략으로 고려를 지목하고 고려 정복을 위해 군사작전을 시행했다.

몽고군이 침략해서 버틴 나라가 없는데 손바닥만 한 극동의 반도국 고려는 그러지 않았다. 고려는 향후 30년 동안 6차에 걸친 몽고대군의 침략을 받았으면서도 항복하지 않았고 무너지지 않았던 것이다. 당시 그런 나라는 고려가 유일무이했다.

그토록 굳센 저항력은 어디에서 나왔을까. 지도층의 탁월한 지도력과 능력 때문이었을까. 아니었다. 고려는 서기 1196년 정중부의 반란 이후 62년 동안 무인 독재통치를 감행, 왕과 조정을 허수아비로 만들고 자기 집안에 조정 중요기관을 설치하고 다스렸다. 여기에 최충헌 3대, 20년의 무인독재까지 합산하면 총 82년 동안 무인들의 사정부私政府가 되어 부정과 부패가 만연하여 국력은 완전히 피폐되어 있었다.

고려 무신정권이 몽고에 항복하지 않고 강화도로 피난 천도遷都하여 몽고에 저항한 가장 큰 이유는 고려의 군사력이 막강해서가 아니었고 부정 축재해 온 지도층의 재산 지키기와 사치향락 생활 등 기득권을 지키기 위한 선택이었다. 당시 그들의 안전을 지켜준 세력은 이름 없는 농민, 노비들로 만들어진 민군民軍과 좌별초左別抄, 우별초右別抄, 신의군神義軍 등 3군을 합친, 그들의 경호 사병조직이었던 삼별초三別抄였다.

그중 삼별초는 무신정권의 주구노릇을 하고 있다는 사실보다는 몽고군에 의해 짓밟히는 백성들의 참상을 보지 못해 항몽 투쟁에 앞장섰고 마침내 문신들의 정변으로 무신정권이 몰락하고 문신정권이 몽고에 항복하며 강화를 버리고 다시 개경으로 돌아가게 되자 서기 1270년 반란을 일으켜 서민, 농민들을 위한 새

조정을 세우고 몽고와 싸우게 되었다.

  이 소설은 소 대신 쟁기를 어깨에 메고 밭을 갈며 짐승 취급을 받으며 노예로 살아야 했던 세 노예 출신, 거돌과 강쇠, 그리고 김통정이 인간대접을 받기 위해 투쟁하며 자랑스러운 고려무사로 변화되어가는 진정한 삼별초 대원의 모습을 그리고 싶어 쓴 소설이다.

  우리나라 남서, 남동, 그리고 드넓은 남해안 등 제해권制海權을 쥐고 3년 동안 고려의 삼별초 위상을 떨치며 몽고의 간담을 써늘하게 했으나 세 불리하여 강화에서 진도로, 진도에서 제주도로 쫓겨 마지막 남은 대원의 숫자는 70명이 되고 말았다.

  몽고군에게 잡히느니 죽음을 택하기로 결의하고 그들은 한라산 중턱에서 전원 자결했다. 이 작품은 삼별초, 그 장엄한 영웅들, 고려무사들의 모습을 보여주고 싶어 쓰게 되었다. 이 작품은 당초 전 3권으로 씌어졌으나 2권으로 줄여 출간하기로 하고 떼어낸 1권은 나중, 독립해서 새롭게 간행하겠음을 밝혀드린다.

저자 유현종劉賢鍾

| 차례 |

제1권 노예들의 반란

가축인간家畜人間 • 11
육림肉林 탈출脫出 • 34
몽고괴병蒙古怪兵 • 79
형제결의兄弟結義 • 110
처인성處仁城의 영웅들 • 169
반란叛亂 • 267
출륙환도出陸還都 • 354

제1권

노예들의 반란

가축인간家畜人間

고려 고종3년(서기 1216년) 초가을이었다. 최충헌은 아우 최충수를 제거하자 생질인 박진재마저 제거한 뒤 명실공히 국권을 한 손에 쥐게 되었다. 임금도 허수아비였다. 정중부의 난으로부터 27년 동안 계속해서 일어난 무신들의 반란이 최충헌에 의하여 그 대단원의 막을 내린 셈이었다.

무신들의 동란기는 무정부 상태나 마찬가지였다. 그래서 너도 나도 불만 있는 자들은 떼를 지어 반란을 일으켜 빼앗겼던 자기들 몫을 찾으려 했다. 사원의 불승들이 여러 차례 들고일어났고 지방에서는 노비들이 사람대접을 받고 살고 싶다며 반란을 일으키기도 했다. 그게 벌써 20년이었다. 그러나 누구도 성공하지 못했다. 하지만 사람대접을 받으며 살고 싶다는 기본적인 인간의 욕망을 영원히 잠재울 수는 없었다.

개경 남쪽의 진봉산 밑, 너른 황토밭이었다. 아침부터 쟁기질하는 쟁기잡이의 소 모는 소리가 골짜기를 울리고 있었다.

"이, 이랴. 쩌 쩌어."

땀이 물처럼 흘러내리고 있었다. 초가을의 누런 태양빛이 따갑게 쏟아지는데 쟁기 보습이 지나갈 때마다 황토 흙이 물결처럼 넘어갔다.

"저녁 새때가 되도록 절반밖에 갈지 못했으니 집에 돌아가 봐야 저녁밥 굶기 십상이다. 이놈아, 좀 힘을 내란 말이다. 왜 그리 비칠거리느냐, 엥? 끼랏."

쟁기를 잡고 소를 몰아가던 쟁기잡이가 소의 등때기에 채찍을 날렸다.

소가 꿈틀한다. 핏물이 튄다.

"빨리빨리 못 가고 뭐하느냔 말이다. 끼랏."

다시 한 번 채찍이 바람을 가른다. 소의 얼굴이 고통으로 이지러진다. 쟁기를 끌며 밭을 갈고 있는 황소는 소가 아니라 사람이었다. 이제 20여 세 안팎인 듯한 건장한 체구의 청년이다.

적동빛의 흙으로 빚어놓은 듯이 청년의 몸뚱이는 검붉은색이었고 새끼줄처럼 꼬여진 근육이 땀과 피에 절어 번들번들 윤이 나고 있었다. 그는 멍에를 목에 걸고 쟁기를 끌고 있었다. 그러니까 소 대신 사람이 밭을 갈고 있는 셈이었다. 힘을 쓰면서 쟁기를 끄는 그의 얼굴은 무섭게 이지러져 있었다. 깊게 팬 눈은 충혈된 채 빛을 발하고 있었고 멍에를 잡은 두 팔은 무쇠덩이 같았다.

"빨리, 빨리!"

쟁기잡이는 계속해서 채찍을 날린다. 가죽끈으로 된 채찍은 헛간 문짝보다 넓어 보이는 사내의 등때기에 붉은 자국을 남기며 파고든다. 지금까지 얼마나 맞아왔는지 등은 참나무 등걸처럼 굳어 있고 흉터 천지였다.
"워, 워."
쟁기잡이는 멈추라고 한다.
"떠그랄, 해전에 다 갈기는 틀렸고, 대체 주인 나리께는 어떻게 핑계를 대야 될지 모르겠구나. 휘유, 좀 쉬었다가 갈자."
쟁기잡이는 몹시 힘이 드는지 괴춤에 차고 있던 목수건을 꺼내어 얼굴에 흐르는 땀을 씻어내며 둔덕 위에 지질펀하게 앉는다. 소가 된 사내한테도 이럴 때는 멍에를 어깨에서 벗고 편안하게 앉아서 다리 쉼을 시킬 법도 한데 그냥 밭고랑에 세워놓는다. 물론 일하는 소가 쉰다고 해서 앉는 법은 없다. 그래서 앉히지 않는 모양이다.
마소와 같이 부려먹는다는 말은 이런 걸 두고 말하는 것인지 모른다. 사람이 짐승과 다른 건 감정과 지혜가 있기 때문이다. 그러나 사람도 감정과 지혜를 박탈당하면 짐승과 똑같게 되는지 모른다. 쟁기 멍에를 짊어진 채 밭고랑에 서 있는 청년이 그랬다. 지금까지 어깨 힘으로 밭갈이를 해서 가빠진 숨을 고르느라 긴 숨만 몰아쉴 뿐 아무런 표정이 없었다.
"자아, 또 갈아보자."
쟁기잡이가 둔덕에서 일어나더니 다시 밭두렁으로 들어와 쟁기를 잡는다.
"이럇, 쩌쩌."
등에 채찍이 날아들자 사내는 흠칫하더니 다시 쟁기를 끌며 걸어 나가기 시작한다. 무겁고 힘이 드는지 허리를 바싹 앞으로 구부린 채 굳은 땅을 차며 앞으로 걷는다. 한 걸음 한 걸음 끌고 나갈 때마다 사내는 벌건 얼굴을 이지러뜨리고 하얀 이를 앙다물어 힘을 쓴다. 목줄기에서부터 옆 이마까지 힘줄이 부풀어 터질 것만 같은데 누런 햇빛은 사정없이 쏟아지고 있다.
 초가을의 산골짜기 해는 유난히 짧아서 벌써 해거름이 다가오고 있었다. 넓은 밭을 새벽부터 갈았는데 아직도 갈지 못한 밭이 웬만한 타작마당만큼 남아 있었다.
 "에헤, 별수 없지. 남은 밭은 내일 갈 수밖에. 자아, 그만 돌아가자."
 쟁기 잡이는 보습 달린 쟁기를 거두더니 질빵을 건다. 쇳덩이 보습이 달려 있으니 쟁기는 무겁기 이를 데 없다.
 "짊어져."
 명이 떨어졌다. 사내는 어깨에 질빵을 걸더니 끙 하며 일어선다. 쟁기잡이는 빈 도시락 그릇이며 물초롱까지 쟁기 끝에 매달고 자기는 채찍 하나만 들고 사내의 뒤를 따른다.
 주인 김인성金印性은 해전에 밭을 다 못 갈았다는데 크게 나무라지는 않았다. 비만한 몸에 턱이 유난히 뾰족한 김인성은 성격이 모가 나서 집안의 노비들을 곧잘 학대했다. 그는 형부刑府에 나가는 낭중郎中으로 권세가 대단했으며 많은 노비와 농토를 가지고 있는 호족豪族 가운데 하나였다. 조부인 김시원金始原이 최충헌의 가신家臣이 되어 충헌이 아우인 충수를 죽이고 전권全權을 잡았을 때 공을 세워 그 이래 호족의 반열에 끼어 명문名門이 되었다.
 나이 이제 쉰셋. 아들 형제와 딸 하나를 슬하에 두었다. 큰아들은 이제 스물넷이 된 청년으로 작년 과거에서 무과에 급제한 호남이었다. 무예가 남달리 뛰어난 것은 없어도 그저 그런 대로 중간은 따라가는 청년이었다. 본인은 문과에 나가기를 소망했지만 아비인 김인성이 문신이었으므로 늘 그게 못마땅해서 아들만은 장수가 되게 하고 싶어 무과에 나가게 한 것이었다.

정중부가 정변을 일으키기 전까지만 해도 조정은 문신 일색이었고 정권은 문신들이 좌지우지하며 무인들을 천대했었다. 무인의 천대는 이루 형언할 수 없을 정도였다. 그 불만과 원한이 응어리가 되어 터진 것이 정중부의 난이었다. 그 이래 최충헌이 무인 독재 정권을 세운 지 20여 년이 흘러가고 있었다. 무인의 세상이 되니 문신이 받는 수모는 대단했다. 이런 세상이고 보니 김인성도 다른 사대부 문신들처럼 자식만은 장수를 시켜 권세가가 되기를 열망했다.

뒷날 큰아들인 김방경金方慶은 아비의 소원대로 상장군上將軍이 되어 고려 몽고의 연합군으로 삼별초三別抄의 난을 진압하여 나라의 원훈이 되어 가문의 영광을 길이 빛내고 일신상의 영화가 극에 달하게 됐지만 아직은 별로 두각을 나타내지 못하는 젊은이에 불과했다.

둘째 아들 원경源慶은 이제 스물하나의 건달꾼이었고 딸 향림香林은 열여덟 살이었다.

저택은 웅장해서 성채城砦와 같았다. 20간이 넘는 본채 거각巨閣을 중심으로 별채가 이중 삼중으로 둘러싸고, 본채까지 들어가려 해도 울창한 숲이 있는 전정前庭과 성곽 같은 별채를 통과해야만 한다. 직계의 가솔家率만 해도 30여 인이요, 그 외 서사書士 주리(부엌데기)만도 50여 인에 구종, 별배, 노예까지 치면 백여 명이 넘었다.

이들은 모두 신분의 높낮이에 따라 거처가 달랐다. 밭에서 황소 대신 쟁기를 끌었던 거돌이란 노예는 저택의 가장 바깥에 있는 마방馬房에서 거처를 한다. 마방은 글자 그대로 마구간이다. 마구간으로 들어온 거돌은 피곤에 지쳐버렸는지 한쪽 바람벽을 의지하고 털썩 주저앉았다. 집을 잃어버린 곰 한 마리가 쭈그리고 앉아 있는 모습이었다. 온종일 일하며 앉아서 쉬어보는 것은 한 번도 없는 일이라 이렇게 마구간에 돌아오면 한꺼번에 쉬어보는 셈이다.

그때 관솔불 하나가 춤을 추더니 40여 세 나 보이는 퉁퉁한 여자 얼굴이 마구간에 어른거린다. 볼따구니에 유난히 얽은 자국이 많은 여자는 어디가 허리고 어디가 엉덩이인지 구분할 수 없을 만큼 둥글둥글하다. 계집은 관솔불을 바람벽 모서리에 걸어놓고 거돌을 바라본다.

"밥 먹어야지?"

"……."

대답은 하나마나다. 밭에서 온종일 쟁기를 끌고 지금 막 돌아왔으면 저녁을 먹었을 리가 없지 않은가.

계집이 밖으로 나가더니 이윽고 낡아빠진 개다리소반에 서너 가지 반찬과 밥주발을 얹어 들고 왔다.

"어서 먹어."

계집은 소반머리에 지질편하게 앉으며 벌쭉 웃는다. 엉덩이가 어찌나 크고 무거운지 엉덩이 두 쪽으로 콩을 갈아도 서 말은 넉넉히 갈 만큼 크다. 거돌과 함께 사는 계집은 아닌 듯하고 아마

마방 부엌에 속해 있는 부엌데기인 듯하다. 밥상을 보자 거돌은 며칠 굶은 짐승처럼 허겁지겁 입안에 몰아넣기 시작한다. 계집은 일어나지 않고 붙어 앉아서 솥뚜껑 같은 두 손으로 거돌의 허벅다리를 주무르고 있었다. 온종일 얼마나 고단했겠느냐는 투로 허벅다리 위아래를 더듬기도 하고 주무르기도 한다.

"허."

어디를 어떻게 주물렀는지 거돌은 입안이 터지도록 밥을 몰아넣고 있다가 움찔하더니 꺼억, 막히는 소리를 내뱉는다.

마파람에 게눈 감추듯 거돌은 밥그릇과 반찬 그릇을 깨끗이 씻어 먹었다. 그사이 거돌의 허벅지를 주물러주던 부엌데기는 부엌으로 나가서 남들 모르게 밥 한 사발을 치마 밑에 감춰 가지고 들어왔다.

"에구머니나, 밥을 더 가져오니 반찬이 모자라겠네."

괜찮다는 듯이 거돌은 다시 가져온 밥을 먹기 시작했다. 황소 대신 쟁기를 끌고 일을 하다 보니 황소처럼 먹어도 늘 배가 고파 쩔쩔맨다. 식사를 끝낸 거돌은 흙벽에 기대앉은 채 긴 숨을 몰아낸다. 부엌데기는 서둘러 빈 상을 들고 나갔다.

나른한 피로가 오는지 거돌은 눈을 감고 두 다리를 쭈욱 뻗었다. 만족감이 검붉게 탄 얼굴 위에 머물고 있다. 이내 그는 코를 골기 시작했다. 마방에는 따로 이부자리가 없다. 거적이 이불이고 건초가 요인 셈이다. 요란하게 코를 고는데 거적문을 밀치고 얼굴 하나가 들어온다. 빈 상을 들고 나갔던 부엌데기였다. 물끄러미 거돌의 얼굴을 내려다본 계집은 방안으로 들어오더니 거돌의 옆에 쭈그리고 앉는다. 계집은 들고 온 바가지를 구석에 조심스럽게 놔두고 다시 거돌의 옆으로 온다. 바가지 속에는 곡주가 담겨져 있었다.

"술 한 바가지 주려고 훔쳐왔더니만 벌써 구들장 짊어졌네."

한숨을 포옥 내쉬더니 흙벽에 기대앉아 잠이 든 거돌의 몸을 흔들었다.

"이봐, 그냥 자면 어떡해?"

"…………."

계집이 거돌의 배 위에 뺨을 문지르며 기어드는 소리로 나무랐다.

"밭에서 돌아오기만 황새 모가지처럼 기다렸는데 오자마자 그냥 자버리면 나는 어떡하라는 거야, 응?"

끙 하는 신음 소리가 거돌의 입술을 들치고 나온다.

"아이구 참, 내 정신 좀 봐. 깜빡 잇고 있었네."

계집이 일어나더니 헛간 구석으로 간다. 치마가 풀어져 그 큰 둔부가 반쯤 나타나 뒤룩거린다.

"너 주려고 술까지 훔쳐왔잖아. 그런데 자면 어떡해?"

술이란 말에 거돌은 잠이 깨는지 어물쩍한다.

"자, 이거 마셔봐. 맛이 기막힐 게야."

사내의 입에 바가지를 대준다. 그렇지 않아도 목이 말랐던지 사내는 단숨에 벌컥벌컥 들이켠다.

"커어."

"어때? 귓구녕이 막히지?"

거돌은 고개를 끄덕인다.

"이봐, 내가 안 해준 게 어딨어? 너 배곯을까 봐 날마다 끼니

때면 밥 한 사발씩 따로 훔쳐다주지, 가끔 고기도 갖다 주지, 이렇게 술도 가져다주지……. 누가 널 그렇게 거둬 먹이데? 나 하니깐 거둬 먹이지. 안 그래, 응?"

어깨를 흔들자 거돌은 고개를 끄덕끄덕 한다. 그건 사실이었던 것이다. 사람대접을 해주는 사람은 지금까지 눈을 씻고 보아도 찾을 수가 없었다.

거돌은 누구의 아들이며 언제부터 이 집의 노예로 있었는지 어사무사하다. 아니다. 어렴풋한 기억이 없는 건 아니다. 다섯 살 때인 것 같다. 분명 어머니가 있었다.

그때는 이 집에서 산 것이 아니고 송도(松都: 개성)에서 떨어진 시골에 살고 있었다. 감이 붉게 익기 시작하던 철이었으니까 가을이었던 듯싶다. 어머니는 꽤 예쁘다고 생각했는데 어느 날인가 칼을 찬 포졸 다섯 명이 들이닥쳐 밭에서 일하고 있던 어머니를 묶어갔다. 놀란 거돌은 어머니와 떨어지지 않으려고 울음을 터뜨리며 끌려가는 어머니 뒤를 따라갔다.

"어디를 따라와, 이놈아."

포졸 하나가 떼밀었다. 하지만 거돌은 그러다간 어머니를 영영 놓칠까 봐 기를 쓰며 다시 따라나섰다.

"거돌아, 거돌아."

어머니도 울음 때문에 제대로 걷지 못하고 비틀거렸다. 누군가 거돌을 붙잡았다. 동네 영감이었다. 그게 마지막이었다. 어머니를 잃어버린 것이다. 영감 집에서 한 달쯤 있다가 송도로 왔고 이 집에 있게 된 것이다. 왜 어머니가 잡혀갔는지 그 이유를 지금도 거돌은 모른다.

　거돌은 아버지가 누구인가도 모른다. 어려서 어머니에게 물어보면 아버지는 글안병과 싸우기 위해 압록강 쪽으로 갔노라고, 언젠가는 다시 돌아온다는 정도만 들었을 뿐이었다. 그러고 보면 세상에서 사람대접을 해준 사람은 어머니 한 사람밖에는 없다. 그저 마소와 똑같은 취급을 받으며 자라야 했다. 감정이 없는 가축, 그게 바로 거돌이었던 것이다.

　물론 별채의 부엌에 있는 이 계집도 어머니만큼 사람대접을 해주지는 않았지만 그래도 거돌한테 잘 하느라 했다. 수시로 드나들며 보살펴주기도 하고 먹을 것 마실 것이 있으면 알게 모르게 가져다주고 잘해 준다. 그 여자가 그럴 때는 다 제 속셈이 있어 그러겠지만 거돌은 그 속셈이 뭔지를 모른다. 계집은 과부였다. 대대로 노비가 되어 이 집에 매여 살고 있었는데 남편은 5년 전에 글안과의 전쟁 때 전지로 끌려간 뒤 전사해 버렸던 것이다. 딸만 둘을 키웠는데 큰딸이 열아홉, 작은딸이 열일곱이었다. 그 딸은 지금 함께 살지 않는다. 작년에 주인댁에서 다른 대갓집에 팔아 넘겼기 때문이다.

　"보정문保定門 밖 어느 대감 댁이라는데 알아야 찾아가 만나나 보지, 으휴."

　과부는 가끔 그렇게 넋두리를 하며 쿨쩍거린다. 노예를 팔 때는 어디로 팔려가는지 알려주지 않는다. 나중에 서로 만나서 내통을 하고 시끄러워지면 안 되기 때문이다.

　"으이구, 불쌍한 것들, 으이구."

젊어서 형제 셋이 남의 집에 팔려갔기에 이별하는 데 조금은 익숙한 여자였지만 제 속으로 낳은 딸을 빼앗겼으니 가끔은 뼈 저린 아픔이 오는 모양이었다. 그런 과부이고 보니 고된 일이 끝나는 한밤이면 훔쳐온 술사발을 들이켜며 남모르게 시름도 달래보고 그러다가 장골이 된 거돌에게 정을 붙였던 것이다. 그때 누군가 덜그럭거리며 밖에서 문을 흔든다. 흠칫 놀란 계집은 재빨리 바람벽에 붙어 앉는다. 누가 찾아온 것일까.

덜그럭 덜그럭.

방안에서 응답이 없자 다시 한 번 문을 흔든다. 계집은 발을 내밀어 아직도 위 아래를 훤하게 드러내고 잠이 들어 있는 사내의 옆구리를 찔벅인다. 그래도 깊이 든 잠을 깨우지는 못한다. 안 되겠는지 계집은 다시 한 번 발을 뻗어 국부 쪽을 쿡 밟았다.

"어쿠."

얼결에 비명 소리를 신음처럼 내뱉더니 벌떡 일어났다.

"누, 누구야?"

아직도 아픈지 거돌은 아랫도리 한가운데를 두 손으로 움켜쥐고 묻는다. 그러자 밖에서는 아무 소리도 없고 그저 덜그럭거리며 문만 흔든다.

"누구시오?"

그제야 낮은 목소리가 방문을 넘어 들어왔다.

"문 좀 열어."

여자 목소리였다. 거돌은 잠이 사라진 듯 황소 눈을 데룩거리며 괴춤을 끌어올린다. 바람벽에 붙어 앉아 있던 계집이 치마를 움켜쥐고 뒷방 문 쪽을 향해 고양이 걸음으로 붙어가며 소리 나지 않게 문고리를 벗기고 밖으로 나간다. 거돌은 앞문 문고리를 벗겨내고 문을 열었다. 이상한 향내가 풍기더니 40여 세 나 보이는 여자의 얼굴이 들어온다.

"어서 옷을 입어라."

"예?"

연신 방밖을 흘끔거리며 여자가 소곤거리듯 말한다. 이 여자는 조금 전에 뒷방문 밖으로 사라진 여자와 나이는 비슷해 보이지만 여러 가지 점에서 대조적이었다. 우선 옷차림부터가 달랐다. 마방의 부엌데기는 부풀어 오른 젖무덤을 가리기에도 짧고 더러운 저고리를 입었지만 이 여자는 제법 아름다운 채색 옷을 입고 있었다. 살결 또한 거칠고 가무잡잡한 부엌데기에 비해 희고 윤기가 자르르 흐르고 있었다. 일견 보아도 부엌데기는 아닌 듯하다. 거돌은 이 여자와 여러 번 만난 일이 있는지 제법 태연스럽게 시키는 대로 옷을 주워 입고 있었다.

"다 되었으면 가자."

"……"

거돌은 더러운 맨살을 대강 가리고 그 여자를 따라나선다. 밖은 칠흑처럼 어두워서 누가 옆에서 뺨따귀를 때려도 모를 만큼 캄캄했다. 정원으로 들어선 여자는 좁은 숲길을 찾아 조금도 망설이지 않고 앞서 걷는다.

중문 근처의 협문으로 들어간다. 거돌은 한마디 물어보지도 않고 여자의 뒤만 따르고 있었다. 협문 안으로 들어서니 넓은 연당蓮塘이 나선다. 칠흑 같은 하늘에 떠 있는 별빛이 연못 위에서 출렁이고 있었다. 연당을 빙 둘러서 한동안 걸어가니 별당이

나온다. 별당은 세 채로 되어 있고 가운데는 주인 김인성의 애첩인 초순初荀이 살고 있고 뒤채에는 외동딸이 살고 있다. 딸 향림은 잠을 자는지 방안에 불이 꺼져 있었고 애첩 초순의 방에만 노란 어유魚油 등불이 밝혀져 있었다.

"마님, 마님."

뒷방문 쪽으로 다가가더니 역시 소곤거리듯 여자가 부른다. 방문에 그림자가 어른거리더니 문고리를 벗기는 소리가 들린다.

"어서 들어가 봐."

여자는 거돌에게 명령하듯 말한다. 거돌은 쭈뼛쭈뼛하다가 방문을 열고 안으로 들어섰다. 갑자기 밝은 데로 와서인지 눈이 부시어 눈을 뜰 수가 없다. 눈이 부신 것은 눈앞에 서 있는 여자의 모습이었다. 사향 냄새를 풍기며 사그락거리는 비단옷이 앞을 가로막고 있었다. 주인 나리의 애첩인 초순이었다. 거돌은 지금까지 수없이 이 여자를 만났지만 얼굴은 한 번도 제대로 본 일이 없었다. 마소 같은 노예이고 보니 언감생심 주인 나리의 애첩 얼굴을 똑바로 올려다볼 수 없었던 것이다.

"거기 안석에 앉아라."

여인의 목소리가 맑게 깔린다. 거돌은 한쪽 구석에 있는 안석 위에 앉았다. 그 앞 차탁에는 술병이 놓여 있었다.

"마셔도 괜찮다."

"……."

여자의 모습이 휘장 뒤로 사라져버렸다. 거돌은 멍하니 앉아서 눈알만 데룩거린다. 지분 냄새와 사향 냄새가 코끝을 적셔온다. 훌륭하게 차려진 방안이었다. 번쩍이는 가구들이 눈을 어지럽힌다. 당초唐草 무늬가 현란한 휘장 너머에 붉은 비단 금침이 깔린 침상의 일부가 보인다. 주인 나리가 가끔 찾아드는 곳이기도 하다. 침상 옆에 늘어진 것 같은 휘장 뒤에는 욕실이 있다. 그곳에 들어가면 마루 침상이 하나 놓여 있고 뜨거운 물이 담긴 나무 목욕통이 놓여 있다는 것을 거돌은 잘 안다. 가끔 그곳에 들어가 보았기 때문이다. 지금 초순은 바로 욕실에 들어가 있는 듯하다.

거돌은 초저녁에 계집종이 가져다준 술을 마셨으나 두서너 번 되풀이하여 방사房事를 한 후 잠을 자고 났더니 다 깨어버린 뒤였다. 잠깐 망설이던 그는 재빨리 호리병을 들어 그 안에 담긴 술을 마시기 시작했다.

"커어."

계집종이 가져왔던 술과는 비교도 안 될 정도의 고급 술이다. 주인 대감이나 마시는 고급주다. 눈 깜짝할 사이에 한 병의 술을 다 마시고 난 거돌은 입맛을 쩝쩝 다신다. 몇 병이고 있는 대로 마시고 싶어진다. 하지만 더 달라 할 수도 없으니 참을 수밖에 없다. 한 병의 술은 노력의 대가이기도 하다. 이곳에 불려온 것은 일을 해 달라는 뜻이다. 그 일의 대가로 술 한 병을 얻어 마시는 것이다. 뜨거운 숨을 길게 내쉬며 거돌은 스르르 눈을 감는다. 제법 독한 술이다. 몽고蒙古의 황실에서 마시는 독주이기도 하다. 이런 술은 조정의 대신들이나 마실 수 있다. 엄청나게 비싼 돈을 치르고 사들여 오는 것이다.

딸랑거리는 방울 소리에 거돌은 깜짝 놀란다. 방울은 바로 머리 위에서 울리고 있었다. 방울에는 줄이 매달려 있었다. 욕실에서 초순이 잡아당기는 것이다. 들어오라는 신호인 것이다. 자리에서 일어난 거돌은 욕실 휘장 앞에 섰다. 머뭇거리던 거돌이 안으로 고개를 디밀었다.

"빨리 들어오지 못하고 뭐하느냐?"

목욕물이 담긴 나무통 속에 들어앉은 여자가 신경질이 섞인 목소리로 명한다.

"가까이 오너라."

"예."

거돌은 아무렇게나 걸치고 있던 저고리를 벗어 구석에 놓고 다가간다. 언제든 저고리는 벗어야 하는 것이 순서인 듯하다. 거돌은 감히 얼굴을 바라보지 못하고 더운 물을 떠서 여자의 몸통에 끼얹어주기 시작한다. 밤낮 하는 목욕이고 보니 때가 붙어 있을 사이가 없다. 그런데도 여자는 늘 씻고 닦고 씻고 닦는 것이다. 불릴 때도 없지만 여자는 물속에 오래 앉아 있다. 목욕물의 온도가 덥지도 차지도 않게 자꾸 퍼내고 퍼부어 조절하는 것이 거돌의 일이었다.

"됐다."

만족한 듯 나무통 속에서 두 다리를 쭈욱 뻗으며 두 팔을 벌리고 여자가 말한다. 크지도 작지도 않은 연적 같은 젖통이 귀엽게 매달려 있었다. 수박 덩어리 두 개를 가슴에 매달고 있는 것처럼 출렁거리던 계집종의 몸과는 천양지 차이다. 우선 살갗이 희고 반지르르하여 군살이 없다. 매끈하기만 하다. 거돌은 뜨거운 숨을 몰아쉬며 목욕통 속에서 여자의 벗은 몸뚱이를 들어 안았다. 따스한 물이 팔뚝을 타고 흐른다. 거돌은 여자의 몸을 나무 침상에 반듯하게 뉘었다. 그리고 서서히 전신 구석구석을 주무르기 시작한다. 목덜미에서부터 알맞게 부푼 두 개의 젖무덤, 그리고 가는 허리, 매끄럽게 내려간 아랫배, 탄탄한 허벅지에 이르기까지 거돌은 정성을 다해서 어루만지듯 주무르고 있었다.

"아아."

시원해서 나오는 것인지 아파서 나오는 것인지 분간할 수 없는 신음 소리가 붉고 촉촉한 여자의 입술을 들치고 계속해서 나온다. 여자의 하얀 두 손이 가만히 있지를 못하고 올렸다가 내렸다가 폈다가 구부렸다가 하더니 이윽고 솥뚜껑 같은 사내의 손을 잡더니 떨리는 소리로 말했다.

"너도 깨끗이 씻고 오너라."

"예? 예."

그 소리에 거돌은 갑자기 부끄러워짐을 느낀다. 백옥 같은 여자의 몸과 자신의 몸은 정말 대조적이었다. 하얀 도자기처럼 반들거리는 나신裸身에 비해 거돌의 몸뚱이는 유약을 바르기 전 가마에 굽기 전에 빚어놓은 황토 흙의 토기土器 같았던 것이다.

거돌은 겸연쩍어하면서 욕실로 들어가 자갈 하나를 주워 들고 온몸 구석구석을 문지르기 시작했다. 자갈은 목욕하면서 발바닥을 문지르려고 가져다놓은 것이었다. 온몸에 피가 배어나도록 자갈로 문질러보지만 백자 항아리처럼 희게 윤이 나지 않는다.

정성 들여 목간을 하고 나오자 여자는 다시 안마를 부탁했다. 거돌은 다시 땀을 흘리며 주무르기 시작했다. 모든 일이 다 끝나 마방의 헛간으로 돌아왔을 때는 첫닭이 울 때쯤이었다.

헛간으로 돌아오자마자 거돌은 썩은 고목 넘어가듯 풀썩 쓰러지고 말았다. 낮 동안 당하는 노동이야 누구나 다 알지만 밤 동안 당하는 이 노동은 아무도 모르고 있었다. 그걸 아는 사람은 고작 계집종과 대감의 애첩, 그리고 심부름 해주는 몸종 정도였다.

"이 일을 발설하면 쥐도 새도 모르게 없애버릴 테니 알아서 해라. 알았느냐?"

애첩은 틈 있을 때마다 그렇게 당부해 왔던 것이다.

그러나 세상에는 비밀이 없는 모양이다. 며칠이 지난 어느 날 거돌은 곤경에 처하고 말았다. 그날도 온종일 쟁기를 메고 밭갈이를 한 뒤 돌아오자 밤이 이슥해서 별당의 몸종이 찾아왔다. 작은마님이 부른다는 것이었다. 누구의 명인데 거절할 수 있단 말인가. 거돌은 마님의 방으로 들어가서 목욕을 시켜주고 안마를 해주었다.

"대감 마님 행차시옵니다."

몸종인 삼월이의 목소리가 건너왔다. 발각이 되면 큰일이라는 듯 삼월이가 먼저 뛰어와서 고했던 것이다.

"어서 숨어라."

휙 밀쳐내는 바람에 거돌은 당황하여 벗어놓은 옷가지를 든 채 침상 밑으로 황급히 기어 들어갔다.

주인인 바깥 대감이 애첩인 초순의 방을 찾는 것은 극히 드문 일이었다. 두 달에 한 번 정도 찾아오는 것이다. 대감 김인성은 이제 예순다섯으로 한창 때의 나이인데도 언제부터인지 모르게 무력증無力症으로 고생하고 있었다. 비만한 몸에 풍신은 그럴 듯 했으나 잠자리에 들면 체신을 지키지 못하는 기력 때문에 땀만 흘리다가 제풀에 떨어져 잠만 자는 것이었다.

초순이 막 옷을 찾아 입었을 때 대감 김인성이 방안으로 들어왔다. 애첩 초순은 아직도 채 옷을 입지 못하고 어쩔 줄 모르며 홑이불을 잡아당겨 벗은 몸을 감쌌다. 주인 김인성은 막 방안으로 들어왔다가 귀엽게 드러난 애첩의 한쪽 젖무덤을 보고 한쪽 눈을 질끈 감았다. 대궐에서 퇴청하는 길에 바로 들어온 참인지 관복官服을 입고 있었다.

"어인 일로 이렇게……."
"잠을 자려고 했느냐?"
"목간을 좀 했어요. 대감, 잠깐 밖으로 나가셔야 소첩이 옷을 입을 게 아니에요?"
"옷을 입지 않는 게 더 예뻐 보이지 않느냐?"
"망측하게 그러시지 말고 나갔다가 오세요."
"그러마."

김인성은 주춤거리다가 비만한 몸을 움직여 방밖으로 나갔다. 재빨리 일어난 계집은 어떻게 할까 망설이는 눈치가 되었다. 침상 밑에는 거돌이 숨어 있었던 것이다. 아무래도 침상 밑에 있게 한다는 것은 위험하다고 느꼈는지 계집은 손을 넣어 거돌의 몸을 찔벅였다.

"빨리 나와라."

거돌이 엉금엉금 기어서 나왔다. 졸지에 어찌할 바를 모르다가 문밖으로 나가려 하자 계집이 손을 잡았다.

"나가면 안 돼. 욕실로 들어가 있어."

다급하게 소곤거리자 거돌은 욕실 안으로 자취를 감춰버렸다.

"아직도 옷을 입지 못했느냐?"

초순이 문밖으로 나갔다. 김인성은 약간 피로한 기색이었다. 하품을 주먹으로 막고 관복을 훌훌 벗어 던졌다. 그때 초순이 들어왔다.

"에구머니나, 잠시만 기다리시면 제가 벗겨드릴 텐데."

그러더니 농문을 열고 평복을 꺼내어 김인성 앞에 내놓았다.

"해도 너무하세요. 애타게 기다리는 소첩을 조금이라도 생각하신다면 그럴 수가 있어요?"

"관무官務가 바쁘다 보니 그리 되었다."

"아무리 그렇다 해도 그래 한 달에 한 번씩 들러주시니······."

옷을 갈아입은 김인성의 가슴에 머리를 묻으며 초순은 슬픈 표정을 지었다.

"미안하구나. 이제부턴 조금 틈이 나겠지."

"오 참, 승진 인사가 있을 거라고 하셨는데 어찌 되셨어요?"

"그래서 바빴다는 거야."

"그럼······."

"형부刑部에서 병부兵部로 옮기게 되었다."

"승진도 되시고요?"

"물론이지."

"어머, 축하드려요. 잔치를 해야 할 일이네요."

계집은 강렬하게 김인성의 목을 끌어안으며 볼을 비볐다.

"문중門中의 경사이니 큰 잔치를 해야지. 곧 열도록 하자."

김인성이 승진했다는 것은 다름이 아니다. 그는 지금까지 형부에서 낭중中으로 봉직해 오다가 숙원인 병부로 자리를 옮겨 병부시랑兵部侍郎이 되었던 것이다. 병부시랑이라면 종삼품從三

가축인간家畜人間 29

品의 벼슬로 상서(尙書: 요즘의 국방장관) 다음의 서열이니 일국의 병마권兵馬權을 좌지우지하는 상서의 보좌역이다.

김인성의 가계는 멀리 가락국駕洛國의 김수로 왕가王家에 이어져 있었고 신라조新羅朝에는 진골眞骨의 귀족으로 행세하던 집안으로 알려져 있다. 고려조高麗朝에 들어와서도 김인성의 선조들은 대대로 환로宦路에 나가 벼슬을 했지만 종삼품 이상의 권력자가 된 것은 김인성이 처음인 셈이다.

한동안 술을 마시던 김인성이 벌떡 일어났다.

"왜 그러세요?"

"됐다."

"어머나."

뭐가 됐다는 말인지 김인성은 비만한 몸을 일으키더니 애첩의 몸을 들어 안았다. 얇은 비단옷을 걸치고 있어서인지 두 사람은 거의 반라半裸가 되어 있었다. 초순은 김인성의 굵은 목에 찰싹 달라붙어 그의 귓불에 가쁜 숨을 몰아내고 있었다. 부르르 몸을 떨던 김인성은 여자를 침상에 뉘어놓으며 성급하게 옷을 벗고 몸을 겹쳤다.

"아이, 아이."

열기에 찬 얼굴을 좌우로 돌리며 초순은 오랫동안 기다리고 있던 단비를 맞이하듯 기갈에 겨워하며 밀착시켜 왔다. 어서 그 짜릿한 황홀의 늪 속으로 빠져들기를 애타하며 사내가 편하게 일을 할 수 있도록 도와주었다.

"허어."

비만한 몸을 주체하지 못하고 몸부림치기 시작하던 김인성의 얼굴에서는 금방 소나기 같은 땀방울이 뚝뚝 떨어져 구른다.
"아아."

절벽에서 굴러 떨어지다가 나뭇가지를 잡고 구사일생한 사람처럼 두 남녀는 한 덩어리로 엉킨 채 떨어지지 않으려고 애를 태웠다. 욕실 안에 웅크리고 앉아 있던 거돌의 가슴속에는 물방앗간 독에 떨어지는 절굿공이 소리만 쿵쿵 들릴 뿐이었다. 방안에 들어온 사람이 다름 아닌 주인 대감이라는 걸 알았으니 간이 졸아붙을 수밖에 없었다. 발각이 되면 어찌 될까, 생각만 해도 아찔하다. 그렇게 엄청난 공포감에 시달려보는 것도 처음이었다.

"헛."

바람 빠지는 소리가 들려오더니 쿵 하고 몸뚱이 자빠지는 소리가 들렸다.

"에이그, 쯧쯔."

여자의 혀 차는 소리까지 들린다. 거돌은 두 눈을 질끈 감아버렸다. 기를 쓰며 비 오듯 진땀을 흘리면서 몸부림치던 대감이 그만 기진하여 쓰러졌던 것이다. 될 듯 될 듯하면서 막상 일을 하려고 서두르면 안 되는 모양이었다. 한동안 숨을 고르더니 끙 하고 김인성이 일어났다.

"아니, 어디 가려고 그래요?"

약간 신경질이 섞인 여자의 음성이 튀어나왔다.

"욕탕에……."

대감은 엉거주춤 일어나서 어물어물한다. 몸을 씻어야 되겠다고 생각한 모양이다. 그러자 초순이 어디엔가 덴 듯이 벌떡 일어나더니 대감의 손을 잡았다.

"그냥 계세요. 제가 물을 떠올게요."

"아냐. 내가 씻고 올게."

"왜 이러실까?"

욕탕 안에 웅크리고 앉아 있던 거돌은 마른침을 꿀꺽 넘겼다. 야단이었던 것이다.

거돌이 숨어 있던 욕탕 안에서 발각되지 않고 빠져나올 수 있었던 것은 새벽녘이었다. 주인 대감이 부득부득 욕탕에 가서 씻고 나오겠다는 것을 초순이 서둘러 대야에 물을 떠다가 대감의 몸을 씻겼기 때문에 욕탕 안에 들어오지 않아도 됐던 것이다. 그 후에도 대감은 여러 번 몸부림을 치며 애첩을 자기 것으로 하려 했지만 마음대로 안 되어 그만 또 땀으로 목욕을 한 채 쓰러져 잠이 들어버렸던 것이다.

"이봐."

대감이 깊이 잠든 것을 확인한 애첩이 욕탕 안으로 들어와 어서 나가라고 일러주었다. 거돌은 고양이 걸음으로 방을 나와 후원으로 뛰었다. 뿌옇게 새벽이 시작되는 하늘은 우중충했고 거돌의 다리는 후들거릴 정도였다.

"간밤에 어디 갔다 왔어?"

아침 밥상을 들고 온 부엌데기 계집종이 물었다.

"가기는……."

"다시 와보니깐 없던데 뭘?"

"……."

"어디 가서 뭐했어?"

"대, 대감 마님이 불러서."

"대감께서?"

거돌은 부엌데기 과부의 얼굴을 바로 보지 못하고 어물어물했다.

"대감께서 왜 한밤중에 불러?"

과부는 뭔가 수상하다는 듯 위아래를 살폈다.

육림肉林 탈출脫出

"뭐하느냐? 빨리 나오지 못하고?"

밖에서 거돌을 찾는 소리가 들려왔다. 어서 일하러 나가자는 쟁기잡이의 목소리였다.

"예? 예, 나가요."

거돌은 황급하게 밥을 몰아넣었다. 아침이 되었으니 다시 일터에 나가야만 됐던 것이다.

"가자."

쟁기잡이가 서두른다. 어제 갈던 밭과 무논이 남아 있었던 것이다. 쉴 틈이 없었다. 거돌은 지게에 얹어놓은 쟁기를 지고 일어났다.

간밤에 부엌데기 과부와 대감의 애첩인 초순에게 그렇게 당했으니 웬만한 장정 같으면 일어나지도 못하고 누워 있을 텐데 거돌은 평소와 다름없이 씽씽했다. 무거운 쟁기를 짊어지고도 끄떡없이 앞장서서 걷는다. 멧새들이 숲속을 날아다니며 지저귀고 있었다.

"됐다. 자, 갈자."

거돌은 어깨에 멍에를 걸고 밭고랑으로 들어섰다. 쟁기를 끌어야만 했던 것이다.

"끼럇, 끼럇."

쟁기잡이의 입에서 거친 호령 소리가 터져 나오고 가죽 채찍이 바람을 가른다. 거돌은 등때기에 채찍을 맞지 않으려고 땀을 쏟으며 쟁기를 끈다. 땅을 찰 때마다 누런 황토 흙이 보습에 갈리며 물결처럼 넘어간다.

"워, 워."

서라고 한다. 그러나 한창 일에 열중하다 보니 자꾸만 발걸음이 느려진다.

'휘익, 찰싹'

"윽."

채찍이 등에 감겨들기 시작했다.

"밤에 무슨 짓을 했기에 심을 못 쓰느냐, 엥? 끼럇."

"아."

소나기 같은 땀이 전신에 흘러 햇빛에 번쩍인다. 아랫도리에 힘이 빠지고 자꾸만 숨이 차오르고 있었다. 이런 일이 없던 거돌이다. 그렇게 혹사를 당하고도 끄떡없던 거돌이었지만 결국 진땀을 흘리며 쓰러지고 말았다.

"일어나거라, 이놈아."

쟁기잡이는 가차없이 매질을 했지만 쓰러진 거돌이 일어나지 못하자 매질을 멈추고 말았다. 그러다가 죽기라도 한다면 책임은 자기한테 돌아오는지라 그는 거돌의 몸뚱이를 밭고랑에서 끌어냈다. 거돌은 나무 그늘 밑에 누워서 한참을 쉰 후에야 겨우 정신을 차리고 일어나 앉았다. 물을 찾아 마신 그는 어깨로 숨을 내쉬었다.

"네놈이 예전에는 안 그러더니 이제 대가리가 커졌다고 꾀를 부리는 모양이다."

그 말을 듣고 거돌은 고개를 숙였다. 쟁기잡이는 가래침을 퉤하고 뱉어내더니 하늘을 바라본다. 이제 마흔, 그쯤 나 보이는 쟁기잡이의 얼굴과 팔뚝에도 흉터투성이다. 그도 서른이 되기 전까지는 거돌처럼 쟁기를 메고 밭을 간 노예였다. 그 역시 무지막지하게 맞아가며 혹사당하다가 그 신세 면하고 이제는 쟁기잡이가 된 것이다.

그가 이렇게 거돌 같은 노예를 거칠게 다루는 깃은 이유가 있었다. 그렇게 당했으니 그대로 다룬다는 것도 있지만 사실 그는 거돌이란 노예 하나를 책임지고 있는 사내였다. 쟁기잡이 역시 아직도 노예이고 자기보다 지위가 높은 자에게 매여 있다. 이 집의 노예청에는 3백여 명의 노비가 있고 30여 명의 소두(小頭: 책임 관리자)가 있으며 그 밑에 소장(小長)이 있다. 쟁기잡이는 소장인 셈 이다. 자기 노예가 도망을 가면 쟁기잡이는 다시 쟁기를 끄는 노예가 돼야 하고 일을 게을리해서 책임량을 완수하지 못하면 쟁기잡이는 1년 동안 또 하급 노예 일을 해야 한다. 그 때문에 다그치는 것이다.

노예들이 마소 취급을 받고 학대를 받게 된 것은 불과 20년밖에 안 된다. 20년 전만 해도 이렇게 심한 감시와 학대를 받지는 않았었다. 그건 다 만적萬積 때문에 그리 됐다는 것이다. 최충헌가의 사노私奴였던 만적은 큰 뜻을 품고 일어났다. 고려 전토의 모든 노예는 똑같은 인간이며, 인간이기에 향유할 수 있는 자유가 있고 이제는 우리도 인간 대접을 받아야 한다고 일어섰던 것이다.

"왕과 장상에 따로 씨가 있는 게 아니다. 우리도 될 수 있다."

그렇게 절규했지만 거사 계획이 사전에 누설되어 모두 붙잡혀 처형되고 말았다. 그게 20년 전(서기 1198년)이었다. 그 이후부터 노예는 더욱 들볶였고 학대를 당해왔던 것이다.

"꾀병이냐, 아니면 아파서 그러냐?"

쟁기잡이가 거돌의 턱을 들어 올리며 물었다.

"괜찮아요. 잠시 어지러워서 그랬을 뿐입니다. 다시 일할 수 있습니다."

툴툴 털고 일어난 거돌은 다시 쟁기 멍에를 어깨에 걸었다.

일이 끝나고 돌아온 거돌은 밥숟갈을 놓으면서 그냥 곯아떨어졌다. 워낙 고단했던 것이다. 잠결에 누군가 자꾸 흔들어대는 바람에 거돌은 겨우 눈을 떴다.

"어?"

"마님이 찾으신다."

뜻밖에도 옆에 와 서 있는 것은 대감의 애첩이 데리고 있는 몸종이었다.

"저어……."

거돌은 아파서 일어날 수 없다고 말하려 했지만 몸종이 나가 버리는 바람에 어물거리다가 그냥 일어서고 말았다. 명을 거역

하면 어떤 벌이 내릴지 모른다.

"왔구나. 들어가서 깨끗이 씻고 나오너라."

단장을 곱게 한 초순은 안석에 앉았다가 들어오는 거돌을 반갑게 맞이했다. 만사가 귀찮은 듯 얼굴을 찡그리던 거돌은 어쩔 수 없이 욕실로 들어가 몸을 씻었다. 혼자 있으면 열흘이고 한 달이고 목욕할 필요가 없어 좋은데 이곳에만 불려오면 씻어도 또 씻어야 하니 알다가도 모를 일이다. 대강 물을 끼얹고 나오자 여자가 술을 권했다. 서너 모금 독주를 마시고 나니 조금은 살 것 같았다. 여자가 일어나더니 거돌의 몸뚱이를 손바닥으로 쓸어본다. 목간을 다시 하라고 할 듯해서 거돌은 켕기는 표정으로 우물쭈물했다.

"오늘은 상처가 많구나. 침상 위에 올라가 엎드려라. 내가 약을 발라주마."

"……"

전에 없던 일이었다. 거돌은 어물어물하다가 엎드렸다.

"아랫 바지도 벗어라." 하는 수 없이 거돌은 바지를 벗었다. 약그릇을 꺼내온 여자가 거돌의 등에 약을 발라주었다.

"아, 덥구나."

여자는 걸치고 있던 얇은 옷을 벗어버렸다. 알몸이 된 여자가 엎드린 거돌의 등에 약을 바른다.

"허."

거돌은 이상하게 뜨거워지는 숨결을 토해내며 다리를 겹쳤다.

여자의 체온이 전해져 왔다. 그때 방문이 소리 없이 열리며 향내가 풍겨왔다. 뒤이어 여자 하나가 들어왔다.

"에구머니."

들어오던 여자가 깜짝 놀라 그 자리에 화석이 되어 서버렸다. 이 댁의 고명딸인 향림이었다. 방안에 들어섰던 주인 대감의 딸 향림은 너무도 놀란 나머지 나가지도 들어가지도 못한 채 눈을 크게 뜨고 그냥 서 있었다. 너무도 이상하고 놀라운 광경이었던 것이다. 목간할 때를 빼고는 한 번도 옷을 다 벗고 침상에 누워보지 못한 향림으로서는 놀랍기만 한 일이었던 것이다. 더구나 침상에는 혼자도 아니고 황소같이 생긴 사내까지 벗고 앉아 있었으니 이제 열일곱밖에 안 된 향림에게는 기괴스러울 수밖에 없었다. 그런데 이때 대감의 고명딸인 향림보다도 더 놀라고 당황한 사람은 대감의 애첩 초순이었다. 이렇게 불미스러운 모습이 발각되었으니 어쩔 것인가. 하지만 초순은 한순간에 태연해지며 재빨리 일어나 옷을 걸쳤다. 그제야 향림은 도망치듯 밖으로 나가려 했다. 그러자 초순이 앞을 막아서며 미묘한 웃음을 띠었다.

"웬일로 한밤중에 이렇게 왔어요?"

"……"

"안석에 좀 앉아요, 응?"

어머니와 딸 사이지만 나이가 댓살 차이밖에는 안 돼서 그런지 존대어를 섞어가며 팔을 잡아 안석에 앉혔다.

"저, 무, 물 좀 주시겠어요?"

아직도 가슴이 떨리는지 향림은 어쩔 줄 모르며 물을 찾는다.

"여봐라. 냉수 좀 떠오너라."

"……예."

거돌 역시 공포에 질린 채 어물거리고 있다가 대접을 찾아 들고 욕실 안으로 들어갔다.

"몸이 좋지 않아서 가끔 안마를 좀 받곤 하지."

초순은 재빨리 변명하듯 입을 열며 향림의 눈치를 살폈다. 이 순진한 아가씨를 어떻게 해서든지 설득해서 지금 보여준 불미스런 광경을 아무 일도 아닌 것처럼 덮어놓으려고 기를 썼다.

"어쩌면 좋아? 의원을 만났더니 글쎄 그대로 놔두면 반신불수가 될지도 모른다고 하잖아?"

"……네?"

아직도 제정신을 차리지 못하고 향림이 초순을 바라보았다. 그러자 초순은 눈물까지 글썽이며 말을 이었다.

"기氣가 빠져서 발가락에서부터 마비 증세가 오는 병에 걸렸다잖아?"

"누가요?"

"누군 누구야, 팔자 기박한 나지. 이러다가 전신이 뻣뻣하게 굳고 말 거라잖아? 약을 달여 먹고 자꾸 풀어야 한대. 뼈마디를 안마해서 풀어줘야 병이 나을 수 있다고 해서 안마를 받고 있었어."

"네."

향림은 그저 애매하게 대답할 뿐이었다.

"몇 차례 안마를 받았더니 제법 좋아졌어. 저자는……."

초순은 냉수 대접을 받치고 한쪽 구석에 웅크리고 서 있는 거돌을 턱으로 가리켰다.

"옛날 싸움 때 몽고군에 포로가 돼서 북원北原을 방황하다가 물리 요법의 비술을 터득했대. 그래서 불러다가 시켜봤더니 들던 대로 명의야."

"네……."

역시 애매한 대답이다. 별당 깊숙이 들어앉아 있는 고명딸 향림으로서는 거돌의 얼굴을 알 리가 없다. 거돌은 바깥채 마방에 거처하는 노예이기 때문이다. 게다가 향림은 여자 형제도 없고 그렇다고 아직까지 그럴듯한 외간남자를 만나보지 못해서인지 사랑이나 이성異性, 혹은 구체적인 색정이 뭔지조차 모르고 있었다. 무지한 상태라고 볼 수밖에 없다. 하지만 본능의 촉감으로 잡힌 방안의 분위기는 이상스럽게도 축축해 보이고 야릇한 흥분이 감돌아 가슴을 뛰도록 만들고 있었다.

"무슨 일로 왔지?"

초순은 부드럽게 향림의 손을 잡으며 상냥하게 묻는다. 전에 없이 부드럽다.

"뭣 좀 여쭤보려고 왔었는데……."

"뭔데 그래? 얘길 해봐."

"아니에요. 나중에 와서 얘기할게요."

미적미적하더니 향림은 자리에서 일어났다.

"얘길 하라니까 그러네?"

"아니에요. 다음에 할게요."

발그레 상기된 얼굴을 숙이며 향림은 밖으로 나갔다.

"내일 낮에 다시 오겠어?"

"네."

어쩔 수 없는지 초순은 향림을 내보냈다. 그러고 나더니 방안이 꺼지도록 한숨을 휘몬다. 착잡한 표정이 되었다. 일은 묘하게 드러나 버렸고 황급히 미봉책으로 위기는 모면했지만 아직도 걱정스럽기만 했다.
 갑자기 무슨 생각이 떠올랐는지 초순은 거돌에게 가까이 오라고 손짓을 했다. 겁에 질려 있는 거돌은 선뜻 다가오지 못하고 어물쩍했다.
 "가까이 와."
 "예? 예."
 초순은 거돌의 귀에다 뭐라고 한동안 소곤거렸다. 거돌의 얼굴이 말라버린 황토처럼 굳어져 버렸다.
 "알아서 해."
 소곤거리고 나더니 초순은 냉랭한 얼굴로 다짐을 두었다. 금방 방안에 성에가 낀 듯 차가워졌다.
 "그대로 하지 않으면 너는 마지막이야."
 "예, 예."
 거돌의 큰 눈알이 데룩거렸다. 아까보다도 더 겁에 질린 얼굴이 되었다.
 밤이 물러가고 꼭두새벽이 시작되고 있었다. 연당가에 이른 새벽 물안개가 피어오르고 있었다. 복면을 한 사나이 하나가 연당가를 돌아드는 게 보인다. 건장한 체구의 그 사나이는 복면을 하고 있어서 얼굴을 알아볼 수가 없었다. 별당의 돌담을 끼고 고양이 걸음으로 지나치던 복면의 사나이는 재빨리 'ㄱ'자로 굽어진 별채 뒤꼍으로 돌아간다. 이윽고 사나이는 별채 뒷방 문 앞에 다가섰다. 침을 묻혀 창호지를 뚫더니 안으로 손을 집어넣었다. 안에 있는 문고리를 벗겨내는 듯하다. 소리 없이 방문이 열리자 사내는 방안으로 들어갔다. 어슴푸레한 방안에서는 지분 향기가 따스하게 머물고 있었다. 냄새만 맡아도 여자가 쓰는 방이라는 걸 알 수 있을 듯하다.

방안에 들어선 사내가 좌우를 두리번거렸다. 비단 이불을 덮고 누군가 침상에 옆으로 누워서 잠이 들어 있었다. 사내는 잠시 망설이다가 옆으로 접근했다. 괴춤 속에서 목수건 하나를 꺼내더니 누워 자는 사람의 입을 막았다.

"어머낫."

깜짝 놀라 잠이 깬 것은 여자였다. 버둥거리며 소리치려 했지만 사내의 손이 하도 재빠르게 막아버리는 바람에 버르적거릴 뿐이었다. 입을 막았던 손을 떼고 수건으로 동여매어 버렸다. 사내는 안심이라는 듯이 후르르 긴 숨을 내쉬었다. 그러더니 이번에는 여자의 두 손을 뒤로 묶고는 솥뚜껑 같은 손으로 옷을 벗겨내렸다. 백옥 같은 여자의 알몸뚱이가 드러나기 시작한다. 여자는 너무나도 졸지에 당해서인지 몸만 버르적거리다가 축 늘어져 버렸다.

'죽은 건가?'

덜컥 겁이 나는지 여자의 가슴 위에 귀를 얹었다. 심장은 뛰고 있었다. 너무도 놀라서 혼절해 버린 모양이었다.

"깨어나겠지."

비로소 조금 여유가 생긴 거돌은 숨을 내쉬었다. 일도 당하기 전에 혼절한 여자는 대감의 고명딸인 향림이었다.

"으음, 아아."

정신이 돌아오는지 여자가 입술을 움찔거리며 눈을 떴다.

"에구머니."

옆에 아직도 소도둑 같은 사내가 앉아 있다는 사실에 자지러질 듯 놀라며 어쩔 줄 몰라 했다. 거돌은 이미 복면을 벗고 있어서 훤해지기 시작하는 동창의 새벽빛을 받아 그 윤곽이 뚜렷하게 드러나 보이고 있었다.

"아니, 너, 너는……."

알아볼 수 있었던 모양이다. 초순의 방에 있던 바로 그 사내가 아닌가. 거돌은 괴로운 듯 양미간을 찌푸렸다.

"죄송스럽습니다요."

괴물을 보고 난 뒤처럼 소리를 질러대려던 향림은 그렇게 못하고 온몸을 떨었다. 사람을 부르는 대신 향림은 울음을 터뜨렸다. 아직도 알몸으로 앉아 있는 여자는 어깨를 가볍게 들썩이며 울고 있었다. 거돌은 차마 어쩔 수 없이 들어왔다는 말은 하지도 못하고 그저 침통한 표정으로 앉아 있었다.

"그만 우십시오."

그러자 다가온 거돌의 손을 뿌리치며 더 서럽게 흐느꼈다. 거돌은 더 이상 앉아 있어 봐야 할 말도 없고 해서 엉거주춤 일어났다. 막 방문 밖으로 나가려 할 때였다.

"이놈, 꼼짝 마라."

벽력같은 소리와 함께 두 사람의 장정이 덮쳐들었다.

"어?"

깜짝 놀란 거돌은 뒷방 문을 차고 달아나려다가 정수리가 화끈해지고 숨이 꽉 막혔다. 뒷방 문 쪽에도 장정 두 사람이 숨어 있다가 작대기로 거돌의 정수리를 휘갈겼던 것이다. 거돌은 머릿속이 쩍 갈라지는 듯한 고통을 느끼고 비틀거렸다. 그러자 작대기는 틈을 주지 않고 거돌의 양쪽 어깨를 파고들었다. 거돌은 걸음을 옮기지 못하고 그 자리에 쿵 하고 쓰러졌다.

다시 한 번 비명을 내지르던 향림은 제대로 옷도 주워 입지 못하고 두 팔을 벌려 다섯 손가락으로 한쪽 젖가슴과 아래를 가리며 떨고 있을 뿐이었다. 거돌은 삽시간에 들이닥친 사내들에게 결박을 당하여 복날 마당 복판에 끌려 다니는 개처럼 질질 끌려 나갔다. 거돌이 끌려간 곳은 별당의 헛간이었다. 헛간은 넓어서 웬만한 마당만 하다. 한참 작대기 찜질을 하더니 장정들이 매를 멈추었다. 작은 마님인 초순이 나타났던 것이다.

"왠지 이상하다고 생각했다. 대체 이놈이 웬놈이냐?"

초순이 묻자 별배 하나가 나서서 알려준다.

"바깥채 마방에 속해 있는 노비 놈입니다."

"노비?"

거돌은 순식간에 돌변된 사태에 그만 어쩔 줄 모르며 초순의 얼굴을 바라보았다.

"여봐라."

"예."

"가서 향림 아가씨를 모셔오너라."

"예."

"그리고 대감 마님도 모셔오너라."

"예? 예."

"집안이 떠들썩하면 안 된다. 조용히 모셔오너라."

"알겠습니다."

사태는 점점 이상한 쪽으로 흐르고 있었다. 거돌이 뭐라 말하려 했으나 초순은 거돌을 쳐다보지도 않았다.
이윽고 대감인 김인성이 허둥지둥 별채 헛간으로 달려왔다.
"무슨 큰일이라는 거냐? 아니, 이놈은 뭐하는 놈이냐?"
김인성이 묶여 있는 거돌을 가리켰다. 그러자 초순이 나섰다.
"대감 큰일 날 뻔했습니다."
"큰일? 이놈이 도적질이라도 하려 했단 말이냐?"
"도적질을 해도 큰 도적질을 하려 했습니다."
"답답하다."
"조사한 바로는 마방에 속해 있는 노예인 듯한데 이놈이 감히 불측한 흑심을 품고……."
"흑심을 품고?"
"향림 아가씨를 범하려 했습니다."
"뭣이?"
대감의 하얀 수염이 바람 맞은 나뭇가지처럼 파르르 떨렸다.
"소상하게 말해라."
"먼저 노린 건 작은 마님이었던 것 같습니다."
"뭐라구?"
들을수록 놀라운지 대감 김인성의 얼굴은 분노로 이지러졌다.
"자시나 되었을까, 어느 놈이 문고리를 잡아당기는 듯해서 벼락같이 누구냐고 외쳤더니 달아난 일이 있습니다. 얼굴에 복면을 하고 있었습니다. 바로 저놈이옵니다."
"허."
대감보다 더 기가 막힌 사람은 거돌이었다. 대체 무슨 수작을 하려고 저렇게 나오는 것일까.

"그래서?"

"가슴이 뛰고 겁이 나서 잠을 잘 수 없기에 별배들을 불렀지요. 아무래도 아가씨가 마음에 걸린단 말씀예요. 그래서 아가씨 방 주위로 가서 지키라고 했더니 아니나 다를까 저놈이 침입하더라 합니다."

"허어, 그럼, 그럼, 당했단 말이냐? 내 딸이?"

"당하진 않은 듯싶사옵고 막 옷을 벗기고는……."

"그만둬라. 당하기 직전에 붙잡았다니 천행이로구나, 으음."

거돌은 아무 죄가 없다고 입을 열려 했지만 싸늘하게 번뜩이는 초순의 시선에 그만 기가 질려 입술이 굳어버렸다. 대감 김인성은 발을 구르고 대노했지만 잘못 고성을 지르다간 누워서 침 뱉는 격이 될 것 같아 수염만 떨 뿐이었다.

"향림 아가씨와 대질을 시켜볼 필요도 없습니다. 그리 되면 안팎이 시끄러워지고 창피할 뿐입니다. 시끄러워지면 향림 아가씨가 저자한테 당하지 않았어도 당한 것처럼 알려지게 됩니다. 그리 되면 향림 아가씨가 어찌 되겠습니까?"

애첩 초순의 얘기를 들어보니 고명딸의 신세를 위해서는 울며 겨자 먹기로 그냥 참고 넘길 수밖에 없었다. 그래서 김인성은 씹어뱉듯이 명을 내리고 말았던 것이다.

"저 황소 같은 놈을 토굴 안에 집어넣고 굶겨 죽이도록 하라. 알았느냐?"

"저, 저는 아닙니다요. 저는요."

엎드려 있던 거돌이 깜짝 놀라 두 팔을 허우적거리며 물에 빠진 사람처럼 허둥거리자 매몰찬 초순의 명령이 떨어졌다.
"저놈의 입에서 무슨 더러운 말이 나올지 모르겠다. 여봐라, 목수건으로 입을 틀어막아라."
"예."
장정 두 사람이 달려들더니 거돌의 입에 수건을 뭉쳐서 틀어막아 버렸다. 재갈 물린 개처럼 거돌은 낑낑거릴 뿐 말 한마디 할 수가 없었다. 정말 매정하기가 구시월 서리 같고 보리 뿌리에 매달린 칼날 같은 성에였다. 여자가 한순간에 저렇게 변할 수 있다는 데는 정말 놀라울 뿐이었다. 내리 3년을 두고 2~3일에 한 번씩은 불러다가 때를 벗겨라, 주물러라 하다가는 제물에 끌어안고 행여 떨어지면 목숨이 끊기는 것처럼 기를 쓰고 땀을 빼며 매달리던 여자가 아닌가.
"차라리, 차라리 나를 죽여다오. 응? 주, 죽여다오."
그렇게 죽여 달라고 몸부림치던 계집이 저렇게 변할 수 있다니, 잘못하면 무슨 말이 터져 나올지 몰라 입까지 틀어막으라고 명하는 게 아닌가.
"어서 끌어내다가 토굴 속에 집어넣어라. 그리고 굶겨서 죽이도록 하여라."
다시 한 번 초순이 대감의 명을 확인했다. 그러자 장정들이 달려들더니 묶인 거돌을 개처럼 끌고 나갔다. 그게 끝이었다.
눅눅한 습기가 배어 물이 뚝뚝 떨어지는 토굴 속에 들어앉은 거돌은 신음 소리조차 내지 못하고 있었다. 이제는 꼼짝없이 굶어 죽게 된 것이다. 대감의 애첩 초순은 전격적으로 일을 처리했다. 잘못하면 모든 것이 들통 날 것 같아 벼락처럼 해치운 것이다. 대감 김인성은 딸이 당하지 않았다는 데 그저 안도의 숨만 내쉬며 큰기침을 하면서 본채로 가버렸다.

그러자 초순은 생각난 듯이 별당에 있는 향림의 방으로 나는 듯이 찾아갔다. 아직도 향림은 흩어진 몸매무새를 가누지 못하고 지질펀하게 앉아서 흐느끼고 있었다. 그 옆으로 다가온 초순은 어깨를 다독거리며 소곤거렸다.

"얼마나 놀랐니?"

"……."

향림은 말을 못하고 울기만 했다.

"그놈이 아마 이상하게 미쳤던 모양이다. 지금까지 여러 번 날 치료하려고 안마도 하고 했지마는 그렇게 미쳐 날뛰어본 적은 없다. 그러던 놈이 갑자기 짐승처럼 표변하여 그런 짓을 하다니……. 그래 어디 다친 데는 없니? 원래 상것들은 믿을 수가 없단 말야."

"나가세요."

애원하듯이 향림이 말했다.

"당했어?"

"나가 달란 말예요."

"원, 세상에……. 기어이 일을 저질러버렸구나? 아직도 몸속 깊은 곳에 그놈의 찌꺼기가 남아 있겠구나?"

"네?"

울던 향림이 한순간에 눈물을 멈추고 초순을 바라보았다. 놀란 듯한 표정이었다.

"찌꺼기라니요? 그게 무슨 말이죠?"

그러자 초순은 한숨을 휘몰며 말을 이었다.
 사내들은 접사接事를 하면 그 기물器物에서 물방울 같은 습기를 내놓는 것이란다. 그 습기 때문에 애가 생기는 거지."
 "네? 애요?"
 향림은 더욱 놀라서 얼굴이 파랗게 됐다. 임신이란 말로만 들었을 뿐이지 그런 것인지는 모르고 있었던 것이다. 아니 모르는 것까지는 괜찮지만 바로 제가 임신하게 됐다는 얘기가 아닌가.
 "어쩜, 어쩜 좋아요? 난 어쩜 좋아요, 어머니?"
 향림은 공포에 질려 비명처럼 뇌까렸다. 시커먼 황소 같은 그놈에게서 뿜어 나온 이물질이 아직도 몸 깊은 곳에 괴어 있고 그것이 아이를 만들고 있다니 몸서리가 처질 일이었던 것이다. 여자란 잔인해지기 시작하면 한이 없는 법이다. 온실 속에서 곱게만 자라나 아무것도 모르는 백지 상태의 이 아가씨에게 진탕을 뒤집어씌우고 그걸 완상玩賞하며 즐기고 있었던 것이다.
 "어머니, 난 어떡하면 좋아요? 아아."
 향림은 몸을 떨고 있었다. 초순은 향림의 두 손을 꼭 잡아주었다.
 "너무 염려하지 말아라."
 "네?"
 "사내와 접사가 됐다고 해서 꼭 임신이 되는 건 아니란다."
 "아……."
 "접사를 하고 습기를 받아들일 때마다 사람이 임신을 하게 된다면 어찌 되겠느냐? 하루 저녁이면 한두 번은 꼭 그 일을 해야 하는데 그러다 보면 그때마다 자식이 생겨날 테니 일생에 수만 명이 태어나지 않겠느냐?"

"어머!"

그건 그럴 것이라는 듯이 향림은 고개를 끄덕였다.

"그중에 자식이 만들어지는 건 몇 번뿐이야."

"그, 그러니까 한 번으로 된다는 법은 없는 거로군요?"

"그렇지, 그렇다고 봐야지. 게다가 접사를 할 때 죽기보다 싫어질 때가 있느니라. 그때 조심을 해야 하는 거야. 그때가 바로 임신의 적기니까."

"네? 주, 죽기보다 싫어지면요?"

"너도 그렇게 싫더냐?"

"……"

향림은 말을 못하고 어쩔 줄을 모른다. 뭐라고 대답해야 할지 모르고 있었다.

"그놈이 접근할 때는 죽기보다 싫었겠지?"

"네. 그, 그랬어요."

"하지만 접사가 이뤄지고 끝날 때까지도 그렇게 죽기보다 싫었니?"

"몰라요. 난 정신줄을 놨으니까……."

초순은 빙그레 웃었다.

"다행이다. 별달리 염려치 말고 눈물을 거두어라. 안팎 아이들에게 눈치를 보이면 네 앞길이 막히니까. 그저 아무 일도 없었던 것처럼 명랑해져야 한다. 알았지?"

"네."

"그리고 이 기회에 한마디 더 당부할 게 있다. 내가 그자를 불러 치료를 받아왔다는 사실을 누구한테는 애길 하면 안 된다. 그게 발설이 되면 내 앞길도 막혀버리는 거니까. 설사 아무 일도 없었다고 하지만 치료 어쩌고 하면 무슨 흉측한 관계라도 있는 것인 양 생각하는 게 사람들이야. 알았지?"

"네."

"그런 사실이 발설되는 날에 너 외에 다른 사람이 그럴 리 없다고 생각한다. 그리 되면 나도 네가 당한 얘기를 속속들이 다 발설할 테다. 명심해라. 그 약조 지킬 수 있겠지?"

"네."

"그럼 됐다. 그런 일 없었던 것처럼 활짝 웃어라. 예성강禮成江에 나가서 낯 씻기지 별것 있느냐?"

"예성강이라니요?"

"아니다. 나 혼자 한 말이다."

예성강이라면 송도松都의 서쪽을 종단하고 황해로 빠지는 큰 강이다. 그 강에 나가 낯 씻기나 다름없다는 것이다.

"그럼 난 간다."

득의의 미소를 지으며 초순이 일어섰다. 눈물을 거둔 향림도 일어났다. 초순은 향림의 아랫배를 살짝 쓸어주며 다시 미소를 지었다. 영문도 모르고 향림도 방긋 웃는다. 일은 간단히 해결된 셈이었다. 노예와 정을 통하고 있다는 것이 드러날까 봐 대감의 고명딸에게 완전히 덮어씌우는 데 성공했던 것이다. 거돌이 문제일 것 같지만 그것도 그렇게 걱정할 일이 못 된다. 지금쯤 토굴 속에 들어앉아 죽음만 기다리고 있을 테니까 말이다.

쟁기 보습의 멍에를 어깨에 걸고 온종일 밭을 갈지 않아도 되고 밤이면 이 방 저 방 불려 다니며 시달림을 안 받아서 다행한 일이었지만 그 대신 죽음의 날을 기다리며 이렇게 갇혀 있으니 그게 한심한 거돌이었다.

  호족이나 지주의 집에는 대개 사형私刑을 가하기 때문에 형틀도 갖가지로 많았다. 농사를 노비들의 손에 맡겨 짓기 때문에 그들을 다루기 위해서는 어쩔 수 없었던 것이다. 그래서 웬만한 장원莊園에는 뇌옥牢獄도 있고 뇌옥을 대신하는 토굴도 있었다. 거돌이 갇혀 있는 곳도 토굴이었다. 문자 그대로 땅에다 굴을 파놓고 그 안에 가둬놓은 것이다. 그래도 나무 기둥으로 울을 쳐놓은 뇌옥에 들어가면 사람대접을 받는 꼴이지만 이렇게 굴속에 집어넣는 것은 중죄인이 아니면 그렇게 하지 않는다. 거기다가 굶겨 죽이기 위해 굴 입구까지 여러 개의 바윗돌로 막아버려서 사실상 밖과는 차단시켜 버렸던 것이다. 그래도 조금 봐준 건 공기통을 만들어놓았다는 것 정도였다. 굶어 죽되 숨은 쉬다가 죽으라는 뜻이었다.

  "허어."

  움직일 재간이 없다. 두 발을 모아서 앞으로 묶어놓고 두 손은 뒤로 돌려 묶어 놓았으니 말이다. 아무리 감정을 박탈당한 채 마 소처럼 당하고만 살아왔지만 거돌도 역시 인간이었다. 눈을 부릅뜨고 바라봐도 보이는 것은 어둠뿐 그저 어린애 손바닥만 한 구멍으로 희뿌연 하늘 한 조각이 보일 따름이었다. 비록 마음의 잔물결이 얼굴에 나타나 있지는 않지만 고통에 찬 모습이었다. 벌써 두 끼를 굶었던 것이다. 워낙 덩치가 크고 힘을 많이 쓰다 보니 먹는 것도 다른 사람 두 배 세 배씩 먹어왔다. 그걸 일시에 끊고서 이렇게 묶여 앉아 있으니 견딜 수 없을 정도였다.

"으으으."

이윽고 그의 입에서는 짐승의 신음 같은 소리가 울려 나왔다. 배고파 부르짖는 신음 소리만은 아니었다. 분노의 이지러진 신음이다. 아무리 무식하고 무지하지만 이렇게 막상 죽음을 눈앞에 두고 막다른 구석에 몰리다 보니 정말 저는 아무런 죄가 없다는 생각이 치솟아 오르고 있었던 것이다. 모든 건 대감의 애첩 초순의 짓이 아닌가. 3년 동안 재미를 봐오며 혹사를 시키다가 대감에게 들킬 것 같으니까 술수를 부렸던 것이다.

"여우 같은 년."

그는 그렇게 뇌까리다가 스스로 흠칫 놀랐다. 불려가서 샅 밑의 때를 밀어주거나 용트림을 당할 때도 감히 그 여자의 얼굴을 바로 보지도 못하고 살아온 거돌이었다. 주종主從 관계에 있어서 상전이었기 때문이다. 상전과 노예는 애초 그 태어남부터 다르다고 노예들은 생각했다. 상전이 인간이라면 자기들은 가축이었던 것이다. 그런 관념에 찌들어 있었기에 자기도 모르게 욕을 하고 스스로 놀랐던 것이다.

거돌의 퉁방울 눈은 분노로 이글거리고 있었다. 20여 년 동안 겪어온 갖가지 쓰라린 과거가 다 떠올랐다. 그는 눈을 감았다. 포교들에게 잡혀서 맨발로 산굽이를 돌아가던 어머니의 흰 옷 입은 모습이 망막을 가렸다.

"어머니."

자기도 모르게 또 어머니를 뇌고 있었다. 가축에게도 어미가 있었던 것이다. 이렇게 절박한 상황에서는 가축도 헤어진 어머니를 부르게 되는 모양이다.
 "아부지는 어디 갔어, 응?"
 거돌은 가끔 그렇게 물었다. 그때마다 어머니는 남자처럼 굵은 엄지손가락으로 거돌의 코를 풀게 했으며 흠칫 놀라곤 했다. 그러다가 애매하게 대답하곤 했다.
 "글안병이 쳐들어왔을 때 군사로 뽑혀 나가 싸우다가 죽었단다."
 그런데 언젠가 한 번은 일을 하다가 쟁기잡이에게서 이상한 소리를 들었다.
 "예성강을 한탄강恨歎江이라고도 부르지. 그 이유는 한을 못 푼 물귀신들이 아직도 그 강물 속에 흘러넘치고 있기 때문이야."
 "무슨 물귀신들이 그렇게 많아요?"
 "많지. 다 헤면 5천 명은 넘을 게다."
 "무슨 물귀신이 그렇게 많아요? 그게 다 어디서 왔어요?"
 "어디서 온 게 아니다."
 그때 쟁기 잡이는 한숨을 내몰며 밭고랑 너머 서쪽 산줄기에 흩어진 핏빛 놀을 바라보는 것이었다. 그러더니 그는 약간 슬픈 목소리로 말을 이었다.
 "20년 전이었지. 만적萬積이라고 하는 노예가 있었다. 비록 노예였지만 그 사람은 힘이 천하장사인데다가 무예가 출중했다. 거기다가 글은 못 배웠지만 웬만큼 글을 한 유생儒生이나 불승과 마찬가지였다고 한다. 똑똑한 사람이었던 모양이지. 무신들이 득세를 하면서부터 출신을 안 가리게 됐었지. 남의 집 마름으로 있던 자가 반란을 일으켜 출세를 하고 천한 집안사람들도 출세를 하던 때였으니까. 만적도 급기야 일어났지. 수십만이 넘는 전국의 노예들도 다 같은 인간이다, 그런데 왜 우리는 계속 인간 대접을 못 받고 사느냐, 우리도 인간 대접을 받고 살 권리가 있다, 왕과 대신은 따로 날 때부터 그 종자種子가 있는 게 아니다, 우리도 될 수 있다. 그래서 거사를 꾸몄지. 이게 미리 탄로가 난 거야. 흥국사興國寺에 모여서 머리에 고무래 정丁 자 두건을 질끈 둘러 반란군의 표시를 하고 북을 치고 고함을 지르며 성안으로 덮쳐들면 성안의 노예들이 일제히 들고일어나 자기 상전을 죽이고 노예 문서를 불살라버린 다음 궁궐로 쳐들어가자, 그런 계획이었지. 이것이 사전에 새어 나가자 거사일과 장소를 바꾸었지. 성 밖에 있던 보제사普濟寺에 모여 다시 거사를 일으키려는데 누가 알았겠는가. 순정이라고 하는 노예가 저희 집 상전이던 율학박사律學博士 한충유韓忠愈에게 밀고를 했던 거야."

"다 잡혔겠네요?"

"말하면 잔소리지. 만적을 비롯해서 앞장섰던 노예 백여 명이 우선 잡혀서 꽁꽁 묶인 뒤에 개경 성내에서 조리돌림을 시킨 뒤 예성강으로 끌고 가 강물 속에 집어넣어 죽여 버린 것이다."

"그런데 몇 천 명이라니, 그건 무슨 말씀이지요?"

"주동한 자들만 백여 명이고 거기에 장단을 놓은 다른 노예들이 수천, 수만 명이니 좌우지간 조금만 수상하다 싶으면 한 놈이건 열 놈이건 잡아 묶어 예성강 강물 속에 처박아버린 게야. 그때부터 우리는 더 옴치고 뛸 수 없게 된 거야."

쟁기잡이의 말을 듣는 동안 거돌은 이상한 상념에 사로잡혀 있었다. 어머니의 기억이 새로웠던 것이다. 어린 거돌의 손을 잡고 어머니는 사월 초파일이면 50리가 넘는 예성강을 찾아가는 것이었다. 어머니는 소복을 입고 강가에 앉아서 흐르는 물을 들여다보며 소리 없이 눈물을 흘리곤 했다. 거돌이 기억하기에도 서너 번은 더 됐었다.

'글안병과 싸우다가 죽은 게 아니라 아버지도 그때 강물에 던져져서 죽었구나.'

그렇게 합치점이 생긴 것이다.

"아아."

괴로운 듯 거돌은 고개를 흔들었다. 아버지도 이렇게 결박을 당하여 예성강 물속에 처박혀 죽었는데 이제 저는 굴속에 갇혀 굶어죽게 된 것이었다.

어린애 손바닥만 하게 보이던 하늘 구멍이 이제 먹빛으로 잠겨버렸다. 어둠이 찾아온 모양이었다. 그때 어디선가 사람 목소리 같은 게 들려왔다.

'아니?'

거돌은 바싹 긴장하여 귀를 세웠다.

"거돌아, 거돌아."

분명 자기를 부르고 있었다. 거돌은 앉은걸음으로 다가서서 구멍 앞에 귀를 댔다.

"거돌아."

그 소리는 분명 부엌데기 계집종의 목소리였다.

"엉? 나, 나여."

"이거 먹어."

어린애 손바닥만 한 구멍으로 뭔가 비집고 들어오는 게 있었다. 툭 떨어지는 걸 보니 나무 잎사귀에 뭔가 싸여 있었다. 입으로 헤쳐 보니 떡이었다. 떡갈나무 이파리에 떡을 싸서 구멍 안으로 수십 개를 밀어 넣어 주는 것이었다. 입안에 떡 조각을 집어넣은 거돌은 고마움 때문에 콧날이 찡 울렸다.
"살아날 때까지 먹고 견디어야 한다. 알았지?"
계집종은 구멍에 대고 그렇게 말하더니 사라져버렸다. 거돌이 토굴 속에 갇힌 지도 벌써 엿새가 지나고 있었다. 그런데도 그가 굶어 죽지 않고 살아 있는 것은 그 좁은 구멍으로 마방의 계집종인 과부댁이 몰래 음식을 날라다 먹여주고 있었기 때문이었다.
그러나 대감의 애첩인 초순이 거처하는 별당에는 조그만 변화가 일고 있었다. 당했든 어쨌든 대감의 딸인 향림의 방은 밤이 늦어지면 불이 꺼지곤 했지만 초순의 방에는 밤새도록 등불이 꺼지지 않았다. 초순은 잠을 못 자고 공연히 신경질만 부리고 있었다. 조그만 일에도 역정을 내고 화를 내며 음식도 입에 대지 않고 침상에 누워 있었다. 처음에는 그 증세가 그저 그런 듯하더니 날이 가면서 달라지는 것이었다. 차려다 놓은 밥상을 뒤엎는 것은 예사였다. 원래부터 신경질이 많았지만 웬일인지 더 극성을 부리는 것이었다. 누구도 그 비위를 맞출 수가 없었다. 이런 때는 대감조차 얼씬거리지 않았다. 섣불리 가라앉혀 보겠다고 나섰다간 얼굴에 손톱자국만 남기고 만신창이가 되기 때문이었다.
"대감이 잘해준 게 뭐 있어요? 호강한다구요? 그까짓 호강이면 세상만사 끝나는 줄 알아요? 호강도 나름이지. 이렇게 아름다운

나를 데려다가 이 지경으로 만들어놓은 사람이 누구예요, 네?"

그렇게 달려들면 대감도 슬슬 피하는 수밖에 없었다. 그런 대로 할퀴는 걸 참아주고 뜻을 받아주는 것은 어려서부터 초순의 몸종으로 붙여져 시집을 때도 함께 왔던 진월眞月이란 몸종이었다. 이제 나이 마흔, 아직도 사내를 겪어보지 못한 노처녀였다. 상전인 초순이 대감이 아닌 사내를 끌어들여도 별달리 이상한 감정을 느낀 일도 없었다. 그런 건 상전이나 하는 일이고 자기 같은 몸종은 감히 엄두도 내지 못하는 일로 생각하고 있었다. 그렇기는 하지만 요즘 들어 상전인 초순의 태도가 이상해지고 더 더욱 신경질을 부리는 이유를 알 수가 없었다.

'저렇게 살 재미가 없다고 말끝마다 그러는 이유가 뭘까?'

그 이유를 깨닫기까지는 이틀이 걸렸다. 초순이 사는 재미는 먹고 입고 나다니는 것 외에 또 있는 듯했다. 그게 채워지지 않으니까 그런 모양이었다. 몸종은 곧 주인아씨 모르게 생각했던 것을 실천에 옮겼다. 오후가 돼서 몸종이 나타난 곳은 고방庫房이었다. 몸종 진월은 고방의 소두(小頭: 책임자)를 불렀다.

"왜 그러나?"

"별당 마님의 은밀한 부탁이오."

"별당 마님?"

소두는 약간 긴장했다. 성깔을 익히 알고 있어서 무슨 일일까 움츠리기부터 한다.

"소두도 들었을지 모르지만 목간방 노비가 사단을 냈었네."

목간방 노비란 욕실을 관리하는 노예를 말함이다.

"그래서?"

그도 소문을 들었는지 몸종의 표정을 살폈다.
"그래서 지금 노비가 없다네. 힘 잘 쓰고 건장한 놈으로 하나 보내 달라는 부탁이야."
"흐음."
"맘씨가 순박하고 우직해야 해. 요전 놈은 겉 다르고 속 달라서 그놈이 흑심을 품고 있었던 거야. 갑자기 표변해서 마님을 괴롭히려 했으니 세상 그럴 법이 어딨는가? 고방에는 괜찮은 노비가 있으리라 하시던데?"
"글쎄."
소두는 입맛을 쩝쩝 다신다. 고방이란 창고를 말함이다. 고방 소두가 데리고 있는 노비는 모두 20여 명이었다.
"낮에 일을 시키고 밤에만 가끔씩 와서 일을 해주면 되네."
"알았어. 보내주지."
"밤이 이슥하면 내 방으로 보내주게."
"그렇게 하지. 아니, 이건 뭔가?"
소두는 깜짝 놀라서 몸을 움츠린다. 몸종이 뭔가를 손에 쥐어 주었던 것이다.
"받아두게, 마님께서 내리시는 거니. 수고한 값이야."
패물이었다.
"이거, 이거."
받아서는 안 된다는 듯이 손바닥을 내둘렀지만 한쪽 손은 패물을 받아 괴춤 속에 집어넣고 있었다.
소쩍새가 울고 있었다. 밤이 이슥해지자 문 밖에서 인기척이 들렸다. 바느질을 하고 있던 몸종이 일어나 방문을 열어주었다.

문턱에 버티고 선 사내가 있었다. 덩치는 거돌만 못했지만 키가 그보다 조금 커 보인다. 옷도 변변히 입지 못한 것은 거돌과 닮아 보인다.

"들어오너라."

머뭇거리던 사내가 안으로 들어왔다. 몸종은 곧 옷 한 벌을 내놓았다.

"갈아입어라."

깨끗한 옷이었다. 사내는 벙어리처럼 말없이 하라는 대로 옷을 갈아입는다.

"몇 살이냐?"

"……스물다섯입니다."

"좋은 나이다."

거돌보다는 세 살이 위였다.

"이름은?"

"……통정通精입니다."

"통정?"

시선을 마주친다. 거돌보다는 약간 정돈된 얼굴이다. 한동안 바라보던 몸종이 조심스럽게 입을 열었다.

"대접은 서운치 않게 해주마. 목간방 노비 일은 그렇게 힘든 일은 아니다. 불을 때고 목간 물을 데우고 마님께서 하라는 대로 하기만 하면 된다. 알았느냐?"

"……예."

"마님 눈에만 들면 아예 고방에서 널 풀어주고 목간방에 기거하도록 해주실 게다. 목간방에 있게 되면 네 신세는 활짝 피게 된다. 알았느냐?"

"예."

"자, 그럼 따라오너라."

몸종은 통정이라는 노예를 데리고 복도로 나섰다. 초순의 방 앞에 이르자 잠시 망설이다가 문을 열었다. 초순은 잠이 들었는지 벽 쪽으로 돌아누워 꿈쩍을 하지 않았다. 몸종은 개의치 않고 노예를 데리고 목욕실 안으로 들어갔다.

"불은 내가 땠으니 물은 뜨거울 게다. 청소나 깨끗이 해두도록 하여라."

"예."

통정이 엉거주춤 서 있자 몸종은 돌아서서 휘장을 걷고 방으로 나왔다.

"누구냐?"

자는 줄만 알았던 초순이 언제 깨었는지 묻는다.

"쇤넵니다."

"……"

"잠시 후에 목간을 하세요."

피로에 지친 얼굴로 초순이 일어나 앉았다.

"기다리고 보아줄 사람도 없는데 목간은 해서 뭐하겠느냐?"

혼잣말처럼 중얼거리더니 한숨을 포옥 내쉰다.

"그래도 하셔야죠. 목간을 하시고 술을 드시면 잠이 잘 올 거예요. 그럼 쇤네 물러갈게요."

몸종이 밖으로 나간다. 초순은 시들한 표정이었다. 몸종이 노예 하나를 데리고 왔다는 것도 모르는 듯하다. 어지러운 옷차림으로 일어난 초순은 술 한 잔을 따라 단숨에 마셔버린다. 한참 만에 초순은 욕통 속에서 들려오는 소음이 거슬리는지 휘장을 걷고 욕실 안으로 들어섰다.

"아니?"

취한 눈을 크게 뜨고 초순이 놀랐다. 어찌 된 일인가, 사내 하나가 나무 목욕통을 씻어내고 있지 아니한가?

"네놈은 누구냐?"

그러자 노비는 입을 열지도 못하고 일손을 멈춘 채 고개를 숙이고 섰다.

"네놈은 누구냐니까?"

"⋯⋯고방의 노비인 통정입니다."

"통정?"

"예."

"누구 명으로 여기에 숨어들었느냐?"

"예? 수, 숨어들다니요?"

그는 당황해서 어쩔 줄을 모른다.

"숨어든 게 아니고 마, 마님께서 부르셨다기에⋯⋯."

"내가 불러?"

초순은 사내의 위아래를 훑으며 야릇한 미소를 머금었다.

"몸종께서."

"몸종?"

그제야 알았다는 듯이 초순은 고개를 끄덕였다.

"아무려나 좋다. 장가는 들었느냐?"

"아닙니다."

"그래? 네가 제일 자신 있는 일은 무엇이냐?"

"…… 죄송합니다. 일밖에는 모릅니다. 파고, 들고, 짊어지고, 나르고, 그런 거밖에는 모릅니다."

"호호호, 호호호."

뭐가 우스운지 초순은 배를 잡고 웃는다. 새로 온 이 노예는 영문을 모르고 따라서 쓴웃음을 머금으며 뒤통수를 긁었다.

어린애 손바닥만 한 굴 입구에 어둠이 잠겨 있었다. 밤이 깊어진 듯해서 거돌은 잠이 들었다. 아직도 그는 두 발과 두 손이 결박당해 있었다. 그러니 잠도 앉아서 잘 수밖에 없었다. 막 잠이 들었는데 잠결에 이상한 소리를 들었다. 뭘 허물어내는 소리 같았다. 거돌은 눈을 뜨고 어둠 속을 노려보았다. 분명 누군가 굴 입구에 막아놓은 큰 바윗돌을 밀어내고 있었다.

'과부댁인가?'

거돌은 긴장했다. 언젠가 구출해 주겠다더니 밤이 깊어지자 온 듯했다.

'어?'

그런데 두런거리는 목소리는 여자가 아니라 사내였다.

"이상하다?"

거돌은 입구만 노려본 채 죽은 듯이 가만있었다. 막고 있던 바윗돌이 치워지니까 찬바람이 휙 밀려들어온다. 사람 하나가 들어가고 나갈 수 있을 만큼 트여진 것 같다. 순간 끙 하는 신음 소리가 들리더니 바윗돌 같은 게 밖에서 굴러들어 왔다.

'이, 이게 뭔가?'

둥근 바윗돌은 바로 거돌의 옆에 굴러들어 오더니 멈춰진다. 그러더니 다시 밖에서 바윗돌로 입구를 막는다. 돌까지 쌓아서 꽉꽉 막아버리더니 조용해졌다. 뭔가 밀어 넣고 굴 입구를 다시 막아버리고 사라진 것이다. 그런데 문제는 옆에 굴러와 멎어 있는 둥근 바위였다. 거돌은 겁도 나고 이상해서 가만히 앉아 있다가 묶인 두 발을 모아서 슬그머니 뻗어보았다. 발끝에 닿는 감촉으로 그 물체가 뭔지 알아내고 싶었던 것이다.

"어?"

놀라는 신음 소리가 밀려 나왔다. 그 신음 소리는 거돌의 입에서가 아니라 그 바윗돌한테서 나왔다.

"아니? 사, 사람?"

"사람?"

두 사람의 입에서 동시에 그런 소리가 들렸다. 비로소 새로 들어온 물체는 거돌처럼 손발이 결박된 사람이라는 걸 알 수 있었다. 결박당해서 들어온 사내는 어디를 얼마나 맞았는지 밤새도록 끙끙거리며 앓았다.

어린애 손바닥만 한 구멍으로 아침 햇살이 비칠 때에야 두 사람은 얼굴 윤곽을 서로 알아볼 수 있게 되었다.

"아니 넌?"

새로 들어온 사내가 거돌을 보고 놀란다.

"마방 노비 거돌이 아니냐?"

"통정, 통정 형님."

통정이라는 노예는 거돌과 마방에 함께 있었다. 그래서 서로 잘 아는 사이였다.

"너 어쩌다가 이 꼴이 됐어?"

제 신세나 거돌의 신세가 다를 게 없지만 그는 그렇게 조심스럽게 물었다. 거돌은 한동안 침묵을 지키다가 겨우 입을 열어 이 신세가 된 자초지종을 설명했다.

"뭐야? 그런 나쁜 년이 있나? 구미호다. 꼬리를 아홉 개나 가진 구미호, 들통이 날 것 같으니까 수작을 부려서 너만 죽이려 들다니."

그는 입술을 깨물었다.

"난 그렇다 치고 형님은 어쩌다 이렇게 됐소?"

"나?"

통정은 금방 말을 잇지 못한다. 분노의 표정이 어리고 있었다.

"죽이려다가 들통이 났지."

"누굴?"

"누군 누구냐? 바로 그년이지."

"작은 마님?"

"아무리 내가 비천한 노예지만 그런 대접을 받고는 못 산다. 모가지를 조르다가 몸종인가 하는 년한테 들켰지."

놀라운지 거돌은 입을 다물지 못한다. 자기로서는 감히 상상조차 할 수 없는 짓을 했던 것이다.

"들어봐라, 머리꼭지가 돌지 않겠는가. 고방소두가 날 부르더란 말이다. 별당에 목간방 노비가 없어서 불편한 모양이니 나더러 거기 가서 불 때주고 일을 해주라는 거야. 거절할 수는 없었지. 그래서 갔더니 나아 참, 차마 눈뜨고는 볼 수 없는 일을 시키더라 이거지. 너도 당해봤다니 알겠지만 날 장난감 취급을 하는 거다. 나도 감정이 있고 분별력이 있는 놈인데 엎어져라, 기어라, 올라가라, 내려가라……. 참을 수가 없었다. 아무리 세상이 난세이고 왕조가 썩어 문드러졌기로 그런 년들이 활개를 치고 있으니 그 꼴을 어떻게 볼 수 있느냐? 구역질이 나는 걸 참고 참 다가 모가지를 누른 거다."

"……."

"그년을 미워하는 건 날 개 취급했다는 데도 있지만 뿌리 깊은 원한이 있어서야."

"뭐, 원한이라니?"

"그 계집의 아비 때문에 내 아버지가 죽었어."

"어?"

그것은 금시초문이었다.

"그건 또 무슨 말이오?"

"그 계집의 아비는 이성李成이라고 개경부開京府의 말단 벼슬아치였다. 우리 아버지도 말단 벼슬아치였고, 평소에도 시기심이 많은 그자는 아버지를 괴롭히다가 자기 출세에 장애가 된다는 걸 느끼자 모함을 했어. 내 조부祖父가 만적의 난 때 소삼小三이란 노비를 도와주었다는 거야. 소삼이란 만적, 미조이味助伊, 연복延福, 성복成福 등과 함께 난을 주도한 주모자다. 그 밀고가 들어가자 조사를 받게 되었고 그것이 사실이라는 게 드러났지. 그 바람에 우리 집은 멸문滅門이 되었고 모두 노예로 팔리게 된 거야. 그게 열 살 때의 일이다. 언젠가는 원수를 갚겠다는 생각으로 살아 왔어. 그런데 그 계집의 아비는 딸을 김인성의 첩으로 주고 벼슬이 더욱 올라 지금은 기고만장이지. 이런 원수를 외나무다리에서 만났는데 어떻게 그냥 놔두나? 그년을 죽였어야 하는 건데, 에잇."

분이 풀리지 않는지 그는 흙벽에 머리를 짓찧었다. 놀랍기만 한 얘기였다.

"원수를 갚지 못하고 내가 여기서 굶어 죽다니 아아, 분하다."

그는 눈물을 흘렸다. 거돌은 너무 놀라서 입을 열지 못하고 있다가 겨우 말을 했다.

"너무 염려하지 말아. 굶어 죽지는 않으니까."

"뭐야?"

거돌은 누군가 밤이 깊어지면 구멍 안으로 음식을 가져다주고 있다고 했다.

"그래? 하늘이 도왔구나. 거돌아, 그렇다면 됐다. 여기서 빠져 나가자."

"도망치자고?"

"그래."

"잡히면?"

"여기서 죽으나 잡혀서 죽으나 마찬가지야."

"……"

거돌은 두려운 얼굴이 되었다.

"빠져나가면 원수를 갚고 도망을 치는 거다."

"어디로?"

"압수(압록강)를 건너 요동遼東으로."

"요동"

"거기만 가면 살 수 있다. 글안으로 가든지 몽고로 가든지 하면 되니까."

"……."

꿈같은 일인지 거돌은 선뜻 믿으려 하지 않았다.

"이봐, 여기서 그냥 이렇게 죽기엔 너무 억울하잖아? 생각해 봐라. 20여 년 동안 마소처럼 짐승 대접만 받고 살아온 것도 억울한데 그냥 굴속에서 굶어 죽어야 한다는 건 너무 억울하지 않니? 곡절 없이 노예가 된 놈이 몇이나 되냐? 너도 따져보면 나와 비슷할지도 모른다."

그 말에 거돌은 흠칫했다. 포교들에게 잡혀가던 어머니의 모습이 떠올랐던 것이다. 아니다. 명절이면 예성강을 찾아가서 넋을 잃고 앉아 있던 어머니 얼굴이 보이는 듯했다. 만적의 난에 협력했다고 해서 수천 명 노비를 예성강 물속에 처박아 물귀신을 만들었다는 쟁기잡이의 말이 스쳐갔다.

'그렇다. 곡절 없이 노예가 됐을 리는 없다. 내게도 서러운 곡절이 있을 거다. 그게 무엇일까?

"빨리 결정해. 어떡할 테냐? 나와 행동을 같이하는 거지?"

"으음."

거돌은 그만 고개를 끄덕이고 말았다.

"됐다. 우린 죽어도 함께 죽고 살아도 함께 사는 거다?"

거돌이 고개를 끄덕인다.

"오늘 밤에 계집종이 음식을 가지고 오면 단도를 넣어달라고 일러라, 알았지?"

두 사람은 계집종이 오기만을 기다리게 되었다. 밤이 깊어진 뒤에야 입구에 인기척이 났다. 계집종이었다.

"나야."
그러자 통정이란 노예가 옆구리를 찔벅였다. 더듬거리며 거돌이 입을 열었다.
"저, 단도를 찾아다가 넣어줘. 어서."
알았다며 계집종이 사라졌다. 그런 다음 거돌과 김통정 두 사람은 잔뜩 긴장한 채 어둠 속에서 굴 입구를 노려보고 있었다. 계집종인 과부가 오기만을 기다렸다.
"왜 안 오지?"
"오겠지요."
그때 굴 입구에 인기척이 났다. 두 사람은 숨을 막았다. 과부가 아닌 듯해서였다. 그러나 구멍 안으로 새어 들어온 목소리는 과부의 목소리였다.
"거돌이."
"어, 왔어? 어떻게 됐어?"
"이거면 될는지 모르겠어."
구멍 안으로 들어오는 것이 있었다. 두 사내는 그걸 받을 수가 없었다. 두 발은 모아서 묶여 있고 두 손마저 뒷짐을 지운 채 결박당해 있었던 것이다. 김통정이 재빨리 들어온 물건을 입에 물었다.
"칼이여?"
거돌이 소곤거리자 김통정이 고개를 주억거렸다.
"됐어, 노비청에 가 있어. 거기서 얼씬거리면 안 돼."
거돌이 구멍에 대고 말했다.
"알았어."

과부가 사라졌다. 김통정은 벌써 입으로 보자기를 풀고 단도의 손잡이를 입에 물고 있었다. 앉은 채 몸을 구부리더니 거돌의 등 뒤에 고개를 처박았다. 결박을 끊어내기 위해서였다. 그는 한동안 끙끙거리다가 겨우 매듭 하나를 끊었다. 이윽고 거돌의 두 손이 자유롭게 되었다. 거돌은 자기 발목에 걸린 결박을 풀고 김통정의 결박도 끌러주었다.

"휘유."

결박에서 해방되자 두 사내는 약속이나 한 듯이 긴 숨을 휘이 내쉰다.

"이젠 살았다."

"어떡할 거여?"

거돌이 근심스럽게 묻는다.

"여기서 나가는 거다. 그 계집년을 해치우고 개경開京 땅에서 튀는 거야."

"작은마님을?"

거돌이 당황했다.

"그럼 도망가기 더 어려워질 텐데?"

"염려 마라. 나가서 난동을 피우면 도망가기가 더 힘들겠지만 난동을 피울 필요는 없다. 좌우당간 감쪽같이 그년만 해치우고 튀면 되니까."

"그래도 그게……."

"감쪽같이만 해치우면 누가 죽였는지 모를 게 아니냐? 설마 굴속에 갇혀서 죽을 날만 기다리고 있을 우리가 죽였다고 생각하겠니?"

"흐음."

"자, 서두르자."

벌써 김통정은 굴 입구를 막고 있는 돌을 빼고 있었다. 거돌도 그와 함께 소리 나지 않게 바윗돌을 밀어내고 있었다. 두 장정이 파헤치니 굴 입구는 간단하게 뻥 뚫리게 됐다.

"자, 나와라."

김통정이 먼저 빠져 나간 뒤에 거돌의 손을 잡아당겼다. 두 사람은 이윽고 굴속에서 빠져나왔다.

"처음 그대로 잘 막아두자."

김통정은 다시 입구를 막기 시작했다.

"이쯤 해놓으면 설마 우리가 빠져 나간 줄 짐작이나 하겠니? 굴속에 그냥 있겠지 하겠지. 이제 됐다. 가자."

거돌은 김통정이 하자는 대로 그냥 따르는 수밖에 없었다. 통정이 앞장서서 어둠에 깊이 잠긴 후원의 숲 속을 고양이 걸음으로 뛰기 시작했다.

잠시 후 그들이 당도한 곳은 연당가에 있는 초순의 방 앞이었다. 완자 무늬로 된 원창圓窓 앞에 이르렀다. 이미 자정이 넘었는데도 방안에는 불이 켜져 있었다. 김통정이 손가락에 침을 바르더니 창문을 바른 장지를 뚫었다. 두 개의 구멍이 나자 통정은 제 눈알을 대면서 거돌에게도 그렇게 하라고 시켰다. 두 개의 황소 같은 눈알이 뚫어진 창구멍에서 데룩거리고 있었다. 그러나 휘장 때문이었는지 방안의 풍경은 침상 위쪽 부분밖에는 안 보였다. 김통정이 거돌에게 손짓을 했다. 창문을 창틀에서 들어내자는 뜻이었다. 두 사람은 소리 나지 않게 창문을 들어 뺐다.

창문이 빠지자 김통정은 물어볼 것도 없이 창을 넘어 안으로 들어갔다. 거돌도 따라서 들어갔다.

"엇?"

방안에 들어선 거돌은 멈칫 놀라 섰다. 거돌보다 더 놀란 사람은 바로 침상에 누워 있던 계집이었다. 알몸이 된 계집은 엎드린 사내를 껴안고 땀을 흘리며 기를 쓰다가 얼결에 침입한 두 사내의 얼굴을 보고 경악했다. 그 위에 엎드린 사내는 어떤 사태가 닥쳤는지 알지 못하고 그저 몸을 뒤채며 가쁜 숨만 내쉬고 있었다. 방안에는 잠시 침묵이 흘렀다. 너무도 놀라서 입을 열지 못하던 계집이 그제야 꿈속에서처럼 기어드는 소리로 외쳤다.

"네, 네놈들은 누구냐?"

그 소리에 엎드려 있던 사내가 벌떡 일어나 앉았다. 건장한 몸에 옷가지 하나 걸치지 않은 사내는 그 생김새만 보아도 노예라는 것은 금방 알 수 있었다. 20세, 그쯤 나 보이는 청년이었다. 당장 얼굴이 하얗게 바래지더니 어쩔 줄을 모른다.

계집은 대감의 애첩인 초순이었다. 비밀스러운 부분을 가릴 틈도 없는지 지질편하게 앉아서 정신 나간 것처럼 바라보고 있었다.

"소리치면 박살을 낼 테다."

김통정이 계집 앞으로 다가섰다. 사내와 계집을 번갈아 노려보던 김통정은 이윽고 꿍 하는 소리와 함께 주먹을 날렸다.

"으윽."

얼굴을 싸쥐고 나둥그러지는 것은 계집이 아니라 청년이었다.

"미친 자식."

그렇게 뱉어내자 초순은 단 주먹에 뻗어버린 사내를 보고 바르르 떠는가 싶더니 벌떡 일어나 통정의 목을 껴안았다.
"살려줘, 목숨만 살려줘, 그 은공 꼭 갚을게."
김통정이 여자를 뿌리쳤다. 두 개의 크지도 작지도 않은 젖무덤이 좌우로 흔들린다. 김통정의 우악스런 한 손이 여자의 얼굴을 싸쥔다. 손이 커서 여자의 얼굴이 손바닥 안으로 다 들어가 있었다.
"목숨만 살려줘."
여자는 계속해서 애원하고 있었다. 떨고 있어서인지 아랫배에 파문이 자꾸 일어나고 있었다. 그걸 바라본 거돌은 이상야릇한 감정을 느끼고 있었다. 저게 상전인 초순이었던 것이다. 올라가라 내려가라 시키는 대로 따라야만 했던 많은 밤의 기억들이 스쳐간다. 아니 구석구석 안마를 해서 어디가 나오고 어디가 들어갔는지 배꼽 옆에는 무사마귀가 하나 매달려 있다는 것까지 알고 있다.
"더러운 계집, 요사한 계집."
통정은 신음처럼 뇌까리더니 퉤 침을 뱉고 주먹을 휘둘렀다.
"윽."
비명 소리가 두어 번 났다. 그게 끝이었다.
"자, 가자."
김통정이 휙 돌아서더니 먼저 창문을 넘어 후원으로 나갔다.
거돌도 그 뒤를 따랐다. 두 사람은 후원의 숲 속으로 뛰었다. 그쪽으로 가면 담장이 있다. 담장을 뛰어넘으면 이 저택에서 나갈 수 있는 것이다. 숲 속으로 들어와 잰걸음을 치던 김통정이 돌아섰다. 왠지 거돌이 따라오지 못하고 있었던 것이다.
"아니?"
통정이 깜짝 놀라 멈춰 섰다. 뒤따라오고 있는 거돌은 어깨에 뭔가 메고 있었던 것이다.
"그게 뭐지?"
"휘유."
거돌은 짐짝을 부리듯 어깨에 메고 왔던 것을 숲 속에 부렸다.
"사람 아니냐?"
"아까 그놈이여."
"뭐?"
초순의 방에서 벌거벗고 일을 하던 그 노예였던 것이다.
"정신 나갔구나. 이놈을 짊어지고 오다니. 왜 짊어지고 온 거야?"
"이놈에겐 죄가 없잖아."
"뭐야?"
"살려주자구."
"등신 같은 자식, 내 코가 석 잔데 이런 놈을 봐주자고?"
"이놈은 죄가 없잖아?"
"하."
"우리는 뭐 죄가 있어서 마님 앞에서 옷을 벗었나?"
통정은 기가 막힌 모양이었다. 얼굴을 되게 맞아 기절을 했는지 아직도 사내는 깨어나지 못하고 있었다.
"살려주면 우리가 몰리잖아? 우리가 그랬다고 이놈이 불어버리면 만사는 와르르야."

"그거야 깨어나면 데리고 가지 뭐."

"뭐야? 데리고?"

갈수록 태산이라는 듯 김통정은 한숨을 내몰며 사내를 내려다보았다. 어찌해야 할 것인지 판단이 안서는 모양이다. 그때 사내가 깨어났다.

"어?"

눈앞에 두 사람이 다시 서 있는 걸 보자 어쩔 줄을 몰라 했다. 거돌은 침상 밑에서 뒹굴던 사내의 옷을 주워 가지고 왔는지 그 앞에 던져주었다.

"입어, 어서!"

김통정은 어쩔 수 없는지 묵묵히 생각에 잠기더니 고개를 들었다.

"이젠 어찔 수 없구나. 네놈 이름은 뭐냐?"

겁에 질려 있는 노예를 내려다보며 물었다.

"이강쇠李强釗입니다요."

"나이는?"

"스무 살 이구요."

"그래, 어떡하겠느냐?"

"모, 목숨만 살려주십시오. 소인은 아무 죄가 없습니다요. 소인은 본채 주방廚房에 있던 노비입니다요. 작은 마님 목간방 노비로 가라기에 갔다가……. 처음에는 목간 물을 데우라, 몸을 씻겨라. 그러더니만 제 옷을 훌렁훌렁 벗게 하고 침상에 오르라고 하시잖겠어요. 감히 옆에도 갈 수 없는 노비의 신분으로 차마 그 짓은 못하겠기에 떨다가 살려 달라고 애원했습죠. 그랬더니 저를 때리고 할퀴며 볶아치는데 그만 죽을 때라 잘못 알고 소인도 모르게 기를 썼습니다요."
"이 자식, 누가 그런 말 지껄이라고 했느냐? 두 번 다시 그런 말 지껄이면 모가지를 비틀어놓을 테다."
김통정은 화가 나서 외친다.
"모, 모가지를요?"
"그래, 살려주면 죽을 때까지 우릴 형님으로 모시고 따라다니겠냐?"
"예, 무, 물론입죠."
"그렇다면 좋다. 따라와."
김통정은 선선히 결정을 지어버렸다. 강쇠라는 이 노예를 살려서 그냥 보냈다가는 초순을 죽인 자가 드러나 위험을 자초하게 된다. 그래서 망설였으나 이젠 어쩔 수 없는 일이었다. 그게 불쌍하다고 짊어지고 나온 거돌을 원망만 하고 있을 수는 없었던 것이다.
"이제 어떡할 겁니까요?"
거돌이 통정에게 묻는다.
"떠난다. 어차피 기찰機察을 당하면 우리는 수상한 자로 몰리게 된다. 어떤 노비가 일 없이 여기저기 방황하겠느냐?"
"그럼 어떡하지요?"
"요동遼東으로 간다. 국경을 빠져 나가야 한다. 그렇게 해서 글안으로 가거나 몽고로 가는 것이다."
"그곳에 가면 괜찮을까요?"
아직도 공포에 질려 있던 이강쇠가 묻는다.

"말도 안 통하는 오랑캐 나라에 가서……."

그러자 김통정은 약간 어두운 얼굴이 되었다.

"어쩔 수 없이 가는 거니까 그만한 고통쯤은 참고 견뎌야 한다. 오랑캐도 사람이고 사람이 사는 땅인데 우리라고 못 살라는 법은 없단 말이야. 살다 보면 배울 수 있겠지. 어쨌든 이곳에서 사람대접도 받지 못하고 짐승처럼 사는 것보다는 그런 곳에 가서 자유스럽게 사는 편이 훨씬 낫다. 안 그런가?"

통정의 그 말에 두 사람은 고개를 끄덕인다. 그것은 사실이었던 것이다.

"자, 떠나자. 압수로 가는 거다."

세 사내는 왕륜사王輪寺 뒷산 쪽으로 길을 접어들었다. 산길을 타야만 발각이 안 되고 갈 수 있었던 것이다.

몽고괴병蒙古怪兵

"우선 도성 안에서 빠져 나가는 게 문제로군요. 이렇게 노비 차림으로 세 사람이 성문을 나가다가는 한꺼번에 잡힐 텐데요?"

강쇠가 걱정스럽게 말한다.

"궁하면 통한다고 했다. 좌우지간 가보자. 북문으로 간다."

북문은 송악산松嶽山 기슭에 있다. 이들이 왕륜사 산골짜기로 접어들었을 때였다. 누군가 뒤에서 숨을 헐떡이며 뛰어오고 있었다.

"아니, 저게 누구야?"

세 사람이 발걸음을 멈추고 돌아다보니 뛰어오는 사람은 치마 말기 밖으로 젖이 삐져나와 출렁이는 여자였다. 행색으로 보아 노비 같았다.

"거돌이, 거돌이."

그 여자가 거돌을 부른다.

"아니?"

거돌은 깜짝 놀라 다가오는 여자의 얼굴을 바라보았다.

"아니, 이게 누구여?"

거돌은 반가우면서도 당황하여 어쩔 줄 몰랐다. 여자는 다른 사람 아닌 마방馬房의 부엌데기 노비인 과부댁이었던 것이다.

"어떻게 따라왔어, 응?"

그러자 과부는 가쁜 숨을 돌리며 응답했다.

"칼을 갖다 달라고 했지? 수, 숨어서 두 사람이 굴속에서 빠져나오는 것을 지켜봤어. 그러다가 따라온 거야."

김통정은 이 여자가 생명의 은인이라는 걸 알고 고마워했지만 다음 순간 설익은 오이 꼭지를 씹고 난 표정이 되었다.

"왜 왔어?"

거돌이 묻자 과부댁은 말기 밖으로 삐져나온 두 개의 큰 젖통을 안으로 밀어 넣으며 낭연하다는 투로 말한나.

"따라가려고."

"따라가려고?"

거돌이 놀라며 김통정의 눈치를 살폈다.

"작정을 했어. 나……."

"작정이라니?"

과부댁은 통통하게 살이 오른 얼굴을 벌겋게 붉히더니 더듬거리며 말을 이었다.

"나, 거돌이 없이는 못 살어."

"하."

기가 차다는 듯 신음 소리를 내지른 것은 거돌이 아니라 김통정이었다. 거돌은 뭐라고 답변해야 할지 몰라 아무 말도 못하고 쩔쩔매기만 했다. 김통정이 나섰다.

"이거 봐, 우릴 구해준 건 고마운데……. 우린 지금 멀리 도망을 치고 있단 말야. 두 사람이 도망쳐도 한 사람보다 위험한데 세 사람, 네 사람이 떼거리로 가서 어떡하겠다는 거야, 엥? 봄날 박연폭포로 화전놀이라도 가는 줄 알어? 이봐, 우린 사람을 죽였다고. 과부댁은 아무 죄도 없어. 우릴 도와주었다지만 누가 그걸 알겠나? 모르는 체 시침을 떼고 기다리란 말야. 기다리고 있으면 거돌이 다시 올 거 아냐? 자, 돌아가."

"난 못 돌아가요."

"뭐여?"

"별꼴이 반쪽이여. 내가 좋아서 따라 나섰는데 누가 말린단 말이우?"

"이런!"

"임자는 입 벌려서 나보고 뭐라 할 건덕지도 없어요. 내가 미쳤다고 임자 같은 사람 구해준 줄 알아요?"

"무슨 말이지?"

돌연한 과부댁의 말에 김통정은 이맛살을 찌푸렸다.

"나는 어디까지나 거돌이를 구해주려고 음식을 날라다 주고 칼까지 넣어준 거란 말예요. 그런데도 날 떼어놓으려구? 흥! 어림도 없지, 어림도 없는 소리 말란 말야."

과부댁이 악을 쓰자 김통정은 입을 열지 못했다. 중간에서 거돌만 난처해진 꼴이다.

"이봐, 뭐라고 좀 해야 되잖아?"

보다 못한 김통정이 거돌의 옆구리를 찔벅인다. 제가 나서서 해결될 문제가 아니었던 것이다. 그러자 거돌은 애원하듯이 말했다.

"온다구, 곧 돌아올게. 기다리고 있으면 온다니까."

"그런 소리 안 믿어!"

과부댁의 눈에서 두 줄기 눈물이 흘러내리고 있었다. 오른손을 들어 한쪽 콧구멍을 막더니 코를 힝하니 풀어 제치고 넋두리를 했다.

"한두 번 당한 게 아니라고, 한 번 가면 끝장이여. 남의 집 종살이 하면서 자기도 겪어봤겠지? 한 번 붙었다가 떨어지면 그걸로 끝이라고, 서방도 그렇게 떠나가서 가뭇없이 죽었고 딸년도 그렇게 팔려가서 끝이여. 가려면 나를 죽여놓고 가라고."

"허."

거돌의 입에서는 연빙 그린 신음 소리밖에는 나오지 않았다. 들자니 무겁고 놓자니 깨질 것만 같았던 것이다. 과부는 울음을 그치지 않았다. 한동안 침묵이 흐르자 거돌이 김통정에게 통사정하듯이 말했다.

"형님, 어쩔 수 없소."

"데리고 가자구?"

"그게 아니구요. 이렇게 돼버렸으니 어떡하겠소? 형님은 강쇠를 데리고 먼저 떠나시오."

"그럼 너는?"

"나는 과부댁하고 떠날 테니까."

"두 패로 나누잔 말이냐?"

"예."

"흐음."

김통정은 별 한심한 놈을 다 보겠다는 투로 바라본다.

"어쩔 수 없잖아요."

"좋다. 그럼 여기서 헤어지기로 하자. 오늘이 며칠이지?"

"열나흘입니다요."

강쇠가 대답했다.

"그럼 한 달 뒤인 다음 달 열나흘에 평양성에서 만나자."

"평양성이오?"

거돌은 흠칫하며 되묻는다. 한 번도 가보지 못한 땅이었던 것이다.

"평양성 우문右門에서 만나기로 한다."

"마, 만나질까요?"

"만나도록 해야지. 자, 그럼 우리 먼저 간다."

김통정이 강쇠와 떠나려 하자 거돌이 막아섰다.

"저어, 다시 못 만날지도 몰라요. 거기까지 갈 자신이 없습니다요."

그러자 과부댁이 거돌의 팔을 낚아챘다.

"가면 가는 거지 못 갈 게 뭐 있어? 나 참, 병신같이! 그쪽도 어서 가요."

김통정에게 떠나라 한다. 거돌은 졸지에 혼자가 돼버렸다. 김통정은 강쇠를 데리고 떠나버리고 과부댁마저 거돌에게 이곳 숲속에서 기다리라 해놓고 산을 내려가 버렸던 것이다.

"노자도 없이 어디로 가겠단 말이여? 조금만 기다려. 내가 가서 마련해 올 테니까."

몽고괴병蒙古怪兵

과부댁은 그 말을 남기고 총총히 떠나버렸다. 혼자 남은 거돌은 땅거미가 지기 시작하는 숲 속에서 외로움을 느꼈다. 평생 처음으로 느껴보는 외로움이었다. 살지 죽을지도 모르는 사지死地에 버려졌던 것이다.

"나여, 나."

어둠이 깃들기 시작하자 숨을 헐떡이며 과부댁이 돌아왔다.

"자, 배고픈데 어서 요기나 해."

과부댁은 커다란 보퉁이를 이고 와서 우선 가지고 온 음식부터 꺼내놓는다. 배가 고픈 판에 거돌은 포식을 했다.

"다 먹었으면 옷이나 갈아입어."

"이거 무슨 옷이야?"

"노비 옷만 입고 살겠어?"

과부는 그래도 머리를 써서 평민들이 입는 옷을 어디선가 구해 왔던 것이다. 그것으로 변복하고 농사꾼으로 행세하자는 것이었다.

"그건 그렇다 치고 대감 댁에 난리는 안 났어?"

"왜 안 나? 대감의 소실인 초순 마님이 괴한한테 맞아 죽었다고 온 집안이 벌통 쑤셔놓은 것 같던데."

"그래?"

"누구 짓인지 조사를 하다가 토굴 속에 갇혀 있던 두 사람이 없어져버렸다는 걸 알고 그놈들 짓이라고 대감 마님이 펄펄 뛰고 있었어."

"허."

거돌의 얼굴에 공포의 그림자가 어렸다가 사라졌다. 토굴 속에 들어가 있던 김통정과 거돌이 범인으로 지목되었다는 건 섬뜩한 일이었던 것이다. 감쪽같이 해치우고 나가면 된다고 해서 초순과 정사를 벌이고 있던 노예마저 죽이려고 했는데 그게 들통이 나고 말았던 셈이다.

"그럼 우리는 어떻게 되지?"

"어떻게 되기는 뭐가 어떻게 돼? 엎질러진 물이고 쏘아놓은 화살이지. 평양성으로 가 통정인가 정을 통한 사낸가 하는 그 사내를 만나 가지고 오랑캐 땅으로라도 내빼야지, 안 그래?"

"……."

거돌은 선뜻 대답을 못했다.

"화상畵像이라도 그려서 곳곳마다 붙여놓고 이 잡듯이 잡으면 큰일이니까 조심해야지. 자, 가자구."

이건 완전히 주객이 뒤바뀐 꼴이다. 과부댁이 설치니 거돌은 그 뒤를 따라다닐 수밖에 없게 된 것이다.

"지금은 가봐야 성문이 닫혔을 테니 성문 가까운 객주에서 잠을 자고 새벽녘에 빠져 나가자고."

과부댁은 선선히 앞장서서 산골짜기를 내려갔다. 왼편으로 우뚝 솟아 하늘을 가로막고 있는 산은 송악산인 듯하다. 북문 가까운 길가에서 객주 하나를 찾은 두 사람은 그곳으로 들어갔다.

"주무시게?"

"예."

거돌 대신 과부댁이 응답하자 객주집 주인은 두 남녀의 행색을 위아래로 훑어본다.

"장사꾼이신가?"

"예, 고기하고 술이나 한상 줘요."

"방으로 들어가슈."

두 사람은 방안으로 들어갔다. 한쪽 구석에 보따리를 세워놓으며 과부댁이 거돌의 옆구리를 찔벅거린다.

"에이그, 꿔다 놓은 보릿자루처럼 맹하지 말고서 말대꾸도 하고 어쩌고 그래야 의심을 안 받을 거 아녀?"

"……. 뭘 알아야지."

"어이구, 가슴이야."

"돈도 없을 텐데 이렇게 자꾸 마셔도 될까?"

"그래서 내가 대감 댁에 갔다가 왔잖아. 그래도 깜냥에 모아놓은 패물이 좀 있다구. 그걸로 노자를 삼는 거지."

감탄한 듯이 거돌은 고개를 주억거렸다. 거돌과 과부댁은 주인이 들여다 준 술과 고기를 먹기 시작했다. 술청에 손님이 없이서인지 객주는 조용하기 이를 데 없었다.

"술 더 시킬까?"

과부댁이 묻자 거돌은 고개를 흔들었다. 마실 만큼 마셨는지 거돌은 괴춤을 끌러놓고 비스듬하게 벽에 기대 앉아있었다.

"어이구, 더워서 못 살겠다."

과부댁은 죄었던 옷을 다 풀어헤쳐서 허연 가슴팍이 밖으로 나와 있었고 허벅지가 드러나 붉은 빛을 띠고 있었다. 취기가 도는지 눈이 반쯤 감긴 채 입술이 촉촉이 젖어 있었다.

"좀 가까이 와."

과부댁이 거돌의 팔을 잡아끈다.

"응? 더 가까이 가면 뭐해? 안 그래도 가깝구먼."

"에이구."

거돌의 큰손을 잡아 낚아챈다. 그 바람에 거돌은 과부댁의 허벅지 깊숙한 곳에 손을 짚으며 비틀했다.

"허, 술상이나 치워야지……."

거돌이 더듬거리며 말하자 과부댁은 거돌의 옷을 벗겨내며 지껄였다.

"문고리를 잠그면 되지 뭐."

과부댁은 허리 토막에 겨우 둘둘 말린 옷을 걸친 채 풍만하기 이를 데 없는 몸을 일으키더니 문고리를 잠갔다.

"아효!"

한여름에 등멱물을 끼얹을 때 나는 듯한 신음 소리가 일어났다.

"아효!"

방안에 금세 열기가 올라 더워지기 시작했다. 방밖에 있는 술청이 갑자기 소란스러워지기 시작했다. 그러나 뜨거운 늪 속에 빠져든 두 남녀의 귀에는 아무 소리도 들리지 않았다.

"이 방에는 누가 있어?"

바로 문밖에서 그런 소리가 들린다. 거돌이 움직임을 멈추고 가만히 귀를 세웠다.

"뭐하는 거야, 응? 뭐하고 있어?"

다급하게 몸을 흔들며 과부댁이 불평한다.

"왜 이래? 갑자기 무슨 짓이야?"

"손님이 있어?"

또 그런 소리가 밖에서 난다.

"예예, 장사꾼 부부가 들었습죠."
"언제?"
"저녁나절에요."
"그래?"
일도 끝내지 못한 거돌은 벌써 바지를 주워 입고 있었다. 그제야 과부댁도 꿈에서 깨어난 듯 흠칫하더니 치마를 주워 입었다.
"이봐, 무슨 일이 일어나면 장님 행세를 해요. 알았지?"
과부댁이 거돌의 귀에다 소곤거린다. 밖에 서 있는 것은 기찰을 나온 군사들인 듯싶었다.
"문을 열어봐."
그런 소리가 들리자 주인의 대답 소리가 나오고 곧이어 문고리 흔드는 기척이 들렸다.
"여보시오, 손님, 손님!"
"……예, 예."
"문 좀 열어보시오. 북문의 파수 군사들이신데 수상한 자가 도망을 쳐서 기찰을 하시겠답니다요."
"알았어요."
과부댁이 대답하고 일어나 문고리를 벗겼다. 문을 열고 과부댁이 상반신을 밖으로 내밀었다.
"왜 그래요?"
"예?"
문 앞에 서 있던 주인과 세 명의 군사들이 꿀꺽 마른침을 넘기며 당황해했다. 치마로 아래만 가렸을 뿐 과부댁은 윗도리는 벗은 채 부풀어 오른 젖무덤을 출렁이며 내보였던 것이다.

"상스럽다. 가려라."

인솔자인 듯한 군사가 외친다. 과부댁은 그제야 비명 소리를 일부러 내면서 윗도리를 걸쳤다. "저기 누워 있는 건 누구야?"

방안을 들여다보던 군사가 거돌을 가리킨다.

"저희 바깥양반이구먼요?"

"죽었나?"

"예?"

"그럼 왜 뻗치고 누워 있어? 일어나 나오라고 해."

"예? 나오라구요? 이봐요, 임자, 임자!"

그러자 거돌이 일어나 앉았다. 그런데 웬일인지 방문을 등지고 앉아 있었다.

"저거 왜 저래?"

"우리 집 양반은 앞을 못 보는 봉사거든요."

"저런 등신 같은 놈을 보았나? 사지는 멀쩡해 가지고, 나와, 임마!"

"나오래요."

그 소리를 듣자 거돌이 일어났다. 벽 쪽으로 걸어가더니 더듬더듬한다.

"에이."

화가 나는지 군사 하나가 신발도 벗지 않고 뛰어 들어와 거돌을 돌려 세우더니 따귀를 갈긴다.

"엇"

거돌이 볼따구니를 움켜쥔다.

"하, 이 새끼 눈을 떴다가 감았습니다요."

"떴다가? 끌고 와."

거돌이 밖으로 끌려 나왔다. 파랗게 질렸던 과부댁이 앞으로 나서더니 인솔자에게 통사정을 한다.

"저이는 당달봉삽니다요."

"당달봉사가 뭐냐?"

"눈뜬 장님이라구요. 눈을 뜨기는 했지만 누가 죽인다고 해도 몰라요. 앞이 안 보이니까요."

이건 거돌이 들으라는 소리였다. 거돌은 금방 눈을 뜨고 역시 장님처럼 더듬었다. 처음에는 눈먼 장님이라 했다가 나중에는 눈뜬 장님이라 하니 이상하게 생각한 군졸들은 여러 가지로 거돌을 시험했다.

"칼로 눈을 파내라."

그것을 보고 있던 북문 수비장이 외쳤다. 그러자 군졸 하나가 칼을 빼들더니 거돌의 눈앞에 칼끝을 댔다. 그 순간 과부댁은 숨을 훅 하고 들이마시며 사색이 되었다.

"사, 살려주십시오."

거돌도 너무 놀랐던지 그 자리에 털썩 주저앉았다.

"연놈을 끌고 가라."

수비장이 외쳤다. 오라가 날아들더니 두 사람을 결박해 버렸다. 객주에서 끌려 나온 과부댁과 거돌은 어둠 속을 떠밀려갔다.

"들어가 있어."

문초는 아침에 할 모양인지 두 사람을 뇌옥 속에 가둬버렸다.

"이쿠."

뭔가 물컹 밟히는 바람에 거돌은 깜짝 놀랐다. 거기에는 뜻밖에도 먼저 잡혀온 자가 둘이나 쪼그리고 앉아 있었다.
"으음, 뛰어봐야 벼룩이구나?"
어디선가 듣던 목소리가 나왔다.
"엇? 형님."
거돌이 얼굴을 바싹 들이민다. 먼저 잡혀와 앉아 있던 사람들은 다름 아닌 김통정과 이강쇠였던 것이다.
"아이구, 이게 어찌 된 일이오?"
"그렇게 묻는 너는 대체 어떻게 된 거냐?"
거돌은 비로소 떠듬떠듬 객주집에 묵었던 일과 갑작스런 군졸들의 기찰 바람에 장님 행세를 하다가 잡혀오게 됐노라고 자초지종을 얘기했다. 그러자 김통정은 한숨을 내쉬었다.
"우리도 비슷한 사정으로 잡히게 됐다. 좌우지간 떠도는 부랑자와 거렁뱅이는 다 잡아들이라 한 모양이야. 강쇠와 나는 거렁뱅이 행세를 하며 북문을 나가려다 덜커덕 잡히고 말았다. 도성만 빠져 나가 농사꾼으로 변복하면 국경 밖으로 무사히 도망칠 수 있는 건데 그걸 못한 것이다."
"부랑자, 거렁뱅이는 왜 잡아들이라는 걸까요?"
거돌이 의아롭다는 듯이 물었다.
"뻔하지 않냐. 살인을 한 놈들이 누구냐? 노비 두 놈이 아니냐? 우릴 잡기 위해 그러는 거겠지."
그 말에 공포감이 이는지 거돌은 입을 다물고 눈만 데룩거렸다. 예리한 칼끝이 당장 또 눈앞으로 파고드는 듯한 착각이 일었던 것이다.
"날이 밝으면 끝장이다."

김통정은 혼잣말처럼 내뱉었다.

"끝장이라니요?"

"아침이 되면 우릴 끌어낼 테고 끌어내면 문초를 할 게 아니냐? 문초를 하면 들통이 나게 되는 것이고 그리 되면 끝장이지 별수 있나?"

"날이 새기 전에 여기서 도망쳐야지요."

지금까지 잠자코 앉아 있던 과부댁이 참견한다.

"도망? 어떻게? 무슨 수로?"

"뇌옥에서 빠져 나가야지, 그럼 앉아서 죽잔 말인가요?"

"흠."

당돌한지 김통정은 과부댁을 멍하니 바라본다. 한동안 침묵이 흘렀다. 이윽고 김통정이 결심한 듯 말했다.

"죽고 사는 건 하늘에 맡기자. 어쨌든 날이 새기 전에 도망을 쳐보자. 과부댁 말이 맞아. 앉아서 죽으나 도망치다가 죽으나 마찬가지다."

"어떻게 도망치잔 말인가요?"

강쇠가 근심스럽게 묻는다.

"이렇게 하자."

가까이 오라고 하더니 김통정은 귓속말로 소곤거렸다. 그는 도망치는 방법을 일러주더니 덧붙였다.

"무사이 도망치더라도 끝까지 살아남을지 죽을지 그건 모른다. 성벽은 높아서 그걸 뛰어넘을 재간은 없다. 천상 북문을 통과해서 도망해야 한다. 북문을 어떻게 빠져 나가느냐 하는 것은 운에 맡길 수밖에 없다. 날이 새면 파루罷漏를 치지 않나."

파루란 밤새 통행인의 야행夜行을 금했다가 야행 해제를 알리기 위해 치는 쇠북이다.

"파루를 치면 성문이 열린다. 파루의 쇠북소리를 군호로 도망을 치기로 한다."

김통정의 말이 끝나자 뇌옥 안에는 긴장이 감돌았다. 뜬눈으로 밤을 새운 이들은 파루 소리만 고대했다.

"둥둥둥."

새벽 공기를 뚫고 드디어 파루의 쇠북소리가 울려오기 시작했다.

"자, 지금이다. 강쇠, 빨리 해."

김통정의 결박을 이빨로 끊었다. 그러다 갑자기 통정은 약간 풀어진 그대로 놔두라 한다.

"뭐하나? 빨리 하지?"

교대를 하는지 파수 군졸이 다가오는 발소리가 들린다.

"어이고, 배야. 어이고 나, 나 죽네. 나 죽네."

강쇠가 옥사 안에서 뒹굴기 시작했다. 뛰어오는 발소리가 난다. 파수 군졸이었다.

"왜 소란을 피우느냐?"

"아이고, 어머니."

강쇠는 발작이 난 간질병자처럼 온몸을 버르적거린다.

"뭐야?"

"무슨 병에 걸렸는지 모르지만 밤새도록 이 모양입니다."

김통정의 말에 파수 군졸이 울기둥 사이로 머리를 넣었다. 좀 자세하게 들여다보려는 듯하다. 그때 울기둥에 진작부터 붙어서 있던 거돌이 군졸의 머리를 꽉 잡았다.

"아니?"

한 손으로는 입을 틀어막고 한 손으로는 머리통을 잡아당기자 군졸은 개펄 속에 처박힌 꿩 모양 버르적거린다. 머리통을 울기둥에 두어 번 부딪치자 군졸은 그만 정신을 놓고 사지를 추욱 늘어뜨린다.

"허리춤을 뒤져봐."

김통정이 날카롭게 소곤거린다. 거돌이 군졸의 허리춤을 더듬었다. 철그렁거리며 열쇠꾸러미가 잡혀 나왔다. 김통정이 열쇠꾸러미를 받아들더니 이것저것 자물통에 넣어본다. 이윽고 문이 열렸다.

"됐다. 나가자."

결박을 다 푼 네 사람은 소리 없이 뇌옥을 벗어났다. 이곳은 북문 수비장의 군막이어서 옥사도 가옥假獄이나 다름없었다. 마당을 가로지르면 조그만 담이 있었다. 그 담만 넘으면 빠져나갈 수 있었다.

"어허이고."

과부댁이 담을 기어오르지 못하고 시근벌떡거린다. 천근이나 되는 엉덩이가 아래로만 처지니 오를 수가 없었던 것이다. 거돌이 밑에서 떠받치고 강쇠가 지붕 위에 엎드려서 손을 잡아 올린 뒤에 먼저 넘어갔던 김통정이 받아서 내렸다. 네 사람은 무사히 군막 밖으로 나온 셈이었다.

"자, 여기까진 잘 나왔다만 이제부터가 문제로구나. 과부댁의 수고를 빌릴 수밖에 없다. 어떡하겠소?"

"뭘요?"

김통정이 다가들더니 다시 소곤거렸다.

"아직 잠들이 안 깬 꼭두새벽이오. 미안하지만 과부댁이 다녀와야겠소."

"어디를요?"

"여기서 조금만 내려가면 어제 잤다는 객주집이 나오는데 그 집 부엌을 뒤지는 수밖에 없겠소. 어제 낮에 우리도 그 집에 가서 술 한잔할 때 유심히 보았소. 부엌 벽에 보면 사냥할 때 쓰는 밧줄이 걸려 있을 거요. 그걸 빼오시오."

"밧줄? 밧줄은 뭐하려고요?"

"북문으로 나가볼까 했지만 안 되겠소, 도성의 성벽을 넘어 도망해야겠소."

"그럼 내가 다녀오지요."

거돌이 나선다.

"여자가 나아, 넌 가만있어."

"알았어요."

과부댁이 뒤뚱거리며 골목 아래로 내려갔다.

"됐다. 가자."

"가다니요? 과부댁이 오면 어쩌구요?"

"빨리 가자구. 그 계집과 있으면 다 죽어."

"예? 그래도……."

"과부댁은 놓고 가도 죽지는 않는다. 그 여자는 살인하는 데 같이한 일도 없다. 우리 일은 모른다고 잡아떼기만 하면 돼. 치죄를 받아봐야 마찬가지다. 신분이 노비인데 노비보다 더 천한 밑바닥 인생이 어디 있느냐? 하지만 우리는 잡히면 죽는다. 우리는 죽음을 각오하고 도망쳐야 해. 세 길이 넘는 성벽을 타고 넘을 수는 없다. 그냥 북문으로 나가야 한다. 나가다 걸리면 사생결단을 낼 수밖에 없다."

"안 돼요."

"안 되면 너만 남아 과부하고 같이 살든 죽든 마음대로 해, 자 강쇠, 가자."

두 사람은 앞으로 뛰어가 버렸다. 혼자 남은 거돌은 그만 망연자실해서 어쩔 줄 몰라 했다. 이러다간 죽도 밥도 안 될 것 같다. 양단간의 택일을 해야만 했던 것이다. 자기도 모르게 거돌은 콧날이 시큰해짐을 느끼고 객주집이 있는 쪽을 흘끔거리며 사라져 간 김통정의 뒤를 쫓았다. 얼마 가지 않은 산비탈에 가로막힌 성벽 한쪽으로 열려진 성문이 보였다. 파루를 치자 성 안팎의 통행이 허용된 것이다. 도성 저자에 채소를 팔러 가는 농사꾼들이 들어오고 있었다.

"같이 가요."

숨을 헐떡이며 쫓아가자 김통정과 강쇠가 멈춰 섰다.

"이쪽 숲에 숨어라."

김통정이 거돌의 팔을 잡아당겼다. 성문 쪽에서 군사 하나가 말을 탄 채 이쪽으로 오고 있었다.

"강쇠, 그리고 거돌이, 말을 탈 줄 아느냐?"

거돌이 고개를 가로 저었으나 강쇠는 고개를 끄덕인다.

"노마방勞馬房에 있어 봐서 탈 줄 압니다."

"됐다. 저놈의 말을 빼앗는 거다. 강쇠는 뒤에다 거돌을 태우고 튀어라. 그러면 소란이 벌어질 것이다. 북문을 빠져 나가면 협곡이다. 가다가 보면 개울이 있을 것이다. 개울을 건너자마자 왼쪽 높은 산으로 도망쳐라."

"말은 어떡하구요?"

"빈 말은 엉덩이를 쳐서 쫓아! 왼쪽 산으로 올라가면 하얀 벼랑 바위가 있다. 그곳에서 만난다."

"형님은 어떡하구요?"

"내 걱정은 말아라. 그럼 거기서 만나자."

말 탄 군사가 지나가고 있었다. 숨어 있던 김통정이 강쇠에게 손짓을 했다. 알았다는 듯이 강쇠가 나섰다. 번개처럼 다가가더니 몸을 솟구치며 군사가 들고 있던 창을 빼앗았다. 군사는 창을 놓치지 않으려다가 말에서 떨어졌다.

"웬 놈이냐?"

땅에서 일어나려고 하자 빼앗은 창목으로 군사의 머리를 갈긴다. 당장 정신을 잃고 나자빠졌다.

"어서 가!"

김통정이 두 사람에게 날카롭게 소곤거렸다. 김통정은 벌써 정신을 잃은 군사의 몸뚱이를 숲 속으로 끌어들이고 있었다.

"끼럇"

거돌을 뒤에 태운 강쇠는 말을 몰았다. 말은 콧바람을 불더니 뛰어나갔다.

"저게 뭐냐?"

달려드는 군마를 바라본 북문의 파수병들이 눈을 휘둥그렇게 떴다. 제복을 입은 군사가 타고 있어야 할 마상에는 웬 거렁뱅이 같은 젊은이들이 앉아 있지 않은가.

"저, 저놈 잡아라."

온통 소란이 벌어졌다. 세 필의 군마가 땅을 차며 쫓아가기 시작한다. 그 뒤로 군졸 7~8명이 뛰어나갔다.

강쇠의 승마 솜씨는 아주 뛰어나서 거돌을 뒤에 태우고도 혼자 타고 있는 듯이 앞서 달리고 있었다. 세 필의 군마가 그 뒤를 추격하고 있다.

"좀 더 빨리 몰아라."

북문 수비대장이 박차를 가하면서 군졸들에게 외쳤다. 나는 듯이 앞서 달리던 괴한의 군마가 굽잇길로 돌아들어 시야에서 사라졌다. 계곡이 굽이져서인지 말발굽 소리만 들릴 뿐 앞섰던 군마가 보이지 않는다. 개울이 막고 있었다. 별로 깊지 않은 곳이었다. 군졸들의 군마가 물걸을 차고 건너편으로 올리간다. 이 길은 평양성으로 향하는 대로大路이다. 명색이 대로일 뿐 좁은 곳은 수레 하나가 겨우 지나갈 정도였고 손을 보지 않아 여기저기 장마에 패어 나가고 개울이 막고 있었지만 변변한 다리 하나 없었다.

이것은 다 이유가 있다. 모든 길은 닦지 않고 그냥 놔둬야 한다. 그래야 천험의 장애물이 되는 것이다. 외적이 침략할 때 길이 좋으면 단숨에 왕성 근방까지 밀어닥칠 수가 있다. 하지만 길이 이 모양이면 진군 때 고생할 수밖에 없다. 게다가 이쪽에선 장애물을 이용하여 계략도 쓸 수 있다. 전략적인 배려 때문에 그냥 놔둔 것이다.

고구려 시절만 해도 길의 개념이 달랐다. 길이란 곧 정복을 뜻하며 발전을 의미하고 있었다. 길이 좋아야 정복의 군사를 움직일 수 있고 외방外邦과의 물물 교환 내지는 교역을 활발하게 시행할 수 있다고 생각했다. 그래서 그들은 소로小路를 넓혔고 군사와 백성을 동원하여 항상 길을 보수했다. 그러나 그 길의 개념이 언제부터인가 달라지기 시작했다. 그것은 신라가 반도를 통일한 뒤부터였다. 길은 협소할수록 좋으며 그래야 외적의 침략을 막을 수 있다는 것이었다. 이것이야말로 국력의 차이였다. 국가 자체의 실력이 당당하다면 길을 좁힐 필요가 없다. 신라나 고려는 고구려의 진취적인 기상과 자신만만해하던 실력을 갖추지 못하고 있었던 것이다.

"아니, 저럴 수가!"

수비대장이 문득 고삐를 잡아채며 말머리를 세우고 전방을 응시했다.

"저건 빈 말이 아니냐?"

"엣?"

아닌 게 아니라 앞서 뛰고 있던 말에는 아무도 타고 있지 않았다. 분명 두 사람의 괴한이 타고 있어야 하는데 빈 말만 뛰고 있었던 것이다.

"말에서 내려 샅샅이 수색하라, 어서!"

화가 난 수비대장이 외쳤다. 하지만 이들은 너무 지나쳐버린 장소에서 수색을 시작한 듯했다. 강쇠와 거돌은 이미 개울을 건너자마자 그들이 안 보는 곳에서 말에서 내리고 엉덩이를 갈겼던 것이다.

"왼쪽의 높은 산!"

김통정이 얘기한 대로 그 산은 제일 높아 보였다. 말을 버린 두 사람은 산을 타고 오르기 시작했다.
"하얀 벼랑바위다."
산중턱을 올라가던 거돌이 통정의 말을 기억해 내고 흰 벼랑바위를 찾으라 한다.
"저, 저기요. 하얀 바위."
강쇠가 가리키는 산꼭대기를 보니 병풍 같은 바위 주름 속에 둥근 흰 바위가 버티고 서 있는 게 보인다. 두 사람은 그쪽을 향해 뛰듯이 올라갔다.
"형님."
김통정은 미리 와서 기다리고 있었다.
"잘 따돌렸느냐?"
김통정이 근심스럽게 물었다.
"지금쯤 그놈들은 평양성 밖까지 갔을 게요, 허허."
강쇠가 웃었다.
"잘했다."
"형님은 어떻게 빠져나왔소?"
강쇠가 궁금한 듯이 물었다.
"나야 간단하게 나왔지. 군졸의 말을 뺏어 탄 괴한 두 놈이 북문을 빠져 나가 달아난다는데 소동이 안 날 리가 있나? 북문 근처는 벌통 쑤셔놓은 듯했지. 그 바람에 무사 통과, 지름길로 해서 산을 타고 이곳에 먼저 왔다."
"이 근처는 어떻게 그리 잘 아시오?"
"두 사람은 모르고 있었구나. 주인 대감 김인성의 선산先山이요 아래 있다. 선영이 있기 때문에 한식寒食 전이면 우리가 벌초를 나오곤 했지. 그래서 이 근처는 손바닥 보듯이 환하게 안다."

강쇠와 거돌은 혀만 찼다. 그런 줄은 몰랐던 것이다.

"자, 어떡하지요?"

"이 산을 넘어가자. 자, 이쪽으로 와서 저 산 밑을 봐라. 숲이 울창한 계곡이 보이지?"

"그런데요?"

"그 계곡을 일러 청석골靑石谷이라 이른다."

"그 유명한 청석골이 저기요?"

"이쪽에 있는 산이 만수산, 만수산 뒤쪽으로 이어지는 청석골은 좌우가 천 길 벼랑이고 염소의 창자처럼 그 길이 10리에 뻗어 있다. 송도開城를 지켜주는 천험의 계곡이지. 그런 계곡은 또 있다. 저기 동북쪽을 보아라. 저 산허리가 산대암山臺岩이다. 그 밑에는 현화사玄化寺가 있고 계곡이 북쪽으로 나 있다. 그곳으로 적이 들어올 수는 있어도 나갈 수는 없다는 깊은 계곡이다. 그 계곡 옆에는 고려 제일의 폭포가 쏟아지고 있다."

"폭포라니요?"

"박연폭포朴淵瀑布."

두 사람은 고개를 끄덕인다.

"우리는 청석골을 지난다. 청석골을 빠져나가면 금천이다. 금천 땅을 지나면 평주(平州:평산)고 평주를 지나면 황주黃州다. 거기서 더 가면 평양성이다. 그렇게 해서 국경 밖으로 빠져나갈 것이다."

"그럼 갑시다."

세 사람은 청석골을 향해 산길을 걷기 시작했다. 하루 낮 하룻밤을 꼬박 걸어서 금천을 지났고 이튿날에야 평주 지경에 이르렀다.

"아이고, 배가 고파 걸을 수가 없습니다."

"평주에 들어가면 해결이 되겠지."

세 사람은 읍내로 들어서자 객주집 하나를 물색했다.

"방 없소."

객주집 주인은 일언지하에 거절했다.

"이보시오. 후히 사례할 테니 너무 박정하게 하지 마시오."

주인은 의심스러운 듯 이들의 위아래를 연방 훑더니 마지못해 들어오라 한다.

"고기하고 술 좀 주시오."

주인이 나갔다.

"왜 우릴 보구 떨떠름해하지요?"

강쇠가 김통정에게 묻는다.

"노비 옷을 입고 있어서 그런다."

"돈 한 푼 없으면서 고기, 술은 왜 시키지요? 어떻게 하려구?"

"배고픈데 가리게 됐나? 먹고 보는 거지."

고기와 술이 들어왔다. 세 사람은 걸신들린 듯이 허겁지겁 먹어댔다. 먹고 나니 잠이 쏟아져 세 사람은 방안에 그냥 쓰러졌다.

깊은 잠에 떨어진 새벽녘, 평주 읍내는 난리가 나고 있었다. 몽고 군대가 쳐들어온 것이었다. 하지만 곯아떨어진 이들이 그걸 알 리가 없었다.

말발굽 소리가 요란하고 아비규환의 아우성 소리가 진동하고 있었는데도 세 사내는 죽은 듯이 가로 세로로 누워 깊은 잠에 곯아떨어져 있었다. 그래도 제일 먼저 눈을 뜬 사람은 김통정이었다. 숨이 막혀서 기침을 하며 일어났다.

방안은 연기로 꽉 차 있었다. 그런데도 거돌과 강쇠는 아무것도 모른 채 누워 있었다. 숨이 막혀 죽었나 싶어 겁이 덜컥 났다.

죽지는 않았는지 두 사내가 벌떡 일어나며 기침을 했다.

"무, 무슨 연기지요?"

"불이 난 모양이다. 어서 나가자."

잠이 확 달아나는지 방문을 걷어찼다. 불길이 방문을 타고 안으로 들어왔다. 세 사내는 객주집 마당으로 뛰어나왔다. 맨발인 채 좌우를 둘러보던 이들은 새삼스럽게 놀란 얼굴이 되었다.

"이게 무슨 난리냐? 온통 불바다가 아니냐?"

아닌 게 아니라 좌우 사방이 불길에 휩싸여 새벽하늘을 붉게 물들이고 있었다.

"어떻게 된 일인지 알 수가 없군요. 어디 높은 데로 올라가 봅시다. 한두 채 집이 타는 게 아닌 듯싶습니다."

강쇠의 말이었다.

"난리가 난 게 아닌지 모르겠네요."

거돌이 근심스럽게 말한다.

"좌우지간 높은 데를 찾아서 올라가 보자. 그래야 뭐가 어찌 되었는지 알 수가 있지."

불길이 없는 곳을 골라 골목길로 뛰어나갔다.

"엇? 저걸 보시오."

강쇠가 파랗게 얼굴이 질렸다. 한 가족이 땅바닥에 시체가 되어 뒹굴고 있었다. 등에 업힌 어린것까지 피를 흘리고 죽어 있었다. 그들의 주위에는 보따리들이 어지럽게 방치되어 있었다.

"화적떼가 평주 읍내를 덮치고 지나간 모양이다."

"화적떼?"

곳곳에 시체가 뒹굴고 있었다. 언제 어떻게 덮치고 갔는지 어떤 집은 잿더미가 된 채 연기가 나고 있었다.

"저길 보시오. 군사들이오."

"군사?"

시체가 쌓여 있었다. 거의가 고려 군졸이었다. 그 가운데는 처음 보는 군복을 입고 새깃털을 머리에 꽂은 채 엎어진 다른 군대의 병사들도 끼어 있었다.

"하, 이건 단순한 화적떼가 아니다."

김통정이 그 군복을 확인하고 외쳤다.

"그럼 뭐요?"

"모, 몽고병이 아니면 글안병이다."

"옛? 몽고, 글안? 그놈들이 여기가 어디라고 예까지 쳐들어왔지요?"

"난리다. 엇?"

그때 말발굽 다가오는 소리가 들렸다.

"엎드려, 죽은 듯이 꿈쩍하지 마."

김통정이 날카롭게 부르짖었다. 세 사내는 죽은 군졸들의 시체 곁에 엎어져버렸다.

이윽고 50여 명의 기병들이 나타났다. 울긋불긋 요란한 군복을 입고 새깃으로 모자를 장식한 괴병들이 알아듣지도 못하는 말을 지껄이며 지나가고 있었다. 놀라운 것은 기병들의 말꼬리에 끌려오는 것들이었다. 손이 묶인 계집들이 비명을 지르며 끌려오는가 하면 짐바리도 끌려오고 있었다. 전리품인 모양이었다.

"엄마, 엄마."

대여섯 살 난 사내아이가 울면서 그 뒤를 쫓아오고 있었다. 말 꼬리에 매달려가는 여자들 속에 저희 어머니가 섞여 있는 모양이었다. 저희 어머니 치맛자락을 움켜잡으려 하자 뒤따르던 군사가 창목으로 휙 밀어내 버린다. 손을 잡으려던 어린것이 벌렁 나가떨어지며 운다. 다시 일어나더니 절규하며 저희 엄마를 따라붙는다. 군사가 뭐라고 외치더니 말 위에서 한쪽 발을 들어 어린것을 걷어차 버린다.

"기원아, 기원아."

어미는 땅바닥에 뒹굴며 어린것을 부른다. 저고리와 치마가 찢어져 알몸이나 다름없는데다 상처투성이였다.

"하하하."

두 다리를 하늘로 쳐들고 여자가 뒹굴자 가던 군사들은 말머리를 돌리며 멈춰 섰다. 여자를 에워싸고 빙 둘러서더니 몇 명의 군사가 말에서 내렸다. 그들은 이상한 웃음소리를 내고 있었다.

이제 아침이 시작되려는지 햇살이 번지고 있었다. 여자의 얼굴은 피와 눈물로 범벅이 되어 있었다. 그러자 군사 두 놈이 나서더니 여자의 팔을 양쪽에서 잡았다. 여자가 주저앉으려 하지만 둥둥 몸이 뜬다. 바지를 벗은 군졸은 목적을 달성해 보려고 애를 썼다. 누워 있는 것도 아니고 서 있는 사람을 겨냥해서 욕망을 채우려니 잘 안 되는지 여러 번 실패한다. 그게 재미가 있는지 둘러선 군사들은 박장대소를 한다.

 어린놈은 군사의 손에 덜미를 잡힌 채 저희 어머니가 죽는 줄 알고 땅을 차며 울어댄다. 여자와 비슷하게 잡혀온 다른 여자들은 차마 그 꼴을 보지 못하고 외면한다.

 그때 죽은 듯이 엎드려 있던 거돌이 벌떡 일어났다. 깜짝 놀란 김통정이 거돌의 목을 껴안지 않았더라면 그쪽으로 뛰어갔을 뻔했다.

 "가만있어. 움직이면 죽어."

 김통정이 살기 띤 소리로 위협했다. 거돌은 가쁜 숨을 몰아쉬며 어쩔 줄을 몰라 했다. 언젠가 어려서 저런 꼴을 목격한 거돌이었던 것이다. 어머니가 겁탈을 당하지 않았을 뿐 저 어린것처럼 울면서 어머니와 헤어지게 됐던 것이다. 그 때문에 거돌은 침지 못하고 벌떡 일어났던 것이다.

 "가만있으라구. 움직이면 끝장이야."

 목적을 달성했는지 환호성이 오른다. 이번에는 다른 놈더러 여자의 팔을 잡고 있으라 하더니 그중의 한 놈이 다시 바지를 벗었다. 그때 이쪽으로 뛰어드는 영감이 있었다.

 "이 짐승 같은 몽고 오랑캐들아, 이놈들!"

 "할아버지!"

 어린애가 외친다. 그 여자의 시아버지인 모양이다. 어떻게 알고 따라왔는지 그 이상 참지 못하고 뛰어들어 주먹을 휘둘렀다.

 영감이 피를 쏟으며 쓰러졌다. 누구의 칼인가 번쩍 하더니 베어버린 것이다.

대여섯 명이 윤간을 끝내더니 말꼬리에 붙은 밧줄을 칼로 끊어버렸다. 여자는 죽어버린 듯 쥐어짠 빨래처럼 땅바닥에 풀썩 쓰러져 움직이지 않았다.

아무 일도 없었던 것처럼 몽고병들은 말머리를 돌리며 관아가 있는 쪽으로 움직였다. 여전히 그들의 말꼬리에는 약탈한 재물 바리와 계집들이 끌려가고 있었다.

"으흐흐흑."

그때 시체 속에서 울음소리가 터져 나왔다. 엎드려 있던 거돌이 어깨를 들썩이며 울음을 터뜨렸던 것이다. 깜짝 놀란 김통정이 거돌의 입을 막았으나 후미後尾에서 따라가던 몽고병 하나가 이들을 발견하고는 장창을 치켜들더니 내리꽂으려 했다.

"자, 잠깐."

김통정이 벌떡 일어났다.

이상한 차림을 한 청년 세 명이 죽지 않고 살아 있다는 데 놀란 몽고병은 무슨 생각인지 밧줄을 꺼내어 세 사람을 결박하고는 굴비 두름처럼 엮더니 밧줄 끝을 말안장에 매달았다. 그는 다시 말에 올라 앞선 군사들을 따라가기 시작했다. 세 사람은 손이 묶인 채 그가 가는 대로 뛰었다.

평주 관아는 잡혀온 고려 계집과 약탈한 재물바리로 꽉 찰 정도였다. 평주를 점령한 몽고병은 약 3천여 명이었다.

"허, 이렇게 모자라는 놈과 같이 왔으니, 흐음."

기가 막힌 지 김통정은 거돌을 보며 한숨을 내쉬었다. 하필이면 왜 거기서 울음을 터뜨렸느냐는 원망이었다. 분노에 몸을 떨며 참고 참다가 자기도 모르게 터뜨린 울음이었다. 그걸 김통정과 강쇠가 어찌 알 것인가. 잡혀온 계집들과 맨땅에 주저앉아서 거돌은 그저 고개를 들지 못하고 있었다.
 김통정과 거돌 일행이 끌려간 곳은 주청州廳의 별실 앞이었다. 툇마루에 얼굴이 붉은 사내가 앉아 있었다. 이상스런 털옷을 입고 머리에는 깃털이 달린 모자를 쓰고 있었다. 몽고병 중에서도 하급 지휘관쯤 돼 보인다. 툇마루 앞에는 두 명의 몽고병이 차렷 자세로 서 있었다. 김통정 일행을 끌고 온 자는 몽고병 복장을 한 고려인이었다. 장교인 듯한 그 사내가 저희 말로 뭐라 지껄이자 끌고 온 사내가 통변했다.
 "너희들은 신분이 무엇이며 이름이 뭐냐고 물으신다."
 그러자 김통정이 일행을 대신해서 답변했다.
 "나는 김통정, 이쪽은 거돌, 이쪽은 이강쇠입니다."
 "신분은?"
 "노비들입니다."
 "노비? 어느 집의 노비냐?"
 "이곳 평주에 사는 부자 김확의 집 사노私奴였습니다."
 그러자 장교가 고개를 끄덕이더니 계속해서 묻는다.
 "송도 근처의 지리에 밝은가?"
 "밝은 편입니다."
 "좋다. 말은 잘 타느냐?"
 "말?"
 그러자 김통정이 이강쇠와 거돌을 번갈아 보다가 재빨리 응답했다.
 "잘 탑니다."

"좋아, 좋아."
장교는 몹시 흐뭇한 듯 고개를 주억거리더니 뭐라고 외쳤다.
"무슨 말입니까요?"
김통정이 인솔자의 얼굴을 바라본다.
"알 필요 없다. 따라와."
인솔자가 퉁명스럽게 말하더니 주청의 후원으로 데리고 간다.

형제결의 兄弟結義

그곳에는 두 개의 커다란 천막이 쳐 있었다. 천막은 웬만한 집채만 하다. 인솔자는 그중의 한 천막 속으로 세 사람을 데리고 들어간다.
"허."
세 사람은 멍하니 섰다. 20여 명의 병사들이 빙 둘러 서 있고 그 안에서는 씨름판이 벌어져 있었던 것이다.
두 패로 나뉘어 응원을 하고 있어서인지 여기에 들어온 세 사람이 누구인지 쳐다보지도 않는다. 인솔자가 손뼉을 서너 번 크게 치자 씨름꾼이 떨어졌다. 군사들이 웬일인가 하고 돌아다본다. 약간 높은 안석에 앉아 있던 장수 하나가 몽고 말로 뭐라 외친다. 인솔자가 다가가더니 귀엣말을 했다. 그러자 장수는 고개를 끄덕인다.
"인사를 올려라."
인솔자가 세 사람에게 말했다. 세 사람은 무릎을 꿇고 절을 했다. 안석에 앉아 있던 몽고 장수가 밑으로 내려왔다. 세 사람에게 일어나라 하더니 하나하나 얼굴을 훑어보았다. 20여 명의 군사들이 신참자의 동정을 하나하나 주시한다. 장수가 고개를 까딱하니 그 옆에 서 있던 장교 하나가 세 사내가 걸치고 있던 더러운 옷을 찢어냈다. 당장 세 사내의 옷이 벗겨지고 알몸뚱이가 되었다. 저항 한 번 할 수 없었다. 잘못하다간 장수의 장검이 목줄기 앞으로 날아올 듯했던 것이다.

키가 크고 40여 세 나 보이는 몽고인 장수는 손수 이들의 신체검사를 했다. 눈알을 뒤집어보기도 하고 입을 쩌억 벌리게 하여 아구도 검사한다. 그런가 하면 가슴을 쳐보기도 한다. 이 장수의 희한한 행동에 기가 질린 세 사내는 바짝 긴장했다. 장수는 갑자기 입고 있던 전포戰袍를 벗어 부관에게 던졌다.

알몸이 된 상체가 드러났다. 검붉은 살갗에 근육이 잘 발달된 어깨와 가슴이 완강하게 보인다. 장수는 세 사람을 삼각형을 그릴 수 있게끔 떨어져 서도록 했다. 가운데로 들어간 장수는 고개를 숙이며 호흡을 조절했다. 뭔가 심상치 않다. 정신을 똑바로 차리고 있으라는 표정으로 김통정이 거돌과 강쇠를 바라본다.

"하앗."

장수의 입에서 기합 소리가 터져 오르더니 번개처럼 손발을 놀렸다. 가히 그의 공격 솜씨는 일품이었다. 김통정의 아랫배를 주먹으로 내지르고 거돌의 허리를 발로 차며 강쇠의 목줄기를 다시 다른 주먹으로 후려갈겼던 것이다.

"와아."

탄성의 신음과 박수가 군사들에게서 일어났다. 3단계 연계 동작을 그것도 순간적으로 정확하게 공격해 내는 장수의 무예에 감탄한 것이다. 그러나 장수의 얼굴에는 불만이 가득했다. 일격에 세 사내가 쓰러져야 하는데 그냥 고통스런 표정으로 서 있었던 것이다.

"하, 합."

다시 한 번 기합 소리가 터지며 그의 몸이 회전했다.

"억."

"와아."

강쇠가 배를 움켜쥐고 쓰러졌다. 그러나 김통정과 거돌은 그냥 버티고 있었다.

"핫"

세 번째 몸을 날려 공격을 했다. 거돌의 아랫배와 김통정의 목 줄기를 공격한 것이다.

"윽."

김통정이 더 이상 버티지 못하고 거꾸러졌다. 이제 남은 건 거돌이었다. 장수는 뭐라고 저희 말로 지껄이더니 거돌을 끌고 가운데로 데리고 갔다. 군사들이 빙 둘러섰다. 인솔자가 다가오더니 거돌에게 소곤거렸다.

"저분은 적거迪트 원수이시다. 자기보다 강한 사람이 있으면 잠을 못 주무신다. 웬만큼 상대해 주고 져줘라, 알았느냐?"

'적거 원수?'

"병장기 없이 맨손으로 싸우라는 것이다. 너도 공격해도 좋다. 하지만 함부로는 하지 말도록."

고려말로 소곤거리는 인솔자의 말뜻을 이해할 수 없었다. 하지만 거돌은 고개를 주억거렸다. 싸우라는 소리는 알아들을 수 있었던 것이다.

"차아!"

몽고 장수는 거돌의 두 손을 잡았다. 두 사람은 버티고 선 채 상대의 손에 손가락으로 깍지를 끼웠다.

"으랏차."

몽고 장수가 힘을 모은다. 두 팔을 쳐들고 힘을 쓰면 손목이 꺾여 무릎을 꿇게 된다. 꿇으면 진다. 이것이 몽고 씨름의 방식인데 기술보다 힘을 겨루는 싸움이다. 누가 더 힘이 세냐는 것을 가름하는 것이다.

"얏."

더 높이 팔을 쳐들어 올린다. 거돌도 꺾이지 않으려고 힘으로 맞섰다.

"와아."

환호성이 들끓었다. 두 사람의 얼굴은 잘 익은 대춧빛같이 되어가고 목줄기가 부풀어 올랐다. 온몸의 힘을 두 손에 모아 팽팽하게 맞서고 있었던 것이다. 거돌은 그때 잡혀오기 전에 알몸이 된 채 윤간을 당하던 고려 여자의 얼굴을 보았다. 아니, 포교들에게 끌려가던 어머니의 모습이 보였다.

"이야아."

거돌의 얼굴은 분노로 이지러졌다.

"그만, 그만! 져줘랏, 져줘!"

김통정이 외치고 있었지만 거돌의 귀에는 들리지 않았다.

"거돌아, 자빠지라구."

"하앗."

"와아."

둘러선 군사들의 입에서 환성이 물결치더니 한순간에 찬물을 끼얹은 듯 조용해지고 말았다. 숨을 헐떡이며 무릎을 꿇은 것은 몽고 원수 적거였던 것이다. 그의 얼굴은 수치감으로 이지러져 있었다. 당장에라도 칼을 뽑아 거돌을 두 동강을 낼 듯한 표정이었다.

적거가 일어났다. 이번에는 허공에 몸을 솟구쳤다.

"억."

거돌이 나동그라졌다. 다시 일어났다. 적거의 발길이 다시 턱으로 날아들었다. 살짝 비켜났다. 적거의 얼굴에 냉소가 떠올랐다. 잔인한 빛이었다. 그는 벌써 20여 년 동안 전장戰場을 누빈 역전의 노상이었다. 타시켄트, 유라시아, 사막의 땅 페르시아를 석권하던 몽고군의 선봉장이었다. 싸우면 이겼고 져본 일이 없었다. 그는 몽고의 수부首府인 우란바토르 근처인 아사라르트 산 밑에서 태어났다. 아사라르트는 몽고에서도 제일 높은 산이고 성산聖山으로 알려져 있었다.

적거는 성산의 영기를 받은 청년답게 무예에 출중했다. 무술 경기에 나가 패배한 일이 없었다. 그가 칭기즈칸의 눈에 든 것이 약관 18세 때였다. 무예와 용기를 인정받은 그는 칭기즈칸의 부관으로 정복 전에 참가했다. 그가 최초로 용명을 드날리게 된 것은 타시켄트 전선에서였다. 그는 무예가 뛰어날 뿐만 아니라 역사力士였고 기마술에 뛰어났다. 그는 언제나 안장 없는 말을 타고 자유자재, 전광석화처럼 전지를 누볐다. 이제 나이 마흔이 넘었지만 아직도 그는 왕년의 무장이었다. 그런데 손바닥만 한 벽지, 고려 땅에 와서 이름도 모르는 청년 앞에 무릎을 꿇었다는 것은 일생의 수치였다.

"얍"

과연 그의 몸놀림은 보이지 않을 만큼 날렵했다. 주먹 한 번 제대로 써보지 못하고 거돌은 그의 공격을 피하기에 바빴다.

"자빠져, 자빠지라구."

김통정이 발을 굴렀다. 그렇게 맞으면서도 거돌은 꿈쩍도 하지 않고 있었던 것이다. 김통정이 외치는 바람에 그쪽을 보는 순간 거돌은 국부의 낭심을 싸쥐고 길게 누웠다.

"와아."

환호성이 올랐다. 적거의 승리였던 것이다. 낭심을 차인 거돌은 한동안 꿈쩍을 못했다. 적거가 다가와 거돌을 일으켜 세우고는 부관에게 이 셋에게 군복을 입히라고 했다. 세 사람은 몽고군에 편입된 것이었다.

"잘했다."

녹초가 된 채 쓰러진 거돌을 주물러주면서 김통정이 하는 말이었다.

"뭘 잘해요?"

거돌이 신음처럼 물었다.

"난 네가 엉뚱한 짓을 할까 봐 조마조마했어."

"예? 그게 무슨 말이지요?"

"칼이라도 채뜨려 몽고 장수를 죽이면 어쩌나 하고 가슴을 죄었다구."

"……."

그 말에 거돌은 아무 말도 하지 않았다.

김통정 일행이 들어간 군막 안에 있는 사람들은 이른바 침략한 몽고군에게 투항을 했거나 어쩔 수 없이 포로가 된 고려 병사들이 대부분이었다. 그들은 모두 30여 명이었는데 평주 쪽으로 내려온 몽고군의 길 안내를 맡고 있었다. 이들을 앞세워 몽고군은 침략의 진군을 계속하고 있었다. 그러니까 세 사람도 안내부대에 편입된 것이었다. 마침 편입 신고를 하는 자리에 재수 없게도 몽고 군단의 원수인 적거에게 걸린 것이고 그의 시험을 당하게 됐던 것이다.

적거는 아직 40대의 젊은 장수였기 때문에 객기가 남아 있었다. 갖추고 있는 무용武勇을 늘 자랑해 보이고 싶어하는 자였다. 사기 병사들이야 전장에서 늘 보아왔으니까 객기로 자랑을 보일 필요가 없지만 이민족異民族인 고려 병사들은 잘 모르니까 가끔 객기를 보이곤 했다.

"으음, 대단한 놈들이다. 고려 땅에도 저런 놈들이 있다는 것은 놀라운 일이야. 특히 저놈, 저놈은 괴력과 민첩성을 동시에 갖추고 있는 무서운 놈이다."

적거는 세 사람을 손가락질하다가 거돌을 특히 지적하며 혀를 찼었다. 지금 김통정이 다행이라고 한 것은 적거와 맞서지 않고 그냥 버티다가 쓰러진 것을 얘기하고 있는 것이다.

"죽일 수 있었어요."

"뭐?"

얼굴을 이지러뜨리며 거돌이 말하자 김통정은 흠칫했다.

"무슨 소리야?"

"칼도 필요 없어요. 주먹으로 해도 죽일 수 있었어요. 어제 새벽 그놈들이 한 짓을 생각하면 죽여도 시원찮았지만……. 참은 것이지요."

김통정이 거돌의 손을 잡더니 간절하게 말했다.

"당분간은 몽고군에 있을 수밖에 없다. 우리가 소원한 대로 된 거야. 그들을 따라가면 국경 밖으로 나갈 수가 있어. 나가면 몽고군에게서 도망치더라도 그때까지는 고분고분하게 있을 수밖에 없다. 잘 참은 거야."

거돌은 아무 말도 하지 않았다.

이튿날부터 세 사람은 생전 처음 입어보는 괴상한 군복을 입고 몽고 군사가 되었다.

평주에 주둔한 열흘 동안 세 사람은 몽고식의 군사 조련을 받아야 했다. 그들이 제일 앞세우는 것은 기마술과 마상전馬上戰이었다.

이들이 가지고 있는 군마는 고려의 말과는 달랐다. 서역에서 징발한 것들이어서인지 키가 더 컸고 허리가 날씬했으며 엉덩이가 올라붙어 항상 기름칠을 한 듯이 반질반질했다. 끈기는 없었지만 순발력이 좋아 민첩하기 이를 데 없고 다리가 길고 군살이 없어 속도가 붙으면 쏘아놓은 화살 같았다. 군마도 국세國勢에 비례하는지 모른다. 고구려 시절의 군마는 몽고군이 가지고 있는 말처럼 우수했다. 그러나 세월이 흐르고 정복전이 없어져 정체된 나라가 되고 만 지금에 와서는 말도 재래종과 교미한 튀기가 되어 형편없는 노마駑馬가 되어가고 있었다.

형제결의兄弟結義

몽고군이 동서양을 주름잡은 것은 바로 우수한 군마가 있었기 때문이고 그 군마를 이용한 마상전에 뛰어났기 때문이었다. 불모의 사막에서 일어난 민족이고 더구나 유목 생활을 하는 무리들이라 어려서부터 승마에는 재능을 갖추고 있었다. 그래서 중국에서는 천고마비天高馬肥란 말이 생겨났다. 농경민족인 한족漢族이 제일 두려워한 것은 말이 살찌는 것이었다. 말이 살찌는 계절이 오면 북방에서는 흉노, 몽고족의 기병대가 전광석화처럼 들이닥쳐 약탈을 해가곤 했기 때문이다. 그 때문에 진시황은 만리장성을 쌓았다. 용맹스럽고 기동력이 뛰어난 군대라 항상 겁을 먹었던 것이다. 그러니까 몽고군에게 있어 마상전은 기본이었다.

"말 타는 법을 배워라."

안내 부대의 대장이 그렇게 지시했다. 그들에게 보졸步卒이란 없었다. 모두가 기병뿐이었다. 그들과 함께 움직이려면 승마를 못하면 안 되게 되어 있었다. 그래서 거돌은 말 타는 것을 배워야 했다.

"나중에라도 유용하게 써먹을지 모른다. 배워두는 게 좋아."

김통정이 추슬렀다. 통정과 강쇠는 그런 대로 말을 탈 줄 알았으나 거돌만 못 타고 있었던 것이다.

"올라가! 말과 사람은 어쨌든 한 몸이 되면 부부와 같다. 가축이라 해서 사람과 차별을 하면 언젠가는 보복을 받는다. 그러니까 너 이상으로 위해주고 아껴주어라. 전쟁터에서 네 목숨을 책임져주는 건 말과 병장기밖에 없다."

몽고군의 교위校尉가 승마를 가르치기 위해 나와서 거돌에게 한 말이었다.

"말의 몸체에서 가장 민감한 부분은 허리와 배, 그 중간이다. 그 중간 부분을 두 발로 죄기도 하고 풀어주기도 하며 건드리기도 하고 어루만져줌으로 해서 주인의 뜻을 알게 되는 것이다. 고삐는 가고, 서고, 돌고, 속력을 증가시키고, 늦추고 그 다섯 가지 기능 외에는 쓸 수가 없다. 출발 신호는 이렇게 한다."

교위가 고삐를 채는 대로 거돌은 맨손으로 따라한다.

"좋다. 출발에도 완급이 있다. 천천히 떠날 때도 있지만 급히 발굽을 박차고 떠나지 않으면 안 될 때가 있다. 적을 만났을 때이다. 그럴 때는 고삐를 바싹 추켜든다. 그러면 말의 머리가 하늘로 치솟게 된다. 일단 놀라게 하여 출발시키면 머리가 치솟음과 동시에 두 발이 쳐들어지므로 출발선에서부터 보폭이 커지게 된다. 다음은 좌우로 도는 법."

그는 고삐 조종법을 가르친 뒤에 올라타서 두 다리, 그러니까 허벅지로 어떻게 말을 조종하느냐를 가르친다.

"고삐와 허벅지의 조종이 각각 놀아서는 안 된다. 두 가지 조종이 그때그때 잘 조화가 되어야 하는 것이다. 우리 몽고에서는 허벅지에 군살이 찐 사내는 사내 취급을 하지 않는다. 군살이 찐 것은 말을 타지 않았다는 증거이기 때문이다. 탔다 해도 몇 달 동안 타지 않으면 허벅지에 비곗살이 붙게 된다. 비곗살이 붙으면 왜 안 되는가? 말을 조종하는 데 둔감해지기 때문이다. 계집도 아랫배에 군살이 오르기 시작하면 제 기능을 잃게 된다. 이부자리 속에서 교접의 행위가 최상으로 이뤄지려면 허리와 배의 운동이 원활해야 하기 때문이다. 아랫배가 나오면 숨이 차고 허리의 운동이 둔해지며 배에 닿는 감촉이 둔감해지는 것이다. 허벅지도 마찬가지다. 항상 매끈하고 탄탄해야만 말의 상태를 충분히 느낄 수 있다. 충분히 느껴야만 조종할 수가 있는 것이다. 알았나?"

"……예."

거돌은 고개를 끄덕였다.

"올라가라."

거돌은 망설였다.

"왜 그러나?"

"안장이 없는데요?"

"안장 놓고 타는 놈은 우리 몽고 군사에는 없다. 안장 값이 엄청나게 비쌀 뿐 아니라 사실 안장이 있으면 불편하다. 안장 없이 탈 수 있어야 훌륭한 기병이 될 수 있는 것이다. 자, 타라."

등자가 없으니 밟고 오를 수도 없다. 그러자 교위는 시범을 보였다.

"이렇게 타면 된다. 말의 목을 감싸 안으며 위로 몸을 솟구쳐 타는 것이다. 오를 때 철썩 앉으면 말이 싫어한다. 말이 한 번 싫어하게 되면 낙마를 하게 된다. 흔들어서 떨어뜨려 버리는 것이다. 말의 기분을 거스르면 안 된다. 가볍게, 숨이 막히거나 중압감을 느끼지 않게 올라가야만 한다. 시작한 뒤에 전 체중을 여자에게 싣는 놈은 바보다. 체중을 실은 듯 만 듯, 그래야 가락을 타듯 물결을 타고 헤엄치듯 자유자재로 움직일 수 있고 계집의 넋을 빼놓을 수 있는 것이다. 말을 타는 것도 마찬가지다. 같은 체중을 가지고 있는 두 사람이 각각 올라탄다고 하자. 하나는 무겁기 이를 데 없는데 하나는 가뿐함을 느낀다. 왜 그럴까? 훌륭한 기수騎手가 되고 못 되는 것은 바로 거기에서 차이가 나는 것이다. 기수가 훌륭하면 말에게 부담을 안 주는 것이다. 계집을 다루듯 항상 말을 어루만져주어야 한다. 물론 가다 보면 묵직하게 힘을 줘야 할 때가 있다. 그런 때는 주저 없이 강한 힘을 주어라. 그래야 계집도 좋아서 기성을 발하게 되고 말도 신바람이 오르게 되는 것이다. 알았나?"

"예."

"그럼 타봐, 좋아! 내려, 다시 타봐. 좋다! 다시 타봐. 그렇지! 좋다. 체구에 비해서 아주 날렵하구나."

교위가 칭찬했다.

10여 일이 지나는 동안 거돌은 군마와 함께 살았다. 대여섯 번의 낙마가 있었을 뿐 그런 대로 거돌은 말타기를 잘 익혔다.

"그만하면 됐다. 생각했던 것하곤 다르군. 무예를 가르치면 빨리 습득할 뿐 아니라 놀라운 재능을 가지고 있다. 다른 사람이 6개월 걸려 익히는 말타기를 열흘 안에 숙달했다는 건 놀라운 일이야."

승마술을 가르친 몽고군 교위는 거돌의 등을 두드리며 그렇게 칭찬했다. 거돌은 햇볕에 그을려 새까맣게 탄 얼굴이 되었다.

"좌우지간 다행한 일이다."

세 사람만 남자 김통정이 불쑥 입을 열었다.

"뭐가 다행이라는 거지요?"

"거돌이 말타기를 익힌 것과 우리들이 군사 조련을 받았다는 것이 다행한 얘기란 거지."

"도망치는 데 도움이 된다는 말인가요?"

"그렇지. 거기에도 도움은 되겠지. 그보다……. 내 생각에 앞으로 나라 안팎이 시끄러워질 것 같아 그런다."

"그게 무슨 말이오?"

"몽고병이 여기까지 나타난 걸로 보면 온 나라가 전란으로 휩쓸리게 될 공산이 크다."

김통정은 비록 노비 출신이지만 원래 뼈대 있는 집안의 아들이어서인지 그런 대로 학식과 식견이 있었다. 그는 왜 몽고병이 평주까지 내려왔는지 그동안 이곳에 있으면서 대강 알아보고 있었다.

"평주에 내려온 몽고병은 겨우 그 수가 기천 명에 불과한데 나라 안이 어떻게 전란에 휘말린다는 거지요?"

강쇠가 제법 진지한 얼굴로 물었다.

"평주를 점거한 몽고군은 그 일부에 지나지 않는다. 이번에 몽고군을 끌고 온 우두머리 장수는 살례탑撒禮塔이라고 한다. 작년에 이미 쳐들어와 함신진咸新鎭과 철주(鐵州:철산)를 점거하고 금년에 다시 쳐들어와 구성龜城을 깨뜨리고 그곳을 지키고 있던 고려의 장수 이언문李彦文과 정웅鄭雄, 우군판관右軍判官 채식蔡識 등을 살해했다고 한다. 지금 몽고군의 원수 살례탑은 구성에 있고 그 휘하의 선봉장 셋이 남쪽으로 쳐들어온 것이다."

"그럼 요전번에 우리와 맞섰던 몽장 적거 원수도 그중의 하나인가요?"

"그렇지, 셋 중의 하나라고 한다. 적거 원수 외에도 포도逋逃

원수라는 자가 있고 당고唐古 원수라고 하는 자도 있다고 한다."

"그자들은 어느 쪽을 치고 있답니까?"

"그건 알아내지 못했다. 하지만 몽고군은 세 방면에서 진격하며 왕성(송도)을 노리고 있음은 분명하다. 그것은 무엇을 의미하느냐? 나라 안이 전란의 소용돌이에 말린다는 징조이다. 앞으로 우리는 사태를 봐가며 처신하기로 한다. 서두를 건 없다. 병장기 다루는 것이나 전법戰法을 가르치면 고되더라도 빨리빨리 익혀 나가는 수밖에 없다."

사태를 봐가며 처신해야겠다는 김통정의 말에 강쇠와 거돌은 고개를 끄덕였다. 전란은 바야흐로 시작되고 있었다. 앞으로 몇 달이 갈지 몇 년이 갈지는 아무도 모른다. 아무리 고려 왕조가 사치, 무능, 부패로 썩어버리고 최씨 정권의 무단 독재가 계속되고는 있지만 나라의 존망이 위급해지면 일제히 저항을 할 테니 전란의 기간은 예측할 수가 없었다.

"무엇 때문에 몽고병이 쳐들어왔을까요?"

강쇠가 물었지만 김통정 역시 시원스런 대답을 못하고 있었다. 그것만은 눈치 빠른 김통정도 알 수 없었던 것이다. 그러나 몽고의 출병에는 아전인수我田引水의 이유가 있었다. 몽고의 칭기즈 칸은 동서아시아와 유럽을 석권했다. 그때까지만 해도 동북아시아 혹은 중국 본토에 대한 정복은 생각할 겨를이 없었다. 하지만 칭기즈칸의 가슴속에는 중국 본토에 대한 미련이 짙게 드리워져 있었다. 세계의 중앙을 자처하며 수천 년 동안 문명국으로 군림한 비옥하고 따뜻한 땅. 그 땅을 정복해야만 몽고는 제국帝國으로 뿌리를 박을 수 있다고 생각했다.

당시 중국은 찬란했던 당唐이 멸망하고 전국이 여섯 개의 국가로 분열했다. 후량後梁, 후당後唐, 후진後晉, 후한後漢, 북한北漢, 후주後周 등 이른바 오대五代의 분국 시대가 계속되다가 조광윤趙匡胤이란 영웅이 나타나 전국을 통일하고 송조宋朝를 세웠다. 그러나 송조 역시 얼마 가지 못해 만주 지역에서 일어난 금金에 시달리다가 금의 정복자 아골타阿骨打가 나타나 중국 본토인 송나라 정복전을 펼쳤다. 황하 이북 지방이 금의 손아귀에 들어가자 송은 남경南京 지방으로 쫓겨가 겨우 남송南宋으로 명맥을 유지했다.

그러나 여진족의 금나라도 전성기가 지나기 시작했다. 이때 칭기즈칸은 말머리를 중국 북부로 돌린 것이다. 따뜻한 땅, 비옥한 땅을 찾아 추운 지방에서 내려오는 것은 인간의 본능이다. 흉노가 중국을 침범하여 괴롭힌 것은 바로 그 때문이다. 흉노의 침략을 막기 위하여 진시황은 만리장성의 철벽을 쌓았다. 그 때문에 흉노는 쳐내려오지 못했다. 진시황 이후 역대의 중국 황제들은 만리장성을 가장 안전한 철벽으로 믿고 있었다. 실제로 이 장성을 깨뜨린다는 것은 불가능한 일이었다.

그러나 이 만리장성이 하루아침에 무용지물이 되고 나자 중국인들이 받은 충격은 놀라운 것이었다. 저녁을 먹고 날이 새기 전까지, 그러니까 하룻밤 사이에 가장 험난하다는 만리장성의 요새인 거용관巨庸關이 작살나고 괴상한 군대가 쳐들어왔던 것이다. 그것도 한두 명의 군사가 성벽을 기어올라 넘어온 것이 아니라 2만에 가까운 대병력이 밀려든 것이다. 장성이 깨져 나가자 이튿날 저녁에는 벌써 연경(燕京·북경)을 향해 쳐들어가고 있었고 이틀이 못 되어 연경은 불바다가 되었다.

신출귀몰하게 바람처럼, 물처럼, 번개처럼 공격을 개시해 온 군대는 바로 몽고군이었고 그 군대를 지휘한 장수는 칭기즈칸이었다. 이 때문에 황하 이북을 점령한 금나라는 멸망 직전에 이르렀다. 만주족으로 쫓겨난 금나라는 동진東晉이란 국호를 쓰면서 겨우 명맥을 유지했다. 그전부터 잔류하던 글안족과 대립했다. 금과 글안은 끊임없이 고려를 괴롭혀 왔었다.

고려는 계속적인 조정 내부의 권력 쟁투로 쇠약해진 상태였다. 일단 현종 때 무신 정권이 들어섰으나 실패로 돌아가자 문신들이 득세하여 이른바 귀족 정치가 시작되었다. 그러나 일찍이 귀족이 된 문신들은 관직 독점, 부정 축재에 혈안이 되어 정국은 혼미를 거듭했고, 형편없는 대우를 받아야 했던 무신들의 불평불만이 쌓여갔다. 드디어 그 불만은 정중부의 난으로 터지고 말았다. 문신들에 대한 잔인한 보복이 가해지고 무신 정권이 들어선 것이다.

그러나 주도권 싸움은 그치지 않았다. 엎치락뒤치락 쟁투를 벌이다가 드디어 최충헌이란 걸물이 나타나 독재 정권의 아성을 구축했다. 최씨 정권은 비로소 요지부동의 체제를 갖추고 반대하는 사람들은 가차 없이 쓸어버렸다.

중방重房, 혹은 도방都房 정치라는 것은 최충헌의 가내家內에 설치된 행정 권력 기관이었다. 각 부서별로 조정 안에 있는 기관과 똑같은 부서를 집안에 두었던 것이다. 그러니까 한 나라 안에 두 개의 권력 체제가 공존한 셈이다. 하나는 조정에, 하나는 최충헌의 집안에. 거기다가 교정도감教定都監이라는 걸 설치하여 관리들의 인사 행정, 감찰, 세금 징수 등을 담당케 하였고 사병私兵 조직까지 두어 경호케 했다. 사병은 바로 친위대였다. 이 친위대는 마별초馬別抄와 야별초夜別抄로 나누어서 두었다. 마별초는 기병대로서 행사의 의장대儀杖隊 역할을 하게 했고 도둑을 잡기 위해 두었던 야별초는 무용武勇에 출중한 무사들로 조직하여 일종의 결사대로 키웠다.

최충헌이 죽은 뒤 전권은 아들인 최우에게 계승되었다. 최우 역시 아비와 마찬가지로 무단 독재를 강화하였다. 이렇게 국정이 혼미해 있을 때 여진족과 글안족이 자주 침략을 해 괴롭혔던 것인데 이번에는 세계적인 초강국으로 변모한 몽고군이 압록강을 넘어온 것이었다.

국외 정세에 깜깜했던 최씨 조정은 몽고가 뭐하는 족속인지, 그들이 어디에서 무슨 짓을 하고 있는지 까맣게 모르고 있었다. 그저 여진이나 글안의 별종別種으로 먹을 게 없으니까 집적거려 보는 것 정도로 알고 있었다. 왕성 가까이 대군이 밀려왔을 때에야 그들이 대단한 군대이며 강국이라는 걸 알았을 정도였다.

몽고군이 동북아시아의 남쪽과 만리장성 이남으로 말머리를 돌린 것은 중원中原을 정복해 보겠다는 것이었지만 압록강 유역의 고려 땅으로까지 침범해 들어오게 된 발단은 단순한 것이었다. 중원 공략을 위해 필요한 군수 물자를 징발하기 위해서였다.

요동 쪽에서 기세를 올리고 있던 글안족을 섬멸하면서 압록강으로 내려온 최초의 몽고 장수는 합진哈眞이었다. 계속해서 고려의 북방을 노략질하던 글안족은 몽고군에 의해 섬멸을 당했다.

합진은 압록강을 넘어와 때마침 글안병과 싸우던 고려의 장수 조충趙冲과 김취려金就礪와 회견하게 되었다. 김취려와 조충은 글안을 섬멸해 준 몽고의 합진에게 사의를 표했다.

이것이 고려와 몽고가 최초로 접촉하게 된 사건(1219년)이었다. 이후 몽고군은 해마다 나타나서 자기들이 대신 글안을 섬멸해 준 은혜를 갚아야 한다며 과다한 물품을 요구했다. 독립국으로서의 고려가 도저히 참을 수 없는 요구 조건을 내걸었던 것이다. 그러다가 드디어 불행한 사태가 찾아오고 말았다. 몽고는 계속해서 대규모의 사신을 보내는 등 조공을 하라고 요구하다가 드디어 저고여著古與란 자가 이를 독촉하기 위해 몽고의 사행使行으로 고려에 들어왔다(1224년).

조정에서는 수달피, 세포細布 등의 예물을 주고 달래어 몽고로 보냈다. 저고여는 받은 예물 중에 세포는 모두 들판에 버리고 수달피만 가지고 압록강을 넘어갔다. 그런데 도중에 그는 도적을 만나 죽었다. 몽고에서는 고려를 의심했다. 도적을 만나 죽은 게 아니라 고려병이 죽인 것이라 트집 잡고 국교를 단절해 버렸다. 언젠가 몽고군의 내침이 있으리란 것을 고려에서도 예측은 하고 있었지만 이렇게 빨리 군사를 움직일 줄은 몰랐다. 몽고 원수 살례탑은 휘하의 장수인 적거, 당고 등을 선봉장으로 내세워 침략을 개시했다.

이렇게 자세한 내막을 거돌은 물론 김통정도 알 리가 없었다. 그저 막연하게 앞으로 큰 난리가 벌어질 것이라는 것만 짐작하고 있을 뿐이었다.

평주성에서 10여 일을 주둔한 몽고 원수 적거의 부대는 이동

준비를 했다. 김통정, 거돌, 강쇠도 관아의 앞뜰에 군마를 타고 집결했다. 이른바 이들이 편입된 군대는 안내 부대였다. 대원은 모두 32명이었고 대장은 예의 몽고 장수였으며 통변通辯 겸 부장 副將인 조성룡이란 고려군 출신의 대관隊官이 인솔 지휘자였다.

"고려 조정의 잘못 때문에 몽고군의 출사出師가 단행된 것이다. 응징의 뜻 외에는 없다. 응징을 하고 서로 평화롭게 지내자는 것이다. 그래서 몽고군은 이제 왕성으로 진격한다. 우리는 왕성 진격의 선봉을 맡게 되었다. 뜻대로 왕성을 점령하면 우리에게는 막대한 금은보화가 내려질 것이다. 우리의 소임은 싸우는 것보다 길 안내다. 어떡하면 빠른 시간 내에 지름길로 왕성을 빼앗을 수 있느냐 그것을 알려주고 인도하는 소임을 맡은 것이다. 착오 없이 행하도록!"

조성룡이 훈시를 끝냈다.

"청석골을 향하여 출발하라."

그의 명이 떨어졌다.

"이게 어찌 된 겁니까?"

강쇠는 어처구니가 없는지 김통정에게 소곤거렸다.

"어쩔 수 없다. 몸을 의탁한 이상 이자들이 하라는 대로 따르는 수밖에 없어."

"고려 군사와 싸워야 한다는 게 아니오?"

거돌이 볼멘소리를 한다.

"동족에게 창부리를 겨누는 격이 됐지. 하지만 어쩔 수 없다. 싸움판에 나설 필요는 없으니까 길만 안내하면 된다."

김통정은 어떡하든 지금의 사정을 합리화하며 아우들을 달랬다. 아무리 나라가 자기들을 쫓아냈다고는 하지만 막상 거꾸로 창끝을 돌리려니 그럴 수 없다는 생각이 들기만 했던 것이다.

"몽고군이 진군하고 있다는 사실을 고려군이 모를 리가 없다. 듣자 하니 청석골이란 30리가 넘는 좁은 협곡이라 한다. 적이 그곳에 매복해 있을지도 모른다. 첨병尖兵을 내보내라."

그런 군령이 하달되었다. 마침 김통정과 거돌이 섞인 열 명의 안내 군졸이 첨병으로 선발되었다. 먼저 진군해서 적정敵情을 살피고 오라는 것이었다.

세 사람은 일행 중에 끼어서 청석골로 말을 몰았다.

"이대로 도망칩시다요."

거돌이 김통정에게 말했으나 김통정은 한마디로 쏘아붙였다.

"잔말 말고 살고 싶으면 내가 하라는 대로 해. 언젠가는 도망칠 날이 있다. 그때까지만 참아!"

거돌은 다시 아무 말도 하지 않았다. 세 사람은 행여 고려군의 복병을 만나 고전이라도 할까 봐 잔뜩 긴장했으나 청석골 협도에는 아무런 복병도 없었다. 돌아가서 보고를 하자 적거는 곧 5천의 군사에게 진격령을 내렸다. 몽고군은 단숨에 청석골 협도를 지나쳤다. 그는 다른 쪽에서 왕성을 공격하는 포도 원수나 당고 원수보다 먼저 왕성에 입성하여 전공을 세우려고 서둘렀다. 단숨에 군사를 몰아 왕성의 북문이 있는 송악산 밑에 이르렀다.

"북문을 때려부숴라."

적거는 마상에서 독전을 했다. 철포를 쏘아대고 염초 불덩이를 쏘아대며 몽고군은 공격을 개시했다. 그러나 고려의 왕성 수비군은 성문을 굳게 잠근 채 응전하러 나오지 않았다. 한낮이 기울도록 공격의 열도를 가해보았지만 성문은 파괴되지 않았다. 적벽을 의지해서 세워진 북문은 난공불락의 성문이었다. 밤이 되자 전투를 멈추고 몽고병은 물러나 휴식을 취했다.

"치보병(馳報兵: 기마병 전령)이 당도했습니다."

적거의 대장 군막에 그런 보고가 들어왔다. 적거는 먼지 쌓인 투구도 벗지 못한 채 술을 마시려다가 치보병을 맞이했다.

"어디서 오는 길이냐?"

"두문동杜門洞에서 왔습니다. 당고 원수께서 합동으로 흥왕사興王寺 공격에 나서자는 전갈입니다."

"흥왕사?"

적거는 영문을 알 수 없는지 좌우를 돌아보았다. 조성룡이 나섰다.

"그곳에는 태조太祖의 영정이 모셔져 있습니다. 그래서 고려의 군사가 지키고 있을 것입니다."

"태조? 고려의 처음 임금?"

"그렇습니다만."

"으음, 그렇다면 성역聖域이군. 조성룡, 안내하라."

술잔을 집어던진 적거는 군막을 나서서 말에 올랐다. 그는 지체 없이 흥왕사 공격령을 내렸다. 송악산은 개경의 북쪽에 있고 두문동은 서쪽에 있다. 그러니까 당고는 서쪽 길을 택하여 왕성을 공격하고 있었던 것이다.

흥왕사를 지키는 고려군의 저항은 완강했다. 그러나 수적으로 월등하게 우세한 몽고군 앞에서는 얼마 버티지 못하고 섬멸을 당했다. 흥왕사는 당장 불길에 휩싸이고 몽고군의 약탈이 시작되었다. 몽고군의 특색은 약탈을 허용하는 데 있었다. 이역만리 낯선 땅에서 싸우는 그들이 용맹스러운 것은 바로 약탈이 허용되었기 때문이었다.

　분탕질이 끝나자 몽고군은 네 부대로 재편성되어 왕성의 사대문四大門을 봉쇄하고 포위망을 구축했다. 분탕질의 현장에서 김통정과 거돌, 그리고 강쇠는 눈만 뻔히 뜨고 그저 맴돌았을 뿐 재물 한 가지, 계집 하나 제 것으로 만들어보지 못했다. 기회가 닿지 않아서라기보다 차마 그럴 수는 없었던 것이다.

　몽고군이 사대문에 분둔分屯하고 포위한 하루 만에 왕성의 서문인 선의문이 열리고 백기를 든 벼슬아치가 20여 명의 궁인들을 데리고 나타났다.

　"몽고 원수를 뵈러 왔다."

　백기를 든 사자가 그렇게 온 뜻을 밝히자 그는 곧 대장 군막으로 안내되었다.

　"너는 뭔가?"

　나란히 상석에 앉아 있던 두 장수 중에서 적거가 물었다.

　"소신은 고려국 어사御史인 민의閔義올시다. 주상의 명을 받잡고 삼가 화친을 청하기 위해서 이렇게 사자로 왔습니다."

　"화친? 와하하."

　적거는 배를 흔들며 웃었다.

　"여봐라, 저자를 당장 끌어내어 목을 쳐라."

　적거가 외쳤다. 군졸이 다가들더니 민의를 결박했다. 그러자 당고가 나서며 힐난했다.

"묶지 마라. 사자로 온 자를 죽임은 전장의 예절이 아니다. 피 흘리고 얻은 승리보다는 피 흘리지 않고 얻는 승리가 더 값진 것! 강화를 하리라. 그대는 어떤 조건을 가지고 화친을 청하러 왔느냐?"

적거보다는 당고 편이 약간 더 영리했다. 그는 계하에 내려와 사자의 얼굴을 들여다본다. 처치해 버려야 한다고 했을 때 얼굴이 흙빛으로 변했던 고려의 사자는 화친 제의를 받아들이겠다는 당고 원수의 말에 안도의 한숨을 내쉬었다. 이윽고 당고 원수가 거만스럽게 다시 물었다.

"너는 누구의 명으로 이곳에 왔는가?"
"고려 황제의 명을 받아왔소."
"닥쳐라."
당고가 팩 외치자 사자는 흠칫한다.
"황제는 오직 한 분뿐이다."
"옛?"
"고려왕이 어찌 칸이란 말인가? 몽고 제국의 칸만이 유일무이한 황제다."
"죄송합니다."
"화친 조건을 얘기하라."
"원하시는 대로 해드릴 것입니다."
"뭣이? 원하는 대로? 항복인가?"
"그렇습니다."
"으흠."
당고는 적거의 얼굴을 바라보았다. 두 사람의 얼굴에 회심의 미소가 어렸다.

"좋다, 그럼 너의 왕에게 전하라. 살육은 중지하겠다. 그 대신 항복의 증거를 보이라 하라."

"그 증거를 어떻게 보이지요?"

사자가 다시 물었다.

"먼저 오아궁의 수비 군사를 모이게 하고 손에서 병장기를 놓게 하라. 화친의 우리 측 조건은 너희 왕을 만나서 제의하겠다. 의장을 갖추고 우리를 영접하라고 전하라."

당고는 당당하게 말한 뒤 사자를 돌려보냈다. 몽고군은 개경 교외의 흥왕사 부근에 주둔한 채 고려 조정의 치보馳報를 기다렸다. 하루 만에 고려의 사자가 다시 나타났다.

"준비가 됐습니다."

"좋다."

당고는 곧 전군에 집결령을 내리고 진군을 지시했다. 5천여 명의 몽고군은 활짝 열어젖힌 선의문을 향해 나아갔다. 전군前軍의 향도대에는 김통정과 거돌, 강쇠 등도 있었다.

"기분이 착잡합니다."

말머리를 나란히 하며 강쇠가 김통정에게 말한다.

"몽고병의 옷을 입고 항복한 고려의 도성 안으로 입성하게 될 줄은 정말 꿈에도 몰랐습니다."

"쉿, 조용히 해라. 누가 듣는다."

김통정이 나무란다. 거돌은 말이 없었지만 그의 표정도 제법 착잡했다. 군악 소리가 마른하늘에 메아리쳤다. 열려진 선의문 앞에 5백여 명의 고려 군사가 도열한 채 의장을 갖추고 진군해 들어오는 몽고병을 맞이하고 있었다.

"오시느라 수고가 많으셨습니다."

접반사接伴使로 나온 지각문사知閣門事 최홍崔洪이 도열한 군사 앞으로 나섰다.

"당신은 누구인가?"

당고 원수가 통변을 통해 묻는다.

"접반사 최홍입니다."

"왕은 왜 나와 있지 않은가?"

당고는 트집을 잡았다.

"대전에 계십니다. 기동이 불편하실 만큼 편찮으십니다."

"그래?"

당고는 잠시 생각하더니 고개를 끄덕인다.

"좋다. 전군 앞으로!"

최홍이 황급히 가로막았다.

"왜 그러느냐?"

"영솔한 군사는 이곳에 주둔을 시키시고 몇 분만이 전하를 알현토록 해주십시오."

"뭐라구? 나는 그런 약조를 한 일이 없다."

"합하, 도성 안의 백성이 놀랍니다. 그렇지 않아도 난리가 났다고 인심이 흉흉하여 피난을 떠나는 자가 늘고 있습니다. 원수의 요구대로 다 들어주기로 하지 않았습니까? 이것만은 들어주십시오. 군사는 이곳에 주둔시켜 주십시오."

당고가 최홍을 노려보았다. 그때 당고의 뒤에 서 있던 적거 원수가 외쳤다.

"전군 앞으로!"

그러자 고수鼓手는 북을 울렸고 몽고군은 갑주를 쩔렁이며 선의문을 들어섰다. 황토 먼지를 일으키며 몽고의 기병들이 들어서자 백성들은 놀라서 모두 집 안에 숨었다.

"해도 너무합니다. 당고는 몽고군을 임금 앞에까지 끌고 들어갈 모양이지요?"

강쇠가 다시 소곤거리자 김통정은 얼굴을 이지러뜨렸다.

"쉿, 제발 아무 말도 하지 말어."

도성 안의 대로를 행군하던 몽고군은 대궐이 있는 만월대 앞에서 멎었다.

"휴식!"

휴식령이 내려졌다. 만월대 앞의 숲 속에 몽고군은 주둔하게 되었다. 당고와 적거 원수는 통변 두 사람과 부장 다섯, 그리고 열 명의 호위병을 거느리고 접반사 최홍을 따라 대궐로 들어갔다.

"합하."

최홍이 다시 이들의 앞길을 막았다.

"왜 그러느냐?"

"하인을 막론하고 대궐 안으로 들어가실 때는 무장을 풀어야 합니다."

"무장을?"

"예."

"안 돼, 자객이라도 숨어 있다가 우리를 습격하면 우리는 맨손으로 대항하란 말이냐?"

"아닙니다. 궐내에는 어느 누구도 병장기를 가지고 있지 못합니다. 그것이 우리나라 궁중 법도입니다.

"몽고의 법도에는 그런 게 없다."

당고는 일언지하에 거절했다.

"몽고 조정에는 그런 법도가 없지만 저희 나라에는 있습니다. 여기는 고려 왕국입니다. 고려에 오셨으면 고려의 법도에 따라야 하지 않을까요?"

"나는 승장勝將이다. 내가 하고 싶은 대로 한다."

최홍으로서도 어쩔 도리가 없게 되었다.

당고와 적거는 말에서 내리지도 않은 채 만월대 안으로 들어갔다. 무례하기 이를 데 없었다. 개국 이래 외적의 침략을 수없이 받아왔지만 이렇게 심장부까지 적의 칼끝이 들어온 일은 없었던 것이다.

공포에 질린 임금[高宗]은 대관전大觀殿에 나와 북면北面을 하고 앉았다. 계하의 반석 위에 서 있던 당고, 적거 원수는 팔짱을 낀 채 임금을 올려다보고 있었다. 당고가 통변을 통해 물었다.

"항복하는 임금이 왜 우리를 보고 외면을 하는가?"

그러자 상서尙書가 나섰다.

"이건 외면이 아니라 외장을 만날 때 갖추는 궁중의 예절입니다."

"외장? 외국의 장수? 외면하는 임금은 만날 필요가 없다. 그렇다면 우리는 돌아가겠다. 우리가 돌아간 뒤에 후회하지 말라. 도성 안은 불바다가 될 것이다."

"화를 푸십시오. 고정하시고 알현하십시오."

상서는 시종한 문관들과 함께 머리를 맞대고 구수회의를 했다. 이윽고 상서가 계하로 내려왔다.

"원수께서 요구하시는 대로 전하께서는 남면南面을 하시겠답니다."

"남면은 또 무엇인가?"

"대면을 하시겠다는 뜻입니다."

"좋소."

"그 대신 원수께 한 가지 조건이 있습니다."

"그게 뭔가?"

"의복을 갈아입으셨으면 합니다."

"뭐라구? 의복을?"

"예, 머리에 쓰신 털모자를 벗으시고 관을 쓰십시오. 그리고 전포를 벗고 속대束帶를 두른 조복朝服을 착용해 주십시오."

"음?"

당고는 얼굴을 찡그리고 당황하는 표정이 되었다. 무슨 말인지 알아들을 수가 없었던 것이다. 그의 차림은 고려인이 한 번도 보지 못한 괴상한 모습이었다. 깃털이 요란한 털모자를 쓰고 역시 털이 달린 가죽 장삼을 입고 있었으며 가슴과 허리에는 보석이 주렁주렁 매달린 혁대를 매고 있었다. 게다가 허리에는 장검을 늘여 차고 어깨에는 활을 메었으며 등 뒤에는 전통을 매달고 있었다. 한마디로 고려 조정에서 보기에는 상면조차 할 수 없는 이민족의 오랑캐였다. 오랑캐 장수를 만나야 한다는 것부터가 고려왕으로서는 치욕이었다. 그 치욕에서 조금이라도 벗어나기 위해 몽고 장수에게 까다로운 주문을 한 것이다. 조복으로 갈아

입으라는 데는 저의가 있었다. 조복이란 조정의 신하들이나 입는 예복이다. 비록 세(勢)가 약하여 몽고군에게 항복은 할망정 이쪽은 지존의 몸이니 몽고 장수 역시 신하의 예로 접견하겠다는 뜻이었다.

그러나 당고와 적거가 그렇게 아둔하지만은 않았다. 그 저의를 금방 눈치 챈 것이다. 그들은 조소를 날리고 있었다.

"고려 사람은 죽어가면서도 예의를 지키는 민족이라는 걸 미처 모르고 있었다. 죽을 때까지 예의나 지키라고 임금에게 전하라. 우린 돌아가겠다."

깜짝 놀란 상서가 다시 그들의 앞을 가로막았다.

"얘기는 이미 끝났다. 옷을 갈아입을 수는 없다. 우린 돌아간다. 개경은 하루 만에 개새끼 한 마리도 살아남지 못하도록 태워버리겠다."

"장군, 하찮은 예절쯤 지켜주셔도 되지 않겠습니까? 칼자루는 이미 장군께서 쥐고 있습니다. 고려의 조복을 입었다 해서 위신이 떨어질 것은 하나도 없습니다. 시늉만이라도 내도록 해주십시오."

접반사 최홍이 따라 나오며 몽고 원수 적거와 당고에게 하소연했다. 그러나 두 사람은 들은 체도 하지 않고 궐내를 물러나고 있었다. 그러자 최홍은 고려 말로 두 장수의 통변을 맡고 있던 조성룡에게 힐난했다.

"몽고군에게 투항하여 그들의 안내자가 되긴 했지만 당신도 고려 장수가 아닌가? 왜 가만있나? 얘길 좀 거들어주지 않고?"

그러자 조성룡은 얼굴을 붉힌 채 당황했다. 1년 전까지만 해도 그는 귀성을 지키던 국경 수비군의 고려군 장수였다. 수장守將 이언문李彦文의 부장副將으로 귀성을 포위한 몽고의 살례탑군과 연 닷새 동안의 혈전을 벌이다가 세가 불리하여 끝내는 투항을 하고 말았던 것이다. 거의가 전사를 했는데 자기만 목숨을 보전하기 위해 투항했다는 것은 부끄럽기 이를 데 없는 일이었다.

"장군."

대궐 복도로 나오자 조성룡이 당고 원수를 잡았다.

"왜 그러느냐?"

"한 번만 더 생각하셔야겠습니다. 이미 고려 조정은 항복을 했습니다. 항복을 했다는 것이 중요하지 조복을 입고 안 입는 것이 중요한 건 아니잖습니까?"

"……."

당고가 조성룡을 쏘아보았다.

"그래서?"

"항복을 했는데 다시 군사에게 명하여 왕성을 짓밟는 것은 현명하지 못한 듯싶습니다."

"뭐라구?"

당고의 얼굴이 이지러졌다. 화가 난 듯했다. 그러나 조성룡은 용기를 내어 말을 이었다.

"싸움을 벌이면 저항이 있게 마련입니다. 저항을 받으면 작지만 피해를 입습니다. 거저 얻은 승리에 왜 피를 흘리시려고 하십니까?"

"으음."

그 말이 정곡을 찔렀던지 당고는 쓰디쓴 표정을 지었다.

형제결의兄弟結義

"시늉만 내십시오. 조복은 갑주 위에 걸쳐도 되지 않습니까?"
"갑주 위에? 좋아, 좋아. 그렇다면 됐다."
좋은 생각이라는 듯이 당고가 희색을 띠었다.
"뭐라구 하는 거요?"
접반사 최홍이 조성룡에게 물었다.
"전포 위에 조복을 걸치기로 한다면 응하겠다는군요."
"완전히 몽고 옷을 다 벗고 조복을 입는 게 아니구?"
"그렇게는 할 수 없나 봅니다."
"허, 그게 무슨 경우인가?"
"이거 보시오. 당고의 마음이 변하기 전에 타협을 해요. 지금 체면이 나라를 건져주는 건 아니니까."
"좋소."
겨우 타협이 되었다. 옹색한 풍경이었다. 몽고 장수 두 사람은 깃털 달린 털모자를 쓴 채 전포도 벗지 않고 조복의 겉옷만 걸친 채 고려 임금 고종을 뵈었다. 어색한 상견례가 끝나자 임금은 잔치를 베풀었다. 자신만만한 두 장수는 처음부터 고려 왕도를 뺏는다는 것은 주머니 속에서 구슬을 꺼내는 것보다 쉬운 일로 여겼는지 고려가 항복할 것이라는 걸 전제로 그들의 수장首將인 살례탑이 써준 문첩 한 통을 가지고 있었다. 당고는 그 문첩을 임금에게 바쳤다. 그 문첩은 이번 침략의 이유를 정당화시키는 내용이었다. 즉 글안의 침략으로 고려가 곤경에 처해 있을 때 몽고군이 나서서 글안군을 섬멸해 주었으니 그것은 큰 은혜인데도 몽고의 사신으로 온 저고여를 죽였으니 고려국은 응징을 받아야 마땅하며 투배(投拜: 항복)를 한다면 우리는 곧 물러갈 테니

고려에서 사신을 몽고에 보내라는 것이었다. 사신이란 곧 항사降
使이니 항사 편에 몽고가 요구하는 모든 조건을 알려 보내겠다는
뜻이었다.

조정은 주야로 몽고 장수들을 위한 주연을 베풀었다. 그리고
만월대 주변에 주둔하고 있던 몽고병들에게 각종 음식을 내리고
3일 동안 휴가를 주었다.

적거 원수는 몽고병에게 휴가를 주면서 왕성 안을 배회하는
건 좋지만 약탈은 금한다고 명했다. 이것은 고려 조정의 간청에
의한 것이었는데 적거는 약탈 금지령을 발표하면서 커다란 인심
을 쓰는 것처럼 우쭐거렸다. 향도부대嚮導部隊도 휴가령을 받았
다.

"기회는 이땝니다. 여기서 도망칩시다."

강쇠가 김통정에게 소곤거렸다.

"앞으로도 이런 기회는 얼마든지 온다. 하지만 지금은 좋지 않
아. 여기는 송도야. 몽고군이 물러가고 우리가 남게 되면 우린
또 잡히게 된다. 더 두고 보자. 우리도 이왕 휴가를 받았으니 밖
으로 나가서 실컷 술이나 마셔보자."

세 사람은 몽고병의 군복을 입은 채 거리로 나왔다.

"왜 이렇게 쓸쓸하지요?"

강쇠가 두리번거리며 말했다.

"성민들이 다 피난을 가서 그런 모양이다. 하지만 주막은 그대
로 있겠지."

한참을 헤매고 나서야 세 사람은 주막 하나를 찾았다. 주인은
이판에 장사라도 해서 한몫 잡으려고 생각했는지 연방 굽실거리

며 목로에 앉으라고 손짓 발짓을 했다.

"이봐요, 조용한 방 없을까?"

"옛?"

뜻밖에 고려말이 나오자 주인은 기겁을 했다.

"방 없느냐구?"

"있, 있습니다요. 뒤채로 들어가십시오."

통정과 거돌, 강쇠는 방안으로 들어갔다. 옆방에는 벌써부터 손님이 들었는지 소란스러웠다. 군영에서 먼저 나온 몽고병들 같았다.

"자, 오랜만에 술이나 실컷 마셔보자."

김통정이 술을 권했다.

"참 신세 한 번 우습게 돼간다. 우리가 몽고 군사가 될지 뉘 알았겠느냐, 하하하."

김통정은 허탈한 웃음을 웃었다.

"언제까지 이 짓을 할 생각이오?"

거돌이 불쑥 물었다.

"당분간이다. 좀 지내보면 뭔 수가 생겨도 생기겠지."

거나하게 취기가 오르기 시작할 때였다. 문밖에서 흐느끼는 여자의 울음소리가 들렸다. 문 쪽에 앉은 거돌이 귀를 기울였다. 사내의 목소리가 여자를 달래고 있었다.

"이봐, 니가 언제 금은 패물을 손에 쥐어보겠니, 응? 이때를 놓치면 안 돼. 옆방에 들어온 몽고 놈들은 허리에다가 패물을 주렁주렁 매달고 있더라고, 그중 절반만 얻어도 너는 팔자를 고치게 되는 거야. 여러 소리 말고 어서 들어가거라."

"싫어요. 난 패물도 싫어요."

"허허, 왜 이래? 누가 보기를 하나, 아니면 하룻밤 잤다고 해서 표가 나는 거냐? 예성강 나루에 나가 낯 씻기지. 그러지 말고 들어가거라, 응? 계집을 찾아오지 않는다고 장검을 뽑아 들고 설치는 품이 소원대로 안 해주면 가만있지 않을 놈들 같아서 그런다."

"싫어요, 난, 어머니!"

사내가 강제로 끌고 가려 하는지 여자가 다급하게 버둥거리며 겁에 질린 소리를 낸다. 거돌은 저도 모르게 방문을 빼꼼하게 열고 밖을 내다보고 있었다. 어둠 속이었지만 부엌 쪽에서 새어 나오는 불빛을 받아서인지 두 사람의 얼굴이 드러나 보였다. 여자는 이제 열여덟쯤 나 보이는 농사꾼 딸 같은 아이였고 여자를 끌고 가려 하는 사내는 주막의 주인이었다.

"어머니, 어머니, 나 좀 살려줘요."

"허허, 사내랑 잔다고 해서 죽는 건 아니야. 죽다니, 사는 거야. 살아도 뻑적지근하게 살지, 어서 따라와."

손목을 움켜쥐고 사내가 여자를 끌어내고 있었다. 거돌은 슬그머니 자리에서 일어나더니 방문을 열고 나갔다.

"거돌아."

김통정이 근심스럽게 불렀다. 그런데 거돌이 나가자마자 주인 사내의 비명이 들리더니 쿵 하고 부딪치는 소리가 들렸다.

"왜, 왜 이러십니까요?"

졸지에 당한 주인은 두 팔을 벌리고 땅바닥에서 일어나며 어쩔 줄을 몰라 했다.

"몰라서 물어? 이 자식."

거돌은 주인의 목통을 바싹 치켜들더니 휙 메어꽂았다.
"헉."
주인의 몸뚱이가 옆방 방문으로 떨어졌다. 방문이 부서지며 그의 몸뚱이가 방안으로 굴러 들어갔다.
"에, 뭐야? 어떤 놈이야?"
몽고말이 튀어나오더니 방안에서 벼락을 맞은 몽고 군사 세 명이 장검을 빼어 들고 밖으로 나왔다.
"야잇."
그중의 하나가 장검을 치켜들며 거돌을 향해 내리쳤다. 그러나 거돌은 살짝 옆으로 비켜서며 장검을 피했다. 세 사람이 동시에 장검을 빼어들고 죄어들었다. 거돌은 궁지에 몰려 뒷걸음질 쳤다. 그제야 김통정과 강쇠가 놀라서 밖으로 나왔다. 김통정과 강쇠가 말릴 틈도 없이 거돌은 선 사리에서 좌충우돌했다.
"으윽."
세 명의 군사 중 하나의 몸뚱이를 번쩍 쳐든 거돌은 위에서 빙빙 돌리다가 돌진해 오는 나머지 군사 두 사람에게 내던졌다. 다시 한 번 비명이 터져 오르며 그들은 외양간 기둥을 들이받고 정신을 잃어버렸다. 사고가 나도 크게 나버린 것이다.
"여기 있으면 안 되겠다. 자, 피하자."
김통정이 소곤거리며 객주 밖으로 나갔다. 나가던 김통정이 아직도 겁에 질려 벌벌 떨고 있는 주인을 발견하고 그의 목통을 추켜들었다.
"나, 나리. 제발 목숨만 살려주십시오, 네?"
"이봐, 널 죽이지는 않을 테니깐 약속을 지켜."

"옛? 무슨?"

"우린 몽고 군복을 입고 있지만 고려 군사다. 저놈들이 깨어나면 우리 신분을 밝히지 마. 모른다고 해. 알았느냐?"

"예? 예."

"약속을 안 지키면 다시 찾아와 박살을 내놓을 테다."

"아, 알았습니다요."

세 사람은 어둠이 잠긴 골목 밖으로 뛰었다.

"한창 기분 좋게 마시는데 산통을 깨면 어쩌자는 거야?"

강쇠가 투덜거렸다.

"그 꼴을 보고 어떻게 마셔?"

거돌이 볼멘소리를 했다.

"이 녀석은 이거 위태위태해서 함께 다닐 수가 없으니 어쩌지? 언젠가 한 번은 크게 다칠 것 같단 말야?"

거돌이 강쇠를 노려보았다.

"각자 다니면 될 거 아냐?"

"뭐?"

지금까지의 거돌과는 다른 소리를 하고 있었다. 과부댁 계집종이 아니면 개경성 밖으로는 도망칠 수 없다고 매달리던 거돌이 이제는 제법 당돌한 소리를 하고 있었다.

"너 지금 한 말 진심이야?"

"그래, 마음이 안 맞으면 제각기 살아가자 이거야."

"야아, 나 참."

강쇠가 어처구니없어 하자 김통정이 중간에 끼어들었다.

"한 사람 힘보다는 세 사람 힘이 나은 거야. 여기서 헤어지면 죽도 밥도 안 되는 거라구. 서로 이해하고 참아야지."

"하지만 형님!"

걸어가던 거돌이 돌아섰다.

"왜?"

"참고 참아서 어쩌겠다는 거요? 대체 우린 국경 밖으로 도망쳐서 뭘 하지요?"

"그거야……."

김통정은 빨리 대답을 못하고 어물어물했다.

"도망치면 뭐가 당장 되는 것도 아니고 난 대체 내가 왜 이러고 다니는지 모르겠단 말입니다요."

"여기서 잡히면 죽으니까 살려고 도망치자고 한 거 아냐?"

강쇠가 대신 나섰다.

"그건 알지만……."

거돌은 가래침을 모으더니 퉤 하고 뱉어냈다.

"답답해서 견딜 수 없다 이 말이지."

세 사람은 다른 객주집을 찾아들어 술을 시켰다.

"마셔두자. 우리가 언제 이렇게 쫓기지 않는 마음으로 술을 마셔본 적이 있느냐? 마시자."

세 사람은 계속해서 술잔을 비워댔다. 얼마나 지났을까. 소피를 보러 나간 거돌이 돌아오지 않았다.

"어디 갔지요?"

"대변을 보는 모양이다. 좀 있으면 들어오겠지."

두 사람이 거돌을 기다리고 있는 시간에 그는 어디를 가려고 나섰는지 어둠 속을 걸어가고 있었다. 그는 남문 쪽을 향해 가 있었다. 숲이 울창하게 들어선 산 밑에 이르렀다. 높은 담장이 가로막는다. 그는 잠시 머뭇거리더니 옆에 서 있는 밤나무 가지를 잡고 몸을 솟구쳤다. 담장 용마루 기와 위에 올라앉은 거돌은 만감이 서리는 듯 넓은 저택 안을 바라보았다.

별로 소리 나지 않게 훌쩍 뛰어내렸다. 그는 고양이 걸음을 하고 별채 쪽으로 뛰어갔다. 이윽고 토담으로 만들어진 헛간 같은 곳에 이르렀다. 거적문이 있었다. 10여 년 동안 거처하던 정든 방이었다. 황소 대신 쟁기를 메고 일을 하고 나면 돌아와 쓰러져 자던 잠자리였다.

변한 것은 아무것도 없었다. 시커멓게 그은 바람벽 한가운데에 어유등도 그대로 매달려 있었고 흙벽 밑 방바닥에 깔려 있는 갈자리도 그대로였다. 다만 달라진 것이 있다면 잠자는 사내가 다른 것이랄까. 이자도 거돌 대신 혹사를 당하고 있는 노비 같았다.

거돌은 거적문을 닫고 그 자리를 떠났다. 부엌이 있는 쪽으로 갔다. 부엌에 딸린 방이 하나 있다. 거돌은 소리 나지 않게 방문을 밀고 안으로 들어갔다. 창문으로 달빛이 비쳐들고 있어서인지 잠든 한 사람의 모습이 제법 환하게 드러나 보였다. 방문 앞에 멍하니 서 있던 거돌이 자고 있는 사람 곁으로 다가갔다. 멍하니 내려다보던 거돌이 그 자리에 주저앉았다.

입을 벌리고 잠들어 있는 것은 여자였다. 40여 세쯤 나 보이는 여자였다. 팔 하나를 구부려 베개를 삼고 있어서인지 말기 끈이 내려가 탐스런 젖무덤이 뭉클하게 드러나 있었고 겨드랑이에는 땀이 나서 가느다란 거웃들이 무성하게 옆으로 쓰러져 있었다.

거돌은 여자의 잘록하게 들어간 허리에 손을 얹었다. 치마가 걷어져서 희뿌연 둔부가 옆으로 솟아 있었다. 허리에 놓았던 손을 둔부 쪽으로 가져갔다. 매끈매끈하다. 손 안에 들어온 둔부의 한쪽을 서서히 움켜쥐었다.

"흐응."

잠결에도 코 먹은 소리를 하더니 두 다리를 쭈욱 뻗으며 힘을 준다. 거돌은 입맛을 다셨다.

여자가 두 팔을 뻗으며 허우적거린다. 안아 달라는 듯하다. 거돌은 여자 옆으로 누웠다. 으스러지게 껴안았다. 비릿하고 달콤한 냄새가 코끝에 스며든다.

"하."

아직도 잠을 깨지 못하고 여자가 거돌의 가슴속을 파고들어 숨 막히는 소리를 했다. 거돌은 자기도 모르게 사지가 나른해지는 현기증을 느끼며 여자의 몸 위로 올라갔다.

"흑."

바윗덩이가 덮쳐누르는 듯한 압박감을 느꼈으면서도 별로 저항을 하지 않는다. 격렬한 움직임이 계속되고 얼마가 지나서야 여자는 두서를 차리고 사내의 출발에 맞추려고 서둘렀다. 뒤늦게 출발했으면서도 여자는 곧 앞지르기 시작한다. 일체의 움직임이 멎은 것은 한참 지난 후였다.

"후우."

땅이 꺼지게 한숨을 내몰더니 여자는 두 팔을 큰 대자로 벌려 방바닥에 던지듯이 놓아버렸다. 잠시 후 무슨 생각이 들었는지 여자가 벌떡 일어나 앉았다. 그러더니 사내를 잡고 세차게 흔들며 외쳤다.
"이 짐승 같은 놈!"
 목통을 잡아 일으킨다. 사내는 하는 대로 맡겨놓겠다는 듯이 가만히 있다.
"네놈이 누군데 감히 남몰래 들어와 치근거리는 게야, 응? 이놈아."
"……."
"이렇게 뻔뻔스런 놈이 어딨어? 겁탈을 하구서도 능청스럽게 가만있다니. 아이구!"
 사내는 아무 소리 없이 여자의 어깨를 낚아챘다. 그 바람에 여자가 사내의 가슴팍에 쓰러졌다. 사내가 다시 으스러지게 껴안자 여자는 뭐라고 외쳐댈 듯하다가 하는 대로 맡겨버렸다. 이윽고 사내가 여자의 얼굴을 두 손으로 싸쥔 채 쳐들었다.
"잘 있었어?"
 사내가 소곤거리자 여자의 눈이 어둠 속에서도 화등잔처럼 커진다.
"아니, 이게 누구여?"
 일어나 앉으려고 했지만 거돌은 놓아주지를 않았다.
"거돌이, 거돌이 아녀?"
"나여."
"어이고, 이게 꿈인가 생신가 모르겠네, 응?"
"왜 꿈이겠나?"
"어이고."
 여자는 엎드린 채 닭똥 같은 눈물을 흘린다.

"어떻게 돌아왔어, 응?"

"보고 싶어서."

"어허이고."

거돌의 가슴에 얼굴을 묻더니 옷섶이 흥건하게 되도록 여자는 한동안 흐느껴 울었다. 여자는 바로 과부댁이었다.

"어이고, 하늘님이 도우셨지. 생전 못 만날 줄 알았더니……. 내 정신 좀 봐, 아직 저녁 안 먹었지? 응?"

"먹었어."

"그럼 술이라도 가져와야지."

벌떡 일어나더니 흩어진 치마를 고쳐 입느라 말기를 끌어올려 앞이빨로 물고 끈을 쥔 뒤에 밖으로 부산스럽게 나간다.

내일 세상이 망한다 해도 괜찮다고 생각될 만큼 거돌은 기분이 좋았다. 지금까지 먼 타향을 돌아다니다가 완전히 지쳐버린 채 고향집에 돌아왔을 때 같은 푸근함과 만족감이 전신을 휩싸고 있었던 것이다.

"이제 그만 마셔, 응?"

과부댁은 한없이 술을 마시려 드는 거돌의 손에서 호로병을 빼앗았다.

"바닥이 났어. 주인댁 주방에서 몰래 가져온 건데……."

거돌이 고개를 끄덕인다. 불과 몇 달 사이에 이렇게 사람이 어른스러워질 수 없다고 과부댁은 흐뭇하게 생각한다. 그저 감정이 없는 가축처럼 하라는 대로 일만 하던 거돌이었다. 기운만 쓸 뿐이지 어린애나 다름없었다. 그러던 거돌이 지금은 제법 의젓해지고 뭔가 생각도 할 줄 아는 청년으로 변해 있었던 것이다.

"인제 어떡할 거야, 응?"

거돌의 한 손을 잡아 자기 다리 사이에 넣으며 과부댁이 거돌의 얼굴을 올려다본다.

"뭘?"

"여기 그냥 있겠어? 아니면 몽고로 가겠어?"

"몽고? 몽고는 왜 가?"

"몽고병이 됐잖아?"

"내가 되려고 해서 됐나? 어쩌다 보니 그렇게 됐을 뿐이지."

"그럼 어쩌겠어?"

"여기서 사는 거여."

"여기서?"

과부는 깜짝 놀랐다.

"지금도 주인 대감은 잡으려고 하고 있는데?"

"그럼 어디 산속으로 도망가는 거지."

"산속으로?"

"응, 평주에서 오다 보니까 청석골이란 데가 있더구먼. 그 골짜기는 하도 험해서 거기 숨어 살면 아무도 모르겠더라구."

"그래?"

과부댁의 눈이 빛났다.

"나하고 도망쳐 숨어 살까?"

"음."

과부댁은 감격했는지 거돌의 목을 껴안고 옆으로 쓰러졌다. 두 사람은 다시 갈자리 위에 누웠다.

"화전火田을 일구면 살 수 있어."

"어쩌면……."

그런 생각까지 하고 있는 줄은 몰랐었던지 과부댁은 새삼스럽게 감격하며 거돌의 팔을 감아 당겼다. 밤새 잠을 잘 수 없도록 괴롭혔으면서도 과부댁은 새삼스럽게 힘이 나는 모양이었다. 그때 밖에서 소란스러운 소리가 들려왔다. 엎드려 있던 거돌이 상체를 일으켰다.

"왜, 왜 그래? 응?"

과부댁이 열기에 찬 숨을 내뿜으며 묻는다. 거돌은 말없이 몸을 일으켜 옷을 찾아 입었다. 그때 거적문이 풀썩 열리며 여자의 얼굴이 들어왔다.

"저 과부댁, 아니?"

거돌을 본 여자는 질겁을 했다.

"에구머니나, 웬일이세요?"

황급히 벗어놓은 치마로 아랫도리를 가리며 과부댁이 벌떡 일어났다. 들어온 여자는 대감의 첩실이던 초순의 몸종 진월이었다. 진월이 무슨 일이 있어 들어왔는지 모르지만 거기 서 있던 거돌을 보고 자지러지게 놀랐던 것이다. 그건 거돌을 알아봐서 그런 게 아니라 거돌이 입고 있는 옷 때문이었다. 거돌은 몽고군의 복장을 하고 있었던 것이다.

진월은 어디론가 쫓기듯 뛰어가 버렸다. 웃고 떠드는 소리가 들리는가 하면 비명 소리 같은 게 들리기도 했다.

"잠깐 나갔다 올게."

"어딜 가려구 그래?"

"금방 갔다 올게."

거돌은 밖으로 나왔다. 밖에서는 수라장이 벌어지고 있었다. 하인 별배, 남자 노비들은 어디로 갔는지 보이지 않고 집안의 여자들만 가로 뛰고 세로 뛰고 있었다. 쫓기는 닭을 잡는 것처럼 여자들을 쫓아다니는 건 10여 명의 몽고병들이었다.

"아니?"

문득 연당가를 바라본 거돌은 움찔했다. 별채 대청에서 두 명의 몽고병이 여자를 끌고 나오고 있었던 것이다. 그 여자는 김인성 대감의 고명딸이었다. 거돌은 그쪽을 향하여 뛰어갔다. 분명 휴가령을 내리면서 당고 원수는 몽고병의 도성 안 약탈은 금지한다고 했었다. 그런데도 그들은 부잣집만 찾아다니며 약탈을 하고 있었던 것이다.

거돌이 연당 뒤의 숲에 당도한 것은 잠시 후였다. 대감의 고명딸은 이미 치마가 찢겨진 채 얼이 빠진 표정으로 풀숲에 누워 있었다. 술에 취한 몽고병 둘은 킬킬거리며 막 바지를 벗어 내리고 있었다.

"에? 뭐야?"

거돌은 엎드리려고 하는 몽고병의 덜미를 낚아채고는 뭐라고 지껄일 틈도 주지 않고 목줄기를 후려쳤다.

"윽."

숨이 막히는지 사지를 흔들며 쭈욱 뻗어버렸다. 남은 몽고병이 칼을 뽑아 들었다.

"엇?"

거돌의 발길에 아랫배를 맞은 그는 앞으로 엎어져버렸다.

"일어나요."

거돌은 여자를 일으켜 세웠다. 너무도 놀라서 경직 상태가 돼 버린 여자는 손발조차 움직이지 못하고 있었다. 거돌은 여자를 들쳐 업었다.

언젠가 거돌은 커다란 잘못을 저지른 적이 있었다. 주인 대감의 첩실인 초순과 옷을 벗고 있을 때 그 광경을 보게 된 것이 바로 이 고명딸이었다. 초순은 그 사실이 발각될까 봐 거돌을 시켜 겁탈을 하게 했던 것이다. 그때는 시키는 대로 하고 말았지만 사실 거돌은 지금까지도 죄스러움을 느끼고 있었던 것이다.

"에구머니, 이게 누구여?"

과부댁은 업혀 들어오는 여자를 보자 깜짝 놀랐다.

"놀라서 기절했어. 잘 좀 돌봐주라구."

"아니……."

"몽고병이야. 밖으로 나오지 마."

"몽고병이?"

그때 방문 밖이 몹시 소란스러워졌다. 거돌은 다시 방문을 열고 나섰다.

"음?"

이게 웬일인가. 20여 명의 몽고병이 저마다 칼을 빼들고 몰려 있지 않은가. 그들은 저희 나라 말로 흥분한 듯이 떠들고 있는데 거돌은 한마디도 알아들을 수가 없었다. 놀랍게도 그들 앞에는 주인인 김인성 대감이 결박되어 있었다.

어쩔 수 없는 듯 거돌도 장검을 뽑아 들었다. 몽고병들이 흠칫했다. 그중에 군관 하나가 섞여 있다가 앞으로 나섰다. 그는 거돌에게 뭐라고 물었다. 그러나 거돌은 무슨 말인지 몰라 그냥 서 있었다. 그때 다행히도 고려 태생인 듯한 군사 하나가 나섰다.
"넌 누구냐고 물으신다."
그제야 거돌이 입을 열었다.
"난 적거 원수군에 속해 있는 향도대의 보졸 거돌이다."
통변의 말을 듣고 난 군관은 땡감 씹은 얼굴을 하더니 화를 내며 외쳤다.
"건방진 고려 놈 같으니. 네가 뭔데 감히 방해를 하구 계집을 감추나?"
그 말을 들은 거돌은 잠시 머뭇거렸다. 결박을 당한 대감 김인성은 대체 거돌이 어떻게 나올지 알 수 없는 듯 지켜보고 있었다. 거돌이 한발 앞으로 나섰다. 그러더니 입을 열었다.
"당신들은 어느 군에 속해 있습니까?"
"당고 원수군이다."
"몰라봐서 죄송합니다. 군에 들어간 지 얼마 되지 않아 그렇습니다. 용서하십시오."
거돌은 한쪽 무릎을 꿇고 군관에게 사죄했다. 그제야 약간 마음이 풀린 군관은 어깨를 펴더니 몸을 돌리며 외쳤다.
"저자를 결박하라."
일순 긴장감이 돌았다. 거돌이 일어나더니 굳은 표정으로 급히 말을 이었다.
"나도 몽고병의 한 사람이고 당신들도 마찬가지 아니오? 적거 원수의 허락 없이는 날 결박할 수 없소. 내 몸에 손을 대면 장검을 다시 뽑겠소."
"뭐라구?"

형제결의兄弟結義 **155**

군관은 어처구니없다는 뜻의 냉소를 날렸다.
"휴가를 줄 때 당고 원수와 적거 원수는 분명 약탈을 금한다고 했소. 그런데 이게 무슨 짓이오?"
그 말에 군관과 군졸들을 약간 움츠러들었다.
"그래. 헌데 네놈은 왜 먼저 와서 약탈을 했지?"
"그, 그건 잘못 알았소. 난 고려인이오. 이 댁은 내가 살던 곳이고 저분은 내 주인이오."
"으음……."
군관은 할 말을 잊은 듯이 거돌을 뚫어지게 노려보았다. 듣고 보니 잘못하면 좀 복잡하게 될 듯싶었던 것이다. 저택이 크고 부자인 듯해 몰려왔지만 조정 중신 집인 줄은 몰랐던 것이다.
항의를 하고 나서면 당고나 적거에게 책임 추궁을 받을지 모른다는 생각이 들었던지 군관은 이윽고 아무 소리 없이 돌아섰다. 그는 데리고 온 군사들을 이끌고 저택에서 철수해 버렸다. 거돌은 묶여 있던 주인 대감을 풀어주었다.
거돌을 보고 누구보다 놀란 사람은 이 댁 주인인 김인성 대감이었다. 애첩 초순을 살해하고 도망친 자가 누구인가. 각처에 방榜을 내고 지금까지 수배를 하고 있었는데 제 발로 걸어 들어와 겁탈을 당하려던 딸 향림을 구해주고 게다가 약탈당할 뻔한 재산까지도 막아준 자가 다름 아닌 거돌이었던 것이다.
"그동안 안녕하셨습니까?"
거돌은 대감 앞에 무릎을 꿇고 인사를 했다. 감히 몇 달 전까지만 해도 인사는커녕 고개조차 들지 못하던 거돌이다. 무엇이 이토록 거돌을 변하게 만들었을까.

"으음."

김인성은 대답 대신 신음 소리만 낸다. 넓은 마당에는 백여 명의 노비들이 둘러서서 두 사람을 지켜보고 있었다. 지금까지 당해온 그들에겐 거돌의 재출현은 놀랍기만 했고 한편으로는 까닭 없이 자랑스럽기까지 했다. 대체 김 대감은 거돌을 어떻게 다룰까, 그것이 둘러선 이들에게는 몹시 궁금한 일이었던 것이다.

"좌우지간 고맙다."

이맛살을 잔뜩 찌푸린 대감이 입을 열었다.

"하지만."

둘러선 사람들은 긴장했다.

"너는 죄인이다."

"예?"

그러자 과부댁이 나섰다.

"대감 마님, 거돌이한테는 죄가 없습니다요. 별당 마님을 돌아가시게 한 것은 거돌이가 아니라 김통정이라고 하는 노비입니다요. 거돌이는 얼결에 겁이 나서 함께 도망쳤을 뿐입니다요."

"네가 어찌 아느냐?"

"거돌이한테 들었습니다요."

김인성이 거돌을 노려봤다.

"정말이냐?"

"왜 대답을 못하느냐?"

"사실입니다."

거돌이 고개를 끄덕였다. 대감은 잠깐 생각에 잠기더니 다시 물었다.

"몽고군에는 언제 들어가게 되었느냐?"

"여기서 도망쳐 평주 쪽으로 갔다가 몽고군에게 잡혀 몽고 군사가 됐습니다."

"그래? 앞으로 어쩌겠느냐?"

"……그건 저도 잘 모르겠습니다."

그러자 거돌의 옆에 서 있던 과부댁이 나서며 거들었다.

"대감 마님, 이렇게 했으면 좋겠습니다요."

"어떻게?"

"몽고 군사가 개경에 있다가 물러갈 때까지만 몽고군에 있게 하고 물러가고 나면 도망쳐 집으로 오라고 하는 게 어떨까요? 거돌이가 몽고군에 있으면 그놈들이 함부로 집안을 뒤지고 분탕질을 안 할 거 아니겠어요? 그러니깐 물러가기 전까지만 덕을 보자 이거지요."

"흐음, 그게 마음대로 되나?"

"아닙니다요. 거돌이는 해낼 수 있을 거예요. 대감 마님, 이 기회에 그렇게 하도록 해주세요. 그리고 나중에 도망쳐오면 노비적奴婢籍에서 빼주겠다고 약조를 하세요. 노비적만 없애주고 상민常民으로만 만들어준다면 거돌이는 꼭 그렇게 할 거예요."

과부댁은 제법 당돌하게 제의했다. 조리 있고 그럴듯한 주장이었는지 대감은 거돌을 한동안 바라보다가 다짐을 했다.

"그렇게 할 수 있느냐?"

"……"

그러나 거돌은 선뜻 대답을 못하고 망설였다. 이 좋은 기회를 놓치면 평생 후회하게 될 것이라는 투로 과부댁은 거돌의 옆구리를 찔벅였다.
"왜 말이 없느냐."
"……해보겠습니다."
거돌은 어쩔 수 없는지 대답하고 말았다. 둘러서 있던 노비들이 환성을 지르며 모두 제 일처럼 기뻐한다. 비록 노비 출신이기는 해도 이제 거돌은 잘만 하면 노비 신분에서 벗어나 양민良民이 될 수 있었던 것이다. 그 가능성이 보이고 있었던 것이다. 대감은 대감대로 애첩 초순을 죽인 것은 거돌이 아니라 김통정이다고 믿는 듯했다. 그 역시 은근히 기대하고 다행스럽게 여기고 있었다. 궁하면 통한다더니 노비 중의 하나가 몽고병으로 나타나 집안의 위기를 구해줄지 누가 알았는가.
마방 헛간으로 돌아온 과부댁은 기뻐서 어쩔 줄 몰라했다.
"호박이 덩굴째 굴러왔어."
거돌은 씨익 웃을 뿐이었다.
"왜 그렇게 사람이 똘똘하지 못해?"
"나 대신 다 해주는 사람이 있잖아?"
그 말에 과부댁은 눈웃음을 치면서 거돌을 끌어안았다.
"어떡할 테야? 대감 앞에서 약조한 건 지켜야지?"
"지키긴 해야 하는데……."
"그게 무슨 말이야? 자신이 없단 말야?"
과부댁의 얼굴에 그림자가 끼었다.
"자신이 없는 건 아니지, 도망치는 거야 못하겠어? 하지만 난 혼자 몸이 아니란 말야."

"뭐라구? 아니, 그럼 계집이 있단 말야? 언제 얻었어, 응? 어이구, 그게 무신 말이여?"

과부댁은 놀라서 거돌의 허벅지를 움켜쥐고 흔들었다.

"아얏! 계, 계집이 아니구……."

"그럼 뭐야?"

"통정 형님허구 강쇠허구, 우리 세 사람은 살아도 함께 살고 죽어도 함께 죽기로 했는데 나만 잘되겠다고 혼자 빠져 나올 수는 없잖아?"

"그게 무슨 상관이야? 통정인가 간음인가 하는 녀석이 나보다 더 중하단 말야? 응?"

"아니지."

"아니면 뭐야? 확실하게 얘기하라구. 통정이하구 어느 쪽이 중해?"

"……거야 물론."

"나지?"

"응."

과부댁은 거돌의 한쪽 무릎에 앉아서 목을 껴안고 단근질을 해댔다. 그 바람에 거돌은 고개를 끄덕이고 말았다.

"그럼 나 하라는 대로 하는 거야. 몽고병이 물러가면 거기서 도망쳐오는 거야. 그럼 노비 신세도 면하구 나랑 평생 잘 살 수 있어. 대감 마님에게는 거돌이가 은인이야. 은인을 박대하지 않아. 알았어? 그대로 해야 돼."

"아이구, 숨 막혀, 아, 알았어."

그제야 과부댁은 몸을 떼고 물러나 앉았다.

"내일 아침이면 군막으로 돌아가야지?"

"음."

"그까짓 통정인지 강쇠인지 하는 놈들 생각할 필요 없어. 사내들은 까딱하면 의리가 어쩌구 하더라. 하지만 그놈들은 의리라고는 애당초 한 가닥도 없는 놈들이야. 생각해 봐. 도성 안에서 빠져나갈 때 나한테 거짓말을 해 나 혼자 떨궈놓고 저희들끼리만 내뺐다구."

그것이 과부댁에게는 잊을 수 없는 치욕이었던 모양이다.

'아아, 나도 모르겠다. 될 대로 되라는 수밖에……'

거돌은 이윽고 과부댁이 옷을 벗겨내는 대로 맡겨두고 방안에 길게 누웠다. 당장에는 어떻게 결단을 내릴 수가 없었던 것이다. 아무리 과부댁이 증오하고 있다고는 하지만 김통정과 강쇠한테 그렇게는 할 수가 없었다. 그렇다고 함께 도망쳐 도성으로 들어오자고 할 수도 없었다. 거돌이야 김인성 대감으로부터 양민이 되게 해줄 수 있다는 보장을 받았지만 두 사람은 그런 보장도 없다. 아니, 김통정은 살인을 했으니 잡히면 끝장이다.

"뭐하는 거야, 응?"

엉뚱한 곳에 신경을 쓰느라 움직임이 멎자 과부댁이 허리를 꼬집었다.

"엇? 어쿠."

"무슨 생각을 하구 있는 거야?"

"아, 아냐, 아무것두."

거돌은 땀을 쏟기 시작했다. 이튿날 아침은 거돌의 휴가가 끝나 군영으로 돌아갈 날이었다. 어디서 구했는지 모르지만 과부댁은 암탉 한 마리를 단지에 고아서 거돌에게 가져와 먹으라고 했다.

"인삼이 어디 있어야지. 그래서 그냥 찹쌀하구 대추만 넣고 고았어. 그동안 축이 났으니 보를 해야지."

거돌은 고마워서 단지째 들이마시고 고기를 뜯었다. 그때 마침 문밖이 소란스러워졌다.

"누가 온 거 아녀?"

"글쎄?"

과부댁이 일어서려 하자 방문이 열리며 서너 명의 청년들이 들어섰다. 그들은 저마다 괴나리봇짐 하나씩을 들고 있었다.

"뭐여?"

이상한 듯이 거돌이 묻자 그들은 거돌의 앞에 앉았다. 네 명의 청년들은 거돌도 잘 아는 이 집의 노비들이었다.

"웬일들이야?"

"저어."

그중 한 녀석이 무릎걸음으로 나앉으며 진지한 얼굴을 했다.

"우리들은 형님 뒤를 따르기로 했어요."

"그게 무슨 말이지?"

"데리고 가주세요. 몽고군에 들어가고 싶어요."

"뭐라구?"

거돌의 얼굴이 붉게 상기되었다. 분노가 스쳐가고 있었다.

"몽고군에?"

"예."

"이 자식."

거돌이 뺨을 갈겼다. 거돌은 씨근거리며 노려보다가 애써 화를 참으며 앞에 앉아 있는 젊은이들을 주욱 훑어보았다. 모두 이제 나이 20여 세 안팎의 젊은이들이었다. 부모를 잘못 만나 대대로 노예의 신분으로 거돌처럼 가축 취급을 받으며 이 집에서 일하고 있는 노예들이었다.

거돌이 이윽고 입을 열었다.

"너희들이 왜 날 따라 몽고군에 들어가겠다고 하는지 난 잘 안다. 그 동안 너희들이 얼마나 고생했는지 누구보다 잘 안다. 인간 취급을 못 받고 일생을 사느니 차라리 몽고군에 들어가서 출세를 하면 이 신세 면할 수 있고 잘 살 수 있다고 생각했기 때문이지? 그렇지?"

청년들은 눈치만 살필 뿐 대답을 하지 않았다.

"나는 늬들 뱃속 밑바닥까지 알고 있는 거여, 허지만."

거돌은 한숨을 내쉬며 말을 이었다.

"내가 신세를 바꿔보려고 몽고군에 들어갔다고 생각한다면 정말 하늘님의 벌을 받는다. 나는 사로잡힌 거여. 그래서 죽을까봐서 그놈들이 하라는 대로 따라다니고 있는 거여. 나도 기회만 있으면 도망치려고 생각하고 있어. 나는 고려 놈이지 몽고 놈이 아니기 때문이다. 내 말 알아듣겠어?"

"잘 압니다요, 허지만."

그들 중에서 제법 똑똑해 보이는 자가 헛기침을 하며 나섰다.

"하지만, 허지만 뭐여?"

"허지만 정말 이렇게 개돼지처럼 평생을 살 수는 없어요. 난리는 잘 난 거예요. 지금 아니면 저희들은 이 신세에서 벗어날 수가 없어요."

"……."

그러자 거돌은 날카롭게 쏘아보았다.

"이 집에서 도망치는 걸 말리는 건 아녀."

"그러믄요?"

"도망치는 건 맘대로 해. 하지만 몽고군으로 들어가지는 말란 말이다."

"산중으로 숨으란 말인가요?"

"그것두 아니다. 우리 관병으로 들어가란 말이여."

"예?"

"몽고군을 내쫓는 데 공을 세우면 나라에 충성하는 거나 마찬가지고 그리 되면 나라에서는 너희들을 용서하고 노비의 신분에서 풀어줄 게다. 그게 제일 좋은 빙도여. 만약 내 뒤를 따라 몽고 군영에 오는 놈이 있으면 가차없이 목을 벨 테다. 알았느냐?"

"……."

거돌의 위협에 청년들은 감히 입을 열지 못하고 있었다.

"알았으면 물러들 가봐, 어서!"

거돌이 팩 외치자 청년들은 찔끔 하면서 자리에서 일어나 밖으로 나갔다.

"미친 놈들."

거돌은 그렇게 중얼거렸다. 밤새도록 시달려 거슴츠레한 거돌의 눈에 아침 햇살이 따갑게 비쳤다.

"이젠 가야지?"

과부댁은 마음이 아픈지 거돌의 팔을 잡고 눈물을 글썽였다.

"내 말대로 꼭 하는 거여, 응?"

"……."

"틈을 봐서 꼭 도망쳐오라구."

"응."

과부댁은 몇 번인가 다짐을 한 뒤에야 거돌을 내보냈다. 거돌은 다시 군영으로 돌아왔다.

"아니, 너. 어떻게 된 거냐, 응?"

그를 본 김통정이 깜짝 놀라며 반가이 맞이했다.

"왜 그러오?"

"우린 네가 영 도망친 줄 알고서 지금까지 욕을 하고 있었다."

"나아 참."

거돌은 씁쓰레하게 웃었다. 통정의 말이 가슴에 찔끔 닿았던 것이다.

"대체 그동안 어딜 가서 뭘 했니?"

김통정이 물었다. 거돌은 어떡할까 망설였다. 생사를 함께하자고 의형제를 맺었으니 그동안에 있었던 얘기는 당연히 털어놓고 상의를 해야 마땅했다. 그러나 그건 배신을 전제로 얘기해야 하겠기에 선뜻 입을 열지 못하는 것이었다.

"대체 어디서 무슨 재미를 보느라고 사라졌어?"

"저어, 형."

거돌이 더듬거리며 통정을 불렀다. 이상한 기분이 드는지 통정이 흠칫했다.

"왜 그래? 할 말 있어?"

"응."

"뭐야?"

"사실……. 나, 주인 대감 집에 갔다 왔어."

"뭐야?"

통정과 강쇠는 소스라치게 놀랐다.

"왜? 뭐하려구 거긴 갔니?"

"그렇게 됐어."

"그렇게 되다니? 호랑이굴 안에 찾아 들어가다니 이유가 있었을 거 아냐?"

"과부댁을 만나려구."

"뭐야? 저런 정신 나간 놈을 봤나? 그깟 계집 하나 때문에 목숨을 걸고 찾아갔단 말이냐?"

김통정이 역정을 버럭 냈다. 거돌은 미안하다고 사과한 뒤 자초지종을 상세히 설명했다. 다 듣고 난 김통정의 얼굴이 냉랭하게 굳어버렸다. 잠시 그는 말을 잊고 군영 밖의 돌배나무를 바라보다가 입을 열었다.

"그래서 어떡하겠니? 몽고군이 물러갈 때 적당히 틈을 봐서 도망쳐 대감 댁으로 돌아가겠단 말이지?"

"딱 그러겠다고 작정한 건 아니구……. 저어."

"변명은 하지 말아, 넌 이미 결심을 한 거야."

"아니라니까."

"아니긴 뭐가 아냐? 넌 나한테 살인했다고 뒤집어씌웠잖아?"

"그게 무슨 말이여?"

거돌이 놀라 펄쩍 뛰었다.

"그게 아니면 대감이 왜 널 용서하겠나? 자기 딸 향림이를 구해주고 재산을 보호해 주었다고 용서를 할 거 같애?"

거돌은 발목을 잡히자 당황하기 시작했다.

"형이, 형이 죽였다고는 안 했어, 정말이야."

"네 맘대로 해. 비겁한 자식, 우린 내일이면 압록강 쪽으로 퇴군한다. 퇴군 중에 사라져. 너 같은 놈 처음부터 안 만났다고 생각하면 될 거 아니냐?"

"형, 오해를 풀어요."

"두 번 다시 얘기하지 마. 두고 보자. 누가 어찌 되나?"

김통정은 주먹을 떨었다. 감정대로라면 당장에라도 거돌의 목에 비수를 꽂고 싶었으나 참는 눈치였다. 평지풍파였다. 거돌로서는 어떻게 수습해야 할지 알 수가 없었다. 변명은 통하지 않았던 것이다. 그때부터 김통정은 처음 보는 사이처럼 쌀쌀하기 이를 데 없었다. 강쇠마저 거돌을 완전히 백안시하는 것이었다. 괴롭기 이를 데 없었다. 그러나 어찌하겠는가.

이튿날 과연 왕성에 주둔해 있던 전 몽고군에게 퇴군령이 내려졌다. 몽고가 요구하는 모든 조건을 고려 조정이 들어주겠으며 우선 항사降使를 몽고에 보내겠다고 약속했기 때문이다.

그들은 마음 놓고 약탈을 자행했다. 그들은 안장 뒤에 재물바리를 싣고 있었으나 그것도 부족하여 농우農牛까지 빼앗아 재물바리를 실어 향도대의 고려 출신 군졸에게 운반책임을 맡겼다.

"형님."

평주에 올라와 야영을 하게 되자 거돌은 김통정을 은밀히 불렀다.

"나는 여기서 도망치겠소."

거돌이 소곤거리자 김통정이 어둠 속에서 노려보았다.
"뻔뻔한 자식, 꺼지려면 속히 꺼져. 잡혀서 죽어도 네 팔자다. 그리고……."
그는 무슨 말을 할 듯하다가 나중에야 뱉어냈다.
"너는 인간 대접을 받고 살 놈이 못 돼. 어서 꺼져버려, 임마."
거돌은 그 밤으로 몽고군에서 탈출했다. 그들은 약탈에 혈안이 되어 밤새 잔치를 벌이고 있어서 도망치기에는 안성맞춤이었던 것이다.
'어쩔 수 없는 일이다. 통정 형의 마음을 돌리기엔 내 힘이 부족하다. 언젠가는 만날 수 있겠지. 배반, 내가 배반을 하고 말았구나.'
괴로움을 씹으며 거돌은 김인성 대감 댁에 당도했다. 담을 뛰어넘어 과부댁이 거처하는 마방 쪽으로 가려고 할 때였다. 연당가에 누군가 서서 달빛을 머금은 연꽃들을 바라보고 있는 모습이 보였다. 거돌은 고양이 걸음으로 다가갔다. 누각 옆에 기대서 있는 것은 여자였다. 밤빛에 보아도 수심이 가득한 얼굴이었다. 미풍에 옷자락이 출렁인다. 아름다운 자태였다. 그때 누가 뒤에서 다가오고 있다는 인기척을 느꼈는지 여자가 깜짝 놀라며 돌아섰다. 거돌은 긴장한 채 멍하니 그 여자를 바라보았다. 여자는 바로 대감 딸인 향림이었다.

처인성處仁城의 영웅들

"어찌…… 늦은 밤에…… 이렇게 나와 계시지요?"

거돌이 더듬거리며 물었다. 여자의 얼굴에 반가워하는 표정이 스쳐가고 있었다.

거돌은 어둠 속에서 향림의 얼굴을 본 순간 등줄기에 타고 흐르는 짜릿한 긴장감을 느꼈다. 막상 마주 섰지만 무슨 말을 꺼내야 될지 알 수 없었다. 저쪽은 대감의 고명딸이고 자신은 이 댁의 노비였던 것이다. 감히 얼굴조차 올려다볼 수 없는 처지였다. 그러나 사정은 옛날과는 많이 변해 있었다. 이제는 거돌도 제법 어른스러워져 있었던 것이다. 그전처럼 철저한 주종 관계에 얽매여 있는 것도 아니잖는가. 거돌은 어물어물하다가 그래도 먼저 입을 열었다.

"이 밤중에 추우실 텐데 왜 밖에 나와 계십니까?"

"……"

향림은 물끄러미 맑은 얼굴로 바라볼 뿐 아무런 응답이 없었다.
"감기 드십니다요."
"……언제 왔지?"
비로소 향림이 그렇게 물었다. 거돌의 가슴은 순식간에 뛰기 시작했다. 지금까지 한 번도 자기를 상대해서 입을 열지 않던 아가씨였다. 초순의 꾐에 넘어가 겁탈을 당했을 때도 한마디 못했었다. 그때는 공포에 질려있었기는 했지만, 아니, 몽고군들에게 끌려가 일을 당하려다가 거돌한테 구함을 받았어도 한마디 고맙단 말도 못하던 아가씨였다. 그건 아마도 상대하기에 너무나 미천한 노비였기 때문에 그랬을지도 모른다. 그러나 지금은 달랐다. 조금은 반가운 표정을 하면서 언제 왔느냐고 했던 것이다. 뭔가 거돌에 대해서 새로운 대접을 하고 있는 듯했다.
"지금 오는 길입니다."
"지금? 어디서?"
향림은 약간 놀라며 되물었다.
"물러가는 몽고군을 따라 평주까지 갔다가 틈을 보아 도망쳐 온 겁니다요."
"도망? 그래도 괜찮겠어?"
"몽고군이 다시 쳐들어온다면 좀 위험하겠지만 지금은 괜찮습니다. 나중에 그렇게 되면 숨어야지요."
향림이 알았다는 듯이 고개를 끄덕였다.
"이제부턴 다시 일하고 살 겁니다요. 가끔 뵐 수 있겠지요. 바람이 찬데 이제 그만 들어가시지요."
"응……."

향림이 돌아섰다. 향긋한 냄새가 바람을 타고 콧속으로 들어왔다. 과부댁의 몸에서는 나지 않는 향기였다.
"방까지 모셔다 드릴까요?"
거돌이 묻자 향림이 고개를 끄덕였다. 거돌은 향림의 뒤를 따라 별채 방 앞에까지 이르렀다.
"잠깐 들어와."
방문 앞에서 어정쩡해하자 향림이 들어오라 했다. 거돌은 엉거주춤 안으로 들어갔다. 깔끔한 가구들이 잘 정돈된 방이었다. 거돌은 문득 언젠가 이 방에 침입해 들어온 일이 있다는 걸 떠올리고 얼굴을 붉혔다.
"앉아요."
향림이 안석을 권했다. 그러더니 농문을 열고 잠시 뭘 뒤적였다. 향림이 옥합 하나를 꺼내어 들고는 뚜껑을 열었다.
"이거 얼마 안 되지만 받아요. 먼젓번 날 구해줘서 고마웠어."
향림은 두어 가지 패물을 거돌의 손에 쥐어주었다.
"아, 아닙니다. 넣어두세요."
거돌은 받지 않고 향림의 손에 다시 들려주었다.
"받아두라니까."
"아닙니다. 받은 거나 진배없어요."
"받으라니까."
두 사람은 서로 밀고 밀치다가 그만 향림이 중심을 잃고 휘청했다. 재빨리 거돌이 향림의 몸을 껴안아 바로 세워주었다.
"어머나."
향림은 당장 얼굴이 발갛게 달아오르며 어쩔 줄을 몰라 했다.

당장에라도 사내의 몸을 떨쳐 내버리려는 듯했으나 어찌 된 일인지 고개를 거돌의 가슴에 묻고 가만히 서 있었다. 거돌은 떼어 내지도 못하고 어쩔 줄 모르며 가만히 서 있었다.

"아가씨."

거돌이 떨리는 소리로 불렀다.

"응?"

눈을 감은 채 향림이 응답을 했다.

"아, 그냥 이렇게……."

"저어."

흥분의 열기가 차오르자 거돌은 몸을 떨며 말을 더듬었다. 향림은 갑자기 아랫도리에 힘이 빠지는 듯 주저앉았다.

"아가씨."

거돌은 향림이 주저앉지 않게 양쪽 겨드랑이를 잡았다. 그러나 향림은 힘을 빼고 주저앉아 버렸다. 거돌은 일으켜 세우려고 힘을 쓰다가 제풀에 여자의 가슴 위에 쓰러지고 말았다.

"아이구, 이거."

"아."

거돌이 몸을 일으키려 했으나 향림은 놓아주지 않았다. 여자의 몸뚱이는 불처럼 뜨거워져 있었다. 그 이상 견딜 수 없었던지 거돌은 바지를 벗어 내렸다. 과부댁과의 정사와는 아주 달랐다. 그쪽이 푸짐하고 깊고 진진하다면 이쪽은 아주 담백했다.

조심스럽게 일을 마친 거돌은 방에 엎드려서 땀을 닦으며 긴 숨을 내쉬었다. 거의 알몸이 된 향림은 등을 대고 돌아누워 있었다. 방바닥에 마찰되어 생긴 뻘건 자국이 둥그렇게 부푼 둔부 여기저기에 남아 있었다. 거돌은 그제야 와락 겁이 나서 몸을 움츠렸다. 자기가 조금 전에 한 일이 과연 잘한 일인지 잘못한 일인지 알 수 없었던 것이다. 그러나 아무리 생각해 봐도 잘한 일은 못 되는 성싶다. 겁탈을 한 것만도 조리돌림을 당하고 태장 맞아 죽어도 마땅한데 또다시 범했던 것이다. 상대가 계집종이라면 모르지만 대감의 고명딸이다. 신분의 차이도 하늘과 땅 차이지만 도저히 그렇게 해서는 안 될 상대다.

'장차 어쩌려고 내가 그런 짓을 했지? 애라도 갖게 된다면?'

그건 정말 끔찍한 상상이었다. 애는 생겨서도 안 된다. 세상에 두 사람의 관계를 스스로 알리는 셈이니 잘못하면 목숨 남아 있기가 곤란해진다. 후회와 두려움으로 당황하던 거돌이 자리에서 슬그머니 일어났다.

"어디 가는 거야?"

돌아누웠던 향림이 잡았다.

"가지 마."

"예?"

거돌은 흠칫했다.

"난 어떡하라고 그래?"

"허."

"가지 마."

"저, 날이 새는데 가야지요. 다시 올게요."

"아냐."

도리질을 하더니 향림이 일어나 앉았다.

"예?"

"다시는 다시는 내 앞에 보이지 말아."

"예?"

"어서 가버려."

입술을 지그시 깨물며 향림은 한에 맺힌 표정으로 낮게 말했다.

"정말 면목이 없어요."

"가라니까."

"예? 예."

잘못하다간 당장에라도 향림이 미친 듯이 소리를 지를 것 같아서 거돌은 재빨리 방문을 열고 나갔다. 방문을 닫자 안에서 향림의 흐느껴 우는 소리가 들려왔다. 거돌은 가슴을 에는 듯한 아픔을 느끼며 터덜거리고 연당가를 돌아들었다. 새벽이 다 되었는데 과부댁은 마방 한구석에 누워서 코를 골고 있었다. 잠자리에 얼굴을 대고 자서인지 한쪽 볼에 벌건 무늬가 피어 있었다. 젖가슴을 절반쯤 내놓고 치마가 걷어 올라가 허연 허벅지를 드러낸 채 잠에 취해 있었다. 끙 하는 신음 소리와 함께 거돌은 과부댁 옆에 앉았다. 그리고는 멍하니 과부댁의 옆모습을 내려다보았다. 마치 죄를 짓고 온 사람처럼 아직도 가슴이 떨렸다.

'내가 대체 어쩌자고 아가씨를 범했을까? 그래서는 안 되는데……. 왜 난 이렇게 재수가 없나? 뭔 일이 되려 하면 엉뚱한 장애물이 가로막으니, 못난 놈!'

그는 스스로를 꾸짖고 있었다. 몽고군에서 도망쳐오면 대감은 모든 잘못을 용서하고 양민으로 만들어준다고 했다. 양민만 되면 과부댁을 처로 맞이하여 떳떳하게 농사를 지으며 살아갈 수가 있었다. 그래서 도망쳐 오지 않았는가. 그런데 이게 무슨 꼴인가. 오자마자 향림에게 걸려 몸을 범하고 말았으니, 과부댁이 그걸 아는 날에는 난리가 벌어질 것이 뻔하고 그 때문에 꿈은 산산조각이 난 채 또 쫓겨 다니는 신세가 될 것만 같은 불안감이 엄습해 오고 있었던 것이다.

'또 쫓겨 다니는 죄인 신세! 못난 놈, 못난 놈! 엎어지고 자빠져도 참았어야 한다. 그걸 못 참고 일을 저지르고 말다니, 나라는 놈은 얼마나 어리석은 놈인가?'

거돌은 가슴을 쳤다. 그때 자고 있던 과부댁이 꾸물거리더니 눈을 떴다.

"누구여? 아니, 거돌이."

두 눈을 비비며 과부댁이 깜짝 놀라더니 거돌의 손을 잡았다.

"정말로 왔네, 정말로."

그러나 거돌은 침통한 표정을 풀지 못했다.

거돌이 몽고군에서 도망쳐 오자 과부댁은 주인 대감께 청하여 약조한 것을 이행해 달라고 했다. 대감 김인성은 들은 체 만 체 하려 했으나 시국이 어지럽고 가내의 노비들이 모두 주목하고 있었기 때문에 어쩔 수 없이 거돌의 노비 문적文籍을 없애주었다. 물론 과부댁도 노비적에서 빼주었다. 비로소 두 사람은 평민이 되었던 것이다. 그날 밤은 노비들의 잔치가 벌어졌다. 두 사람이 해방되었다는 것은 장차 자기들에게도 어떤 가능성을 안겨주는 경사였던 것이다.

"자, 마음껏 마시고 노래하고 춤을 추자."

거돌이 외쳤다. 누구보다 기쁜 사람은 과부댁이었다. 자기 때문에 이뤄진 경사였던 것이다. 그러나 한편으로 거돌은 불안한 그림자를 지울 수가 없었다. 노비들이 모여서 화톳불을 중심으로 춤추며 떠들고 있을 때 나무 뒤 그늘에 숨어 있는 그림자를 발견했던 것이다. 그 그림자는 여자였다. 그것을 본 거돌은 가슴이 덜컥 내려앉았다. 언뜻 밤빛에 보았지만 그건 틀림없이 주인 대감의 딸인 향림이었다. 한창 잔치가 무르익고 있을 때 거돌은 그곳을 빠져 나갔다. 아름드리 소나무가 서 있는 쪽으로 갔다. 여자의 그림자가 움직였다. 거돌이 다가오고 있다는 것을 알자 재빨리 어둠 속으로 사라진 것이다. 거돌은 그 뒤를 따라갔다.

연당가를 돌아 뒷산으로 가는 게 보인다. 어둠 속에 치맛자락 날리는 것이 드러난다. 잰걸음으로 쫓아갔다. 여자는 풀숲에 쓰러졌다. 옆으로 다가온 거돌은 한동안 멍하니 여자를 내려다보았다. 쓰러진 여자는 고개를 들지 않았다. 거돌은 무릎을 꿇고 앉았다. 그리고 조심스럽게 어깨를 흔들었다. 여자가 오열을 삼키고 있었다.

"일어나요."

거돌이 어깨를 흔들었다. 그러자 여자가 거돌의 팔을 잡으며 무릎에 쓰러졌다. 거돌은 뭐라고 위로를 해야 할지 몰라서 한참 동안 쩔쩔맸다. 눈물을 흘리고 있는 향림의 얼굴이 뜨거웠다.

"왜……. 왜 이러시지요?"

"……."

"아가씨."

"나 좀 꼭 안아줘."

"아가씨."

거돌은 어쩔 수 없는 듯 향림의 매끈한 허리를 껴안아주었다. 풍만한 젖가슴이 꿈틀거리고 있었다.

"아가씨, 왜 나오셨지요?"

"거돌이……."

눈물을 삼키고 향림이 그를 불렀다.

"예? 말씀하세요."

"기쁘지?"

"예? 예."

"노비에서 벗어나서?"

"예."

"난 어떡하면 좋지?"

"아가씨."

거돌의 얼굴이 고통으로 이지러졌다.

'내가 뭐라 대답할 수 있단 말인가, 아아.'

"거돌이."

"예?"

"약조해 줘."

"뭐, 뭘요?"

향림이 한 손으로 거돌의 무릎을 짚더니 몸을 일으켰다. 그리고 거돌의 얼굴을 주시했다. 거돌은 약간 두려움을 느꼈다.

"나하고 함께 도망가."

"예?"

거돌은 소스라치게 놀라며 제 귀를 의심했다.

"나하고 아무도 모르는 곳에 가서 살자구, 응? 소원이야."
"허."
거돌은 한숨 소리를 목울대 뒤로 넘겼다.
'아니, 어쩌자고 이렇게 나오는 것일까?'
"왜 대답을 못하지, 응? 어떡하겠어?"
"……."
"왜 대답을 안 해?"
"아가씨."
거돌은 다급해서 말을 더듬었다.
"너무 쉽게 생각하지 마십시오. 그건 안 됩니다."
"뭐라구? 왜 안 돼? 왜?"
향림의 낯빛이 하얗게 질리더니 눈을 빛냈다. 다음 순간 거돌의 얼굴을 할퀴며 옷을 찢기 시작했다.
"왜 안 된다는 거야? 날 이렇게 만들어놓은 게 누군데, 응? 날 이 지경으로 만들어놓고 할 수 없다구?"
"아가씨, 고정하세요."
"너하고 나하고 함께 죽는 거야. 그거밖에는 없어."
향림은 고함을 지르기 시작했다. 거돌은 진땀을 흘리다가 향림의 입을 막아버렸다. 그러다간 잔치를 벌이고 있던 노비들이 듣고서 쫓아올 듯했던 것이다.
"제발……. 하라는 대로 할 테니까 진정하세요, 네? 아가씨, 하라는 대로 하겠다고 말씀드렸잖아요?"
그제야 여자는 할퀴던 걸 멈추고 다시 흐느껴 울었다.
"하라는 대로 하겠습니다."

"함께 도망해서 살 수 있지?"

"예……. 하지만."

"하지만, 뭐?"

"꼭 한 가지 아가씨께서 지켜주셔야 할 것이 있습니다."

"그게 뭐야?"

"그것을 지켜주신다면 당장에라도 아가씨 모시고 떠나겠다고 약속하겠습니다."

"뭔데, 어서 말해 봐."

"저는 후환이 두렵습니다. 아가씨와 함께 야반도주한 것을 대감께서 아시는 날에 가만두시지 않을 것입니다. 노비로 다시 묶어두는 것은 물론이고 저를 잡으면 죽이실 것입니다. 저만 죽는다면 모르지만 아가씨께서도 당하십니다. 후환이 없도록 조처만 하시면 떠나겠습니다."

그러자 향림은 차분한 목소리로 냉정하게 말했다.

"말 같지 않은 소린 하지도 마. 난 이렇게 혼자 시집도 못 가고 있는 것보다는 그 편이 좋아. 함께 야반도주한다면 부부가 되기 위해서인데 나 혼자 살 생각은 없어. 죽어도 함께 죽고 살아도 함께 사는 거야. 내가 야반도주를 결심하기까지는 한때의 기분으로 한 게 아냐. 도망치면 난 우리 가문의 이름에 흙칠을 하는 것이라는 것도, 아버님께서 아시면 날 잡아 기름 가마에 넣고 말 거라는 것도 각오하고 결심한 거야. 평생 숨어 살아야겠지. 하지만 난 그 편이 좋아. 어떡할 테야? 내가 하라는 대로 하겠다고 했지?"

"예 ……."

"그럼 지금 도망치는 거야. 여기 잠깐만 있어. 옷가지랑 패물들을 미리 싸놓았어. 그걸 들고 올 테니까 여기서 기다려."

"아!"

일은 다급해졌다. 거돌은 안절부절못했다. 일이 이렇게 엉뚱한 방향으로 전개될 줄은 몰랐던 것이다.

"그럼 다녀올게."

여자가 벌떡 일어났다. 거돌은 순간 자기도 모르게 따라 일어났다. 그리고는 주먹을 날렸다.

"악."

여자가 비명을 지르며 풀숲에 쓰러졌다. 정신을 잃은 듯했다. 거돌은 재빨리 향림을 들쳐업었다. 그리고는 향림의 방이 있는 쪽으로 뛰었다. 방문을 열고 들어간 거돌은 향림의 입을 틀어박고 손발을 묶은 뒤에 밖으로 나왔다. 거돌은 고통스러운 마음에 발길을 떼지 못하고 뒤돌아보며 눈물을 흘렸다.

'미안합니다. 아가씨. 이놈은 죄인입니다요. 아가씨는 저 같은 놈이랑 혼인하시면 안 돼요. 왜 사서 평생을 죄인처럼 지내시려고 그럽니까?'

그는 그렇게 중얼거리며 잔치가 계속되고 있는 마당으로 뛰어갔다.

"어디 가서 뭘하고 오는 거야?"

과부댁이 찾고 있었는지 거돌이 나타나자 나무랐다. 거돌은 급한 소리로 소곤거렸다.

"이봐, 좀 급하게 됐어. 빨리 들어가서 보따리 싸가지구 협문 밖으로 나와."

"협문 밖으로? 왜?"

"그건 나중에 말해 줄게. 어서 빨리 해."

"아, 알았어."

과부댁은 영문을 몰라 흘끔거리다가 자기 방으로 잰걸음을 놓았다. 거돌은 남들이 눈치채지 못하게 협문 쪽으로 사라졌다.

"여기야, 여기."

과부댁이 오기를 초조하게 기다리던 거돌이 손짓을 했다.

"자, 가자구."

"어디로 가려고 그래?"

"좌우지간 여기서 빨리 사라져야만 해. 따라와."

거돌은 과부댁을 데리고 거의 뛰다시피 숲 속을 걸었다. 한참을 걸은 뒤에야 과부댁이 숨찬 소리로 영문을 물었다.

"아무도 모르게 떠나고 싶어서 그랬던 거야. 우린 이제 자유의 몸이야. 노비가 아니라구. 우린 어디든지 가서 떳떳하게 살 수가 있어. 산중에 들어가서 임자 없는 땅을 갈아 농사를 지으며 자식 낳고 살 수 있게 된 거야. 안 좋아?"

"왜 안 좋겠어? 꿈만 같은데……."

과부댁은 신바람이 나는지 발걸음을 빨리 했다. 두 사람이 왕성 북문에 이르른 것은 이튿날 오전 때나 되어서였다.

"이봐, 일루 와봐."

도성의 북문을 지키고 있던 파수 군졸이 막 문을 지나는 초라한 행색의 두 남녀를 불렀다.

"저 말입니까요?"

"그래, 아무래도 수상해. 너희들 주인 몰래 도망치는 노비 아니냐?"
 군사가 사내의 어깨를 잡았다. 사내는 거돌이었고 여자는 과부댁이었다.
 "천만에요."
 거돌은 어깨를 쭈욱 펴면서 고개를 흔들었다. 그는 군사가 뭐라기 전에 품속에서 양민임을 증명한다는 대감 김인성의 필적을 꺼내 보였다.
 "어디로 가는 거지?"
 알겠다는 듯이 군졸은 고개를 끄덕이며 물었다.
 "청석골로 갑니다. 농사를 짓고 있습지요."
 "가봐."
 군졸은 두 사람을 통과시켰다. 성문을 빠져 나와 한동안 걷다가 거돌은 길가 위 바위에 주저앉았다.
 "아무래도 잘못 생각한 것 같아."
 "뭘?"
 과부댁이 땀을 닦으며 바라보았다.
 "청석골에 가서 화전을 일구며 산다는 생각……."
 "여기까지 와서 왜 그래?"
 "난리 통에 농사를 지어봤자 별 볼일 없는 게 아닐까?"
 "배운 것이 그것밖에 없는데 별수 있어? 딴마음 먹지 말구 그냥 가자구요."
 거돌이 변심할까 봐 과부댁은 거돌의 어깨를 잡아 일으켰다. 거돌은 어쩔 수 없는 듯 과부댁과 함께 다시 길을 걸었다.
 두 사람이 청석골에 이르러 개울물이 흐르는 골짜기에 움막을 짓고 새 살림을 차리게 된 것은 며칠이 지난 뒤였다.

그러나 나라 안팎의 사정은 거돌 내외가 평화롭게 살지 못하게끔 급박하게 돌아가고 있었다. 몽고는 고려가 항복했다는 것을 계기로 한 달에 한 번씩 엄청난 재물과 공물을 요구해 왔다. 나견羅絹, 능수 등 비단 수십 필씩을 요구하고 금은으로 만들어진 주기酒器를 비롯한 수달피 1천 장을 보내라 했다. 비단이나 금은 등은 있는 대로 보낼 수 있었지만 수달피 가죽 1천 장은 애초 고려에서는 잘 잡히지 않는 짐승이니 없어서 못 보낸다고 해도 곧이듣지 않고 다시 침략군을 보내겠다고 엄포를 놓았다. 뿐만 아니었다. 고려 땅에서 나는 나무는 배를 건조하는 데 적재適材일 뿐 아니라 배 만드는 기술이 좋다 하니 목선 30척과 배 건조 기술자 천 명을 몽고로 보내라고 하였다. 거절하게 되면 어떤 보복이 있을지 몰라 고려 조정은 곧 서경도령西京都令 정응경鄭應卿을 시켜 그들이 원하는 대로 몽고로 보냈다.

그것을 받고 한 달이 못 되어 몽고는 다시 공물을 요구했다. 대관인(大官人:대신급)의 자녀들로 동남童男 5백 명과 동녀童女 5백 명을 뽑아서 몽고로 보내라는 것이었다. 이 요구 조건은 조정 상하를 발칵 뒤집어놓기에 충분했다. 모든 대신들의 아들딸이 모조리 몽고로 끌려가 그들의 손발이 되든지 첩실妾室이 되어야 한다는 말과 같았던 것이다. 정5품正五品 이상의 관리를 전부 합쳐 봐야 1천여 명에 불과했다. 그러니까 어느 집이건 아들이든 딸이든 하나씩은 내놓아야만 할 처지가 됐던 것이다.

임금은 사색이 되어 어찌할 바를 모르고 측근에게 이병부吏兵部 상서尚書인 최우崔禹를 부르게 했다. 몽고사蒙古使가 와서 새로 요구한 조건에 대해 탑전 회의를 거듭했지만 어떻게 대처해야 할지 결론이 나지 않고 있었던 것이다.

상서 최우라면 최충헌의 아들로서 고려 조정의 전권을 맡고 있는 국상國相이었다. 그의 권세는 대단해서 임금(高宗)을 능가하고 있었다. 그의 아비 최충헌은 일찍이 무신의 반란으로 정국이 혼미를 거듭할 때 무력으로 정권을 탈취하는 데 성공하여 가내家內에 정방政房을 설치하고 문무대권文武大權을 행사했다. 그는 무단 독재를 강화하여 확고한 아성을 쌓았으며 조정을 허수아비로 만들고 모든 국사國事를 자기 집 정방에서 요리했다. 만년에 그는 진강후晉康侯가 되었고 자기 비위에 맞지 않는다 하여 희종熙宗, 강종 등 두 임금을 갈아치우고 지금의 임금까지 왕위에 옹립한 다음 병들어 죽었다(1219년 고종 6년).

아비가 죽자 모든 대권은 장자인 우禹가 세습하게 되었다. 그는 정권을 잡자 아비가 축재한 금은보화를 풀어 나라에 바치고 강제로 탈취한 전답을 백성들에게 돌려주는 등 선심을 베풀어 흔들리려던 최씨 정권을 바로잡고 다시 국권을 전단하기 시작했다. 그는 자기 집안에 정방을 두고 중요한 국사를 의결, 집행하였으며 도방을 내외로 분리, 가병家兵으로 경비케 하였다. 이들 가병은 보졸步卒과 기마병騎馬兵으로 나뉘어 있었는데 보졸을 좌우左右 별초別抄, 그리고 기병을 마별초馬別抄라 했다. 최우는 지금 참지정사參知政事, 이병부상서使兵部尙書, 판어사대사判御史臺事 등 입법, 사법, 행정의 3부의 권한을 한 손에 쥐고 있었다.

얼마 되지 않아 50여 명의 마별초가 좌우를 호위하고 금빛 찬란한 수레를 탄 최우가 대전으로 들어왔다. 그는 긴 칼을 차고 있었다. 궐내에서 병장기를 휴대할 수 있는 자는 오직 그뿐이었다. 금빛 찬란한 조복을 입은 최우가 임금 앞에 나와 부복했다.

"신, 부르셨습니까."

"상국(相國:수상)! 화급한 일이 있어 등대하라 했소. 이것을 보시오. 이건 몽고사가 가져온 국서요."

임금이 두루말이로 된 서찰을 내렸다. 최우가 그것을 받아 읽었다. 이제 갓 마흔이 넘은 젊은 최우의 눈이 빛을 내더니 볼치가 경련을 일으켰다.

"어찌해야 될지 모르겠구려."

임금은 근심스럽게 최우의 표정을 살폈다.

"이거야말로 어불성설입니다."

"조의(朝議)에서도 모든 중신이 그렇게 말했소."

"더 이상 이런 모욕을 당할 수는 없습니다."

최우는 서찰을 팽개쳤다.

"어떻게 대처하면 되겠소?"

그러자 고개를 숙이고 있던 최우가 이윽고 입을 열었다.

"중신 회의를 긴급히 주재해 주십시오."

"알겠소."

임금은 그의 말에 따라 다시 어전 회의를 열었다. 그러나 모든 대신들은 최우의 눈치만 살필 뿐 자기 의견을 말하는 자가 없었다. 별수 없이 최우가 나섰다.

"흉노족이 북방에 있다는 말을 들었지만 몽고족이란 오랑캐가 있었다는 건 이즈음에야 알게 되었습니다. 이제 어쩌다 강성해진 저들이 함부로 날뛰어 가는 곳마다 안하무인의 병란을 일으키고 있습니다. 태조께서 창업하신 지 3백여 년이 흘렀지만 우리 고려가 외적에게 한 번도 짓밟혀본 일이 없었는데 근자에 이르러 수치를 당했습니다. 고려 군사는 싸워서 져본 일이 없는 상승군常勝軍이었습니다. 그런데 어쩌다가 이렇게 되었는지 모르겠습니다. 잠을 잘 수 없도록 분한 일입니다. 이제 몽고는 한 걸음 더 나아가 우리들의 자식들을 신첩으로 만들겠다고 나섰습니다. 도저히 참을 수 없는 굴욕입니다. 굴욕을 당하느니 죽음을 택하는 편이 훨씬 깨끗합니다. 그것이 우리 전란의 고려 무사 정신입니다. 누가 살아남든지 죽을 때까지 싸워야 합니다."

최우의 사자후가 터지자 궐내에는 긴장한 침묵이 흘렀다. 그의 말은 옳았던 것이다.

"몽고가 어느 정도의 초강국인지 모르지만 끝까지 싸워서 물리쳐야만 합니다."

중신들이 고개를 끄덕였다. 최우는 최후의 일인까지 몽고와 싸워야 한다는 결심을 밝히고 있었다. 그러자 상장군上將軍 조숙창趙叔昌이 조심스럽게 입을 열었다.

"여기 계신 모든 중신들의 마음도 상국과 동감일 것이라 생각됩니다. 하지만 워낙 열세인 군력軍力과 국력을 가진 우리이고 보니 그런 대국과 싸워서 이길 수 있는지 승산이 있다면 그 대책을 듣고 싶습니다."

그러자 최우는 조소를 띠었다.

"너무 어렵게 생각할 필요 없소이다. 몽고는 내륙에서 일어난 야만의 군사이기 때문에 육전陸戰에는 능할지 모르나 수전水戰에는 어둡소이다. 그걸 이용하여 항전을 하면 됩니다. 도성을 강화

江華로 옮기는 것이외다."

"옛? 강화로 천도를 하자구요?"

조숙창뿐만 아니라 모든 대신들이 깜짝 놀랐다. 모든 중신들은 허약한 국력과 군사를 가지고 몽고군과 대항하겠다는 데 우려와 회의를 나타냈다. 그러나 최우는 자기주장을 굽히지 않고 나갔다.

"강화로 천도를 하고 몽고군이 지쳐서 돌아갈 때까지 싸워야 합니다."

그러자 임금이 걱정스럽게 물었다.

"백성이 있기 때문에 임금이 있는 것이고 임금이 있기 때문에 백성이 있는 것이어늘 백성을 버리고 우리만 명맥을 보전키 위해 섬으로 간다면 백성들의 원망이 얼마나 크겠소? 상국은 그걸 염두에 두고 하시는 말씀이오?"

그건 옳은 말이었는지 모든 중신들이 고개를 끄덕였다. 그러나 최우는 머리를 흔들었다.

"우리나라는 중국과 다릅니다. 황해, 남해에는 수백, 수천 개의 섬이 있습니다. 백성들은 그 섬으로 피난을 시켜야 합니다. 피난을 시키고 육지에는 식량을 남기지 않으면 됩니다. 몽고군은 대개 현지에서 탈취하여 식량을 조달합니다. 군량이 없으면 쳐들어온다 해도 곧 퇴군하고 맙니다."

"그건 좋은 계획이오만 단기전일 때나 그 계책이 유용하지 장기전일 때는 불리하지 않소? 식량과 재물을 가지고 섬으로 들어간다 해도 얼마나 견딜 수 있느냐가 문제요. 몇 달 후면 식량이 떨어질 것이오. 그때는 어찌하겠소?"

처인성處仁城의 영웅들 187

"그것도 별로 어렵지 않습니다. 적이 쳐들어오지 않을 때는 농사를 짓는 겁니다."

"……"

그 말에 임금은 입을 다물고 침통한 표정을 지었다.

"전하께서 교지를 내리십시오. 강화로 천도하겠다는 뜻을 백성들에게 알리셔야 합니다. 천도가 결정된다 해도 할 일이 많습니다. 당장 공부감工府監을 동원하여 강화에 새로운 궁궐을 축조해야 하기 때문입니다. 그뿐만이 아닙니다. 백성들도 가산을 정리하여 섬으로 떠날 여유를 주어야 하지 않습니까?"

"……"

그러나 임금은 말이 없었다.

"전하, 어서 결단을 내리십시오."

최우는 거의 위협하듯 채근했다. 임금은 고통스런 표정으로 고개를 숙였다. 임금은 한참만에야 고개를 들고 비장한 얼굴로 입을 열었다.

"그렇게는 못하오."

"예?"

최우가 놀랐다. 아니 서 있던 모든 중신들도 놀랐다. 지금까지 임금은 허수아비에 불과했다. 친정親政은 하면서도 옥새만 눌러줄 뿐 최씨 일가가 국무를 의결하고 집행해 왔다. 그래도 언제나 한마디도 없었던 임금이었다. 그런 임금이 대체 무얼 믿고 저럴까. 즉위한 이래 처음으로 강한 반대 의사를 나타냈던 것이다.

"왜 반대하시는 겁니까?

최우의 목소리가 냉랭해졌다.

"과인과 과인을 따르는 조정의 식구들, 그리고 신하들의 가족들이 강화도로 옮겨가는 건 간단한 일이지만 수백만의 백성들이 일거에 섬으로 피난하기는 정말 어려운 일이오. 설사 피난을 한다 해도 국가적인 손해는 막중할 것이며 재산의 손해보다 더 큰 것은 조정의 위신이 땅에 떨어지게 된다는 것이오. 그래서 반대하는 것이오. 그 혼란을 어떻게 수습하겠소? 백성을 데리고 피난을 한다지만 수백 년 동안 정들여 살아온 고향 땅을 누가 버리려 하겠소? 백성들은 거의 모두 따라 나서지 않을 게요. 따라나선다면 지방의 부자들이나 벼슬아치 정도겠지. 나머지 대다수의 불쌍한 백성들은 그대로 있을 것이오. 결국 우리만 살겠다고 백성들을 사지死地에 버려놓는 꼴밖에 안 되오."

 무능하게 보이던 임금이 이렇게 분별력을 가지고 있는 줄 모든 중신들은 지금까지 모르고 있었다. 임금의 말은 옳았다. 그러자 최우는 단호하게 말했다.

 "피난을 가지 않고 남아 있겠다는 것은 뭘 의미합니까? 계속 몽고에 항복한 채 어육魚肉이 돼야 한단 말입니까?"

 그 말에 임금은 침묵했다. 선뜻 할 말이 없었던 것이다.

 "몽고의 속국이 되어 재산과 인명을 침탈당하는 거나 왕성과 백성을 옮겨 침탈당하는 거나 마찬가지입니다. 피난을 가서 틈을 보아 대항하는 편이 백성과 인명을 조금이라도 더 안전하게 보호할 수 있지 않습니까? 그래서 천도를 주장하는 것입니다. 전하께서 결정하시는 대로 따르겠습니다. 천도 피난을 할 수 없다면 그냥 계십시오. 신臣의 일가만이 강화로 피난을 하겠습니다."

 "뭐라구요?"

임금은 깜짝 놀랐다. 무례한 협박이었던 것이다. 최우가 일가를 데리고 강화로 간다면 별 대수롭지 않은 일 같지만 사실 따지고 보면 중대한 뜻이 있었다. 최우에게는 병마권이 있는 데다가 가병家兵인 삼별초가 있었다. 그러니까 군사를 모두 강화로 데려간다는 말과 같았던 것이다.

어전 회의는 끝이 났고 최우는 언짢은 얼굴로 물러갔다. 보이지 않는 곳에서 임금은 눈물을 흘리며 탄식했다.

'어쩌다가 사직이 이렇게 되었을까. 백성을 버리고 떠나야 하다니 그게 군신의 도리란 말인가.'

한탄해 봐도 어쩔 수 없는 일이었다. 임금은 항복한 상태에서 몽고의 압제를 받는다 해도 협상을 잘하면 그때그때의 위기를 모면할 수 있고 안전하게 보살필 수 있다고 생각했지만 최우의 강경론에 부딪혀 주저앉게 된 셈이었다.

천도를 하고 몽고와 끝까지 항전을 하자는 최우의 주장은 언뜻 듣기에 매우 강경한 기상이 있고 고려 무인의 자주 독립성이 깃들어 있는 듯했다. 치욕을 당하기보다는 최후의 일인까지 그들과 싸워 조국을 지키겠다는 결의가 보였다. 하지만 그건 전시된 효과에 불과했다. 몽고의 간섭으로 조정이 흔들리면 최씨 가내까지 흔들리게 되는 것이다. 그리 되면 독재권이 약화되고 최씨 가문은 몰락하게 되는 것이다. 백성들이야 어찌 되든 바다를 건너 섬으로 피난하여 버티면 가문의 권위와 이익을 지킬 수 있다. 그러니까 최씨 일문과 거기에 아부 곡세하여 축재한 고관들만 몽고로부터 피해를 입지 않고 견뎌보겠다는 저의가 들어 있었던 것이다. 임금은 그걸 알았지만 허수아비가 된 지금의 처지로서는 어쩔 수가 없었다. 그래서 강화 천도를 끝내 수락하고 말았다.

교지가 내리자 전국의 인심은 흉흉해지기 시작했다. 혼란의 조짐이었다. 돈이 있는 자들은 벼슬아치들과 짜고 당장 피난길을 나섰으나 대부분의 백성들은 조정을 원망한 채 주저앉아 있었다. 돈 가진 자들이 식량을 매점해서 백성들은 곡식을 구하지 못해 아사 직전이 되었다.

그러나 최우는 개의치 않고 강화도에 공부감을 파견하여 새 궁궐을 축조하기 시작했다. 강화 천도의 결정은 곧 몽고 조정에까지 알려지게 되어 강력한 항의를 받았다. 이에 고려 조정에서는 궁색한 변명을 적어 보내지 않으면 안 되었다. 난을 피하기 위함이 아니고 풍수설의 예언에 맞춰 좀 더 사직을 오래 보전하기 위한 임시방편이라는 등 구구한 이유를 달았다. 그러나 몽고가 이를 곧이 들을 리가 없었다. 언젠가는 대군을 파견하여 응징을 하겠다고 위협했다. 천도를 서두르지 않으면 안 될 긴박한 처지가 되어갔다.

마침내 1323년 7월 7일. 임금은 백관을 솔거하고 4백 년 도읍지인 개경을 떠나 강화로 천도하기 위해 어가를 움직였다. 어가 뒤로는 왕후 장상들의 수레가 줄을 이었고 그들이 싣고 가는 재물 수레의 행렬이 개경에서 강화까지 맞닿을 정도였다. 특히 최우 일가의 재물은 임금과 중신들이 모두 합쳐도 그 절반이 못 될 만큼 엄청나서 길가에 나와 구경하는 백성들의 원성을 샀다.

아직 새 궁궐이 완공되지 않았기 때문에 임금은 강화에 있던 대장군 송서宋緖의 집에 유하게 되었다. 이 사실을 안 몽고는 가만히 있지 않았다. 대원수 살례탑에게 20만의 대군을 거느리게 하여 고려를 짓밟도록 했던 것이다.

살례탑군의 선봉은 적거 원수였다. 이들은 몇 차례인가 고려를 침략해서 지리에 익숙했기에 다시 기용된 것이었다. 목저성(만주 통구 주변)에 있던 김통정과 이강쇠도 다시 안내 부대에 끼어 압록강을 건너게 되었다. 청석골에 숨어 있는 거돌이 이런 변화를 알 리가 없었다.

한편 거돌은 온종일 돌밭을 개간하느라 허리를 펼 사이가 없었다. 과부댁과 청석골에 함께 정착한 뒤 두 사람은 움막을 짓고 그런 대로 농사를 지어 살아보자고 허리띠를 졸라맸다. 가지고 온 양식이 바닥나기 전에 감자라도 심어서 거둬야 했던 것이다. 처음에는 이렇게까지 해서 산속에 묻혀 살아야 하나 하고 불만을 가졌지만 억척스레 화전에 매달려 땀 흘리는 과부댁을 보고 거돌은 미안함을 느꼈다. 게다가 날이 가자 그 미안함은 죄스러움으로 변했다. 이렇게 자유스런 몸이 되어 농사를 지으며 거돌과 살게 되었다는 데 과부댁은 그저 감사해하며 행복해하고 있었던 것이다. 날이 지날수록 거돌은 그런 대로 안정이 됐다. 하루하루 일을 하는 것이 흐뭇했고 밤이면 불덩이 같은 과부댁이 온몸을 밀착해 오며 짜릿한 늪 속으로 밀어 넣을 때는 세상을 다 가진 듯이 그저 흡족하기만 했다.

"내년쯤이면 양식도 남을 만큼 모을 수 있을 거야. 그렇게 한 3년 일을 해서 양식을 저축했다가 팔면 들녘으로 나가자구. 아주 기름진 논 서너 마지기만 장만하면 그땐 살림이 펼 거야. 그때쯤이면 우리들 어린애가 태어날 거구, 안 그래?"

품속에 들어와 땀으로 목욕을 한 뒤에는 그렇게 과부댁은 소곤거리는 것이었다.

"오늘은 나 산나물 좀 캐 가지고 올 테니깐 일구다 만 돌밭이나 다 파놓아요."

아침 일찍 과부댁은 소쿠리를 들고 나가며 거돌에게 그렇게 말했다. 귀한 산나물을 뜯어다 말린 후 나중에 그걸 개경에 내다 팔면 목돈이 된다는 것이었다. 거돌은 아침을 먹자 개간하다 만 돌밭으로 괭이를 메고 나갔다. 야트막한 산비탈을 개간해서 밭을 만들고 있었던 것이다. 바윗조각이 박혀 있고 잡초가 무성한 데다가 나무뿌리들이 여기저기 박혀 있었다. 이것들을 일일이 치워내고 뽑아내야만 했다. 잠시도 허리를 펼 수가 없다. 거돌은 온종일 일을 했다. 주먹밥 한 덩이로 점심을 대신하고 땅거미가 질 때까지 일을 하고 집으로 돌아온 것은 어둑어둑해서였다.

"아니 어딜 갔는데 여태 안 왔지?"

과부댁이 집에 돌아오지 않았던 것이다. 밤이 이슥해지도록 기다려도 돌아오지 않는 것이었다.

'이상하다?'

걱정이 돼서 그는 안절부절못했다.

'산중에서 호환虎患이라도 당한 게 아닐까?'

겁이 덜컥 났다. 청석골은 첩첩산중이었다. 무서운 산짐승도 많이 돌아다닌다. 밤이 늦도록 돌아오지 않는 걸 보면 무슨 일인가 당한 것 같은 불안감이 들었다. 거돌은 더 이상 참지 못하고 횃불을 만들어 밝혀 들고 집을 나섰다. 나물을 캐러 갔을 만한 산을 헤매기 시작했다.

"거돌아, 거돌아."

제 이름을 목이 터지게 부르면서 산중을 찾았다. 그러나 과부댁은 보이지 않았다. 준비해 간 세 개의 횃불이 다 타 없어지도록 과부댁을 찾았지만 허사였다. 어디에 있는지 도무지 보이지 않았던 것이다. 거돌은 밤새도록 뜬눈으로 새우고 아침이 되자 다시 산속을 헤매며 과부댁을 찾아다녔다. 그러나 종적이 묘연했다.

거돌이 노루목이라고 하는 쪽의 계곡 길가에 쓰러져 있는 과부댁을 발견한 것은 한낮이 다 되어서였다. 거돌은 입고 있는 옷을 먼빛으로 보고 과부댁이라는 걸 알자 쫓아갔다.

"이봐, 나여. 어떻게 된 거여, 응?"

흔들었지만 응답이 없었다. 섬뜩한 기분이 들어 재빨리 상체를 껴안아 일으켰다.

"아니?"

거돌은 깜짝 놀라서 눈을 크게 떴다. 이게 어찌 된 일인가. 과부댁은 눈을 뜬 채 죽어 있지 않은가.

"이봐. 나여, 나, 거돌이, 정신 좀 차려봐."

흔들어보았지만 과부댁의 몸은 싸늘하게 식어 있었다. 어떻게 된 셈인지 입에서는 피가 흘러나오고 있었다.

"아……."

거돌은 방망이로 뒤통수를 얻어맞고 난 뒤처럼 멍했다. 과부댁은 혀를 깨문 채 죽어 있었던 것이다.

'혀를 깨물고 죽다니, 아니 혀를 물고 죽어야 할 까닭이 무엇인가?'

거돌은 정신을 차리지 못하고 앉아 있다가 그제야 어지럽게 찢어진 치맛자락을 발견했다. 찢어진 치마 속으로 피 묻은 맨살이 보였다. 흙 속에서 허우적거렸는지 손과 발은 흙투성이었다.

"아아."

거돌은 머리를 싸쥐었다. 과부댁은 겁탈을 당했던 것이다. 거돌은 재빨리 과부댁의 시체 주위를 살폈다. 그 옆에 붉은 깃털 하나가 빠져 있었다.

"그, 그놈들의 짓이다."

거돌은 치를 떨었다. 붉은 깃털을 달고 다니는 사람은 몽고군밖에 없다. 그러니까 과부댁은 몽고군에게 겁탈을 당한 것이었다. 산나물을 캔다고 나간 뒤 지나치던 일단의 몽고군에게 발견되어 그들에게 잡혔고 잡히자마자 윤간을 당한 것이리라. 돌아가면서 여러 명이 윤간을 하다가 너무 반항을 하니까 목을 눌러 죽여 버린 듯했다.

"어허헉."

거돌은 주저앉으며 울음을 터뜨렸다.

'몇 년만 고생하면 남부럽지 않게 농사를 지으며 살 수 있고 그때 가면 아이를 낳겠다더니.'

거돌의 가슴은 칼로 도려내는 듯한 아픔으로 터질 지경이 되었다. 눈을 감지 못하고 혀를 물고 죽은 과부댁의 시체를 부둥켜안고 거돌은 슬프게 울었다.

"짐승보다 못한 놈들, 어디 두고 봐라. 몽고 놈이라면 씨도 남기지 않겠다. 아아, 이 원수를 어떻게 갚아야 한단 말인가."

거돌은 온몸을 떨며 부르짖었다. 하지만 어쩔 수 없는 일이었다. 죽어버린 과부댁은 다시 살아나지 않았다.

과부댁의 시체를 어깨에 메고 돌아온 거돌은 정신 나간 사람처럼 이틀을 굶고 마루에 시체를 놓아둔 채 그냥 앉아 있었다. 너무나도 억울하고 기가 찼기 때문이었다. 3일 만에 거돌은 개간하던 산비탈 돌밭에 과부댁을 묻고 돌로 표시를 했다.

"당신 원수는 내가 꼭 갚을게. 갚지 않으면 다시 돌아오지 않을게. 잘 있어."

거돌은 무릎을 꿇고 그렇게 약속한 뒤 청석골을 떠났다. 두 사람이 왔다가 한 사람이 된 채 떠나는 것이었다. 갈 데도 없고 오라는 데도 없었다.

청석골을 지나 개경으로 향하며 만행을 저지른 몽고군은 적거 원수의 선봉군이었다. 이 부대에 김통정과 강쇠만 끼어 있었더라도 과부댁이 변을 당했을 때 나서줄 수 있었겠지만 그들은 철원鐵原 쪽으로 진격해 내려오던 당고 원수군의 안내 부대에 들어 있었기 때문에 모르고 있었던 것이다.

고려 조정은 이미 강화로 천도했기 때문에 왕성인 개경은 텅텅 비어 있었다. 피난을 가지 못한 일반 백성들만 몽고군의 약탈 대상이 되었다. 몽고군은 잔악해서 그들의 발길이 닿는 데는 아무것도 살아남지 못했고 걸리는 것은 모두가 불타버렸다. 더구나 이번 침략은 고려 조정이 강화로 피해간 것에 대한 보복이었기 때문에 그 잔학성은 더 가증스러웠다.

당고와 적거가 개경을 함락시키자 강통(만주 남부)에 있던 살례탑이 개경으로 왔다. 명실공히 동북군東北軍의 총사령관이었다. 여기서 몽고군은 다시 양군으로 나뉘어 남진하기로 했다. 적거는 경상도 지방을 공략하기로 해서 우수(牛首·춘천) 지방으로 먼저 떠났고 당고는 충청, 전라 지방을 점거하기 위해 처인성(處仁城·지금의 용인)으로 향했다. 살례탑은 군령을 내린 뒤 강화도로 숨은 고려 임금에게 사자를 보냈다.

"지금 우리 군대는 고려 전토를 유린하려고 부월을 높이 들었다. 지금이라도 늦지 않으니 고려왕은 강화에서 나와 다시 개경으로 들어와 황제 폐하께 사죄하라. 만일 그대로 행하지 않는다면 예정대로 고려 전토를 잿더미로 만들고 백성은 씨도 남기지 않겠다."

살례탑은 그런 뜻의 서찰을 보냈다. 그러나 조정은 속수무책이었다.

한편 초라한 한 사내가 처인성을 향해 들어가고 있었다. 그는 여기까지 쫓겨 온 거돌이었다.

거돌이 수주(水州·수원) 근방의 처인성까지 온 것은 몽고군에게 쫓겼기 때문이었다. 조정이 강화로 천도한 뒤 전국의 벼슬아치들과 부자들은 모두 강화도나 다른 섬으로 피난을 가버려서 어느 지방이고 관청은 텅텅 비어 있는 상태였다. 처인성도 마찬가지였다. 성주城主가 도망친 것은 옛날이고 지키는 군사들도 없었다. 다만 피난을 떠나도 굶어 죽고 남아 있어도 굶어 죽을 백성들밖에 남지 않았다. 몽고군이 개경을 점령하고 남하하고 있다는 사실을 알면서도 백성들은 그저 우왕좌왕할 뿐이었다.

여기까지 온 거돌도 그중의 하나였다. 맨손 맨주먹이었던 것이다. 사람들은 저잣거리에 모여 서서 웅성거리고 있었다. 몽고군이 오기 전에 여기서 피해야 한다는 건 알면서도 피난할 곳이 만만치 않았던 것이다. 사람들은 그저 수군거리며 남들이 어떻게 하는지 그 눈치만 살피고 있었다. 저잣거리 쇠전의 높은 흙담 위에 사내 하나가 올라섰다. 웬일인가 하고 사람들이 모여들었다. 농사꾼 옷차림을 한 그 사내는 40여 세 나 보였다.

"가까이들 오시오."

거돌도 군중 속에 끼어 그 앞으로 다가섰다.

"나는 이곳 처인성 밖에서 농사를 지으며 사는 김윤후金允侯란 사람이외다. 조정은 우리를 배신하고 강화도로 도망쳤소. 권세 있고 재산 가진 놈은 모조리 그 뒤를 따라가 버리고 헐벗고 굶주린 우리만 남았소이다."

사람들은 쥐 죽은 듯이 조용하게 귀를 세우며 발돋움을 했다. 그는 계속해서 말을 이었다.

"너희들끼리 남아서 죽든 살든 맘대로 해봐라, 그런 뜻이 아니고 무엇입니까?"

"옳소. 당신 말이 옳아!"

여기저기서 공감하는 소리가 솟아올랐다.

"하지만 사세는 급박하게 되었소이다. 임금을 나무라고 최우를 욕하기 전에 우리는 몽고 군사한테 죽임을 당하게 될 처지에 놓인 것입니다. 우리는 조련도 받지 않았고 제대로 된 병장기 하나 없소이다. 앉아서 몽고군을 맞이해야 합니다. 맞이하는 것은 문제가 아닙니다. 문제는 우리들의 처자권속입니다. 우리 눈 앞에서 강간을 자행하고 불을 지르고 가슴을 찌릅니다. 그렇게 잔인 무도한 놈들이 몽고 놈들입니다. 마누라와 딸이 그놈들에게 겁탈당하는 걸 그냥 바라봐야만 하겠습니까?"

"싸워야지! 그렇게 당하는 것보다는 싸우다 죽는 편이 낫다."

"옳소!"

군중들이 흥분했다. 거돌은 저도 모르게 두 주먹을 불끈 쥐었다. 사내는 말을 이었다.

"싸우지 않으려면 우리도 도망해서 숨어야 합니다. 하지만 아시다시피 처인성 주변에는 숨을 만한 깊은 산도 없소이다. 그저 들판뿐입니다."

"그러니까 싸우잔 말야!"

"옳다! 싸워야 한다."

"성문을 닫고 싸워야 한다."

군중은 아우성이었다. 지금까지 웅성거리고 눈치만 살피던 군중은 일단 구심점이 생기자 과감하게 뭉치게 된 것이었다.

"좋소. 그러니 싸웁시다. 맨손 맨주먹으로라도 싸웁시다. 이 중에서 포수 출신이 있으면 앞으로 나오시오. 그 사람의 명에 따라 몽고군과 싸워봅시다."

사내가 휘둘러보았다. 포수란 사냥꾼을 말함이다. 과연 몇 명이나 있을까. 5백여 명 군중 속에서 사냥꾼을 자처하고 나선 자는 네 명뿐이었다.

"더 없습니까?"

사내가 큰소리로 또 외쳤다. 그러자 군중 속에서 손을 들고 앞으로 나오는 사람이 하나 있었다. 바싹 야위고 키가 유난히 큰 사내였다. 가사 장삼을 걸치고 손에는 목탁을 들고 있는 중이었다. 군중들은 그 중의 모습을 보고 실소를 했다. 사냥꾼 나오라는데 살생과는 무관한 중이 나왔던 것이다.
"들어가시오, 대사!"
 높은 곳에 서 있던 사내가 만류했다. 하지만 중은 아랑곳없이 사내 옆으로 다가섰다. 그리고 군중을 둘러보는 것이었다. 툭 튀어나온 광대뼈, 그리고 짙은 눈썹 밑에 두 눈이 번쩍이고 있었다. 쉿소리를 내며 그가 입을 열었다.
 "국난을 이기는 데는 임금, 백성, 중이 따로 있을 수가 없소. 하나로 뭉쳐서 힘을 합치지 않으면 안 됩니다. 비록 속세를 떠나 불제자가 되어 면벽面壁을 하고 살았소만 이런 위기를 보고 가만 있을 수가 없어 나왔소이다. 함께 백성을 구하고 나라를 구합시다."
"와."
 조소를 띠던 군중이 중의 열변을 듣고 나자 감격한 듯 함성을 질렀다.
 "지금까지 몽고군과 싸워서 이겨본 일이 없소이다. 그건 정신이 타락해서 그렇소. 싸우면 반드시 이겨야 하며 이길 수 있다는 생각을 가져야 하오. 처인성을 지켜 저들의 간담을 서늘하게 만들어야 합니다."
 군중들은 곧 낡은 환도와 장창을 성청의 무기고에서 꺼내고 그것도 없는 자들은 괭이, 쇠스랑을 메고 집결했다. 성안 백성뿐 아니라 인근의 다른 백성들까지 몰려와 싸울 수 있는 장정은 무려 천여 명이나 되었다. 성청 안에서는 처음 군중을 선동한 그 사내를 비롯해서 노승, 그리고 뽑혀 나온 다섯 사람의 사냥꾼들이 모여 앉아 처인성의 방비를 위한 대책 회의를 열었다.

그 자리에서 모두 자기소개를 했다. 선동한 그 사내는 여주驪州 사람으로 농사꾼이며 힘이 장사인 김윤후였고 노승은 삼각산三角山 태허사太虛寺에서 왔다는 지허知虛라고 하는 선승이었다.

"노승께서 지휘의 모든 책임을 맡으셨으면 합니다."

김윤후가 그렇게 제의하자 모든 사람들이 같은 의사를 밝혔다. 그러나 지허 스님은 머리를 흔들었다.

"아닙니다. 소승은 옆에서 도와드리겠소. 대임은 김윤후 노형이 맡으시오. 그래야만 기강이 섭니다."

"왜 그러십니까, 대사님."

김윤후는 사양했으나 대사는 뜻을 굽히지 않았다. 결국 그가 의병장으로 추대되었다.

"한 번도 접전 경험이 없는 오합지졸을 가지고 몽고의 강병과 어떻게 싸우지요?"

그게 걱정인 듯 김윤후는 대사를 바라보았다.

"싸움에는 정공正攻과 기공奇攻이 있습니다. 정공이란 글자 그대로 정면으로 맞서서 용병用兵, 진법陣法과 접전으로 승부를 결하는 걸 말함이요, 기공이란 기책奇策을 써서 소小로 대大를 쳐 이기는 것을 말합니다. 우리는 성의 사대문을 닫고 우선 수성守城을 해야 합니다. 그리고 기책을 써서 적과 싸우는 수밖에 없습니다. 부서에 맞게 병병兵을 배치하시고 적정敵情을 알아내야만 합니다. 적은 한 번도 패한 일이 없기 때문에 만심에 빠져 있을 것입니다. 그걸 이용하는 겁니다. 모기 깔따구라도 쇠불알을 쏘고 파고들면 놀라서 달아난다는 뜻입니다. 바로 그것이 기책입니다. 그 기책을 생각해 내야 합니다."

의병장 김윤후는 지허 대사의 간언을 받아들여 성안의 요소에 군사들의 배치를 끝냈다. 그러자 의병장 김윤후는 적정을 살피기 위해 염탐꾼을 풀기로 했다. 그 염탐꾼을 자원하고 나선 것은 바로 거돌이었다.

"잘해낼 수 있겠느냐?"

김윤후가 물었다.

"해보겠습니다."

"몽고군이 움직이는 것만 알아 와서는 안 된다. 병력의 수에서부터 장졸將卒의 성격까지 알아내야만 한다. 몽고군에 대해서 조금은 알고 있어야 하는데……."

"전 몽고군에 있었습니다."

"뭣이?"

거침없이 나오는 서돌의 말에 김윤후와 지허 대사는 깜짝 놀랐다.

"그게 정말이냐?"

"예."

"그런데 왜 여기까지 왔느냐?"

"작년 연말까지, 그러니까 6개월쯤 몽고군에 있었습니다. 포로가 돼서 어쩔 수 없이 그리 되었습니다만 작년 말에 도망쳤습니다."

"그래? 6개월이라? 오래 있었구나. 그렇다면 적임자가 아닐 수 없다."

김윤후는 몹시 기뻐했다. 이튿날 아침 거돌은 비렁뱅이 병자 같은 차림을 하고 처인성을 떠났다. 아단성(阿旦城·남한산성)을 지나서 아차산성에 이른 거돌은 아연한 표정이 되었다. 몽고군은 부교를 놓고 한강을 건너려 하고 있었던 것이다. 거돌은 숨어 다니며 적정을 염탐하기 시작했다.

한편 의병장 김윤후와 지허 대사는 서로의 얼굴을 바라보며 근심스럽게 말을 나누고 있었다.
"왜 돌아오지 않는지 모르겠군요? 벌써 삼일째입니다."
"글쎄, 돌아올 시각이 넘었는데도 아직까지 소식이 없군요."
아침이 되면 돌아오기로 했는데 점심때가 다 되도록 거돌이 나타나지 않았던 것이다. 대사도 걱정이 되는지 안절부절못했다. 염탐꾼으로 거돌이 성문 밖으로 나간 지가 삼일이 지났던 것이다.
"잡힌 게 아닐까요?"
김윤후가 입맛을 다셨다.
"잡혔어도 별수 없는 일이지요."
"그러니 세워놓은 군략대로 밀고 나가시겠단 말씀입니까? 거돌이 그들에게 잡혔어도?"
"밀고 나갈 수밖에 없습니다. 자, 이렇게 더 이상 기다리고만 있을 수는 없지 않소? 계략을 실천에 옮깁시다."
대사는 의연하게 말을 하며 자리에서 일어났다. 그때 군졸이 군막 안으로 들어왔다.
"왔습니다."
"거돌이가?"
"예."

"빨리 들라 하라."

군졸이 나가더니 거돌과 함께 들어왔다. 어디를 어떻게 돌아다녔는지 그의 얼굴은 흙먼지와 땀으로 범벅이 되어 있었다.

"어찌 되었나? 왜 이제야 왔나?"

김윤후는 거돌을 보고 급히 물었다.

"죄송합니다. 좌우를 좀 물리쳐주시지요."

"그렇게 하지."

방안에 김윤후와 대사만 남았다.

"몽고군이 이동하는 걸 보았나?"

"예."

"적정敵情을 자세하게 얘기해 보게."

대사가 채근했다.

"아단성을 돌아서 아차산성 쪽으로 가다가 한수漢水를 도하하는 적을 만났습니다. 적은 모두 1만여 명쯤으로 보였고 선봉장은 당고 원수라는 자였고 중군을 이끌고 전군을 지휘하는 자는 살례탑이었습니다."

"뭐라구? 몽고군의 총수인 살례탑이 직접 진격해 오고 있다구?"

"그렇습니다."

의병장 김윤후와 지허 대사는 얼굴색이 변해 버렸다. 개경을 함락한 몽고군은 군을 양분하여 진군한다 했으니 기호畿湖 지방으로 내려오는 몽고군의 군세는 별 게 아니리라 예상하고 있었는데 그게 빗나가고 있었던 것이다.

"살례탑, 살례탑이 직접 오다니……. 대사, 안 되겠습니다."

김윤후가 머리를 흔들었다.

"뭐가 안 된다는 겁니까?"

"적은 1만이라 했습니다. 아군은 불과 천여 명입니다. 10대 1의 열세입니다. 게다가 몽고군은 상승군이고 정규 조련을 받은 정병입니다. 어디 그뿐입니까? 살례탑이란 자는 서역 제국을 유린한 몽고 제일의 용장입니다. 이거야말로 달걀로 바위를 치는 것과 같은 무모한 싸움입니다."

"약한 소린 하지 마시오."

"예?"

"나무아미타불 관세음보살."

대사는 합장하며 두 눈을 지그시 감았다가 떴다.

"을지문덕 장군은 비교도 안 되는 군사를 가지고 기계를 써서 적을 유인하여 수병隋兵 30만을 살수의 물귀신으로 만들었고 연개소문 장군 역시 비교도 안 되는 군사를 가지고 당군唐軍 10만을 사수蛇水에 끌어들여 일거에 섬멸했소. 이것이 바로 우리나라 군사의 전통이며 자랑입니다. 몽고인이 비록 우리보다 우수한 군사 열 배를 가지고 밀어닥친다 해도 눈 하나 깜짝할 필요가 없소. 우리도 싸우면 이길 수 있습니다."

"그렇게 승리하기까지에 용맹했던 군사보다 훌륭한 영웅이 있었기 때문이오. 어떻게 우리를 을지문덕 장군이나 연개소문 장군에 비교할 수 있습니까?"

그 말을 듣자 대사는 흥분을 가라앉히더니 잠잠히 고개를 숙였다. 딴은 그랬던 것이다.

"물론 소승의 기량이 그분들에게 못 미치리라는 건 압니다. 하지만 어쩌겠소? 짓밟혀서 죽는 것보다는 싸워서 죽는 편이 낫지 않소? 내 계략대로 그냥 밀고 나갑시다. 우리 군사 천여 명을 성 안의 뒷산에 매복을 시킵시다. 살례탑은 지금까지 저항을 받지 않았으니까 처인성 안으로 들어와도 만심을 한 채 군사들에게 휴식령을 내릴 것이오. 다 잠이 든 깊은 밤에 불을 지르고 일시에 급습을 하는 겁니다. 살례탑을 비롯한 적장의 목을 베면 우리 계략은 성공하는 것입니다."

"안 됩니다. 중과부적입니다."

두 사람은 의견을 달리하고 맞서게 되었다. 이윽고 잠자코 앉아 있던 거돌이 끼여들었다.

"두 분 말씀에 다 일리가 있습니다. 싸우기엔 중과부적이지만 그렇다고 물러가기엔 늦었습니다. 제 생각으로는 정말 적이 까맣게 모르는 암계暗計가 있어야 할 것 같습니다. 장수가 죽으면 아무리 용맹한 군사들이라도 오합지졸이 되게 마련입니다. 당고를 죽이든지 살례탑을 죽이면 우리는 이길 수 있습니다. 대사님의 계략대로라면 적에게 치명상을 줄 수는 있지만 장수된 자를 죽일 수는 없습니다."

"그럼 어떤 방법을 택해야 할까? 자객을 보내야 할까?"

대사가 진지하게 물었다.

"살례탑의 약점을 노릴 수밖에 없습니다."

"그게 뭐지?"

"주색을 좋아합니다."

"여자? 그럴 만한 여자가 있을까?"

"속히 구해봐야지요."

"그런 여자가 어디 있겠소? 조국을 위해 죽음도 불사해야 하는데."

김윤후가 난처한 표정을 지었다. 거돌이 한숨을 내쉬며 말했다.

"찾아보면 있을 것입니다. 몽고병이 너무나 간악한 만행을 저질러서 원한이 뼈에 사무친 사람들이 많을 겁니다. 우선 소인만 해도 기회만 있다면 적장을 죽이고 목숨을 잃어도 괜찮다는 결심이 서 있으니까요. 그자들에게 남편이 죽임을 당하고 자기까지 겁탈을 당한 여자를 찾아보십시오. 부지기수일 겁니다."

"오, 그렇군."

대사가 고개를 끄덕였다. 대사와 김윤후는 그 밤으로 내밀히 그 임무를 수행할 만한 여자를 찾아 나섰다. 거돌의 말대로 그런 여자는 한둘이 아니었다. 네 명의 여자 중에서 그중 미모를 갖춘 여자 하나가 뽑혀왔다. 개경이 고향인 여자로 몽고군의 침입 때 남편이 죽고 젖먹이 아이도 죽임을 당한데다 겁탈까지 당하여 몇 번인가 자결을 하려다 못하고 여기까지 오게 된 여자였다.

"지금 몇 살이시오?"

대사가 그 여자에게 물었다.

"스물일곱이에요."

"정말 해낼 수 있겠소?"

"해내겠어요."

"그럼 됐소."

시영時泳이라고 하는 그 여자는 눈을 빛내면서 고개를 끄덕였다. 그날 밤 대사와 시영이라는 여자와 거돌은 몇 차례나 머리를

처인성處仁城의 영웅들 207

맞대고 구수회의를 했다. 날이 새자 급보가 날아들었다. 몽고군의 선봉이 처인성을 향해 진군해 오고 있다는 것이었다. 이미 성내는 깨끗하게 비어버렸다. 백성은 남녀노소를 막론하고 피난시켜 버렸고 천여 명의 군사는 성의 뒷산에 매복시켜 두었던 것이다.

"과연 대단하군요."

성루에 올라 새까맣게 밀려드는 몽고군을 바라보던 김윤후가 신음 소리를 넘겼다.

"자, 이러고 있을 때가 아니오. 우리도 피신합시다."

성루에 남아 있던 대사와 거돌도 어디론지 사라져버렸다. 얼마 되지 않아 몽고군의 기병은 누런 먼지를 일으키며 처인성 안으로 들어왔다. 몽고군만 나타났다 하면 언제 어디서고 백성들이 피하고 있어서 그들은 마음 놓고 어디든지 입성했다.

"성내에는 개미 새끼 한 마리 없습니다."

그런 보고가 들어가자 살례탑은 성청에 좌정한 뒤 군사들에게 휴식령을 내렸다.

"날이 새면 이곳을 떠난다. 충분히 휴식하라."

성안에 들어온 몽고병은 의외에도 얌전했다. 그도 그럴 것이 아무도 없는 데다 재물이라고는 밥그릇 하나 남아 있지 않았던 것이다. 밤이 되자 잔치가 벌어졌다. 성청의 대청에서 술을 마시고 있던 살례탑은 군졸의 손에 잡혀온 여자 하나를 보고 깜짝 놀랐다.

"그게 누구냐?"

대상臺上에 앉아 있던 몽고군 원수 살례탑이 마시려던 술잔을 내려놓으며 계하를 바라보았다. 그러자 함께 누상에서 술을 마시고 있던 당고를 비롯한 모든 부장部將들이 일제히 계하를 내려다보았다.

"아니, 계집 아냐?"

저희들끼리 그렇게 수군거리는 소리가 들렸다. 군사가 끌고 온 것은 고려 계집이었다.

"앉아라."

군사가 여자의 어깨를 잡아눌렀다. 그러자 여자가 잡은 손을 휙 뿌리쳤다.

"이년, 어느 안전이라고 야료냐? 어서 꿇어앉지 못할까?"

옆에 있던 군사가 다리를 후려치자 여자는 털썩 주저앉았다.

"어떤 계집이냐?"

살례탑이 비만한 몸을 구부리며 물었다. 그는 50여 세의 장년으로 당당한 체구를 가지고 있었고 키가 컸다. 일찍이 그는 지금의 울란바토르에서 출생하여 칭기즈칸을 도와 헝가리 전선까지 누비며 용맹을 떨쳤다. 그는 무용이 출중할 뿐 아니라 지략도 겸비하고 있어 몽고 전군에서도 몇 안 되는 최고의 장군이었다.

"성주의 집에서 잡았습니다. 저희들 몇몇이서 축하주를 마시기 위해 모여 있었는데 차린 음식이 자꾸 없어졌습니다. 처음에는 서로 남모르게 먼저 먹어치운 거라고 다퉜으나 다락에 숨어 있던 이 계집의 짓이라는 걸 나중에 알게 되어 잡은 것입니다."

"그래? 하하하."

제장諸將이 홍소를 터뜨렸다.

"어떻게 처리해야 할지 알 수 없어 이리 데려왔습니다."

"누상으로 데려오너라."

살례탑의 명이 떨어졌다. 군사는 고려 여자를 데리고 대청으로 올라왔다.

"수고했다."

살례탑이 여자의 얼굴과 모습을 일별하더니 마음에 드는지 군사에게 물었다.

"관등 성명을 말해 봐."

"예. 화차부대 대졸隊卒 목순치木順治입니다."

군졸은 이 기회에 제 성명을 인식시킨다는 것이 자랑스러운지 의기양양하게 말했다.

"좋다. 물러가라."

살례탑은 고려 여자를 자기 곁에 앉도록 했다.

"의복이 말이 아니군요, 장군, 의복을 갈아입힐까요?"

옆에 앉아 있던 당고 원수가 아첨기 있는 웃음을 띠었다. 아닌 게 아니라 여자는 찢어져서 맨살이 여기저기 보일 정도의 치마 저고리를 입고 있었다.

"아냐, 아냐, 옷이 아름다우면 뭐하나? 몸이 아름다워야지. 안 그런가?"

"그거야 그렇지요, 하하하."

당고가 곧 맞장구를 쳤다.

"너는 오늘 평생의 영광으로 생각해라. 이분이야말로 대몽고군의 최고 원수이시다. 자, 어서 술을 따라드려라."

당고가 채근했다. 그러나 여자는 다리 한쪽을 세우고 두 팔로 껴안은 채 고개를 숙이고 있었다.

"뭐하느냐?"

그래도 응하지 않는다. 살례탑이 품속에서 퍼런 비수를 꺼냈다. 그러나 여자는 모르고 있었다. 살례탑은 비수 끝을 여자의 저고리 뒤에 댔다.

"아!"

여자가 비명을 지르며 어쩔 줄을 몰라 했다. 비수 끝은 등 한가운데로 들어가 저고리를 찢어놓았다. 살례탑이 손을 넣어 부욱 찢어버리자 여자의 상체는 금방 알몸이 되었다. 여자는 당황한 채 풍만하게 솟아오른 젖무덤을 두 손으로 가렸다.

"술을 따라."

살례탑이 외쳤다. 좌중은 원숭이 웃음을 킥킥거리며 흥미 있게 여자의 몸에 시선을 매달고 있었다.

"아랫도리 치마까지 훌쩍 벗겨놔야 술시중을 들 모양입니다. 치마는 제가 벗기겠습니다."

부장 중의 하나가 자리에서 일어나 다가가더니 여자의 치마를 잡았다.

"벗겨라."

살례탑의 허락이 났다. 부장은 여자의 겨드랑이를 잡아 휙 일으켜 세웠다.

"하, 하겠어요."

여자가 다급하게 말했다.

"뭐라고 하느냐?"

그러자 고려 말을 아는 부장 하나가 통변했다.

"좋다. 벗기지 말아라."

살례탑은 만족한 듯이 웃으며 깔고 앉아 있던 모포를 꺼내어 여자의 어깨에 둘러주었다.
"자, 이쪽으로 와라."
여자는 마지못해 살례탑의 잔에 술을 따랐다.
"볼수록 미인이로구나."
그는 만족한 듯 여자의 어깨를 두드렸다. 살례탑이 차지하고 있어서인지 다른 부장들은 감히 여자를 만지지도 못했다.
잔치가 파하자 살례탑은 자리에서 일어나 내실로 들어갔다. 전포를 벗고 평복으로 갈아입었다.
"장군, 들어가도 됩니까?"
집순(執盾:경호병)의 목소리가 방문을 타고 넘어왔다.
"들어와."
방문이 열리고 집순이 겁에 질린 여자를 데리고 들어왔다. 여자만 남겨두고 집순은 나가버렸다. 술을 따라주던 여자였다.
"이쪽으로 와서 앉아라."
살례탑이 안석을 권했다. 그곳에는 간단한 주안상이 마련되어 있었다. 여자는 시키는 대로 다소곳이 앉았다. 젖가슴이 보일까 봐 모포 끝을 꼭 여민다. 여자가 얼굴을 들어 살례탑의 눈치를 살폈다. 여자는 바로 시영이었다. 내실 밖 후원에는 두 사람의 몽고병이 번을 서고 있었다.
"왜 안 오지?"
두 몽고병은 어둠 속을 두리번거렸다. 그때 담 있는 쪽에서 몽고병 하나가 다가왔다.
"엇? 거돌이."

다가온 사람은 몽고 군사의 옷을 입은 거돌이었다. 뜻밖에도 그를 기다리고 있던 몽고병 두 사람은 김통정과 강쇠였다. 어떻게 해서 이들은 여기서 만나게 된 것일까.

사실은 진작부터 서로 내통이 있었다. 염탐꾼으로 거돌이 나간 뒤에 그는 진군해 오는 몽고군 정찰 부대 깃발을 보고 김통정과 강쇠가 들어 있으리라는 걸 예상하고는 아무도 모르게 접근해서 그들과 만났던 것이다. 결국 거돌은 살례탑 암살의 계획을 김윤후, 지허 대사와 상의한 뒤 그 자세한 계획을 그들에게 알렸던 것이다. 김통정과 강쇠가 번을 자원하여 선 것은 자객인 지허 대사를 살례탑이 자는 침소 근처에 숨어 들어오게 하기 위해서였다.

"대사는 어찌 됐소?"

거돌이 김통정에게 물었다.

"무사히 침소 옆방에 숨겼다. 거기에 목욕통이 있어서 살례탑은 자기 전에 틀림없이 목간을 할 거야. 목간하러 들어올 때 처치해 버리면 되는 거지."

"됐습니다. 성사가 되면 불을 지르고 성의 뒷산이 있는 쪽으로 도망쳐서 와요. 불이 나면 그걸 신호로 해서 일제 기습을 단행할 테니까. 대사가 실패하면 형님이 맡으세요."

"좋아."

"그럼 난 돌아가 볼게요."

거돌은 동헌 뒷담을 넘어 사라졌다. 계획에 차질이 없다는 것을 군사들과 함께 성의 뒷산에 숨어 있는 의병장 김윤후에게 알리기 위해서였다. 목욕통이 있는 방에 숨어 있는 지허 대사가 암살에 실패할 때는 지체 없이 김통정과 강쇠가 달려들어 살례탑을 해치우기로 했던 것이다. 아무것도 모르는 살례탑은 기분 좋게 술잔을 들고 있었다.

"덥겠다. 모포를 벗어라."

망설이고 있자 살례탑이 모포를 뺏었다. 풍만한 젖가슴이 좌우로 출렁이자 참을 수 없는 듯 번쩍 들어 안아 무릎 위에 앉혀 놓았다.

"아아……."

여자가 몸부림을 쳤다. 그러나 살례탑의 우악스런 손은 치마를 아래로 벗겨내고 있었다.

"제발 이러지 마세요. 저, 냄새가 나서 안 돼요. 목간을, 목간을 하구 올게요."

신음 소리처럼 그렇게 말했지만 살례탑이 고려 말을 알아들을 리가 없었다. 이윽고 여자는 알몸뚱이가 돼버렸다. 털투성이 입으로 여자의 전신을 비비기 시작했다. 당장 젖무덤의 주위가 붉어졌다.

"제발 좀, 아아."

답답한 것은 말이 안 통한다는 점이었다. 어찌 됐든 이자를 유혹해서 목욕통이 있는 옆방으로 데리고 들어가야만 하겠는데 어떻게 해야 의사가 전달이 될지 알 수가 없었던 것이다. 간을 죄며 진땀을 흘리고 있는 사람은 지허 대사였다. 그냥 방사를 끝내고 그 방에서 잘 것만 같은 분위기였던 것이다.

'어떡한다? 이쪽으로 오지 않으면? 그렇지, 정사를 벌이고 한창 정신을 놓고 있을 때 죽이는 것도 괜찮겠지.'

그것이 차선책일 듯했다. 그 순간 대사는 깜짝 놀라 눈을 질끈 감았다. 벌거벗은 여자가 이쪽 방으로 뛰어들었던 것이다. 뭐라고 외치는 소리와 함께 뒤따라 들어온 사내는 역시 벌거벗은 살례탑이었다. 일을 서두르려 하자 여자가 틈을 보아 빠져나온 모양이었다. 여자가 목욕통 속으로 들어가자 살례탑은 그제야 알겠는지 홍소를 터뜨렸다. 부풀어 오른 젖무덤 사이로 튀어 오르는 물방울을 바라보던 살례탑은 돌아설 듯하다가 견딜 수 없는지 목욕통 뒤로 돌아가 섰다. 그러더니 두 팔을 여자의 옆구리 사이로 집어넣었다.

"아잇."

간지러운지 여자가 당황했다. 그도 뭐라고 몽고 말로 지껄이며 여자의 몸뚱이를 일으켜 세웠다. 여자는 두 손으로 어디를 가려야 할지 몰라서 젖가슴을 가렸다가 아랫배 밑을 가렸다가 하며 쩔쩔맬 뿐이었다.

살례탑은 알몸에서 물이 줄줄 흐르는 여자를 목욕통에서 빼내어 바닥에 쓰러뜨렸다. 구릿빛의 건장한 사내의 등판이 어유등에 비쳐서 번들거렸다. 그는 여자의 쓰러진 몸뚱이 위에 제 몸을 덮어 누르고 일을 시작하려 했다. 긴장 속에서 숨을 죄던 지혜 대사는 몸을 움직이지도 못하고 살례탑의 움직임만 숨어서 지켜보고 있었다.

'이렇게 떨려서야 무슨 일을 하겠는가.'

대사는 입술을 깨물며 떨리는 가슴을 쓸어내렸다. 어찌 됐든 기회를 잡아야 했던 것이다. 천만다행인 것은 살례탑이 목간도 하지 않고 일을 벌일 듯하더니 시영이란 여자의 기지로 겨우 옆방까지 따라오게 하는 데 성공했던 것이다.

'잘돼가는 셈이다. 일을 벌이면 시간이 좀 걸리겠지. 아니다. 때는 지금이다.'

대사는 비수를 꺼내 들고 등 뒤로 접근했다. 일을 시작하려고 엎드린 살례탑은 등 뒤에서 무슨 일이 일어나고 있는지 전혀 낌새조차 못 차리고 있었다. 대사의 겁먹은 시선과 시영의 시선이 마주쳤다. 여자는 오히려 태연하게 대사에게 눈짓을 하고 있었다. 빨리 해치우라는 듯했다.

"야잇."

늙은 대사의 입에서 외마디 기합 소리와 함께 파란 비수가 섬광을 발했다.

"으윽."

살례탑의 입에서 비명 소리가 일어났다. 그리고 그는 뭣에 데인 사람처럼 벌떡 일어났다.

"찔러요. 가슴을 찌르란 말예요."

여자가 황급히 외쳤다. 등 뒤에서 깊이 칼을 찔러 그대로 쭉 뻗어서 일어나지 못할 줄 알았는데 살례탑은 그 큰 덩치를 벌떡 일으켜 세우며 눈을 흡떴던 것이다. 대사는 온몸을 벌벌 떨면서 움직이지 못했다. 그 순간 여자가 비호같이 벗은 몸으로 다가들더니 대사의 손아귀에서 비수를 빼앗아 살례탑의 가슴을 향해 온 힘을 다해 꽂았다.

"아악."

순간 살례탑과 여자의 입에서 동시에 비명이 터져 올랐다. 가슴 복판에 칼을 맞은 살례탑이 앞으로 고꾸라지면서 여자의 목을 두 손으로 움켜잡았던 것이다. 여자의 머리가 맨바닥에 부딪치며 살례탑의 가슴 밑에서 으깨어져 피가 흘렀다. 너무도 처참한 모습에 지허 대사는 제정신을 못 차리고 비틀거렸다. 두 사람 다 죽어버렸던 것이다. 그 순간 이쪽으로 뛰어오는 발소리가 들렸다. 가까스로 정신을 차린 지허 대사가 몸을 돌리자 다섯 명의 몽고 군사가 뛰어들었다. 방안에 벌어진 광경을 본 그들은 놀란 듯 외쳐대더니 일제히 장검을 치켜들었다.

"아악."

대사의 입에서 비명이 새어 나오며 목이 떨어져 굴렀다.

"불이야."

그때 밖이 소란스러워지더니 불이 났다는 아우성 소리가 들려왔다. 성청城廳 곳곳에 불이 붙어 때마침 불어오는 바람에 활활 타오르기 시작했다. 그것은 숨어 있던 김통정과 이강쇠가 지른 불이었다. 당고 원수를 비롯한 몽고의 장수들은 너무 졸지에 당한 듯 변변히 옷도 주워 입지 못하고 밖으로 뛰쳐나왔다.

"웬 불이냐?"

당고가 발을 굴렀지만 누구 하나 나서서 화인을 설명하는 자가 없었다.

"살례탑 원수가 운명했습니다."

군사 하나가 달려오며 보고했다.

"뭐라구? 무슨 소리를 하고 있는 거냐?"

"살례탑 장군이 피살되어 쓰러져 계십니다. 자객이 들어왔던 것 같습니다."

"그럴 리가 있느냐?"

처인성處仁城의 영웅들   217

당고는 믿으려 하지 않았다. 그러자 부장 하나가 달려와 다시 한 번 살례탑의 죽음을 확인시켜 주었다. 발연히 노한 당고가 외쳤다.

"전포를 내오너라."

명이 떨어지자 기다리고 있었던 것처럼 성청의 앞뒤에서 북소리와 함성 소리가 일어났다.

"저건 무슨 소리냐?"

"글쎄요."

모두 의아해서 귀를 세웠다. 말발굽 소리가 요란하게 들리더니 세 필의 군마가 앞마당으로 밀어닥쳤다. 마상에 앉은 사내가 장창을 비껴들고 몽고말로 외쳤다.

"대원수 살례탑은 우리 손에 죽었다. 그리고 너희들은 앞뒤로 포위되었다. 당고는 어서 목을 늘이고 장창을 받으라."

"하."

당고는 너무도 어처구니없는지 사색이 되어 몸을 떨었다.

"저놈, 저놈들이 누구냐?"

"난 고려 무사 김통정이다."

"김통정?"

"목을 늘여랏."

군마가 앞발을 들었다. 세 사내는 김통정, 이강쇠, 거돌이었다. 김통정은 불을 지른 후 때마침 매복해 둔 의병을 이끌고 진격해 온 거돌과 함께 성청으로 난입했던 것이다. 김통정의 장창이 당고의 목을 꿰뚫으려는 순간 벽력같은 고함 소리가 들리며 역시 말을 탄 장수 하나가 김통정 앞을 가로막았다. 당고의 부장이었다.

"내가 대적해 주마!"

부장은 세 사람을 상대로 접전을 벌였다. 그 틈을 이용하여 당고는 내성 쪽으로 도망쳐 들어갔다.

"거돌아, 이놈은 나에게 맡기고 당고를 잡아라."

김통정이 외쳤다.

거돌이 말머리를 돌려 후원 쪽으로 가려 했으나 양상은 달라졌다. 시간을 번 몽고군은 하나 둘 무장을 갖추고 세 사람에게 반격을 가하기 시작했던 것이다. 그러나 포위하고 있던 의병들이 그것을 놔두지 않았다.

"몽고 놈은 씨도 남기지 말고 주살하라."

거돌이 절규했다.

의병들은 단창, 쇠스랑을 휘두르며 사나운 기세로 몽고군을 덮쳤다. 사방에서 불이 타오르고 아직 잠이 덜 깬 몽고군으로서는 졸지에 당한 기습이라 전열을 정비할 틈이 없었다. 말을 타지 못한 몽고병은 물 잃은 고기와 같았다. 그들은 말에 올라야 용맹스러웠던 것이다. 우왕좌왕하던 몽고병은 어지럽게 짓밟히기 시작했다. 이미 대원수 살례탑까지 잃어버린 그들은 전의를 잃고 도망치기 시작했다.

"형님, 여길 맡기겠소."

거돌은 김통정에게 부탁을 한 뒤 무엇을 보았는지 나는 듯이 말을 몰았다.

"당고! 어디로 도망치는 게냐? 거기 서랏."

당고는 세 사람의 장수에게 둘러싸여 성의 북문 쪽으로 도망치고 있다가 쫓아오는 거돌을 보자 멈춰 섰다.

"네놈이 바로 주동자로구나? 저놈의 사지를 찢어놓을 자가 없느냐?"

노한 당고가 외쳤다.

"소장이 하겠습니다."

부장 하나가 거돌 앞으로 나섰다. 그는 장검을 휘두르며 거돌의 장창과 맞섰다. 번쩍 섬광이 일며 3합을 나눴다. 그러나 부장은 거돌의 적수가 되지 못했다. 몸을 솟구친 거돌이 장창을 내리꽂자 부장은 가슴을 맞고 말에서 떨어졌다.

"모기 깔따귀 같은 놈들은 비켜라. 내가 원하는 것은 당고의 목이다."

거돌은 다른 장수는 상대도 않고 당고에게 덮쳐들었다. 안 되겠는지 당고는 말머리를 돌렸다.

"이 비겁한 놈, 어디로 도망치느냐?"

거돌이 바싹 추격했다. 그때 당고의 고개가 돌아가며 뭔가를 날렸다. 바람을 끊는 소리가 들리더니 거돌은 비명을 삼키며 장창을 떨어뜨렸다. 도망치며 달리는 마상에서 당고가 단검을 빼어 뒤로 날렸던 것이다. 단검은 거돌의 오른팔에 맞았다. 뒤돌아와서 거돌을 처치하기에는 시간이 없었던지 당고는 쫓겨 오는 부하 장졸을 이끌고 황망히 퇴각했다.

성안은 곧 의병들의 환호성으로 들끓었다. 만여 명의 몽고군은 천여 명 의병들의 기습을 받아 절반의 희생자를 낸 채 아단성 쪽으로 쫓겨 갔던 것이다. 몽고군의 침략 이후 최초로 고려군이 올린 승전이었다. 보다 값진 것은 침략의 원흉인 살례탑을 모살

했다는 점이었다. 게다가 몽고군은 많은 재물과 병장기, 군마를 버린 채 달아났다. 이 승리가 믿어지지 않아 성민들은 꿈을 꾸고 있지나 않은지 의심할 정도였다.

처인성에서 몽고의 대원수 살례탑이 살해되고 고려의 의병에게 참패당해 쫓겨 갔다는 소식은 삽시간에 전국으로 번져 나갔다. 그리하여 피난도 못 가고 숨어 있던 백성들이 처인성으로 몰려들었다. 그중에는 의병이 되기 위해 오는 자들이 태반이었고 여기까지 오면 앞으로 안전하리라 생각한 부녀자들도 많았다.

"살신성인은 바로 지허 대사 같은 분이네."

"그분도 그분이지만 시영이라고 하는 그 의녀義女가 없었더라면 어떻게 살례탑을 죽일 수 있었겠는가. 정말 장한 여자야."

"김윤후 장군은 모든 공을 거돌이란 사람에게 돌리고 있다. 거돌이란 사람의 지모에 힘입어 살례탑 주살 계획도 세웠고 몽고군도 격퇴할 수 있었다네."

"거돌이가 누구일까?"

"무용이 출중한 천하 장사래. 몽고 장군 당고도 대적을 못하고 겨우 살아서 도망쳤다니까."

소문은 꼬리를 물고 퍼져 나갔다. 이번 싸움에서 거돌이 영웅으로 부상되었던 것이다.

"장례를 치르고 의병을 재편합시다. 비록 몽고군이 쫓겨 가기는 했지만 언제 어느 때 다시 침략해 올지 알 수 없지 않소?"

거돌이 의병장인 김윤후에게 말했다.

"그럽시다. 장례는 불교식으로 하는 게 좋겠지요?"

"물론이지요."

이윽고 지허 대사와 시영의 장례식이 준비되었다. 조국을 위해 순사한 두 사람의 명복을 빌기 위해 성안의 남녀노소가 몰려나와 대가람의 경내를 메웠다. 장례가 끝나자 성내의 의병들을 재편성하게 되었다. 원래 천여 명이 못 되는 군사였지만 각처에서 몰려온 장정들의 수가 불어나 당장 3천이나 되었다. 군사들의 성분은 각양각색이었다. 3천여 명 중에서 불과 3백여 명이 고려군의 정규군에 있던 사졸일 뿐 나머지는 농사꾼, 중, 노비 등이 대부분이었다. 그중에도 노비가 많은 수를 차지한 것은 전란 바람에 모두 풍비박산되어 주인을 잃었기 때문에 자유의 몸이 되어서였다. 정규 군사였던 자들도 몽고군에게 쫓기다가 각처로 낙오되었던 자들이었다. 숫자상으로는 3천이었지만 오합지졸이었다. 그래도 다행스러운 것은 이들 중 천여 명이 이번에 실전을 경험했다는 것 정도였다. 재편성 결과 의병은 모두 세 개의 부대로 나뉘어졌고 통솔자로는 김윤후가 추대되었다. 그러나 그는 완강하게 사양하며 거돌을 천거했다.

"안 됩니다. 나처럼 무식한 자가 어떻게 대부대를 이끌 수 있겠습니까?"

거돌도 승낙하지 않았다. 마지못해 김윤후는 통솔자의 책임을 맡았다. 그런 뒤에 부원수로 거돌을 임명했다.

"그것도 안 됩니다."

"대체 왜 그러는 거요?"

"적임자는 따로 있습니다. 저희 형님이 계십니다."

"예? 형님이오?"

"그렇습니다."

"그게 누구요?"

"이분입니다."

거돌은 비로소 김통정을 가리켰다. 이번 싸움에 혁혁한 공을 쌓았다는 걸 알고는 있었지만 김통정이 거돌의 형이라는 사실을 모르고 있었던 것이다.

"통정 형님이야말로 적임자입니다. 박식하고, 군략에 밝고, 형님을 부원수로 하고 군사의 책임을 맡게 하면 이 오합지졸이 그런 대로 군사의 모습을 갖추게 될 것입니다."

그 말을 듣자 김윤후는 김통정의 두 손을 잡았다.

"몰라 뵈었소이다. 그렇게 유능하신 분이 소생의 곁에 있으리라고는 몰랐습니다. 처인성의 의병장을 맡아주십시오. 소생은 형장의 밑에서 견마지로犬馬之勞를 다하겠습니다."

김통정은 몹시 당황하여 거돌을 나무랐다. 너무 과찬하여 과대평가를 했다는 것이다.

"나라를 위해 나서는 겁니다. 소생의 청을 물리치지 말아주십시오."

김윤후는 진지하게 자기가 맡은 자리에 취임해 달라고 했다. 김통정도 마침내 감동했는지 그의 손을 잡았다.

"공의 말씀대로 따르겠소. 하지만 의병 대장직을 사양하지는 마십시오. 장군을 도와 일을 하겠소. 이제 아셨겠지만 여기 있는 거돌이와 나, 그리고 강쇠는 서로 의형제를 맺은 사이입니다. 이번 살례탑 살해 계획은 장군과 돌아가신 지허 대사가 세우신 것이지만 거돌을 염탐꾼으로 보내주었기 때문에 성공했고 우리 세 사람이 다시 만날 수 있었습니다. 우리 3형제가 부장이 되어 장군을 보필하지요."

"군사軍師의 직책은 안 맡으시겠습니까?"

"그건 소생이 맡겠습니다. 원래 천학비재입니다만 밑천이라고는 몽고군에 1년 남짓 소속되어 있어봤다는 것 정돕니다. 그 경험을 살려 해보겠습니다. 그리고 마침 이번 싸움에서는 전리품이 많습니다. 군마가 20여 필이나 되고 환도, 장창, 염초, 발차 등 병장기도 천여 점이 넘습니다. 이것으로 무장해서 조련을 시켜야지요."

"고맙소, 정말 고맙소."

김윤후는 만족해서 어쩔 줄을 몰라 했다.

재편 작업도 마무리되어 곧 조련을 시작하기로 했다. 세 사람은 오랜만에 만나 술자리를 벌이게 되었다.

"아무튼 이번의 수훈갑도 거돌이다. 과부댁인지 뭔지를 잊지 못해서 우리를 버리고 도망쳤을 때는 천하의 죽일 놈이라고 강쇠와 욕깨나 했지만 염탐꾼으로 우리가 주둔한 곳으로 숨어들어 만났을 땐 정말 이놈이 정신이 돈 놈이 아닌가 했었지. 아무튼 장하다."

김통정은 거돌을 입에 침이 마르게 칭찬했다.

"거 아무것도 아닌 걸 가지구 뭘 그러슈? 통정 형님하구 강쇠하구 손발이 잘 맞아서 그래도 일이 잘된 거지. 자꾸 내 얼굴 붉어지게 하지 말구 술이나 듭시다."

"그러자. 자, 강쇠, 한잔 더해라. 그러나 저러나 안됐다."

"뭐가요?"

강쇠가 통정을 바라보았다.

"거돌이 말야. 그렇게 죽고 못 살던 과부댁이 죽었다니 말야."

그러자 거돌은 고개를 떨궜다. 새삼스럽게 떠오르는 얼굴이었던 것이다.

"죽일 놈들, 우리가 청석골로 내려왔더래두 그런 일이 없었을 텐데……. 좌우지간 거돌 형님, 너무 상심 마시오. 살례탑을 죽였으니 원수는 조금이나마 갚은 거 아니겠소? 두고두고 하나하나 원수를 갚읍시다."

강쇠가 이를 갈면서 거돌을 위로했다. 그러자 김통정이 말을 받았다.

"너무 상심 말아라. 그것도 팔자소관이려니 생각해. 넌 그 여자를 잊을 수가 없겠지. 어쨌든 노비의 신분에서 풀려나 양민이 되도록 만들어준 여자니까."

"불쌍한 여자였어. 남편 죽고 자식마저 남의 집에 팔려가 만날 수도 없는데……. 그러다 날 만난 거지. 제 집이라고 움막이라도 짓고 제 땅이라고 돌밭일망정 갈면서 이제는 사는 보람이 있다고 좋아했었지. 사람답게 사는 거라구 좋아했어요. 그러다 죽은 거야."

거돌은 말을 잇지 못하고 울음을 터뜨렸다.

"그만 생각해. 어쨌든 우린 이제 디디고 설 땅을 마련했어. 김인성의 첩을 죽이고 도망칠 때만 해도 난감하더니 이젠 맑은 하늘이 보이는 것 같다. 우리 세 사람이 이렇게 다시 만나지 않았니? 이제 한 번 뜻을 펴보는 거야."

이튿날부터 3천 명의 의병은 무장을 한 채 세 부대로 나뉘어 군사 조련을 받았다. 부대별로 김통정, 거돌, 강쇠가 그들의 훈련을 지도했다.

"행보行步 훈련을 시키고 익숙해지면 진퇴법을 가르쳐라. 나가고 물러서는 것도 모르면 그건 군사가 아니다. 그런 다음 진형陣形의 실제를 가르쳐라. 진법의 싸움을 할 줄 알아야 비로소 한 사람의 군사가 되는 것이다. 그 틈틈이 병장기 다루는 법을 가르치면 된다."

김통정은 두 아우에게 그렇게 지시했다. 웬만큼 훈련이 되면 나중에는 김통정의 지휘에 따라 합동 조련을 실시하겠다는 것이었다. 성안의 부녀자들은 군량미를 모으러 나서고 장정들은 땀을 흘려가며 군사 조련을 받았다. 한 달 정도만 받아도 오합지졸은 면하리라 생각한 것이다. 그러면서 의병 대장 김윤후는 강화도의 조정에 장계를 보냈다. 처인성의 승전보를 소상히 알렸던 것이다.

그리하여 처인성은 독립된 자유성城 구실을 하게 되었다. 이미 왕도는 강화로 천도했고 전국 곳곳이 몽고군의 발굽에 짓밟혀 신음하고 있었으나 처인성만은 당당한 고려군의 아성이 되었던 것이다. 김통정과 거돌, 강쇠 등은 청장년에게 군사 조련을 시키고 있었고 의병장 김윤후는 성민들을 잘 진무하여 사기가 드높았다.

"백성의 재산과 안위를 나라가 지켜주지 않는다면 우리 손으로 지킬 수밖에 없습니다. 생사를 걸고 싸워서 지켜야 합니다."

김통정은 그렇게 강조했다. 그로부터 열흘이 지난 후 강화에서 사신이 와 임금의 교지敎旨를 전했다.

"조정에서 사자가 오셨습니다."

동문東門에서 그런 보발이 들어오자 성청 안은 아연 긴장했다.

"의병장 김윤후입니다."

자기소개를 하며 맞이하자 사자로 온 자는 거만스럽게 그의 위아래를 훑어보았다.

"어서 안으로 오르시지요."

김윤후는 몸을 낮추며 권했다. 사자는 대상에 올라 상석에 앉았다.

"나는 어명을 받잡고 온 수주(水州:수원) 부사府使 민사훈閔思勳이다."

"고명 익히 들었습니다."

"네가 의병장이라 했지?"

"그렇습니다."

"의병은 모두 몇 명이나 되느냐?"

"3천여 명 되옵니다."

"막빈幕賓들은 없느냐?"

"있습니다."

"그럼 어이해서 날 환영하지 않는단 말이냐?"

"지금, 부, 부르러 보냈습니다."

"불학무식한 자들이라 어쩔 수가 없구나."

"잠시만 지체해 주십시오."

조금 후에야 김통정과 거돌, 강쇠가 달려왔다.

"조정에서 내려오신 사자 민사훈 대감이오. 어서 인사 올리시오."

그러자 김통정은 뻣뻣이 서서 목례를 했다.
"원로에 고생하셨겠습니다."
"고생?"
관복을 입은 민사훈의 얼굴이 벌겋게 상기되었다. 화가 난 모습이었다.
"왜 그렇게 불손한가?"
"무슨 말씀인지요?"
"듣자 하니 그대들은 농사나 지어 먹고 살던 상인常人들이라던데 아무리 못 배웠다 해도 상감의 윤음을 전하러 온 수주부사를 몰라보고 궤배조차 하지 않으니 그게 어느 나라 법도냐?"
그는 발을 구르며 외쳤다. 그러나 김통정은 조금도 동요하지 않고 그를 노려보며 입을 열었다.
"대감은 스스로 수주부사라 했는데 그게 사실이오?"
"뭐가 어째? 어느 모로 보아서 내가 관직을 사칭할 사람으로 보이느냐? 상감의 교지를 보지도 못하느냐?"
그는 교지가 들어 있는 대나무 통을 흔들었다. 그제야 김통정은 황급히 부복했다. 옆에 있던 거돌과 강쇠도 부복했다.
"아무리 못 배웠다 해도 그렇게 무식해서는 안 된다."
"죄송합니다. 사시사철 땅이나 파고 살던 무지렁이 촌민들이 뭘 알겠습니까? 너그럽게 용서해 주십시오."
김윤후가 빌었다. 민사훈은 어쩔 수 없다는 듯이 화를 되새겼다. 민사훈은 교지를 꺼내 읽어 내려갔다.
"……위급 존망의 국난을 맞이하여 논밭에서 일하며 낙생樂生을 구가해야 할 그대들이 뭉쳐 일어나 적괴 살례탑을 베고 몽군을 응징, 퇴치했다 하니 과인은 거기서 더 기쁜 일이 없다. 이와 같은 국난을 맞이한 것은 과인이 무능하고 암우하여 그리된 것으로 알고 열성조 앞에 사죄를 했었노라. 그 지志 바르고 그대들의 그 의義 길이 빛날 일이고 그대들의 우국충정지심을 모르는 바 아니로되 소탐대실小貪大失의 우를 범할까 저어하여 명하노니 곧 성문을 열고 무리를 헤쳐 다시 논밭으로 돌아가 생업에 종사함이 마땅하다고 생각된다."

여기까지 읽어 내려가자 김통정과 거돌, 강쇠의 얼굴빛이 달라졌다. 살례탑을 죽인 것은 잘한 일이지만 계속 무리를 지어 항쟁하지 말고 해산하라는 게 아닌가.

"저……."

거돌이 뭐라 말을 하려고 하자 김통정이 옆구리를 찔렀다. 더 들어보자는 것이다. 민사훈은 교지를 더 읽어 내려갔다.

"의심을 갖거나 이상히 생각할 필요는 없다. 몽고가 침략하게 된 명분은 바로 사신 저고여著古與를 우리 군사가 죽였다는 것 때문이었다. 이제 저들의 총수인 살례탑이 죽었으니 그들은 다시 한 번 대병을 일으켜 보복을 하려고 들 것이다. 과인이 우려하는 건 바로 그 점이니라. 수만 명의 몽고병이 쳐들어왔을 때 과연 기천도 못 되는 의병으로 어떻게 당적 할 것이냐? 오직 죽음밖에 없다. 저들의 분노가 스스로 자진하여 가라앉도록 만드는 게 상책이다. 그래서 해산을 하라는 것이니 훗날을 기약하고 일단 해산을 하는 것이 마땅할 것이다."

읽기를 마친 민사훈이 안석에서 일어섰다.

"어명이니 그대로 따르는 것이 좋을 게다."

침통한 분위기가 잠기고 있었다. 이윽고 김통정이 나섰다.
"만일 그대로 따르지 않는다면 어찌 되지요?"
그러자 민사훈은 도저히 이해가 안 간다는 표정으로 김통정을 바라보다가 말했다.
"반역으로 간주되어 처벌을 받게 된다."
"돌아가시거든 전해주시오. 처인성의 의병들과 성민들은 이미 죽음을 각오한 채 항쟁을 계속하겠다고 한다고 말이오."
"뭐라고?"
"대감도 한심한 분이오. 대감의 직책이 뭐라 했소? 수주부사라 했소?"
"그런데?"
"수주부사라면 수주 지방을 관장하는 지방관이오. 이 처인성도 수주에 배속된 소성小城이니 여기도 대감 관할의 땅이오. 임지를 떠난 지방관은 그날로부터 허수아비입니다. 강화에 들어가서 임지를 적으로부터 지키겠다고 아무리 큰소리쳐 봐야 무슨 소용입니까? 굴속에 들어가지는 못하고 산 밑에서 호랑이야, 한다고 호랑이가 잡힙니까? 우리는 떳떳하게 살다가 떳떳하게 죽겠소. 상감의 교지만 가지고 오지 않았다면 당신의 목은 옛날에 없어졌을 게요."
"허허."
민사훈의 얼굴이 백지장처럼 변해버렸다.
"밥 하는 놈 따로 있고 밥 먹는 놈 따로 있다더니 밥 해놓으니 상석에 앉아 뭐, 수주부사? 게다가 너희들은 불학무식한 놈들이니 어쩔 수 없어? 꺼져버려, 이 자식아. 목을 쳐서 장대 끝에 매달아 성내 저잣거리에 내놓기 전에 어서 꺼지라구."

 민사훈은 혼비백산하여 앉은걸음으로 도망쳐버렸다. 민사훈이 가고 나서도 침통한 것은 마찬가지였다. 김윤후는 근심에 차서 입을 열었다.

 "정말 예삿일이 아니로군요. 왕명을 거역했으니 우릴 반역으로 몰 게 아니오?"

 "……."

 "게다가 살례탑이 죽었으니 몽고군은 보복을 위해 대병을 파견해 올 테고, 앞뒤로 적을 두게 되었으니 어찌하면 좋겠소?"

 그거야말로 야단이었다. 뭔가 결단을 내려야 할 듯했다.

 "왕명에 따릅시다. 일단 해산을 한 뒤에 후일을 기약합시다."

 김윤후가 주장했다. 그러자 침묵을 지키고 있던 김통정이 고개를 흔들었다.

 "당치도 않은 말씀은 하지도 마시오. 살례탑의 복수를 위해 대군이 밀려오리란 건 어쩔 수 없는 사실이오. 우리가 해산한다고 해서 몽병의 보복이나 약탈이 가볍게 끝나지 않습니다. 마찬가지입니다. 지금 조정은 살례탑 살해의 책임을 지지 않으려는 겁니다. 우리가 해산을 하지 않으면 반군叛軍으로 낙인찍고 몽고에게는 반군이 한 짓이니 우리 조정은 모르는 사실이라고 발뺌을 하려는 겁니다. 그렇게 비굴한 조정이 어디 있소. 양면의 적이 있다 해도 우린 끝까지 싸웁시다. 대외적으로는 반군이라는 낙인을 찍을지 몰라도 대내적으로 그런 낙인을 찍지는 않을 것입니다. 조정으로 보면 우리가 전공을 세운 셈이기 때문에 어쩔 수 없이 우리 편을 들어주지 않을 수 없을 것이오. 그보다 먼저 해야 할 일이 있소."

 김통정은 무슨 생각을 했는지 그날 밤 밀서 한 통을 만들었다. 그 밀서를 거돌에게 주고 강화도에 다녀오라 했다.

 "최우 장군을 만나 전해드려. 그리고 답을 받아와라."

 국사를 전단하고 있는 장군 최우를 만나고 오라는 것이었다. 밀서를 받은 거돌은 즉시 대궐이 있는 강도(江都:강화)로 떠났다.

 강화에 도착한 거돌은 최우의 저택을 물어서 찾아갔다. 정문을 지키고 있던 군사 세 명이 가로막았다.

 "말에서 내려."

 서슬이 퍼렇다. 거돌은 말에서 내렸다.

 "넌 누구냐?"

 "최 대장군을 만나러 왔소."

 "뭐야?"

 "급한 일입니다."

 "네놈이 누구냐고 묻고 있지 않느냐?"

 "예, 소인은 처인성에서 온 의병입니다."

 "처인성 의병?"

 그들의 얼굴에는 냉소가 떠올랐다. 군복도 입지 못하고 농사꾼의 더러운 평복을 입은 거돌의 모습이 초라하기 이를 데 없었기 때문이었다.

 "돌아가."

 "예?"

 "장군께서는 너 같은 놈까지 만나고 있을 만큼 한가롭지 않으시다."

"급한 일입니다. 의병장 김윤후 장군의 밀서를 가지고 왔습니다."

"달똥이구 개똥이구 꺼져버려, 임마."

군사 하나가 창대를 거꾸로 들더니 대뜸 거돌의 아랫배를 내질렀다.

"여보시오."

"가지 않으면 잡아 가둔다!"

거돌은 난처해서 어쩔 줄 몰라 했다. 그들의 기세로 보아 들어가도록 해주기에는 애당초 틀려버린 듯했다. 거돌은 결심한 듯 말에 오르며 정문 안으로 그냥 들어가려 했다.

"앗?"

그러자 군사 하나가 재빨리 거돌의 한쪽 발을 움켜잡아 힘껏 잡아당겼다. 거돌은 말에서 떨어졌다.

"이 미친 자식!"

쓰러진 거돌에게 창목을 휘두르며 갈기기 시작했다. 화가 난 거돌은 벌떡 일어나 닥치는 대로 집어 던졌다. 세 명의 군사는 거돌의 괴력 앞에 맥을 추지 못하고 나가떨어졌다.

그때 이쪽으로 다가드는 말발굽 소리가 있었다. 20여 명의 기병騎兵이 나타나 이들을 에워쌌다.

"멈춰라."

대장인 듯한 자가 외쳤다. 거돌과 군사들은 터진 얼굴을 움켜쥐고 싸움을 그쳤다.

"웬일이냐?"

"처인성에서 왔다면서 다짜고짜 대장군을 뵙겠다고 해 못 들어가게 했더니 이놈이 야료를 부립니다."

그러자 대장이 허리를 구부려 마상에서 거돌을 내려다보며 물었다.

"이름이 뭐냐?"

"거돌입니다. 처인성의 의병입니다. 의병장 김윤후 장군의 밀서를 가지고 온 사자입니다."

"처인성? 그럼 너희들이 살례탑을 죽였는가?"

"그렇습니다."

모든 군사들이 서로의 얼굴을 보며 놀랐다.

"말에 타라. 저게 네 말이냐?"

"예."

거돌은 그가 시키는 대로 말에 올랐다.

"안으로 들어가자."

거돌을 앞세우며 대장이 명했다. 20여 명의 기병들은 저택 안의 군영 앞에 정렬했다가 마구간에 말을 매어두고 해산했다.

저택은 성곽이었다. 이중 삼중의 담벼락이 둘러져 있고 본채가 어디 있는지 어림조차 할 수가 없다. 기병들은 이른바 마별초인 모양이다. 마별초는 삼별초의 한 독립된 기병대를 말함이다. 삼별초가 정식으로 설치된 것은 재작년(1219년)부터라고 볼 수 있다. 무력으로 정권을 쥔 최충헌은 최씨 정권의 유지를 위해 강력한 사병私兵의 필요성을 느끼게 되었다. 원래 고려의 정규군은 2군二軍 6위六衛 제도로 편성되어 있었다.

1군은 야전군野戰軍을 말함이고 2군은 수도 경비와 왕실의 친위를 맡은 경군京軍을 말함이다. 1군을 6위로 나누어 직능별 방위군을 설치했다. 그러나 거듭된 문신과 무신들의 반란과 정변 때문에 때로는 그들의 손발이 되기도 하고 비난의 표적이 되기도 하여 위계질서가 엉망이 되어버렸다. 그래서 정규군은 있으나마나한 군대가 되어버렸던 것이다. 세도가들이 사병을 키우게 된 것은 바로 그런 이유 때문이었다.

처음에는 야별초夜別抄로 출발했다. 이들은 방범 활동을 주로 맡았다. 최충헌이 정방을 설치하고 사조정私朝廷을 만든 다음 야별초는 정방 보위의 특수 임무를 띠게 되었고 최충헌의 아들인 최우에 이르러서는 그 수가 수천 명에 달하게 되어 편의상 2부二部로 나누었다. 좌우별초左右別抄가 된 것이다. 그 뒤 더 강화할 필요성을 느껴 다시 편제를 고쳤다.

야별초와 마별초, 그리고 몽고군에 포로가 되었다가 도망쳐온 자들로 별초를 만들어 신의군神義軍이라 해서 이들 세 별초를 삼별초라 부르게 된 것이다. 이들 중에 신의군은 공격의 선봉을 맡는 결사대의 역할을 맡았고 야별초는 가장 막강한 권한을 갖고 있었다. 즉 수도의 경비, 치안, 범법자의 동태 파악, 수사, 구금, 체포, 재판 등의 책임까지 맡고 있었으니 그 위세는 가히 나는 새도 떨어뜨릴 만했다.

조정에 엄연한 사법司法의 임무와 기능을 가진 기관이 있는데도 최우의 사병 조직이 사법권까지 가지고 있었다는 것을 보면 당시 최우의 권한이 얼마나 막강했는지 짐작할 만하다. 그런데 삼별초 중에서 마별초만은 조금 예외에 속했다. 그들에게는 그렇게 큰 권한이 주어지지 않았던 것이다. 마별초는 호위 기병대로서 의장대 역할과 최씨 주변의 경호만을 책임지고 있었다. 그러니까 거돌을 데리고 들어간 자들은 마별초의 기병들이었고 그 대장은 직위가 지유指諭라고 하는 모양인지 부하 군졸들이 정지유라 부르고 있었던 것이다.

"여기서 잠깐 기다리게."

정지유는 거돌을 별실에 앉혀두고 안으로 들어갔다. 보고를 하러 가는 듯했다. 얼마 있지 않아 정지유가 다시 나타났다.

"안으로 들어가라."

"예? 예."

그에게 안내되어 들어간 방은 웬만한 군사 조련장만큼 넓은 방이었다. 높다란 비단 보료 위에 50여 세 나 보이는 바싹 야윈 한 사나이가 앉아 있었다. 보잘것없는 체신이었으나 가느다란 눈이 쉴 새 없이 빛나고 있었다. 거돌은 그 사나이가 최우라고 직감하고 황급히 부복했다.

"소인 삼가 인사 올립니다. 처인성의 의병 거돌이옵니다."

"밀서를 가지고 왔다면서?"

"예."

거돌은 품속에서 김통정이 작성한 밀서를 꺼내 최우에게 바쳤다. 그는 잠깐 눈살을 찌푸린 채 밀서를 들여다보았다. 다 읽고 난 그는 잠시 눈을 감고 생각에 잠겨 있다가 다시 눈을 떴다.

"3천의 군사 중에 쓸 만한 자들은 몇 명이나 되느냐?"

"……무슨 말씀이온지요?"

"실전에 써먹을 만한 군사."

"예, 소인이 보기로 6, 7백 명 정도로 보입니다."

"너는 거기서 무슨 직책을 맡고 있느냐?"

"부장입니다."

"부장은 몇 명이냐?"

"세 명입니다."

"그래?"

최우는 김윤후, 김통정, 거돌, 강쇠 등 지도급 무장들의 이력 등을 소상하게 물었다. 거돌은 과거에 노비였다는 사실만 숨기고 대충 설명을 했다.

"돌아가거든 6백 명의 군사를 뽑아서 인솔하고 강화로 오라 일러라."

"옛? 강화로요?"

"심사를 해서 삼별초에 편입시키겠다."

"……."

거돌은 말을 잊고 멍하니 바라보았다. 정지유가 다가와 어깨를 두드렸다. 끝났으니 돌아가라는 눈짓을 하고 있었다.

"뭐라구?"

돌아온 거돌에게서 보고를 들은 김통정은 놀라는 얼굴이 되었다.

"그게 사실이냐?"

"예."

"최우마저 사욕만을 채우겠다는 수작이구나. 나라야 어찌 되건 말건, 그 외의 다른 말은 않더냐?"

"없었소. 간단하게 한마디로 끝냈소, 쓸 만한 군사 6백을 뽑아 강화로 오라, 심사한 뒤 삼별초에 편입시키겠다……."
"한심한 놈들."
김통정은 이를 갈았다.
"어떡하겠소? 강화로 가겠소?"
"삼별초가 문제가 아니라 누가 나라를 지키고 백성을 보호하느냐이다. 우리가 떠나가면 이곳 백성들은 어쩌란 말이냐? 갈 수 없다."
김통정은 단호하게 말했다. 그러자 잠자코 듣고 있던 김윤후가 나섰다.
"깊이 생각해 봅시다. 여기서 싸우는 것과 삼별초에 들어가 싸우는 것 모두가 나라를 위한다는 것에 틀림없는 일 아니겠소?"
처인성 안의 김윤후를 비롯한 의병 수뇌부는 이렇게도 저렇게도 할 수 없는 진퇴유곡에 빠지고 말았다. 임금의 말대로 해산하기에는 명분이 없고 강화의 최우 정방으로 가자니 자승자박이었던 것이다.
"백성을 버리고 자기들만 살겠다고 강화로 도망친 벼슬아치들을 매도한 우리가 그 뒤를 따라 들어간다는 건 정말 전후가 상치되는 처사가 아닐 수 없소. 우린 이곳을 사수해야 합니다."
김통정은 그렇게 주장했다. 끝내는 어쩔 수 없이 모든 사람들이 그대로 따를 수밖에 없게 되었다.
"처인성과 운명을 함께 하기로 결론을 낸 이상 다시 군사들의 조련을 실시하고 적의 내침을 방비하도록 합시다."
의병장 김윤후는 각오를 새로이 하고 일어섰다. 이미 부서진 성곽은 수리가 끝났고 한 달 동안 버틸 군량도 모아두었으며 의병들은 조련을 거듭해서 제법 사기가 드높았다.

"남쪽에 적이 나타났습니다."

성청으로 그런 보발이 들어왔다.

"뭐라구? 적이?"

김윤후는 긴장하여 우선 전군에 비상령을 내린 뒤 김통정, 거돌, 강쇠 등 부장들을 거느리고 남문 쪽으로 달려 나갔다. 성루에 올라 남쪽 골짜기를 바라보니 아닌 게 아니라 기치 창검이 임립林立해 있었다.

"으음, 남쪽 지방으로 내려갔던 적거 원수의 부대입니다."

김통정이 말하자 김윤후가 물었다.

"적거라니요?"

"몽고군의 대원수는 우리가 죽인 살례탑입니다. 살례탑은 휘하 장졸을 삼분三分하여 세 사람의 장수에게 1군一軍씩 거느리게 하고 있습니다. 즉 우리에게 쫓겨난 당고 원수, 그리고 적거 원수, 그리고 아슬래冥州 지방으로 쳐들어간 포도 원수 등입니다. 저건 적거 원수 부대입니다. 군세는 약 2만."

"2만? 3천의 의병으로 저 2만의 대병과 싸워야 한단 말인가요?"

"그렇습니다." 김윤후는 어처구니없는 듯 더 이상 입을 열지 못했다. 일곱 배나 되는 대군과 싸워야 한다는 것이었다. 게다가 몽고군은 모두 기동성이 뛰어난 기병들인 데다 우수한 병기와 화약을 가지고 있었다.

"우린 바로 저 적거 원수 밑에 있었습니다. 그의 용병술을 좀 알지요. 두려워할 것 없습니다. 열 배가 넘는 적과 정면으로 싸우면 제아무리 용맹한 장수가 거느리는 정예군이라 할지라도 백전

백패합니다. 기계奇計로 싸울 수밖에 없습니다."

김통정은 곧 이런 위험이 닥칠 걸 예상했는지 자기가 가지고 있던 계책 하나를 재빠르게 실행에 옮기도록 했다.

"성안에 있는 모든 군량미를 토굴 속에 감춰라."

사실은 한 달여를 두고 군사와 백성을 동원하여 성의 땅 밑에 거미줄 같은 토굴을 파놓고 있었다. 지하로 서너 길 깊이의 굴을 파서 사통팔달 여기저기 이어지게 하였고 급할 때는 굴을 통하여 성 밖으로 도망칠 수도 있게 되어 있었다. 모든 군량미가 순식간에 지하로 사라져버렸다. 김통정은 요소요소에 군사 배치를 끝내고 절대로 성문을 열고 나가서 적과 싸워서는 안 된다고 엄명을 내렸다.

처인성으로 다가온 몽고군은 과연 적거 원수가 거느린 2만여 명의 정에 기병이었다. 이들은 전라도 지방으로 진격해 내려가다가 살례탑 살해의 소식을 듣고 갑자기 기수를 돌려 북상해 왔던 것이다.

일단 성 밖에 진을 치고 휴식을 취한 몽고군은 이튿날 아침부터 공격을 개시했다. 그들의 공격 방법은 두 가지로, 단조롭게 보이지만 일단 가열이 되면 어떤 난공불락의 요새도 떨어지게 마련이었다. 그들은 충차라는 것으로 성문을 깨부수고 다음에는 운제(雲梯:고가 사다리)를 펼쳐놓고 성문으로 공격해 들어오는 돌격 수법을 썼다. 충차란 거대한 나무 기둥을 수레에 매달고 기둥 끝을 뾰족하게 깎은 뒤 거기다가 철갑을 입혀 50여 명의 군사가 달라붙어 2백여 보 물러났다가 일제히 수레를 굴려서 성문에 처박는 것인데 대개의 성문은 나무로 되어 있어 수백 번을 부딪치다 보면 깨지게 마련이었다.

그보다 무서운 것은 운제였다. 운제 끝에는 20여 명의 군사가 들어갈 수 있을 만큼 넓은 방이 매달려 있어 운제를 뻗어 성벽에 걸면 성벽 통로로 한꺼번에 20여 명의 군사가 침입할 수 있게 되어 있고 일단 적의 저항이 무너지면 지상에서 사다리를 타고 운제의 계단을 밟아 모든 군사가 두세 명씩 기어올라 성벽으로 도달할 수 있게 되어 있었다.

병력이 맞먹을 때는 저지가 되지만 수성守城하는 편의 군사가 적으면 성은 당장 깨지게 마련이다. 전황은 몽고군에게 완전히 유리하게 전개되었다. 남문은 언제 깨져 나갈지 모르게 되었고 적의 운제는 계속해서 성벽에 맞닿고 있었다. 몽고군은 운제를 한 대도 아니고 다섯 대나 가지고 있었고 그걸 모두 사용하고 있었다.

"운제가 닿도록 만들었다가 기름을 덮어 씌워라. 그런 다음에는 불을 질러라."

거돌이 외치며 돌아다녔다. 적의 운제 하나가 성벽에 닿고 있었다. 의병들은 미리 준비한 뜨거운 생선 기름을 운제의 방에 쏟아 부었다. 하지만 조금도 개의치 않고 방문을 열며 군사들이 나오고 있었다. 화살이 산비하여 그들을 맞힌다.

"불을 던져라."

횃불이 던져졌다. 기름을 뒤집어쓴 운제의 방에 불이 붙었다. 황급히 운제가 성벽에서 떨어졌다. 몽고군은 빨리 다리를 접어 불을 끄려고 서둘렀지만 허공에 매달린 방이라 한 번 불이 붙자 활활 타오르기 시작했다. 그것을 바라본 의병들은 환성을 내질렀다.

해가 기울 때까지 전투는 계속되었다. 그동안에 적의 운제 석 대가 불에 타 기능을 잃어버렸다. 이것은 대단한 전과였다. 완전히 날이 어두워지자 몽고군의 공격은 멎었다. 몽고군의 전사, 부상자는 6천이 넘었고 의병의 전사, 부상자는 5백이었다.

"이렇게 엿새 동안 싸우면 우리는 한 사람도 남지 않겠소."

김윤후가 근심스럽게 말했다.

"왜 그렇게 어두운 생각만 하시오? 적은 2만여 명 중에서 6천여 명이 죽었소. 게다가 운제 석 대가 박살났소. 이건 몽고군에게 치명적인 손실이고 우리에게는 정말 기적 같은 승리요. 적거는 한 번 더 대규모 공격을 펼 것이오. 거기서도 손실이 많으면 퇴각합니다. 한 차례 공격만 견뎌내면 우린 다시 한 번 승리를 하는 거요."

흙먼지와 땀으로 범벅이 된 얼굴을 씻지 않고 김통정은 주먹을 부르쥐었다.

"거돌이, 정말 장하다. 세 대의 운제는 거돌이가 부순 것이다. 이제 두 대가 남았다. 불을 지고 몸을 던져서라도 태워버려. 그리고 강쇠, 넌 성문 뒤의 목책을 다섯 겹으로 늘이라 했는데 왜 세 겹밖에 못 치나?"

"목책 세울 겨를이 있어야지요? 계속 공격을 해대니 그걸 막다가 시간 보냈소."

"싸움이 멎은 지금이 기회다. 목책을 더 쳐. 그리고 부상자는 굴속으로 모두 옮겨서 치료를 하도록 하고 중상자는 성 밖으로 내보내 치료를 해야 한다."

언제 성문이 깨져 나갈지 알 수 없어 성문 뒤에 나무 기둥을 박아 울을 치고 그 뒤에 또 울을 쳐 몇 겹의 목책을 치라는 것이었다. 그리 되면 성문이 깨져 나가도 계속 적의 입성을 저지할 수 있다는 것이었다.

"새벽녘이 되면 일제 공격이 또 시작될 것이다. 만반의 준비를 끝내라."

김통정은 손바닥 들여다보듯 적의 동태를 예상하고 있었다. 과연 새벽녘이 되자 적의 공격은 다시 시작되었다. 낮 동안의 공격과는 양상이 달랐다. 남은 운제 두 대를 뻗쳐놓고 성벽에 거는 게 아니라 허공에 떠서 20여 명의 군사가 횃불에 폭약을 매달아 쉴 새 없이 성안으로 던지기 시작한 것이었다. 성안은 불바다가 되고 연기와 불길이 성벽 통로를 막아 의병들은 시야가 막혀 우왕좌왕할 뿐이었다. 거돌은 눈을 부릅뜨고 부하들을 독려했다.

"속임수에 넘어가지 말라. 연기를 뿜고 성벽에 사다리를 걸려고 하는 것이다. 사다리를 못 걸게 하라."

그렇게 외쳤지만 눈이 매워 눈물을 흘리는 군사들은 제대로 화살 하나 날리지 못하고 있었다. 그때 운제 하나가 성벽에 걸렸다. 적병이 쏟아져 내려왔다. 거돌은 단신으로 그 앞을 막아서며 장검을 휘둘렀다. 당장 서너 명의 목이 날아갔다. 하지만 혼자의 힘으로는 중과부적이었다.

일단 성벽 통로에 운제를 건 몽고병은 막았던 봇물이 터지듯 마구 쏟아져 들어오기 시작했다. 거돌은 단신으로 20여 명의 몽고병을 칼로 베면서 통로를 막았지만 그것도 한계가 있었다.

"퇴각하랍니다."

뒤에서 거돌에게 다급하게 외치는 군졸이 있었다. 아닌 게 아니라 퇴각의 징 소리가 울리고 있었다. 어쩔 수 없이 거돌은 성벽을 지키고 있던 의병들에게 퇴각령을 내렸다. 한순간에 성벽 통로는 몽고병으로 가득 찼다. 홍기紅旗가 흔들리고 있었다. 쫓겨 내려온 의병들은 신호에 따라 성벽 밑으로 모여들었다.

성 밖에서 몽고군의 공격이 성공한 것을 지켜본 적거 원수는 마상에서 장검을 뽑으며 남아 있던 중군中軍 1만 명에게 일제 공격령을 내렸다.

"성벽을 깨부수고 당장 짓밟아버려라."

몽고군 1만 명은 전차를 앞세우고 노도처럼 밀려들었다. 동남쪽 성벽 밑에 모두 집결하여 성을 타고 넘으려 했다. 그때 성안에서 독전을 하고 있던 김통정이 황기黃旗를 세차게 흔들었다. 그러자 천여 명의 의병들은 5백여 가닥으로 나 있던 동아줄 끝을 일제히 잡아당기기 시작했다.

'우르르.'

이상한 굉음이 일어났다.

"더 힘껏, 더 힘껏 잡아당겨라."

김통정이 말을 달리며 거듭 독려했다.

"와르르."

이윽고 성벽 한쪽에 금이 가더니 넘어지려 했다.

"성벽이 무너진다, 성벽이."

성 밖 벽 밑으로 몽고군들이 소스라치게 놀라 외쳤다. 이게 어찌 된 일인가. 네 길이 넘는 돌담 성벽이 거북이 등처럼 금이

가는가 싶더니 무너지기 시작했던 것이다.

"물러나라, 물러나라."

적거도 놀라 황급히 퇴각령을 내렸지만 성벽 밑에서는 당장 아비규환의 참사가 일어나고 있었다. 몰려 있던 만여 명의 군사는 서로 먼저 도망치려고 저희들끼리 짓밟았고 그 머리 위로는 넘어오는 성벽에서 다듬잇돌만한 바윗덩이가 쏟아져 내리니 당장 수천 명의 몽고군의 머리통이 깨지고 다리가 으깨져 압사를 당하고 말았다.

"이때다, 일제 반격을 하라. 성문을 열고 반격하라."

김통정이 외쳤다. 성안의 의병 천여 명은 거돌과 강쇠를 선봉으로 급히 성문을 열고 대혼란에 빠진 몽고군을 기습했다. 몽고병은 병장기를 버리고 황급히 쫓기기 시작했다. 거돌은 춤을 추듯 장창을 돌리며 좌충우돌했다.

"적거, 이놈! 도망치지 말라."

혼전 중에 적거를 본 거돌은 고함을 내지르며 추격했다. 그러나 일단 대참패를 당한 몽고군은 도망치기 바빴다.

"형님, 안 되겠소."

숨을 헐떡이며 등 뒤에서 강쇠가 외쳤다.

"왜 그러느냐?"

"돌아갑시다. 성에서 너무 멀리 나왔소."

그러자 거돌은 추격을 멎고 말을 세우며 좌우를 둘러보았다.

"하지만 적거를 잡을 수 있는 기회는 지금뿐이다."

"안 됩니다. 적거는 아직도 만여 명의 군사를 데리고 있습니다. 이번 싸움에 죽은 건 만여 명에 불과합니다. 절반의 병사를 잃었을 뿐이오. 더구나 우리는 기병은 없고 모두 보졸입니다. 만일 쫓기던 적이 전열을 정비하고 역습해 오면 우린 당합니다. 이까짓 천여 명 보졸을 데리고 뭘 합니까?"

"으음."

거돌은 괴로운 듯 긴 신음을 씹더니 말머리를 돌렸다. 강쇠의 말이 옳았던 것이다. 성에서 멀어질수록 돌아가는 시간이 오래 걸린다. 하지만 모두 기병뿐인 몽고병이야 단숨에 들이닥칠 수 있다.

"부서진 성벽에 목책을 세워라."

돌아와 보니 김통정과 김윤후는 남은 병사들을 동원하여 무너진 성벽을 보수하고 있었다. 밤늦게야 보수가 끝났다. 이번 싸움도 대승이었다. 2만의 적 중에서 절반 이상이 죽었고 그들이 버리고 간 전리품도 많았다. 발차, 전차, 군마, 장창, 장검 등이 수천 점에 이르렀다. 그 가운데 전차는 몽고병이 자랑하는 신병기였다. 철갑을 입힌 수레에 두 필의 말을 매달고 다섯 명의 전사가 타고 종횡으로 질주하며 화살과 염초 불덩이를 날려 화공火功을 한다. 뛰어난 기동성 때문에 잠깐이면 한 마을을 잿더미로 만들 수 있었다. 게다가 적진에 단독으로 돌격을 감행하면 적장의 목 하나쯤은 타고 난 잿더미 속에서 밤알 줍는 것처럼 쉬운 일이었다.

"이번의 승리는 김통정 장군에게 그 영광을 돌려야겠소."

의병장 김윤후는 술잔을 들면서 김통정의 손을 잡았다.

"대단하십니다. 난 놀랐소."

거돌도 혀를 내둘렀다. 그 모든 계책은 김통정의 머리에서 나온 것이었다. 성안의 지하에 굴을 파게 한 것이라든지 성벽 작전 등을 두고 이름이었다. 특히 성벽 작전이라고 불린 이번 작전은 사전에 치밀한 준비가 있었다. 처인성의 동남쪽은 성벽 밖이 가파른 경사지로 되어 있었다. 그 경사면을 이용하기로 하고 그쪽 부분의 성벽을 헐어낸 뒤 새로 쌓았다. 돌을 포개 흙을 집어넣고 단단하게 쌓아 올려야 하는데 홑겹으로 돌을 쌓아 벽을 만든 것이었다. 게다가 성벽의 주춧돌 밑에는 통나무를 깔고 밧줄로 묶어놓아서 그 밧줄을 수백 명이 잡아당기면 주춧돌이 빠져나오게 돼 있었고 주춧돌이 빠지면 그 위에 쌓인 돌덩이들은 사상누각처럼 일시에 허물어지게 되어 있었다. 그 계략이 적중했던 것이다. 그걸 모르는 만여 명의 몽고병은 경사진 성벽 밖으로 몰려들었고 그때를 맞춰 밧줄을 잡아당겼으니 몽고병은 돌덩이 밑에 깔려 죽은 것이었다.

"대단할 것도 없다. 적거는 분해서 잠을 못 잔다. 오늘밤 놈들은 틀림없이 전열을 가다듬고 다시 한 번 일제히 반격을 해올 것이다."

"섣불리 다시 기습해 오진 못할 겁니다. 워낙 손실이 많지 않습니까?"

"아니오. 적거라는 자의 성격을 몰라서 그럽니다. 언젠가, 그러니까 재작년엔가? 거돌이와 단 둘이 힘 겨루기를 한 적이 있지?"

김통정이 건너다보자 거돌은 빙그레 웃었다. 몽고군에 잡혀 처음 끌려갔을 때 적거에게 당한 얘기를 하고 있었던 것이다.

"쓰러지지 않으니까 계속 날뛰었지? 결국 못 이기는 체 져주고 나서야 무사했지. 그자는 누구한테 지는 걸 제일 싫어한다. 그리고 성격이 불같이 급하다. 그게 적거 원수요."

"그럼 틀림없이 역습을 하러 오겠군요."

김윤후가 근심스럽게 김통정을 바라보았다.

"허물어진 성벽에 목책쯤 세웠다고 안심할 수 있겠소? 불을 지르고 넘어오면 끝장입니다."

"너무 염려 마시오. 이번 고비만 넘겨봅시다."

김통정은 자신 있게 말했다.

"먼저 성민들을 대피시키라고 명하시오."

"알았소."

의병장 김윤후는 성민들에게 대피령을 내렸다. 전투 능력이 없는 성민 3천여 명은 북문과 서문을 열고 대피했다. 밤이 이슥해지자 처인성에서 풀어놓은 척후가 돌아왔다.

"적의 동정은 어떠하더냐?"

"공격 준비를 끝낸 듯이 보였습니다."

"그래?"

김통정은 자리에서 일어나 나가더니 뭔가를 지시했다. 그로부터 얼마 뒤 성의 남쪽 숲에서 군마 소리가 일어났다. 몽고군이었다. 선봉은 역시 적거 원수였고 남은 군사 1만을 거느리고 달려오고 있었다. 의병장 김윤후가 예상한 대로 허물어진 성벽 쪽으로 몽고군이 밀어닥쳤다. 목책에 횃불을 던져 불을 지르고 발로 밀어대며 대군이 쏟아져 들어왔다. 성벽을 지키고 있던 의병들은 낮 동안에 보인 기색은 어디로 사라졌는지 변변히 저항도 못하고 쫓기기 시작했다.

"틈을 주지 말고 들이쳐라."

적거가 외쳤다. 순식간에 처인성 안에는 몽고병 1만이 들어차 버렸다. 그런데 이상한 것은 의병들이었다. 어디로 도망쳤는지 한 사람도 보이지 않고 있었던 것이다.

"성안을 샅샅이 뒤져라."

적거의 명이 떨어졌다. 성안에는 개미 새끼 한 마리도 없다는 보고가 돌아왔을 뿐이었다. 문득 적거는 겁이 났는지 당황함을 감추지 못했다.

"맹랑한 일이다. 눈 깜짝할 사이에 사라져버리다니."

처인성을 점령한 적장 적거는 의심의 눈초리를 번쩍거리면서 화난 듯이 말했다.

"놈들의 계략이 있는 듯합니다."

옆에 있던 부장이 그렇게 말했다.

"나도 그렇게 생각한다. 완자完者!"

"예."

"싸우던 자들이 성안으로 쫓겨 들어온 뒤 감쪽같이 없어졌다. 하늘로 올라갔을까?"

"불가능하지요."

"그럼? 땅속으로 꺼졌을까?"

"땅속, 그럴 듯합니다."

"그럴 듯합니다가 아니라 땅속이다. 처인성 안에 놈들이 숨어 있을 만한 곳은 성의 뒷산뿐인데 산속은 샅샅이 뒤졌다. 개미 새끼 한 마리 없었다. 그렇다면 어디에 숨었을까?"

"땅속뿐이군요."

"그렇다. 두더지처럼 땅속에 굴을 파고 숨은 것이다. 전 군사를 동원하여 동굴을 찾아라, 어서! 독립된 굴을 수십 개 파고들어갔다면 넓은 털옷 속에서 이 잡기보단 어렵겠지만 그 굴이 사통팔달 통해 있다면 그놈들을 잡는 것은 일도 아니다."

"알았습니다."

명령을 받은 부장이 나가려 하자 적거가 불러 세웠다.

"군사를 양분하라."

"예? 무슨 말씀입니까?"

"절반은 성안에서 굴을 찾아내고 절반은 성 밖으로 나가 성벽을 따라 포위하라."

"예?"

"굴이 성 밖으로 통해 있을지 몰라 그런다. 많은 군사로 포위할 필요는 없다. 손을 잡고 일렬로 늘어서서 놈들이 나오는 구멍이 있으면 분산하여 주둔했다가 보고를 받으면 놈들이 무더기로 몰려나올 때를 기다려 들이쳐라, 알았느냐?"

"예."

부장이 나갔다. 산전수전 다 겪은 몽고 원수 적거였다. 천산산맥의 북쪽에서 사람도 짐승도 살지 못한다는 타쉬켄트 이남의 파미르를 공략하고 아프가니스탄의 힌두쿠시 산맥까지 원정한 백전 노장이었다. 김통정의 계략은 보기 좋게 들통이 나고 말았다. 성벽을 헐어서 박살을 내겠다는 계략은 적중했지만 굴속에 들어갔다가 깊은 밤에 기습하겠다는 계략이 깨져버린 셈이었다.

"두 개의 굴 입구를 발견했습니다. 놈들은 드러나지 않게 나뭇단을 쌓아 위장하고 있었습니다."

"안으로 들어가 공격하라. 횃불을 밝혀 들고 들어가 염초 불덩이를 터뜨려라."

미소를 머금은 적거가 명을 내렸다. 너구리를 잡을 때는 너구리 굴속에 청솔나무 가지를 쑤셔 넣고 불을 지핀다. 그리되면 아무리 여우보다 교활한 너구리라 해도 매운 연기에 견디지 못하고 밖으로 뛰쳐나온다. 그때를 기다려 그물을 들고 있다가 덮어씌우면 사로잡는다.

몽고군은 발견된 굴 입구로 소나무 가지를 들고 들어가 꽉 채우기 시작했다. 다시 세 개의 굴 입구가 드러났다. 그곳에도 생솔 나뭇단을 재어 넣기 시작했다.

"염초 불덩이를 떨어뜨려."

부장들이 외쳤다. 폭음 소리가 일어나며 불이 붙어 타오르기 시작했다. 성청 안에서 보고를 들은 적거는 만족한 듯 고개를 끄덕이고 다시 군령을 내렸다.

"성 밖의 경계를 더 철저히 하라. 얼마 되지 않아 놈들은 눈물을 흘리며 기어 나올 것이다."

과연 적거의 예상은 적중했다. 어디선가 심한 기침 소리가 울리기 시작했던 것이다.

"저기다. 밭고랑이 있는 쪽이다."

분명 기침 소리는 땅 밑에서 나오고 있었다. 몽고병들은 모두 엎드려 몸을 숨긴 채 그쪽을 뚫어지게 바라보고 있었다. 성의 동문 쪽이었다. 흙더미를 헤치는 듯하더니 다섯 명의 의병들이 기침을 하면서 밖으로 나왔다. 덤불로 엮어서 굴의 출구를 이엉처럼 만들어 덮어놓은 듯했다. 다섯 명의 의병들은 땅을 파면서 이엉을 벗겨내고 있었다. 이엉이 다 벗겨졌다. 우물 구멍보다 더 큰 구멍이 생겨났다. 그 속에서 수없는 기침 소리와 함께 사람 떼가 쏟아져 나오기 시작했다.

"뭐라구? 출구가 둘?"

"그렇습니다. 성의 동문 쪽에 하나 그리고 북문 쪽에 하나가 있습니다. 놈들은 지금 그 두 곳으로 쏟아져 나오고 있습니다."

"그래?"

보고를 들은 적거는 자리에서 일어났다.

"다행이다. 그 굴이 사방팔방으로 이어져 있었다는 건 우릴 도운 것이다. 매운 연기가 굴 하나에만 차는 게 아니고 굴 전체에 차고 있다는 증거다. 놈들은 모두 천여 명에 불과하다. 절반 이상 나오면 기습해라."

잠시 후 성 밖의 두 곳은 아수라장으로 변했다. 매운 연기에 견디지 못한 의병들이 밖으로 나오자 몽고군이 덮쳤던 것이다. 참패가 아니라 전멸이었다. 수적으로 우세할 뿐 아니라 몽고병은 모두 말을 타고 있었고 의병들은 보졸이었던 것이다. 몽고병은 굴의 출구에 횃불을 던져 환하게 밝혀놓고 말을 달려 빙글빙글 돌면서 장창으로 내리찍어 주살하며 여유 있게 즐겼다.

성의 북문 쪽 출구로 나온 김통정과 거돌, 강쇠, 김윤후는 그만 아연해서 어쩔 줄 몰라 했다.

"이러다간 씨도 없이 죽겠소."

"어쩔 수 없다. 여기서 한 놈이라도 더 죽이고 우리도 죽자."

숨을 헐떡이며 김통정이 거돌이에게 말했다.

"형님, 죽으면 끝이오. 좌우지간 여기서는 도망쳐 훗날을 기약합시다. 저놈들을 맞아 싸우시오. 난 말을 탈취할 테니."

그 소리를 남기고 거돌은 장창을 휘두르며 다가드는 기병의 창목을 잡았다. 번쩍 들어서 확 낚아채자 기병은 말에서 떨어지며 곤두박질쳤다. 빼앗은 창으로 기병의 가슴을 찌른 그는 재빨리 빈 말에 올랐다. 말에 오른 거돌은 순식간에 두 명의 몽고병을 해치웠다. 김통정과 강쇠, 김윤후가 말을 뺏을 수 있도록 거돌이 몽고병 수십 명을 상대하며 용전분투했다.
　"됐다."
　김통정의 고함 소리가 터졌다. 모두 말을 빼앗아 탄 모양이었다.
　"자, 내 뒤를 따르시오."
　거돌은 혈로를 만들며 번개처럼 말을 몰아 나갔다. 어디를 어떻게 달리는지 모르게 어둠 속을 질주했다. 어둠이 물러가고 동이 터오고 있을 때에야 도망치던 것을 멈추고 사위를 살폈다. 끈질기게 추격해 오던 몽고병이 보이지 않았다. 말도 사람도 다 땀으로 목욕을 한 채였다. 여기까지 도망쳐와 목숨을 부지한 사람은 단 세 사람뿐, 김통정, 거돌, 그리고 강쇠였다. 김윤후는 승마가 서툰데다가 무예도 부족해서 끝내 추격군에게 잡혀 죽고 말았던 것이다.
　"김 장군을 못 구한 것이 원통하구나. 아아, 그건 그렇다 치고 우린 어디로 가야 한단 말이냐."
　김통정이 탄식했다.
　"이렇게 됐으니 어쩔 수 없습니다. 강화로 갑시다."
　"강화로?"
　"어쩌겠소? 백성 잃고 군사 잃고 단 세 사람이 남았는데, 소도 어덕이 있어야 비비는 게 아니겠소? 형님은 강화에 있는 사람들이 아니꼽고 치사해 보이겠지만 별 수 없으니 최우 밑으로 들어갑시다."

"……."

거돌의 말에 김통정도 어쩔 수 없는지 그렇게 하자고 결정을 내렸다.

이들이 강화의 최우 저택에 당도한 것은 이틀이 지난 뒤였다. 한 번 와본 곳이라 거돌이 최우를 만나겠다고 하자 파수 군졸도 별 시비 없이 안으로 들여보냈다. 이들을 맞이한 최우는 가는 눈을 빛내면서 자초지종을 보고하라 했다. 세 사람을 대표해서 김통정이 처인성에 웅거하며 몽고 대원수 살례탑을 죽인 일과 적거와의 싸움에서 초반에 승리했다가 종반에 전멸을 당하게 된 경과를 자세히 말했다. 모든 것을 다 듣고 난 최우는 잠잠히 쏘아 보다가 입을 열었다.

"아무도 없느냐?"

"예."

방문이 열리며 우람한 체구의 집순(執盾:경호병) 세 명이 들어왔다.

"이자들을 하옥시켜라."

"옛?"

그 말에 세 사람은 깜짝 놀랐다. 왜 옥에 가두느냐고 항의할 겨를도 없이 집순들에게 떠밀려 밖으로 나왔다. 옥으로 가기 위해 긴 복도를 꺾어 돌았을 때였다. 건너편 방문이 열리고 귀부인 하나가 나오다가 거돌과 얼굴이 마주치자 흠칫 놀라며 섰다.

"아니? 향림 아가씨가?"

그 여자는 분명 김인성의 딸인 향림이었다.

"……저."

여자가 앞으로 다가오자 거돌은 어쩔 줄 모르다가 입을 열었다. 곱게 화장을 한 채 날아갈 듯한 비단옷을 입은 여자는 분명 향림이었다. 거돌을 본 향림의 얼굴에 놀라는 빛이 머물다가 사라졌다. 그러더니 뭐라고 입을 여는 거돌의 옆을 지나쳐 그냥 사라져갔다.

"뭐하는 거야? 빨리 가지 못하구?"

인솔하던 군졸이 어깨를 밀었다.

'이상하다? 잘못 보았나?'

거돌은 고개를 돌리며 사라져가는 여자의 뒷모습을 바라보았다. 분명 향림인데 거돌을 보자 모르는 체 외면하며 사라져버렸던 것이다.

'향림 아가씨라면 모르는 체는 안 했을 것이다. 아니겠지, 아니니까 그냥 지나친 것이겠지. 그렇다면 그렇게 똑같이 닮은 아가씨도 있을까?'

거돌은 갈피를 못 잡고 고개를 흔들었다. 세 사람은 울기둥이 쳐진 옥 안에 들어가 앉게 됐다.

"죽어도 우리끼리 싸우다 죽고 살아도 우리끼리 싸우다 살아야 하는 건데 이게 뭐야? 최우한테 가면 받아줄 거라구?"

화가 난 강쇠가 거돌을 바라보면서 분통을 터뜨렸다.

"으음, 나도 이렇게 될 줄 알았니? 좌우지간 해도 너무하는구나. 목숨 걸고 나라를 위해 싸우고 나니까 명령에 안 따랐다고 가둬버리니, 나 원."

"……."

김통정은 아무 말도 안 했다.

"형님, 앞으로 어찌 될 것 같소?"

강쇠가 김통정에게 물었다. 그러자 한참만에야 김통정이 입을 열었다.

"별수 없다. 처분을 기다리는 도리밖에 없어."

"옥을 부수고 차라리 몽고군한테로 달아납시다."

강쇠의 볼멘소리에 거돌이 눈을 휘둥그렇게 떴다.

"몽고군에게? 살례탑을 죽인 녀석들이 누군데 몽고군한테 가? 우린 빼도 박도 못하는 신세가 된 거야. 몽고군에게 잡혀도 죽고 여기 있어도 이 꼴이야."

"떠그랄."

강쇠는 울 기둥을 주먹으로 치며 욕설을 뱉어냈다. 진퇴양난의 신세가 되어버린 것이다. 오직 최우의 처분에 맡기는 도리밖에는 없었다.

"설마 죽이지는 않겠지?"

거돌이 자기 위로처럼 말하자 김통정도 고개를 끄덕였다.

"죽이지야 않겠지만 이 고생은 길게 갈 것 같다. 모르겠다. 잠이나 자두자."

김통정은 아예 두 다리를 길게 뻗어버렸다. 이젠 운명에 맡기는 수밖에 없다는 듯한 투였다.

3일째 되던 날 밤이었다. 묘령의 여자 하나가 옥사 앞에 나타났다. 밤이 깊어서인지 옥 안에 들어 있는 세 사람은 깊은 잠에 떨어져 있었다.

"어인 일로 여기까지 납시었습니까?"

옥졸은 다가온 여자를 알아보고 깜짝 놀랐다.

"잠깐 옥에 있는 죄수를 만나 할 얘기가 있어 왔네."

"하오나……."

최우의 명이 없으면 안 된다고 말하려 하자 여자는 패물 하나를 옥졸에게 쥐어주었다.

"잠깐이면 돼."

"그, 그러시지요."

옥졸은 허겁지겁 자리를 피해주었다.

"자느냐? 여봐라."

여자가 울안에 대고 나지막하게 불렀다. 그 소리에 잠에서 깬 사람은 김통정이었다.

"누구시오?"

"거돌이라는 자를 만나러 왔다."

"예?"

김통정이 놀라서 거돌을 깨웠다.

"널 찾아온 사람이야."

"음? 날?"

눈을 비비고 일어난 거돌은 무릎걸음으로 다가가 밖을 내다보았다.

"……."

두 사람의 시선이 잠시 이어졌다. 밤빛으로 봐도 여자는 향림이었던 것이다.

"반갑습니다요. 여기서 이렇게 뵙게 될 줄은 몰랐습니다요."
"시간이 없다. 대충 요점만 말하겠다."
"예."
거돌은 순간 이상한 기분을 느꼈다. 향림은 자기에게 이렇게 하대를 한 적이 없었다. 비록 자신은 명문 호족의 딸이고 거돌은 노비였지만 경칭을 써주었다. 그런데 웬일인가.
'혼인을 한 모양이다. 그러지 않고서야……'
아닌 게 아니라 향림의 모습은 많이 변해 있었다. 순진하고 깨끗하며 겁이 많던 처녀티가 없어지고 가라앉기는 했지만 세련된 기품이 엿보였다. 부인 티가 나고 있었던 것이다.
"어떻게 오셨습니까?"
"자세한 것은 다 들었다. 처인성에서 몽고군과 어떻게 싸웠는지를 들었어."
"……"
"내가 보기에 최우 장군께서는 화가 나신 듯하다. 강화로 오라 했을 때 오지 않고 처인성에서 항전하다가 전멸을 당했다는 것이 그 이유다. 지금 몽고는 계속해서 너희들을 잡아 본국에 압송하라고 위협하고 있다. 만일 그렇게 하지 않으면 대대적인 보복전을 일으키겠다는 것이다. 상감께서는 너희들을 압송하라 하시고 있다."
"그래요?"
세 사람은 새삼스럽게 놀라고 말았다. 자기들의 문제가 그토록 국제적인 사건으로까지 부상되어 있는 줄 몰랐던 것이다.
"그럼 최 장군은 우리를 압송하려는 건가요?"

거돌이 물었다.

"아직 결단을 내리지 못하고 계시다. 조정의 여론이 비등하면 별수 없이 동의하겠지만 아직은 시기를 관망하고 계시는 듯하다."

"……예."

그러자 김통정이 끼어들었다.

"마님께서는 그걸 어떻게 소상하게 잘 아십니까?"

"알 만하니까 얘기하는 거지."

"그렇다면 힘을 좀 써주십시오. 저희들이 무사히 풀려날 수 있도록 말입니다."

"그건 나도 여러모로 힘을 써보겠지만 그보다 너희들이 먼저 방법을 찾아서 내게 얘기해 주면 힘이 되어주겠다. 그래서 온 거니까 잘 생각해 두었다가 내가 다시 오면 얘기해."

"언제쯤 오시겠습니까?"

"이틀 후에 다시 오마."

그러더니 향림은 사라졌다. 그때까지도 거돌이 얘기를 하지 않아서 김통정과 강쇠는 향림에 대해서는 모르고 있었다. 거돌의 얘기를 듣고 나서야 향림이 김인성의 딸이며 거돌 때문에 목숨을 건졌다는 것 등을 알았다.

"은혜를 갚겠다는 뜻이로구나? 아무튼 다행이다. 우릴 도와주는 사람도 있으니. 그런데 그 여자는 여기서 뭘 하고 있는 걸까?"

거돌 역시 그것이 궁금했다. 그러자 강쇠가 옥졸에게 지나가는 말로 넌지시 물었다.

"이봐, 우릴 찾아온 마님은 누구 마누란가?"

처인성處仁城의 영웅들

"뭐야? 마누라라니? 최 장군이 아시는 날엔 목이 성하지 못할 게다. 그분은 장군의 측실 부인이야."

'측실?'

거돌에게는 충격적인 사실이었다. 언제 향림이 최우의 첩이 되었을까. 한때는 향림을 사모했던 거돌이었다. 아니 초순의 계략에 말려 향림의 처녀성을 유린한 것도 거돌이다. 그 때문에 계속 죄의식에 사로잡혀 왔는데 비록 첩실이긴 하지만 최우의 부인이 되어 있다는 것이었다. 이상야릇한 감정이 일어나 뒤엉키고 있었다.

"형님, 그 부인이 다시 나타나면 최우를 구워삶아서 세상이 모르게 우릴 풀어달라고 하지요. 그게 상책이오. 마음만 먹으면 최우는 감쪽같이 우릴 풀어줄 수도 있지 않소? 우리가 뭐 대역죄를 진 사람들도 아니고 안 그렇소? 우리가 잡혀 있다는 걸 몽고군이 알고 있다 해도 별 문제는 없을 게요. 탈옥을 하고 도망 쳐버렸다 하면 될 게 아니오? 우리 운명은 거돌이 형에게 달려 있소. 그렇게 해요."

강쇠가 거돌에게 말했다. 거돌은 묵묵부답이었다. 김통정도 그 수밖에 없다고 말했다.

"만일 최우가 그대로 따르지 않는다면 어쩌겠소?"

"그건 그때 가서 다른 방법을 찾아볼 수밖에 없지."

거돌은 왠지 향림에게 애원을 한다는 것이 싫었다. 이상하게도 자존심에 걸리는 것이었다. 하지만 사정이 급하니 어쩔 수 없었다. 약속대로 다시 찾아온 향림에게 거돌은 세 사람을 대표해서 애원했다. 향림은 힘을 써보겠다며 돌아갔다.

그러나 며칠 후 다시 온 향림은 어렵겠다는 말을 해 세 사람을 실망시켰다. 그런 일에는 상관하지 말라고 자르더란 것이었다. 물론 향림은 거돌이 자기 집안의 친척이라는 걸 앞세웠다고 했다. 그러나 최우는 세 사람을 몽고군에 대하여 어떤 흥정거리로 생각하고 있는 듯했다.

이튿날 밤이었다. 저벅거리는 발소리가 들리더니 옥졸이 다가왔다. 그는 자물통을 열고 있었다. 그걸 본 거돌과 김통정, 강쇠는 왜 그러는지 몰라 옥졸의 움직임만 살폈다.

"빨리 나와."

"왜 그러나? 우릴 어디로 데려가는 거야?"

김통정이 떠밀려 나오며 물었다.

"그런 걸 알면 내가 옥사나 지키고 있겠느냐?"

세 사람은 어안이 벙벙한 채 옥졸을 따라 나갔다. 그들은 별실로 안내되었다. 한동안 기다리게 하더니 대정隊正 장교 하나가 들어와 세 사람을 데리고 밖으로 나갔다. 그들이 다시 안내되어 들어간 곳은 밀실이었다.

"헛."

세 사람은 방안에 들어서며 놀라운 빛을 감추지 못했다. 안석에는 최우가 앉아 있었던 것이다. 최우가 턱짓을 하자 대정이 물러갔다. 그는 말없이 한동안 세 사람을 노려보다가 입을 열었다.

"너희들을 용서해주면 어쩌겠느냐?"

돌연한 질문에 모두 입을 열지 못했다.

"김통정."

"옛?"

"네가 제일 손위라 했지?"

"그렇습니다."

"그럼 네가 얘기하라. 용서하면 어쩌겠느냐?"

"합하閤下를 위해 신명을 다 바치겠습니다. 그리고 이 땅에서 몽고군을 몰아낼 때까지 싸우겠습니다."

"으음, 나머지 두 사람도 같은 생각이냐?"

"예."

"좋다."

그는 흡족한 듯이 고개를 끄덕였다.

"아무도 없느냐?"

최우가 밖에 대고 외쳤다. 그러자 아까의 대정이 들어왔다.

"정지유를 불러라."

"예."

대정이 나가고 얼마 되지 않아 정지유가 들어왔다.

"부르셨습니까?"

"으음, 오늘부터 이자들을 마별초에 편입시켜라."

"예, 분부대로 하겠습니다."

정지유가 세 사람을 바라보다가 거돌에게 시선을 멈추고는 빙긋 웃었다. 거돌도 덩달아 웃었다. 언젠가 처인성에서 사자로 이곳에 왔을 때 정문 앞에서 승강이를 벌였을 때 만났던 마별초의 대장이었던 것이다.

"정지유."

"예."

"알고 있겠지만 몽고는 계속해서 살례탑을 죽인 처인성의 세 사람을 잡아서 압송해 주도록 요구하고 있다. 그들은 문제의 세 사람이 제 발로 걸어와 강화성의 내 밑으로 들어왔다는 것도 알고 있다. 따라서 그 세 사람은 몽고로 압송해야 한다. 그러나 기량 있는 이 자들을 희생시킨다는 것은 아깝다. 대신 군졸 중에서 중죄를 짓고 옥사에 갇혀 있는 죄수 세 사람에게 넉넉한 재물을 내리고 이자들로 위장하여 압송하라. 알았느냐?"

"예."

"물러가라."

정지유가 세 사람에게 눈짓을 했다. 그들은 밖으로 나왔다. 마별초의 대장 군막 안에는 아무도 없었다. 정지유는 미리 알고 있었는지 군복 세 벌을 준비해 두었다가 갈아입으라고 내주었다.

"당분간은 변성명을 해라. 처인성에서 왔다는 사실은 몇몇 사람밖에는 모르고 있다. 대원들은 모른다. 절대 신분을 밝히지 말고 죽은 듯이 명에 따라라."

"알겠습니다."

정지유는 마별초가 무엇이며 이들이 어떤 일을 해야 하느냐에 대해서 간단하게 설명했다.

"합하의 행차 및 거처에 대한 경비 일체와 의장儀仗을 맡는다. 그리고 유사시에는 행동대로서 싸워야 하는 특별부대라고 생각하면 된다. 세 사람 다 말은 잘 탄다고 했지?"

"네."

"그럼 됐다. 군마는 내일 지급한다. 그리고 너희들의 숙소는 군영 내로 제한한다. 허락 없이 외박, 외출은 금지한다. 이상 질문 없지?"

"저……. 한 가지 청이 있습니다."

"뭐냐?"

"죄수 세 사람을 압송해 갈 때 저희 세 사람을 호송 군사로 보내주셨으면 하는데요."

"자원하는 뜻이 뭐지?"

"별 뜻은 없습니다만……. 저희들 대신 끌려가는 자들이니 압송당할 때 겪는 고생만이라도 덜어주고 싶어서입니다."

"섶을 지고 불에 들어가는 일은 않는 게 좋다. 본색이 탄로 나면 어떻게 되는지 아나?"

"처인성 사람들이 아니면 저희들을 알아볼 사람이 없습니다. 부탁입니다. 저희들 소원을 들어주십시오."

"알았다. 합하께 의논해 보겠다."

세 사람은 군영 내에 마련된 숙소로 물러나왔다.

"거돌이."

"왜 그러시오, 형님."

"뭐야? 무슨 생각으로 호송 군사를 자원했니? 우리한텐 상의도 안 해보고."

"죄송합니다."

"무슨 생각이 있어 간청을 하는 것이려니 싶어서 가만있었다만, 대체 뭐야?"

"별 건 아니오. 다만 우리 대신 압송돼 갈 그 친구들이 불쌍해서 한 말이오."

"쓸데없는 동정심을 부렸구먼."

강쇠가 한마디 했다.

"쓸데없는 건 아냐. 우리가 뭔데 우리 대신 남을 사지에 몰아넣나? 그건 말도 안 되는 소리야."

"그럼 어쩌겠다는 거요?"

"구해줘야지."

"뭐요? 그들을 구해? 어떻게?"

"개경에는 지금 몽고군이 있어. 죄인을 이곳 강화에서 개경까지 압송하여 몽고군에 인계만 해주면 호송 군사의 임무는 끝나는 거야. 그 도중에 적당한 때를 골라 죄인들을 탈출시키자 그런 말이지."

"그럼 어찌 될까?"

"어찌 되긴, 무사히 도망치면 어딘가 숨어서 잘 살겠지. 죽는 것보다야 낫겠지."

"그놈들이야 그렇겠지만 우리는 어찌 되느냐 이 말이지."

"실수로 그런 걸 어쩌겠니? 몽고는 화를 내고 빨리 다시 잡아 압송하라 할 거고, 합하는 일단 우릴 풀어주었는데 어쩌겠어? 다시 잡아 가두고 우릴 보낼 수는 없잖아? 그러니까 잡는 대로 압송하겠노라고 하겠지. 몽고가 자꾸 채근을 하면 이쪽에서는 지금도 잡으려고 최선을 다하고 있다는 식으로 나오겠지. 그러다 보면 유야무야되겠지, 안 그래?"

거돌의 말을 듣고 김통정은 비로소 고개를 끄덕였다.

"좋은 생각이다. 우리 대신 죄 없는 사람이 몽고로 끌려가 죽게 할 수는 없지. 거돌이 말대로 따르자. 그런데 문제는 합하가 승낙을 하느냐 안 하느냐이다. 향림 아씨를 만나보는 게 어떠냐? 합하가 승낙하도록 설득하라고 얘길 해봐."

"그래 볼게."

거돌은 틈을 보아 어렵게 향림에게 접근하여 승낙을 받아내는 데 성공했다.

반란叛亂

    그로부터 닷새 후 개경에 있는 몽고 군영으로 살례탑을 죽인 세 사람의 고려병이 압송을 당하게 되었다. 물론 이들은 중죄를 짓고 옥살이를 하고 있던 자들이었다. 그들이 떠나기 전에 마별초에서는 그들을 데려다가 빈틈없이 가르쳤다. 살례탑이 왜 죽었으며 세 사람이 어떤 방법으로 살해했는지 미리 연습을 해서 서로 틀린 말이 나오지 않도록 했다. 그들은 아무도 모르게 강화도를 떠나게 되었다. 물론 그들이 대신 끌려가는 대가로 최우는 남아 있는 부모 처자에게 전답을 떼어주었다.

    배에서 내린 세 사람의 죄수는 곧 함거에 실려 다섯 명의 호송 군사에 의해 개경으로 압송되었다. 다섯 명의 호송 군사 속에는 김통정과 거돌, 강쇠도 섞여 있었다. 향림이 최우에게 말하여 이들의 청을 들어주었기 때문이다.

    "자, 좀 쉬어가자."

    김통정이 책임자였다. 임진강을 거슬러 오르는 길을 잡아오다가 어느 한적한 숲길에 이르자 함거를 멈추게 했다. 모두 까치발을 하고 앉아 쉬는데 김통정이 거돌과 강쇠를 부르더니 귓속말로 물었다.

"어디서 이자들을 도망치게 하면 될까?"

"도망치는 거야 간단하지요. 문제는 어떻게 도망치게 하느냐입니다. 우리가 호송 중에 이놈들을 놓친 것으로 되면 복잡해집니다."

강쇠의 말에 거돌이 동의했다.

"강쇠 말이 옳소. 인수한 몽고 쪽의 호송 군사들이 감시를 소홀히 하여 놓친 것으로 돼야 문제가 간단해집니다. 우리가 놓친 것으로 되면 안 되지요."

"흐음······. 그건 그렇다. 무슨 묘안이 없을까?"

세 사람은 머리를 맞대고 한동안 밀담을 나눴다. 무슨 결론을 얻었는지 김통정이 군사들에게 명령했다.

"자, 떠나자."

인솔자인 김통정이 길 안내를 맡고 있는 군사에게 물었다.

"여기가 어디쯤인가?"

"장석리長石里 같습니다."

"개경은 아직도 멀었나?"

"60여 리 남았습니다. 여기서부터는 산골짜기 길입니다. 산이 제법 험하지요."

"그래?"

김통정은 좌우를 두리번거렸다.

"장석리라면 몽고군의 관소關所가 멀지 않은 듯하다. 자, 조금만 더 가자."

김통정이 지시했다.

죄수 세 사람은 소 한 마리가 끄는 함거 안에 앉아 있었고 이들을 호송하는 군사는 김통정, 거돌, 강쇠 등 다섯 사람이었다. 장석리 관소에서 죄수들을 몽고군에게 넘겨주기로 했던 것이다. 서산에 걸려 있던 해가 뉘엿뉘엿 넘어가고 벌써 산골짜기에는 저녁 안개가 스멀스멀 일어나 자욱하게 내려앉기 시작하고 있었다.

"보입니다. 몽고군의 관소입니다."

안내 군졸이 말했다.

"백기를 들어라."

김통정의 지시에 따라 안내 군졸은 미리 만들어간 백기를 머리 높이 들었다. 백기를 들지 않으면 불시에 공격을 받을지 모르기 때문이었다. 그때 호송 행렬을 본 듯 군마 한 필이 이쪽으로 달려왔다.

"뭐냐?"

마상에 앉아 있던 몽고병이 저희 말로 외쳤다.

"우리는 강화에서 온 고려 군사요. 살례탑을 죽인 죄수 세 명을 인도하기 위해 왔소."

김통정이 유창한 몽고 말로 맞받아 외쳤다.

"알았다. 따라와라."

그자는 기다리고 있었던 것처럼 그렇게 말하더니 앞장섰다. 관소를 지키고 있는 몽고병의 책임자는 30대의 장교였다. 그 장교는 관솔불을 밝혀 들고 함거 쪽으로 다가오더니 우리 안에 갇힌 맹수를 구경하듯 세 사람의 죄수를 확인하곤 인솔자를 불렀다.
"네가 인솔자인가?"
그가 김통정에게 물었다.
"그렇소."
"문서가 있을 텐데?"
"여기 있소."
김통정은 준비해 간 두루마리 문서를 건넸다. 그것은 고려 국왕이 몽고 황제에게 보내는 사죄서인 동시에 범인을 인계했다는 확인서였다.
"됐다, 돌아가라."
장교가 명했다. 그러나 김통정은 돌아서지 않았다.
"왜 그러나?"
"여기서 강화까지는 150리 길이 넘소."
"그런데?"
"걸어서 돌아갈 수는 없지 않소? 말 다섯 필만 내주시오."
"뭐야? 정신이 있나? 군마 다섯 필을 내놓으라구?"
"그 대신 당신들이 원하던 죄수를 안전하게 호송해서 넘겨주지 않았소?"
"시끄럽다. 그 따위 소릴 하면 네놈들까지 개경으로 압송한다. 떠나랏!"
"그럼 저녁이라도 먹고 갑시다."
"잔소리 계속할 거야?"
거돌이 김통정의 옆구리를 찔벅였다. 비위 건드리지 말고 떠나자는 뜻이었다.

"알았소. 수고하시오."

김통정은 네 명을 인솔하고 떠났다.

"이봐, 그건 왜 가져가나?"

장교가 쫓아왔다. 이들은 함거를 끌고 온 소를 풀어 데리고 가려 하고 있었던 것이다.

"소까지 인계하란 말은 없었소. 이건 우리 고려군의 재산이오. 가자."

뭐라 더 하기 전에 소를 끌고 떠나버렸다. 관소를 벗어나자 벌써 사위는 어둠에 잠기기 시작했다.

"자, 우린 산으로 올라가자."

김통정은 무리를 이끌고 산으로 들어갔다. 그는 거돌과 강쇠 이외의 두 군졸에게 산으로 올라가는 이유를 설명해 주었다.

"우린 몽고군의 관소를 지나쳐 그 앞길을 막고 숨어 있어야 한다. 관소에는 뇌옥牢獄이 없으니까 죄수들은 밤을 도와 개경으로 압송할 것이다. 그들을 습격해서 죄수들을 풀어줘야 한다."

"하지만."

안내 군졸은 어처구니가 없다는 듯 어쩔 줄 모르며 손을 흔들었다.

"습격하면 우린 죽습니다. 아니 요행히 죄수들을 탈출시킨다 해도 그 뒤에 오는 책임은 어찌시려고 그럽니까? 저, 전 그냥 강화로 가겠습니다."

"함께 행동하지 않는 자는 내가 목을 베겠다. 그리고 나중의 모든 책임은 내가 맡는다. 알았나?"

장검을 들이대며 김통정이 협박하자 모두 그대로 따르겠다고 했다. 소를 끌고 산중턱을 넘었다.
"여기쯤 숨어 있으면 될 게다. 내 군호가 있기 전에는 움직이지 말라. 그리고 모두 얼굴을 가려."
그들은 모두 숲 속에 숨어 앉았다. 칠흑 같은 어둠이 잠겨 있었다. 계곡의 가운데로 난 외길이 희끄무레하게 보일 뿐이었다.
"온다."
그 소리에 모두 전방을 응시했다. 횃불이 다가오고 있었다. 여덟 개의 횃불이었다.
"이봐, 두 사람은 소를 지켜라. 강쇠, 거돌은 나와 함께 간다."
세 사람은 곧 고양이 걸음으로 길가 쪽으로 다가갔다.
"군마를 탈취하고 호송 군사를 모두 죽여."
김통정이 소곤거렸다. 이들이 숨이 있는 앞으로 횃불이 지나가고 있었다. 세 사람의 죄수는 함거에 실려 있었고 주위에는 열 명의 몽고병이 말을 탄 채 따르고 있었다. 그런데 함거 뒤에 세 명의 여자가 손목을 앞으로 묶인 채 말안장에 매달려 따라가고 있었다. 장교가 장수인 적거에게 상납하기 위해 보내는 포로들 같았다. 행렬이 거의 지나갈 무렵 세 사내가 어둠 속에서 튀어나왔다.
"억."
세 사내는 거의 동시에 군마에 타고 있던 몽고병의 다리를 잡아 아래로 힘껏 낚아챘다. 졸지에 당한 몽고병 세 사람이 춤을 추듯 허우적거리며 땅위에 떨어졌다. 세 사람은 지체 없이 빼들고 있던 장검으로 그들의 가슴을 찌른 뒤 군마에 올랐다.

"앗, 적이다."

중간에 따라가던 자가 비명을 질렀다.

"빨리 해치워라."

김통정이 외치며 말을 몰았다. 너무 갑작스레 당한 일이어선지 몽고병들은 우왕좌왕하다가 목이 달아났다. 접전은 길게 가지 않았다. 얼마 되지 않아 몽고병의 시체 열 구가 길가에 나뒹굴었다. 거돌은 함거의 자물통을 부수고 죄수들을 나오게 했다. 그제야 세 사람은 복면을 벗었다.

"아니, 당신은!"

죄수들은 이들의 얼굴을 보자 깜짝 놀랐다.

"도망치게. 이봐, 소를 끌고 나와라."

아직도 벌벌 떨며 쇠고삐를 쥐고 있던 군졸에게 김통정이 명했다.

"여기서 멀리 도망쳐 살도록 소를 가지고 가게. 숨어서 농사나 짓고 살란 말야."

"아아, 고맙소."

세 사람의 죄수들은 머리를 조아리며 고마워했다.

"이봐, 강쇠."

"예?"

"여자들을 데리고 와."

여자들이 왔다. 두 여자는 스무 살 안팎의 처녀이고 한 여자는 40여 세 나 보이는 중년 여자였다.

"어디서 잡혔는지 모르지만 고향으로 돌아가시오."

"……."

세 여자는 고개를 숙인 채 말이 없었다.
"시간이 없소. 이들이 죽은 걸 알면 곧 추격해 올게요. 자, 당신들부터 떠나시오."
죄수들에게 외쳤다. 죄수들은 그제야 소를 끌고 어둠 속으로 사라졌다.
"몽고 놈들이……. 어, 없는 곳으로 우릴 데려다주세요. 고향에 돌아갈 수 없어요. 무슨 낯으로 고향에 간단 말예요?"
나이 먹은 여자가 그렇게 울먹이는 소리를 하자 모두 흐느끼기 시작했다. 김통정은 왜 이 여자들이 고향으로 돌아갈 수 없다고 하는지 알겠다는 듯 묵묵히 서 있다가 고개를 끄덕였다.
"그럼 우릴 따라오시오. 자, 말은 타지 말고 끌고 간다. 큰길은 피하고 산길을 택해서 강화로 돌아가자. 빨리 안내해."
안내 군졸을 앞세웠다. 이들이 강화로 돌아온 것은 이틀이 지난 뒤였다. 죄수들의 탈출 소식이 전해지지 않아서인지 강화에서는 아무것도 모르고 있었다. 무사히 죄수들의 인수 인계를 끝냈노라고 세 사람은 최우에게 복명했다.

열흘이 지난 뒤 몽고군에서 항의가 들어왔다. 압송해 온 죄수를 중도에 고려병이 습격하여 탈취해 갔으니 이것은 고려 조정이 책임질 문제라는 것이었다. 그러자 최우는 김통정을 불렀다.
"어찌 된 일이냐?"
"솔직히 이실직고하겠습니다. 몽고병을 죽이고 죄수들을 풀어 준 것은 저희들이었습니다."
"뭐라구?"

최우는 깜짝 놀라며 노여움을 드러냈다.

"죽을죄를 지었습니다. 어떠한 벌이라도 달게 받겠습니다. 하지만 후회는 않습니다. 어쩔 수 없었습니다."

"그게 무슨 말이냐."

"살례탑을 죽인 것은 나라를 위해서 한 일입니다. 그러기에 그걸 깊이 헤아리신 합하께서 저희들을 압송케 하지 않고 중죄인을 대신 보내신 걸로 알고 있습니다. 하오나 그들도 죄는 지었지만 몽고병들에 의해 개죽음을 시킬 수는 없습니다."

"하나만 알고 둘은 모르는 놈들이구나. 앞으로 어찌하려고 그러느냐?"

최우의 음성이 커졌다.

"합하께선 모르는 일이라고 잡아떼시면 됩니다. 죄수들은 요구대로 압송을 했고 분명 몽고병의 둔소屯所에서 인수 인계를 끝낸 것입니다. 그 뒤의 죄수 호송은 몽고병의 책임입니다. 도중에 습격을 당했다고 하지만 습격한 것이 고려병이었는지 비적匪賊이었는지 그조차 알 수 없지 않습니까?"

그러자 최우는 잠시 생각에 잠기는 듯 침묵을 지켰다. 이윽고 그는 입맛을 다시며 입을 열었다.

"철저히 조사해서 습격한 비적과 달아난 죄수 세 명을 다시 잡아 압송하겠다고 답변하란 말이구나."

"예, 황공합니다."

"왜 늦어지느냐고 재촉하면 지금도 잡아내고 조사를 하고 있다고 하면서 기일을 끌어라?"

"예."

고개를 끄덕이더니 최우는 김통정을 노려보았다.
"네놈은 간지奸智까지 보통이 아니구나."
"황공하옵니다."
"나가 있어."
처벌이 있을 줄 알았으나 최우는 그냥 불문에 붙일 듯이 보였다.
"어떻게 된 겁니까?"
기다리고 있던 거돌과 강쇠가 물었다. 김통정은 최우를 만났던 얘기를 들려주었다.
"그래요? 생각보다는 제법 도량이 넓군요."
거돌이 말하자 김통정이 어깨를 치면서 빙그레 웃었다.
"조금은 기대해도 될 인물이더라. 아무런 풍상 겪지 않고 임금이니 다름없던 아버지 최충헌 밑에서 금이야 옥이야 자라난 인물이니 그저 형편없는 사람이려니, 아비 덕에 나라의 전권을 잡고 흔들고 있는 인물이려니 생각했는데 겪을수록 그게 아니라는 걸 알 수 있었다. 분별력도 있고 과단성도 있고 지도력도 있다. 보필하는 자들이 잘만 하면 이 국난을 헤쳐 나갈 수도 있는 인물이야."
"이곳으로 온 게 잘 된 일이란 뜻인가요?"
"그렇다고 봐야겠지."
"그런데 형님, 야단이오."
거돌의 말에 김통정이 움찔했다.
"뭐가?"
"그 여자들 말이오."

"아직도 갈 생각을 않는단 말이냐?"
"예."
"거 참."

김통정은 쓴 입맛을 다셨다. 몽고병에게서 구해준 여자 셋이 이곳까지 따라온 뒤 갈 데가 없다고 그냥 버티고 있는 것이었다.

"다시 한 번 만나서 설득을 해보자."

김통정은 군무軍務가 끝나는 대로 여자들이 있는 객점으로 가기로 했다. 저녁때가 되어서 세 사람은 객점으로 갔다. 방 하나를 차지하고 세 여자가 모여 앉아 있었다.

"술 한상 들여오게."

주인에게 부탁한 뒤 세 사람은 방안으로 들어갔다. 여자들은 반가워하면서도 부끄러운지 고개를 숙이고 있었다. 이윽고 술상이 들어왔다.

"자, 한잔씩 하십시다."

선뜻 술잔을 받는 사람은 40여 세 나 보이는 나이 많은 여자였다. 처녀들은 더욱 고개를 숙였다.

"듭시다."

"……미안해요."

김통정은 어떻게 얘기를 꺼낼까 궁리하듯 비우고 난 술잔 밑바닥을 들여다보았다. 그러자 나이 많은 여자가 먼저 입을 열었다.

"셋이 밤새도록 상의를 해봤어요. 고향으로 돌아가든지 어디 딴 곳으로 뿔뿔이 흩어지든지 하자구 말예요. 그런데도 어떻게 해보겠다는 엄두가 나지 않네요. 나만 해도 고향에 돌아갈 수가 없어요. 애들이 보는 앞에서 몽고 놈들에게 겁탈을 당했어요. 이 처녀들도 얘기는 없지만 비슷한 처지예요. 그렇다고 뿔뿔이 흩어지자니 무서워서 못 살 것 같고…….”

"……."

김통정은 심각한 얼굴로 술만 따라 마시다가 불쑥 물었다.

"그러니 이곳에서 이렇게 셋이 함께 지내겠단 말인가요?"

"그건 아니구요. 제가 보니까 이곳 강화에는 대궐도 있고 피난 나온 대갓집이 많다는데 아무데나 좋으니 입에 풀칠이나 할 수 있으면 좋겠어요. 부엌데기라도 하겠어요. 그것만 도와주세요. 아니면…….”

늙은 여자는 한숨을 포옥 내쉬었다.

"아니면?"

"저어."

두 처녀를 번갈아 바라보았다. 선뜻 말이 이어지지 않는 모양이었다.

"얘기해 봐요."

"아니에요."

늙은 여자는 도리질을 하더니 흘러내리는 눈물을 훔쳐냈다.

"얘기해 보시오."

"아니…….”

"괜찮아요. 이왕 이렇게 됐으니 도와드릴 테니까 어려워 말고 얘기해요."

"부인네가 없으면 우릴……. 아니지요. 당치도 않은 말이지요. 우리처럼 몸을 더럽힌 여자들이 어떻게 감히 그러기를 바라겠어요? 죄송해요, 안 들은 걸로 하세요."

"허."

 세 사내는 찔끔했다. 세 여자는 흐느껴 울었다. 한동안 방안은 침통한 분위기가 되었다. 거기서 입을 연 사람은 거돌이었다. 누구에게 화풀이라도 하는 것처럼 볼멘소리를 했다.

"울지들 말아요. 몽고 놈들한테 당한 것이 어디 임자들뿐이오? 그것이 흉 될 건 하나도 없어요. 더럽혀졌으면 깨끗이 빨면 되는 거구, 빨면 새 옷이 되는 게 아니오?"

 그러자 나이 많은 여자가 울음을 그치고 거돌을 바라보았다. 어떤 가능성을 기대하는 눈이었다. 거돌은 긴장해서 바라보는 김통정과 강쇠의 시선을 무시한 채 말을 이었다.

"우리도 모두 총각입니다요."

"예? 그래요?"

"함께 백년해로 하자면 할 수 있어요."

"아……."

 처녀들까지 울음을 멈추고 귀를 세웠다. 거돌의 한마디가 중요했던 것이다.

"하지만 지금 그게 급한 건 아니잖아요? 모르시겠지만 우리는 삼별초 안에서도 밑바닥 군졸입니다요. 녹봉이래야 겨우 혼자 살 수 있을 정도지요."

"우, 우리도 부엌데기라도 해서 벌면 되잖아요?"

 기회를 놓치지 않고 나이 든 여자가 그렇게 나섰다.

"물론이지요. 더 있다 보면 우리들 녹봉도 좀 오를 테구……. 봐가면서 합시다. 봐가면서 정이 들면 살 섞고 살면 되잖겠어요?"

"그, 그거야 그렇지요. 정말 고마워요."

나이 든 여자가 새삼스럽게 눈물을 씻어냈다.

"내가 한 번 일자리를 알아볼 테니 염려 말고 기다려봐요."

거돌의 그 말에 여자들은 감격했다. 얼마가 지난 뒤 세 여자를 놔두고 세 사내는 객점을 나왔다.

"너 마음씨 한 번 황해 바다만큼 넓구나?"

불쾌한지 김통정이 뱉어냈다.

"그러니 어쩌겠소?"

"어쩌려구 물어보지도 않고 네 맘대로 끝을 내?"

"한 번 알아보고 일자리를 마련해 주면 되잖아요? 그리고 처녀가 아니라서 데리고 살 수 없다 싶으면 안 데리고 살면 그만이구."

"허."

김통정은 어처구니가 없는 듯 입을 딱 벌렸다.

김통정과 강쇠는 처녀도 아닌 여자들과 잘못하면 살림을 차려야 한다는 데 몹시 불만을 표시했다. 거돌은 그들을 설득해야만 했다.

"통정 형님이나 강쇠는 잘 모르니까 그러는 거야. 당해보지 않고 어떻게 아나? 남의 염병이 제 고뿔만도 못한 법이라 했지. 고뿔에 걸려봐야 얼마나 고통스러운지 아는 거야. 난 몽고 놈들에게 당했어. 내 안식구가 놈들에게 윤간을 당하고 죽었다구. 그 여자에게 무슨 잘못이 있나? 잘못이 있다면 조정의 대신들과 나라를 이 꼴로 만든 상감의 잘못이지 저 세 여자에게 무슨 잘못이 있어?"

거돌의 표정은 굳어 있었다. 너무 진지하게 말해서인지 두 사람은 선뜻 입을 열지 않았다. 한참만에야 김통정이 거돌의 어깨를 쳤다.

"그래, 네 말이 맞다. 당해보지 않은 사람은 모르겠지. 그 여자들에게 무슨 죄가 있겠나? 도와주자."

그제야 거돌의 표정이 밝아졌다.

"마님을 만나서 일자리를 만들어 달라고 해."

"알았소."

그날 밤 거돌은 어둠을 틈타서 다시 향림의 방에 접근했다. 사람들이 지나다니지 않을 때까지 숲 속에서 숨어서 기다리던 거돌은 겨우 향림의 방에 들어서는 데 성공했다.

"누구야?"

부스럭거리는 소리에 깜짝 놀란 향림이 홑이불을 잡아당겨 가슴을 가리며 일어나 앉았다.

"접니다요, 마님."

거돌의 목소리가 떨려 나왔다. 소리 없이 방문을 따고 안으로 들어섰을 때 침상부터 확인했다. 두 사람이 누워있으면 그냥 나가려고 했던 것이다. 그러나 다행스럽게도 침상에는 향림 혼자 누워 있었다.

"거돌이."

"안녕하세요."

문을 잘 닫고 돌아오자 향림은 일어나 앉아서 옷을 찾아 입었다. 잠을 잘 때는 실오라기 하나라도 걸치면 잠을 못 자는 모양인지 알몸이었다.

"곧 돌아가겠습니다. 옷 입으실 필요 없어요."

"좌우지간 앉아요."

향림은 옆에 있는 안석을 가리켰다.

"주무시는 걸 깨워서 죄송합니다요."

"아녜요. 무사히 돌아왔다는 말은 들었지만 좀 궁금했어요."

"모든 일이 잘 되었습니다. 죄수들도 풀어주었고 저희들도 안전하게 지낼 수 있게 되었으니 모든 것이 마님 덕택입니다."

그러자 향림은 빙긋이 웃었다. 잠에서 깨어날 때만 해도 얼굴이 부스스했으나 이젠 윤기가 나고 있었다.

"다행이로군."

"실은 마님께 한 가지만 더 부탁드릴 말씀이 있어서 왔습니다."

"뭔지 얘기해 봐요."

"죄수들을 압송하는 몽고병을 덮쳤을 때 몽고병에게 포로가 되어 끌려가고 있던 여자 세 명을 함께 구해냈습니다."

"여자 셋?"

"예, 불쌍한 여자들이었습니다. 집은 풍비박산되고 의지할 곳 없는 여자들이었습니다. 일자리만 맡겨주면 무엇이든지 하겠다고 저희들을 따라왔는데……. 저희들로서는 어찌해 볼 도리가 없습니다."

"그러니까 날더러 일자리를 마련해 달라는 부탁인가?"

"예, 죄송합니다."

"젊은 것들인가?"

"한 여자는 마흔쯤 됐고 나머지 두 여자는 스무 살쯤 돼 보였습니다."

"잘됐군."

"예?"

"3형제가 하나씩 맡아서 마누라를 삼으면 되지 않을까?"

"마님, 그게……."

거돌은 어쩔 줄 몰라 했다.

"살림을 차리면 될 텐데 뭘 그렇게 어렵게 생각하나?"

"저희는 아직 그럴 형편이 못 됩니다. 게다가 저희들은 원래부터 장가를 들지 않기로 다짐을 했습니다."

"그게 무슨 소리지?"

"나라에 목숨을 바친 군졸들은 언제 어느 때 전장에 나가 죽을지 알 수 없습니다. 죽어서 남은 사람들을 서럽게 해서는 안 된다고 생각했기 때문입니다."

"그래?"

향림의 얼굴에 냉소가 스치고 있었다.

"마님, 저희들의 진심을 헤아려주십시오."

거돌은 거듭 부탁했다.

"그렇다면 내일 아침에 그것들을 나한테 보내봐요."

향림의 입에서 승낙이 떨어지자 거돌은 고마워서 어쩔 줄 몰랐다.

"고맙습니다."

인사를 마친 거돌이 자리에서 일어나려다가 갑자기 열리는 방문소리에 놀라 바라보았다. 뜻밖에도 전혀 예상치 못한 사내가 방안에 들어와 두 사람을 노려보았다.

"이 자식."

그 순간 벼락치는 듯한 소리와 함께 머릿속이 찌잉 하고 울렸다. 거돌은 그만 정신을 잃고 방바닥에 고목처럼 쓰러지고 말았다. 사내가 한순간에 허리에 차고 있던 장검을 몽둥이 삼아 거돌의 머리통을 갈겼던 것이다. 얼마가 지난 뒤에야 욱씬거리는 통증과 함께 정신을 차렸다. 거돌은 손발이 묶인 채 안석에 앉혀져 있었다. 눈앞에는 분노한 사나이 하나가 서 있었다. 나이는 40여 세. 갑주를 입고 있는 것으로 보아 장수 같았다. 당당한 풍채를 하고 있었다. 자리에는 향림이 두 손으로 얼굴을 가린 채 앉아 있었다.

"넌 뭐하는 놈이냐?"

사내가 위엄 있는 목소리로 물었다.

"저……. 마, 마별초의 군졸입니다."

"이름은?"

"거, 거돌입구요."

"일어나."

"옛? 예."

"언제부터 이 방을 출입했느냐?"

"……."

"왜 말을 못하나?"

그는 장검을 빼어 들었다. 번쩍 섬광이 일었다.

"오라버니, 용서하세요. 그자에겐 아무 죄가 없어요."

"뭐가 어째?"

누이를 노려보는 사내의 옆얼굴을 본 거돌은 흠칫 떨었다. 어디서 보던 얼굴이라 생각했는데 사내는 다름 아닌 향림의 오라비 김방경이었다.

그는 일찍 출가하여 공부를 했고 무예를 닦은 뒤 소년 시절에 과거에 급제하여 지금은 감찰어사監察御使에 봉직하고 있었다. 김방경은 뒷날 국난을 평정한 명장으로 이름을 남겼고 삼별초의 난을 진압한 장본인이 되기도 했다. 그는 아버지와 다르게 매사에 절도 있고 청렴했으며 위엄과 용기를 갖춘 인물이었다. 누이동생이 노비와의 관계로 이상한 소문이 나자 가문에 누가 될까 봐 서둘러 최우의 첩실로 들어 앉혀 소문을 막아버린 것도 김방경이었다. 그런 김방경에게 지금 붙잡힌 것이다. 거돌은 등줄기에 식은땀을 흘리며 쪼그리고 앉아 있었다. 김방경은 허리춤에서 오라를 끄집어내더니 날카로운 목소리로 소곤거리듯 말했다.

"일어나."

"……."

거돌은 체념한 듯 일어섰다.

"오라버니."

그때 향림이 다가들며 김방경의 팔을 잡았다.

"용서하세요. 한 번만 용서해 주세요."

"그럴 수는 없다. 이자를 남겨두면 화근이 된다."

"다시는 접근도 않을 거예요, 오빠."

"모르는 일이다. 설사 다시 접근치 않을지라도 입을 열지 않으리라고 믿을 수 없다. 너와의 관계를 누설하는 날이면 우리 가문은 파멸이다."

"오빠, 저자가 발설을 하면 자기도 죽음을 당할 텐데 발설을 하겠어요? 그러니 제발 용서하세요."

그러나 김방경은 들은 체도 하지 않고 거돌을 결박했다.

"오빠, 이자는 내 목숨을 두 번이나 구해주었어요. 다시는 만나지 않겠어요. 차라리 절 잡아다가 처벌해 주세요."

절규하듯 향림이 매달리자 김방경은 당황했다. 큰소리로 외치다가 누가 뛰어오기라도 하면 어찌하겠는가.

"오빠가 이자를 처벌하시면 난 모든 것을 합하께 고백하고 함께 처벌을 받겠어요."

"뭐라구? 너 미쳤니?"

"미치지 않았어요. 합하를 뵙고 다 털어놓겠어요."

"으음."

김방경은 화를 참지 못하고 싸늘한 냉기를 띠고 있는 누이를 쏘아보았다. 아무리 봐도 빈말은 아닌 듯했다. 김방경은 잠시 생각에 잠겼다. 쥐도 새도 모르게 거돌을 잡아다가 처치해 버리면 되는 일인데 누이가 반대를 하고 나선 것이다. 최우에게 모든 걸 다 털어놓겠다고 한다. 그리 되면 일은 커진다.

"내가 풀어준다면 어찌하겠느냐?"

그러자 향림은 눈물이 고인 눈을 빛내며 말했다.

"과거지사는 흘려버리고 이 순간부터 다시는 저자를 만나지 않겠어요."

"그래? 네놈은? 네놈 얘기를 들어보자."

"열 번 죽어도 마땅한 죄인입니다. 소인이 무슨 말을 하겠습니까? 살려만 주신다면 다시는 마님 곁에 얼씬거리지 않겠습니다."

"뻔뻔한 자식!"

김방경은 이를 갈았다.

"나는 출가한 뒤 내 뜻을 세울 때까지는 집에 들어가지 않겠다고 공부에 열중했다. 조그만 뜻을 이룬 뒤에야 집에 돌아와 보고 집안이 엉망이어서 놀랐다. 감히 노비의 자식이 내 누이를 건드려 아랫것들이 수군거리고 있는 걸 보고 참을 수가 없었다."

"오빠, 그건 사실과 달라요. 이자의 잘못도 있지만 이자 때문에 난 몽고병으로부터 목숨을 건질 수 있었고 몽고병의 약탈에서 집안을 건질 수 있었어요."

"그건 주인댁의 녹을 먹는 노비로서 당연히 해야 할 일이었어. 어쨌거나 난 널 만나면 능지처참을 시키겠다고 벼르고 별러 왔다."

거돌은 변명조차 못하고 고개를 숙였다.

"그러나 누이를 생각해서 목숨만은 살려주겠다. 다시는 이 앞에 얼씬거리지도 말아라. 알았느냐?"

"예."

"나가."

김방경이 뱉듯이 말했다. 향림이 다가들더니 묶인 결박을 풀어주었다. 거돌은 쫓기듯이 향림의 처소에서 물러 나왔다.

"어찌됐어?"

김통정이 물었다. 거돌은 입을 열지 못하고 침통한 표정을 지었다.

"잘 안 됐어?"

강쇠가 물었다.

"음."

"야단이로군."

"별 수 없어. 여자들을 다시 만나서는 안 되겠어."

"질투를 한 모양이군? 그런 여자에게 여자들의 일자리를 부탁했으니 나도 안 되리라고 생각했지."

강쇠가 다 알겠다는 듯이 늘어놓았다.

"강쇠."

김통정이 불렀다.

"예."

"이따가 나가서 여자들에게 얘기해. 우리가 알아보긴 했지만 어려울 것 같다고 말야."

"나한테 달라붙으면 어쩌지?"

"그러기 전에 나와."

"그래도 그게 어디 그럴 수 있소? 살아갈 길이 막막한 여자들을 놔두고 나 몰라라 하고 도망쳐 나올 수가 있느냔 말이오."

"걱정도 팔자일세. 사람은 다 타고난 대로 살게 마련이야. 당장은 망연하겠지만 살길을 찾아 나서겠지."

"하필이면 왜 나요?"

"잔말 말고 다녀와."

김통정은 단호하게 말했다. 강쇠는 투덜거리며 자리에서 일어났다. 일자리가 생겼다는 좋은 소식도 아니고 우울한 소식을 전하기 위해서 간다는 게 언짢았던 것이다. 김통정은 침울한 거돌을 보자 그저 눈치만 볼 뿐 깊은 것은 묻지 않았다. 그런데 여자들을 만나기 위해 나간 강쇠가 어둠이 밀려오도록 돌아오지 않았다.

"어떻게 된 일이지?"

"오겠지요. 나갔다가 다른 볼일까지 보고 올 모양이지요."

걱정스러워하는 김통정에게 거돌이 그렇게 말했다. 그러나 여자들을 만나러 간 강쇠는 딴 볼일이 있어 시간이 오래 걸린 게 아니라 여자들이 묵고 있는 객주의 방에 들어갔다가 그냥 잡혀 있었다. 아니, 잡혀 있는 게 아니라 한 번 들어간 뒤 나올 수가 없어서 그냥 미적거리고 있었던 것이다. 세 여자가 있는 줄 알고 찾아갔다가 처녀 한 명만 있는 것을 보고 강쇠는 당황했다.

"나갔다 온다고 둘이 나갔어요."

처녀의 말에 강쇠는 마침 잘됐다 싶어 빨리 얘기를 전하고 나오려 했는데 무슨 생각을 했는지 처녀가 밖으로 나가더니 술상을 봐왔던 것이다.

"오셨는데 어떡해요. 나중에 주기로 하고 주인한테……."

"외상 술을 얻어왔단 말이오?"

"네."

"허."

견물생심이었다. 눈앞에 술병을 두고 일어날 수가 없어 강쇠는 처녀가 따라주는 대로 마셨다. 한 병 술을 다 비워내자 거나하게 취한 김에 강쇠가 제 주머니를 털어서 술을 사오라 했다. 두 병째의 술을 바닥냈으면 할 얘기나 하고 일어났으면 되는 걸 술김에 처녀의 손을 잡고 권커니 잣거니하게 된 것이다.

"이름이 뭐냐?"

"옥녀예요."

"옥녀? 음, 고향은 어디구?"

"평주예요."

"그래?"

"어머, 취하셨나 봐요, 어머."

강쇠는 그만 옥녀의 어깨를 잡아당기며 입술을 덮었던 것이다.

"안 돼요, 안 돼요."

그때 방문 흔드는 소리가 들려왔다. 두 사람은 재빨리 떨어져 앉았다.

"밖에 누구요?"

"나예요."

나이 먹은 여자의 목소리가 들려왔다. 소스라치게 놀란 강쇠는 변변히 옷도 챙겨 입지 못하고 뒷 방문을 열고 도망쳐버렸.

밤이 이슥해서야 돌아온 강쇠에게 김통정이 어떻게 된 거냐고 물었다.

술이 취했는지 깼는지 분간할 수 없이 허연 얼굴에 식은땀을 흘리며 강쇠는 고개를 흔들었다. 힘든 일을 하고 기운이 쇠진하여 지쳐 빠진 그런 모습이었다.

"왜 그렇게 비 맞은 참새 모양 후줄근한가 말야."

"아무것도 아닙니다."

"그런데 왜 그렇게 불안한 얼굴이야? 누구한테 쫓기고 있는 사람처럼."

"그, 그럴 리가 있습니까? 쫓기긴 누구한테 쫓겨요?"

"객주에 간 일은 잘 됐어? 얘긴 잘 됐어?"

거돌이 강쇠에게 물었다. 그러자 강쇠는 또 어물어물했다.

"잘 됐느냐구?"

"그게……. 그렇게 됐습니다요."
"그렇게 되다니?"
"허, 어떻게 얘길 해야 하나? 그러니까……."
강쇠는 여전히 당황한 채 어쩔 줄 모르다가 황급히 말했다.
"사정 얘길 했어요."
"뭐라구 하던가?"
"뭐 그렇게 된 이상 어쩌겠느냐, 자기들 나름대로 살길을 마련해 보겠다구……."
"그럼 됐어."
"무척 실망한 표정이었어요. 하지만 어렵겠다는 데야 어쩌겠어요?"

그 말을 들은 김통정과 거돌은 안쓰러운 표정을 지었다. 그로부터 이틀이 지난 저녁때였다. 군막이 있는 곳에 웬 여자 하나가 찾아왔다.
"뭐야?"
파수 군졸이 가로막자 여자는 부끄러운 듯이 어쩔 줄 모르다가 겨우 입을 열었다.
"가, 강쇠라고 하는 분을 만나러 왔어요."
"강쇠? 어떻게 되는 사이야?"
"그냥 아, 아는 사람이에요."
"아는 사람?"
군졸은 알겠다는 듯이 빙긋이 웃으며 처녀의 위아래를 훑어보고 잠깐 기다리라 했다. 여자는 바로 요 전날 강쇠와 술을 마시고 만났던 처녀였다.

"강쇠 어디 갔습니까?"

휘장을 걷고 군졸이 물었다. 김통정과 거돌이 앉아 있다가 웬일이냐고 물었다.

"웬 처녀 하나가 찾아와 얼굴을 붉히고 서 있는데요?"

"처녀가? 강쇠는 지금 도방都房에 번을 서러 나가 있는데, 누군지 잠깐 들여보내게."

"알았습니다."

군졸이 나가더니 여자를 들여보냈다.

"아, 안녕하세요?"

남루한 옷을 입은 처녀가 들어서더니 풍만한 앞가슴을 여미며 인사를 했다.

"오, 누군가 했더니. 웬일이오?"

김통정이 알아보고 미소를 지었다.

"이걸 놓고 갔길래 돌려주려고 왔어요."

"음."

조그만 패검이었다.

"허허, 정신을 빼고 사는 녀석이로군. 고맙소, 언니들은 다 잘 있지요?"

"네. 그런데……."

"그런데?"

"큰언니께서 굉장히 기다리고 계세요."

"우릴?"

"네, 나오신다고 하시고 안 나오시니깐 그러나 봐요."

"음?"

이상한지 김통정이 거돌을 바라보았다. 강쇠가 말을 제대로 전달했다면 여자들이 기다릴 리가 없다. 그런데 기다리고 있다니 그게 무슨 말인가.

김통정이 눈치를 살피다가 물었다.

"처녀."

"네?"

"강쇠가 가서 얘길 안 했었나?"

"무슨 얘길요?"

"일자리 문제에 대해서."

"네? 일자리가 났나요?"

"어?"

김통정과 거돌은 놀라서 서로의 얼굴을 마주보았다. 뭔가 문제가 있었던 것이다. 여자의 말하는 것이나 그 태도로 보아 아무것도 모르고 있는 듯했던 것이다.

"왜 그렇게 놀라세요?"

"아, 아니오."

그때 마침 번을 서러 나갔던 강쇠가 교대를 하고 돌아오는지 군막 안으로 들어섰다.

"어?"

여자를 바라본 강쇠가 찔끔했다. 얼굴이 금방 붉어지더니 어물어물하다가 여자의 손을 잡았다.

"웬일루 왔지? 나한테 할 얘기가 있어서 온 거야? 잠깐 밖으로 나가지."

끌고 나가려 하자 김통정이 강쇠를 불렀다.

"이봐, 여기서 얘기해, 패검을 놓고 왔다면서? 그래서 가지고 온 거래."

"예? 그랬군. 그걸 잊어먹고 어떡하나 했는데……. 형님, 잠깐 나가서 얘길 하고 올게요."

"여기선 안 되고?"

"잠깐이면 돼요. 자, 나가자구."

강쇠는 얼떨떨해하는 여자를 끌고 군막 밖으로 나갔다. 한참 만에야 강쇠가 들어왔다.

"이봐, 강쇠."

거돌이 부르자 강쇠가 흠칫하며 바라보았다.

"왜 그러슈?"

"너 객주에 나가서 한마디도 못했다면서?"

"에, 그게 무슨 말이죠? 아까 그 아이가 그러던가요?"

"그래 우리가 부탁한 말은 하지도 않고 대체 뭘 하다가 돌아온 거야?"

"허."

강쇠는 순간 난감한 표정을 지었다. 그러더니 한동안 우물우물하다가 아주 미안한 듯 입을 열었다.

"죄송하게 됐습니다. 형님."

"뭐가 죄송해?"

"사실은 말을 못했어요. 실수입니다. 정말 실수했습니다. 용서하세요."

그는 얼굴을 들지 못하고 있었다.

"무슨 실수를 했다고 그래?"

"얘길 들었다면서요?"

"답답하군."

"형님이 시키는 대로 말을 하려고 갔더니 두 언니는 없고 아까 그 처녀 혼자뿐이잖아요. 앉자마자 얘길 해야겠다 생각했지만 어디 그럴 수가 있어야죠. 좋은 말도 아닌데. 그래 우물쭈물했더니만 술상을 봐오는 거예요."

"그래서?"

"술이 유죕니다요. 마셨죠. 마시다 보니 견딜 수가 있어야죠. 그래서 그만 그 아가씨를……."

"범했군?"

"……아, 아닙니다. 손을 잡았는데 그때 언니들이 돌아온 겁니다. 난 그만 너무 놀라서 뒷방 문을 열고 도망치고 말았습니다요."

"허허, 그러니까 얘기할 틈이 없었구나?"

"그, 그렇게 된 셈이지요."

"이 녀석이!"

거돌이 화가 나서 주먹을 불끈 쥐자 김통정이 말렸다.

"젊은 게 죄야. 이해해 주게, 거돌이."

"내가 책임지면 되잖아요."

"뭐? 세 여자를 다 먹여 살리겠단 말이냐?"

"그 아가씨 하나만 말이오. 함께 살면 되잖아요."

"허."

기가 막힌지 거돌이 한숨을 토해냈다.

"별수 없다. 거돌이, 강쇠를 여기서 내보내자. 이 판에 혼인을 시키는 게 낫겠어."

"거 참, 난 안 돼요."

거돌은 화를 풀지 않았다. 김통정은 거돌의 화를 풀게 하느라 한참 동안 설득을 했다.

"당장 일자릴 마련해 주지 못한다 해도 차차 알아보면 될 게 아닌가. 그리고 본인이 원하는 일이니 한 여자는 강쇠에게 맡겨 버리자구."

이윽고 거돌도 화를 풀고 강쇠에게 사과를 했다.

"됐어, 거돌이. 셋이 나가서 한잔하자. 따로 혼례식을 할 게 아니라 함께 술 한 잔씩 하고 예식 올린 걸로 하면 되잖겠어?"

김통정이 그렇게 말하면서 어깨를 토닥였다. 세 사람은 객주로 나갔다. 술상을 봐오게 한 뒤 김통정이 왜 술을 마시게 됐는지 그 뜻을 설명했다.

"어머나, 참 잘된 일이네요. 좋아요. 술 한 잔씩 마시고 혼례식을 대신해요."

나이 든 여자가 맞장구를 쳤다.

"외상이라도 우리 허리띠 풀어놓고 한 번 마음껏 마셔보기로 하자."

김통정이 선언했다. 세 사내는 오랜만에 기분 좋게 취했다. 취한 것까지는 좋았는데 여자들까지 만취되어 흐느적거리게 되었다. 새벽까지 술을 마시자 하나 둘 쓰러지기 시작했다. 제일 먼저 눈을 뜬 사람은 거돌이었다. 주위를 둘러본 거돌은 깜짝 놀라고 말았다. 분명히 함께 있어야 할 사람은 보이지 않고 자기 옆에는 처녀 하나가 입을 벌린 채 잠에 곯아 떨어져 있었다.

'가만있자, 내가 여우에 홀렸나?'

다시 한 번 바라보니 옆자리에 앉아서 술을 권하던 처녀가 분명한데 알 수 없는 건 여자가 거의 알몸으로 누워 자고 있다는 것이었다. 뱃속이 쓰리고 머릿속에서는 휘파람 부는 소리가 나고 있었다. 김통정이나 거돌, 강쇠 모두가 원래 두주불사의 대주가였다. 그런데도 마시고 나서 이 정도가 됐다면 간밤에 얼마나 마셨는지 알만했다. 술집 주인이 문턱이 닳도록 드나든 건 기억할 수 있었고 강화 바닥을 다 뒤져서라도 술통을 사오라고 악을 쓴 것도 어렴풋이나마 기억할 수 있었다. 자꾸만 술, 술 하니까 주인이 몽고 사람들이 마시는 화주를 가져왔다. 한 잔만 마시면 속에서 불이 나 목구멍과 입천장이 접착되어 떨어지지 않을 만큼 따가운 화주라 했으니 그 술 때문에 쓰러졌던 모양이다. 그런데 쓰러졌으면 모두 한 방에서 마셨으니 거기서 한꺼번에 누워 있어야 하는데 어찌해서 거돌과 처녀 한 명만 딴 방에 와서 누워 있느냐는 것이었다.

'알 수 없는 일이다.'

"으음."

처녀가 고단한지 신음 소리를 올리더니 몸을 반듯이 하며 오른팔을 위로 올렸다.

"헛"

거돌은 움찔하며 마른침을 넘기고 두 눈을 질끈 감았다. 끙 하는 한숨 소리를 내며 거돌이 몸을 돌려 앉았다. 그 바람에 처녀의 발을 툭 차고 말았다.

"으응?"

뒤척이는가 했더니 여자가 벌떡 일어나 앉았다.
"어마."
옆에 사내가 앉아 있다는 걸 알자 비명 소리를 삼킨다. 거돌 역시 아무것도 모른 채 한방에 있는지라 어처구니없는 표정으로 여자를 바라보았다. 여자는 일단 옆에 있는 사내가 거돌이라는 것에 안심한 듯 얼굴을 붉히며 고개를 숙였다.
"에구머니나."
여자가 황급히 무릎을 꿇으며 치마를 잡아 밑으로 내리며 허둥거렸다. 아무것도 입지 않은 아랫도리를 훤히 내보이고 앉아 있는 줄 몰랐던 모양이다.
"어떻게 된 거요?"
거돌이 묻자 여자는 훌쩍이며 울기 시작했다. 어깨를 들썩이며 울던 여자가 옆에 놓인 속옷을 찾아 입었다. 거돌은 우는 영문을 알 수 없었지만 어쨌든 여자를 달랬다.
"이거 봐요, 왜 우는 거야? 응?"
"아니에요, 아니에요."
여자는 머리를 흔들며 아니라고만 했다.
"답답하네, 뭐가 아니라는 거요, 응?"
"난 몰라요, 몰라요."
"허허, 정말 답답하네. 대체 왜 그러느냐니까?"
"이게, 이게 뭐예요?"
"뭐가?"
여자는 흐트러진 아랫도리의 옷매무새를 두려운 듯 바라보는 것이었다.

"나아 참."

"왜 내 옷이 벗겨져 있느냐 말예요."

"허."

거돌이 한숨을 목젖 뒤로 넘겼다. 그제야 여자의 우는 뜻을 알 수 있었던 것이다.

"이봐요, 화낼 사람은 나야. 술 마시고 정신 잃은 죄밖에 없어. 깨고 나니까 함께 누워 있구 둘이 아랫도리를 훌렁 벗고 있더라 이 말이야."

"몰라요, 몰라."

여자가 새삼스럽게 흐느끼기 시작했다. 거돌은 어떻게 변명해야 될지 알 수가 없어 당황했다.

"나도 정말 몰라."

"모르긴 뭐가 몰라요? 난 어떡하면 좋아요."

"이거 봐, 난 살 섞은 기억 없다고, 허벅지 한 번 만져본 일이 없어."

"거짓말하지 말아요."

여자는 더 슬피 울었다. 속내를 까뒤집어 보이지도 못하는지라 종내에 거돌은 처녀에게 지고 말았다. 잘못했다고 빌기 시작한 것이다.

"술김에 말야, 술김에 그렇게 한 거니까 용서하라구, 응? 눈물을 그쳐요. 이거 봐, 앞으로 내가 책임지면 될 거 아냐. 함께 살면 되는 걸 가지구 왜 그러나, 응?"

"저, 정말이에요?"

여자는 황급히 울음을 멈추고 거돌의 얼굴을 진지하게 바라보앉다. 거돌은 쓰디쓴 익모초 즙을 한 모금 마시고 난 뒤처럼 두 눈을 질끈 감고 고개를 끄덕였다.
"그래, 그래, 책임질게. 울지 마, 남이 들으면 창피하다구."
"미안해요."
안심한 듯 처녀가 손등으로 눈물을 씻어내며 방긋 웃었다.
'도깨비한테 홀렸구나. 대체 이게 어찌 된 셈인가? 누가 이렇게 만들어놓았을까?'
거돌이 한숨을 내쉬며 벌렁 드러눕자 처녀가 엉덩이를 미적미적 옮겨오며 옆으로 다가앉았다. 거돌은 처녀의 손을 잡으며 물었다.
"이름이 뭐야?"
"덕순이에요."
"나이는?"
"스물둘."
"부모는 뭐하구?"
"농사꾼이에요. 우수(牛首·춘천)가 고향이에요. 그런데 몽고군이 쳐들어와서……."
"관둬, 알았어. 다른 얘긴 하지 말라구. 잠시 칙간에 다녀올게."
김통정과 강쇠가 어찌 되었는지 궁금하여 밖으로 나온 거돌은 깜짝 놀라고 말았다. 바로 옆방에서 강쇠의 웃음소리가 새어 나오고 있었던 것이다. 거돌은 방문 틈에 눈을 들이대고 안을 엿보았다. 아직도 옷을 입지 않은 강쇠와 계집 하나가 뒤엉킨 채 키들거리고 있었다.
'저런 죽다가 살아난 놈을 보았나? 바로 저놈 짓이었구나!'

계집은 강쇠와 짝이 된 바로 그 처녀였다. 상황을 보니 저 혼자 짝을 맺는 게 미안하고 왠지 앞으로 불편할 거라고 여기고는 만취된 거돌을 옆방에 옮겨 일부러 연극을 꾸민 것처럼 보였던 것이다.

'내 이놈을 그냥 두지 않으리라.'

그렇게 생각한 거돌이 문고리를 잡았다. 그때 그 옆방에서 다투는 소리가 들리는데 사내 목소리가 아주 귀에 익은 소리였다. 김통정의 말소리 비슷했던 것이다. 거돌은 놀라 그쪽 방 앞으로 가서 다시 문틈으로 안을 엿보았다. 눈 안으로 들어온 것은 김통정의 뒷모습이었다. 그 앞에 앉아 있는 여자는 나이 먹은 과부댁이었다.

'이게 어떻게 돌아가는 속인지 눈이 어지럽구나?'

거돌은 그만 제 방으로 돌아오고 말았다. 그 모든 짓은 과부댁과 강쇠가 짜고 한 짓이라는 게 나중에야 드러나게 되었는데 정작 당사자들은 펄쩍 뛰었다. 자기들도 술에 취하여 인사불성이었는데 어떻게 그렇게 할 수 있었겠느냐는 것이었다. 좌우지간 누구의 농간이었든 간에 세 사람은 세 여자를 앞으로 데리고 살지 않으면 안 되게끔 되어있다는 데 문제가 있었다.

세 사람이 어쩔 수 없이 각 방을 차지하고 살림을 시작한 지 몇 달 만에 조정 안에는 중대한 변화가 일어났다. 아비 최충헌의 뒤를 이어 최씨 정권을 유지하여 국왕보다 권세를 떨치던 최우가 갑자기 병사하고 만 것이다. 원래 선병질이었던 그는 전란과 여자에게 시달려 예순을 넘기지 못하고 눈을 감게 된 것이었다. 그가 운명하는 자리에는 부인 둘과 애첩 셋 등 다섯 명의 처가 중신들과 함께 임종을 지켜보았다. 그 자리에는 향림도 참례하고 있었다.

"만전萬全은 어딨느냐."

침상에 누운 최우가 가쁜 숨을 몰아쉬며 아들을 찾았다.

"아버님, 여기 만전이 있습니다."

침상으로 다가간 아들이 무릎을 꿇으며 아비의 손을 잡았다. 만전은 최우의 장자였다. 아명이 만전이고 정식 이름은 항沆이었다.

"이제……. 갈 때가 멀지 않은 것 같다."

최우는 중신들에게 물러가 있으라는 듯이 손을 들어 신호를 했다. 대신들이 딴 방으로 나가고 방안에는 다섯 명의 부인과 장자인 항만 남았다. 최우는 아들에게 좀 더 가까이 오라는 시늉을 했다.

"아버님."

"만전아, 지금부터 내가 하는 말을 명심해라."

"예."

"아직도 국난은 계속되고 있다. 이 중차대한 시기에 눈을 감자니 차마 눈이 감기질 않는구나. 한 가지만 명심하거라."

"예."

"화전和戰양면의 군략으로 적절히 대처하되 어떤 일이 있더라도 몽고에 항복해서는 안 된다. 몽고에 항복하는 날은 우리 최씨 가문도 끝나는 날이다. 알았느냐?"

"예."

"그리고 네 아우들을 보살펴라. 우리 가문의 흥망은 네 어깨

위에 걸려 있다."

"아버님."

최우는 숨을 한 번 크게 몰아쉬더니 운명하고 말았다. 희대의 독재자 하나가 사라지고 있었다.

아비의 뒤를 이어 정권을 잡은 최우는 초기에는 아비가 빼앗은 전답과 재물을 모두 나라에 내놓거나 백성들에게 돌려주어 인심을 얻었다. 그는 아비가 이뤄놓은 독재의 아성을 어떻게 지켜야 하는가를 잘 알고 있어서 아주 착실하게 그 기반을 마련했다. 즉 자기 집안에 정방을 두고 관료들의 인사 행정과 사법권을 관장하는 기관을 만들고 도방을 설치하여 우수한 장졸을 선발하여 가내외를 지키게 하는 친위군을 창설했다.

그러나 최우는 그것만 가지고는 정권 유지에는 미흡한 조치라는 걸 알았다. 아비는 무武로 전권을 잡았고 무로 다스렸다. 그러나 최우는 무와 문文을 함께 써야 한다는 것을 깨달았다. 원래 무신들이 계속해서 정변을 일으킨 것은 문신들의 탄압 때문에 그 원한을 풀기 위해 정변을 일으켰던 것이다. 무신이 집권한 이후 최우에 이르기까지 문신들은 숨도 제대로 못 쉬고 있었다. 그러니 그들의 불만 또한 대단했다. 무서워서 밖으로 표출하지 못 할 뿐 안으로 응어리가 되어 굳고 있었다.

이것을 안 최우는 자기 집에 서방을 설치하여 나라의 석학碩學들과 명유名儒들을 불러들였다. 그들에게 학문 연구를 시키고 또 정치에도 관여하도록 한 것이었다. 이와 같은 일련의 현명한 정책으로 최씨 정권은 보다 든든한 반석 위에 섰다. 그러나 최우는 중기부터 실정失政을 하여 백성들의 원망을 듣기 시작했다.

이웃해 있는 백성의 집 수백 호를 강제로 헐게 하여 격구장擊毬場을 만들기도 하고 사병을 동원하여 사냥을 하기 위해 전답과 산야를 쑥밭으로 만들며 계집에게 탐닉했다. 게다가 그는 최씨 가문의 영원한 영광을 빌기 위해 국고를 털어 팔만대장경을 판각하도록 했다.

몽고의 침입 이후 나라의 운명이 풍전등화가 되었지만 그는 초인적인 의지력을 발휘했다. 당시의 국력으로는 몽고와 항전을 할 수 없을 정도였다. 그러나 최우는 왕성을 강화로 옮기면서까지 항복하지 않고 끝까지 항전을 주장했다. 그의 자주적인 투쟁 정신은 높이 사야 할 일이지만 그 투쟁 정신의 밑바닥에는 나라보다 가문의 안위가 더 큰 비중을 지니고 있었다. 몽고에 무릎을 꿇게 되면 나라는 몽고의 속방이 되고 그리 되면 허수아비 임금과 상대를 하지 최씨 가문과는 상대를 않게 된다, 따라서 정권을 내놓게 된다, 그리 되면 가문의 유세有勢는 끝난다, 바로 이것이 제일 무서웠던 것이다. 그래서 죽음에 임박하면서도 아들에게 끝까지 항전하는 것만이 나라와 가문을 지키는 것이라고 유언했던 것이다.

최우의 장례식은 왕의 붕어에 준할 만큼 국장으로 성대하게 치러졌다. 모든 백성은 복을 입었고 보름 동안이나 나라 안의 가무歌舞를 금했다. 최우가 죽고 나자 임금은 어전 회의를 주재하고 최우의 장자인 최항崔沆을 병부상서兵部尙書 겸 동북면병마사東北面兵馬使로 임명하여 아비의 직職을 세습하도록 했다.

"우리는 대체 어찌 될까요?"

세 사람이 모이자 강쇠가 궁금한 듯 물었다.

"글쎄다."

김통정도 앞으로 어떻게 될지 알 수 없는 듯 입맛만 다시고 있었다.

"최항이란 인물은 어떤 사람이오?"

거돌이 물었다. 그러자 김통정은 고개를 갸웃거렸다.

"글쎄다. 머리 깎고 중이 되어 목탁을 두드렸다고 하더라."

"옛? 중? 농담 마시오."

"정말이야. 송광사松廣寺 주지를 지냈다구."

"그래요? 왜 장자를 중으로 만들었지요?"

"공부를 하라고 보낸 것이겠지. 아비보다 더 교활하다고 하더라."

"그럼 앞으로 몽고에 대해서는 아버지처럼 강하게는 안 나오겠군요?"

"그렇게 보면 안 되지. 계속 집권을 강화하기 위해서는 강경책을 쓰겠지. 그러니까 최우가 죽고 그 아들이 대권을 쥐었다고 해서 달라지는 건 없을 거야."

세 사람이 얘기를 나누고 있을 때 문밖에 여자 그림자 하나가 어른거렸다.

"누구요?"

"저예요."

"아니?"

거돌이 흠칫 놀랐다. 찾아온 여자는 향림의 처소에 있는 몸종이었던 것이다.

"웬일이지?"

"마님께서 급한 일이니 오늘밤 잠깐 들르시래요."
"급한 일?"
거돌은 좀 켕기는지 어물어물하며 고개를 끄덕였다.
"뭐야?"
몸종이 돌아가자 김통정이 물었다.
"향림 아씨가 좀 보잔다구 하는데요."
"그래?"

김통정은 더 이상 묻지 않고 거돌의 눈치를 살폈다. 거돌은 어두운 얼굴이 되었다. 오라버니인 김방경에게 들킨 다음부터는 한 번도 그쪽에 얼씬거리지 않았던 것이다. 그런데 웬일일까.

거돌은 밤이 되기를 기다려 향림의 처소를 찾아갔다.
"방으로 들어가세요."

남 모르게 들어오는 것도 아니고 불러서 온 것이니 조금은 당당하게 찾을 수 있었다. 거돌은 향림의 방으로 들어갔다. 독특한 향기가 풍겨왔다. 방안으로 들어선 거돌은 깜짝 놀라고 말았다.
"아니?"

회색 가사 장삼을 입고 가슴에는 붉은 띠를 한 스님이 앉아 있었던 것이다. 머리에는 날아갈 듯한 송낙을 쓰고 있었다. 이쪽을 바라보는 게 아니라 벽 쪽을 보고 있어 얼굴은 보이지 않았지만 스님은 여승이었다.
"거기 앉으세요."

돌아보지 않고 여승이 말했다. 목소리만 듣고도 향림이라는 걸 알 수 있었다.
"마님."

거돌은 앉으며 놀란 소리로 물었다.

"이게 어찌 된 일입니까?"

"삭발을 했어요."

"예? 머리를?"

"마지막으로 만나고 싶어 부른 거예요. 난 내일 아침 감은사感 恩寺로 들어가게 돼요. 거기에 진양후(최우)의 위패가 모셔져 있기 때문이에요. 난 일생 동안 감은사에서 그분의 혼백을 지키며 살아야 해요."

"옛? 일생 동안이라구요?"

거돌은 지금 꿈을 꾸고 있는 게 아닌가 싶을 정도로 실감이 나지 않아 반문했다.

향림은 밤새도록 울었다. 주인이 죽으면 그 위패를 모신 절에서 그 혼백을 모시며 여생을 살아야 한다는 것은 중국의 제왕들이나 하는 습속이었다. 그런데도 최씨 문중에서는 그걸 그대로 따르고 있었다. 그러니까 망자亡者는 국왕과 비견된다는 걸 은연 중 시위하는 걸로 보면 된다.

거돌은 가슴이 아팠다. 저렇게 파르라니 머리를 깎고 가사 장삼을 입은 채 염주를 굴리며 여생을 최우의 혼백과 함께 지낸다는 것은 참을 수 없는 비극이었던 것이다. 하지만 거돌로서는 어찌해 볼 도리가 없었다.

"언제 떠나시지요?"

"내일 아침에 떠나요."

"내일? 그럼 한 번 가시면 밖으로는 나오시지 못하나요?"

"나올 수 없대요. 아니 이 꼴을 하고 나오면 뭐하겠어요?"

비로소 향림은 거돌을 바라보며 다시 눈물을 흘렸다. 전혀 딴 모습이었다. 송낙 밑에 나타난 얼굴은 슬픔의 그림자가 함초롬히 젖어 있어 깨끗하고 청초하게 보였다. 게다가 가슴은 언제나 풍만한 곡선을 이루도록 느슨하게 풀려 관능적이었으나 지금은 허리띠로 장삼 자락을 눌러 어디가 젖가슴인지 알 수 없을 정도였다. 그래선지 옆에 범접할 수 없을 정도의 깨끗함이 머무르고 있었다.

"그럼 저, 물러가겠습니다."

더듬듯이 거돌이 말했다.

"아니에요."

엉거주춤 일어나려 하자 향림이 그렇게 말하더니 얼굴을 붉혔다. 방안에는 이상한 침묵이 흘렀다.

다른 때 같으면 향림은 거돌의 손을 잡고 가슴을 태우면서 잠자리로 들어갔을 텐데 오늘은 차마 그러지 못하고 있었다. 이미 머리를 깎고 장삼을 입었다는 것이 자기도 모르게 속세와 인연을 끊은 것처럼 생각돼서일까. 향림은 밤새도록 그 자리에 앉아서 거돌을 가지 못하게 했다. 그 여자는 그러면서 마치 승무를 추는 여승과 같은 천의 표정을 지어 보였다.

긴 한삼 자락을 날리며 승무를 춘다. 청상의 나이로 속세를 떠나 불제자가 되었으니 얼마나 한恨이 많을까. 승무는 바로 한을 풀기 위한 춤이다. 두고 온 부모 형제, 사랑했던 남자, 아니 때때로 끓어오르는 육욕의 불길, 여승도 인간이기에 그 욕망을 떨쳐 낼 수는 없다. 아니 염불을 하면서 부처께 호소해 보지만 시원하게 떨쳐버릴 수가 없다. 그런 때는 몸부림을 치고 싶다. 덩그런 법당에서 혼자 몸부림을 치는 것이다. 때로는 급하게, 때로는 느슨하게 두 팔을 휘저으며, 때로는 미친 듯이 돌아가며 춤을 춘다. 모든 번뇌에서 초탈하기 위한 몸부림이다. 지쳐서 쓰러질 때까지 춤은 계속된다.

승무를 추는 여승의 그 표정이 바로 향림의 얼굴 위에 떠올라 밤새 변하며 갈등을 일으키고 있었다. 밤이 물러가자 거돌도 향림의 곁에서 떠나야만 했다. 언젠가 다시 만나자고 할 수도 없는 완전한 이별만 같아서 가슴이 엘 듯이 아팠다. 하지만 어쩔 수 없이 헤어져야만 했다.

이튿날 향림은 다른 빈첩들과 감은사로 떠나버렸고 거돌은 영내營內로 돌아와야 했다. 물론 한 달이 지나고 두 달이 지나감에 따라 거돌은 향림을 잊을 수가 있었다. 그건 새 아내가 생겼기 때문이었다. 그런 대로 강도江都에 들어온 뒤 거돌과 김통정, 강쇠는 안정을 찾은 셈이었다.

그러나 정국政局은 그렇지가 못했다. 몽고의 대대적인 제2차 정벌군이 밀려들자 조정에서는 화전양면으로 몽고군을 맞이했다. 몽고는 제2차 침략군을 보내면서 징왕입조徵王入朝의 조서를 발했다. 빨리 강화에서 출륙하고 항복을 하라는 위협이었다. 전국이 초토가 되자 맞아 싸울 힘은 없고 몽고군은 물리쳐야겠고 해서 결국 조정은 출륙 항복을 전제로 왕자인 안경공安慶公을 인질로 보냈다.

그래도 몽고군이 믿지 않자 조정은 강화도 대안에 궁궐을 짓기 시작했다. 그러니까 육지 쪽에 왕궁을 신축하는 것처럼 하여 출륙을 준비하는 것처럼 했던 것이다. 이에 몽고군은 철수했다. 그 뒤에도 몽고는 계속해서 출륙 항복을 재촉하는 사신을 보내왔다.

고려 조정은 진퇴양난의 막다른 골목에 처하게 됐다. 출륙을 하고 싶어도 정권을 잡은 최항이 강력하게 반대하고 있었기 때문이다. 최우가 죽으면 조정의 뜻대로 되는 줄 알았으나 그가 죽고 그의 아들인 최항이 대권을 쥐었는데도 그 역시 강경하게 항전을 고집했다.

이쯤 되니 몽고는 다시 최후 통첩을 보내왔다. 출륙 항복치 않으면 다시 한 번 대군을 발하여 응징하겠다는 것이었다. 조정은 어물어물할 수밖에 없었다. 시원한 응답이 없자 몽고는 대원수 차라대車羅大에게 대군을 주어 다시 한 번 물밀듯이 침략해 왔다.

1차, 2차 침략 때도 고려 전토의 피해는 말할 수 없었지만 가장 극심한 피해를 입은 것은 바로 이번의 3차 침입이었다. 몽고군이 지나가는 곳은 젖먹이 어린애조차도 남지 않았고 그 몇 달 사이에 몽고군에게 포로가 된 남녀는 20만 6천 8백여 명이었다. 몇 년 동안 계속된 병화에 기근까지 겹쳐 전토에는 해골이 들을 덮었고 몽고군에게 짓밟혀 죽는 것보다 굶어 죽는 자의 수가 더 많을 정도였다.

피난을 가면서도 아이들이 짐스럽고 먹일 양식이 없어 부모들은 나무에 매놓고 가거나 들에 버리고 갈 정도였다. 조정은 난민을 위해 비축했던 군량미를 풀어 쌀 한 되씩을 주었지만 그것마저 몇 달 뒤에는 비축미가 없어 구호 양곡의 방출이 중단되었다.

원성은 강화에 집중되었다. 하지만 부패하고 무능한 조정으로서는 손을 써볼 도리가 없었다. 손을 쓰려면 최항이 써야 하는데 그는 수수방관할 뿐 조정에 책임을 전가하는 데만 급급했다. 강도성江都城의 인심은 흉흉해지기 시작했다. 둘만 모여도 불안한 얼굴이 되어 소곤거리는 것이었다.

"이제야말로 끝장일세. 조정만 믿고 이 섬으로 들어왔지만 머지않아 우리도 굶어 죽고 말 거야."

"설마 그럴 리가 있나."

"설마가 뭔가? 벌써 이곳에도 굶어 죽은 시체가 나돌기 시작하는데, 이대로 며칠 더 가다간 큰일이 벌어질 걸세. 고관대작들이야 저희들 먹을 양식이 있지만 그걸 풀어내려고 하겠나? 별초군別抄軍도 식량이 없어 제대로 배급을 못 받아 불온한 움직임이 나돌고 있다던데."

그것은 사실이었다. 식량 배급이 제대로 안 되자 군사들은 불만을 터뜨리기 시작한 것이었다. 거돌이나 김통정, 강쇠도 일반 군사와 마찬가지로 굶주림에 직면해 있었다.

"형님, 아무래도 무슨 변이 날 것 같은데요?"

거돌이 심각한 얼굴로 말했다.

"변이라니? 뭐 들은 거 있어?"

"신의군에서 나온 소문인데 모레 저녁쯤 해서 신의군이 모여 항의를 한답니다."

"최항 장군한테 말인가?"

"예, 사실은 모든 책임을 최 장군에게 묻고 반란을 일으키려고 들 할 모양인데 신의군 별장 김인준金仁俊 장군이 나서서 위무를

반란叛亂　311

하고 그저 부당한 대우에 대해 항의만 하기로 했다 합니다."
"그래?"
김통정은 말없이 고개만 끄덕이고 있더니 한참만에야 무겁게 입을 열었다.
"사실은 나도 이틀 전에 연락을 받았다."
"연락이라니요? 어디서요?"
"김인준 장군이 보낸 배중손 대관."
"배 대관? 와서 뭐래요?"
"이건 극비니까 발설하지 말아라. 지금 김 장군이 거사를 준비하고 있다."
"옛? 거사라니요?"
"최항 장군을 몰아내자는 거야."
"옛?"
놀랄 수밖에 없었다. 그렇게 된다면 이건 정변이다. 정변을 모의하고 있다는 것이었다.
"나라를 이 지경으로 만들어놓은 원흉은 최씨 부자라는 거야. 이 기회에 그들을 몰아내고 임금이 만기 친정하도록 하자는 거야. 아무래도 혼자보다는 중지衆智가 모아지는 조정이 나라를 끌고 가야만 이 국난을 극복할 수 있다는 거지."
불만이 점증되다 보니 최항의 축출로까지 비약한 듯했다. 정변을 주도하는 김인준은 신의군의 별장이었다. 그는 원래 최우 가家의 사노私奴였다. 노비였던 그가 별장의 지위에까지 올라갔을 정도면 얼마나 영악한가 알 수 있었다. 그는 무예도 출중할 뿐 아니라 교활한 지략까지 겸하고 있었다.

그런 그가 몽고군에게 도망쳐 돌아온 자들만으로 만들어진 신의군을 정변의 근간으로 삼으려 하고 있다는 것이었다. 게다가 신의군만으로는 안 될 듯하니까 마별초의 대관인 김통정에게까지 은밀히 손을 뻗쳤던 것이다.

전국이 몽고병의 발굽 아래 초토가 되고 온 백성이 굶어 아사자가 길거리에 넘치는데도 권신 최항은 가내家內에 연등과 채붕彩棚을 설치하고 날마다 큰 잔치를 베풀었다. 이 잔치를 위해 동원되는 기녀가 수백 명에 이르고 팔방상八坊廂의 악공樂工만도 1천 3백 명이었으니 그 호사의 규모는 알 만했다.

그 때문에 최항은 강도 백성의 원망을 사고 있었다. 나라가 이 지경이 되고 백성이 도탄에 빠지게 된 것은 왕실이 무능해서가 아니라 최씨 3대에 걸친 무단 독재 때문이라고 생각하게 된 것이다. 이 불온한 기미를 재빨리 알아차린 사람이 신의군의 별장인 김인준이었다.

"어떠냐? 그의 모반에 우리가 참가를 해야 할지 안 해야 할지는 두 사람의 의견에 따르겠다."

김통정은 거돌과 강쇠에게 결론을 내려 달라는 투로 말했다.

"최 씨가 3대에 걸쳐 나라를 망쳐놨다는 건 사실입니다. 백성이면 누구나 그 자를 몰아내야 한다고 생각하고 있소."

거돌의 말이었다.

"내 생각으로는 이번 거사에 적극적으로 나서야 한다고 생각합니다."

"으음, 이유는? 앞에 말한 그것 때문인가?"

"그것도 이유는 되지만 그보다 더 큰 이유는 별장 김인준도 우리와 같은 노비 출신이라는 데 있소."

"음."

이해가 가는지 김통정은 고개를 끄덕였다.

"그 사람이 노비 출신이었다면 누구보다 우리 처지와 사정에 밝을 게 아니겠소? 거사가 성공하면 우리도 떳떳한 대접을 받고 살 수 있을 겁니다."

"거돌 형님 말이 맞소. 그런 분이라면 도와줍시다."

"도와주는 게 문제가 아니다. 목숨을 거는 모험이다. 실패하면 우리는 주살을 당한다. 우리만 죽는다면 괜찮지만 안식구들까지 당해."

거돌이 심각하게 말했다.

김통정은 결론이 내려지자 곧 대관 배중손과 함께 극비리에 김인준을 만났다.

"마별초를 동원할 수 있나?"

김인준이 김통정에게 말했다.

"할 수 있습니다."

김통정이 자신 있게 말했다. 그러자 김인준은 반가워하며 김통정의 손을 잡았다.

"마별초에서 거사에 협력해 준다면 성공한 거나 마찬가지일세. 구체적으로 얘기해 보게. 마별초에서 협력해 준다면 어떤 방법이 있겠는가?"

"마별초 안에는 지금 노비 출신만 약 50여 명이 됩니다. 그들을 움직이는 것은 간단합니다. 우리들과 같은 생각을 하고 있으니까요."

"같은 생각이라니 그게 무슨 말인가?"

"처지가 같은 김인준 장군이 나선다면 우리들이 겪고 있는 처지를 더 잘 이해하여 지금보다는 나은 대접을 받을 수 있지 않겠느냐 하는 것입니다."

"그건 당연하지. 비천한 곳에서 몸을 일으켜 장수까지 됐을 때는 별의별 쓰라린 고초를 다 겪었지. 가서 얘기하게. 노비가 무슨 상관인가! 노비라고 출세하지 못하란 법 없다구. 거사만 성공하면 난 그들 편에 서서 일을 하겠다고 하게."

"알겠습니다. 고맙습니다."

김통정은 고개를 숙였다. 과연 김인준은 시원시원한 인물이었다. 김통정의 전언을 듣고 난 거돌과 강쇠는 용기백배했다. 마별초 안의 노비 출신 50명은 개별적으로 만나 설득하기로 했다. 그들만 단합하면 나머지 6백여 명의 다른 초졸抄卒을 움직이는 것은 어렵지 않을 거라고 생각했던 것이다.

마침내 거사일이 다가왔다.

"신의군 천여 명이 최 장군 저택의 광장에서 항의를 벌이고 있다."

"삼별초의 대우를 잘해 주고 그동안 밀린 급여를 달라고 항의를 하고 있다."

그런 소식이 전해지자 마별초 군영 안에는 삽시간에 술렁이는 긴장감으로 가득 찼다. 김통정의 지시에 따라 거돌과 강쇠가 돌아다니며 우리도 이러고 있을 때가 아니라고 부추기도록 했다.

드디어 마별초 군영 앞에도 6백여 명이나 되는 군사들이 모여들었다. 어둠 속에 횃불이 모여들어 대낮처럼 주위를 밝히기 시작했다. 대관 이상의 장교들이 무슨 일인가 의아해하며 뛰어나왔다. 이윽고 횃불이 타고 있는 높은 단 위에 청색 전포를 입은 대관이 올라섰다. 늠름한 모습이었다.

"여러분!"

대관이 우렁찬 소리로 입을 열었다. 모든 군사들은 조용했다.

"흥분하지 마시고 내 얘기를 들어주시오. 지금 신의군은 모두 모여서 항의를 하고 있다고 합니다. 그들이 왜 항의를 하고 있는가 하는 것은 나보다 여러분이 잘 알고 계실 것입니다. 삼별초의 모든 군사는 벌써 3개월째 급여를 받지 못하고 있습니다. 그건 우리들을 책임지고 있는 최항 장군에게 책임이 있는 것입니다. 전곡창을 담당하는 전곡사는 장군의 명령이라며 모든 창고문을 닫았습니다. 배급할 식량이 없다는 것입니다. 그러면서도 그 댁의 잔치는 이틀에 한 번씩 열리고 잔치 때마다 30식의 쌀을 소비한다고 합니다. 조정의 고관들은 그 잔치에 식솔을 거느리고 갑니다."

"집어치우시오."

"당장 창고를 습격합시다."

군사들은 점차 흥분해서 함부로 떠들어댔다.

"조용히 하시오. 모든 일에는 절차가 있는 법이오. 우리도 우선 신의군과 합류해서 항의를 합시다. 그게 어떻겠소?"

"좋소! 갑시다!"

"그렇다면 모두 군마에 올라 그곳에 집합합시다."

김통정이 외치더니 단 아래로 내려왔다. 마른 섶에 불을 댕긴 것처럼 군사들은 당장 험악해지며 증오심을 불태웠다. 마별초의 군사들은 거의 군마를 가지고 있었다. 그들은 말에 오른 채 신의군이 항의하고 있는 광장으로 달려갔다.

"마별초가 온다!"

항의를 하기 위해 모여 있던 신의군 군사들이 모두 환호성을 지르며 맞이했다. 마별초가 합류하자 단 위에 젊은 장수 하나가 올라섰다. 그는 배중손이었다.

"마별초의 동지들이 왔기 때문에 한 번 더 말씀을 드리겠소. 신의군은 그동안의 부당한 대우를 개선해 달라고 별장인 김인준 장군을 통하여 여러 번 탄원을 했소. 어제까지 답변을 해준다고 했으나 응답이 없고 최 장군은 야별초 천 명을 동원하여 자택 경비를 굳게 하고 일언반구 한마디도 없습니다. 야별초 역시 우리와 똑같이 부당한 대우를 받으면서도 최 장군에게 충성을 하고 있습니다."

"그건 야별초의 지유 정만석 때문이오. 정만석은 부하 장졸에게 최 장군께 충성을 다하는 자는 응분의 상을 내리겠다고 약속했습니다."

군졸 중에서 누군가 그렇게 외치는 소리가 들렸다. 공기가 불순해지자 최항은 뒤늦게 자위책을 강구한 모양이었다.

"정만석을 죽이자!"

분노의 함성이 터져 올랐다. 그러자 여기저기 섞여 있던 거사 모의자들이 일제히 외쳤다.

"최항을 죽이자! 백성들의 원수인 최항을 죽여야 한다!"

군중 심리에 불을 붙인 것이었다. 1천 6백여 명의 장졸들은 이성을 잃게 되었다. 그때 김인준이 나타나 사자후를 토했다. 최씨 가문을 없애고 임금이 만기친정을 해야만 도탄에 빠진 나라를 구할 수 있다는 것이었다.
"최항을 죽여라!"
성난 군사들은 노도와 같이 최항의 저택으로 밀려들었다.
"불을 질러라!"
누구의 입에선지 그런 소리가 터져 나오자 집 안 곳곳으로 횃불이 날아 들어가기 시작했다. 저택을 경비하고 있던 야별초 군사와 신의군 군사가 맞닥뜨리자 혈전이 벌어졌다. 그러나 군마를 탄 마별초가 가세하자 야별초 군사는 당장 무력해지고 말았다. 벌건 불길이 하늘을 덮자 최항의 저택은 잿더미가 되기 시작했다.
이 정변으로 최항은 애첩과 함께 잠자리에 있다가 알몸인 채 주살을 당했고 많은 비첩들이 죽었다. 정변이 성공하자 김인준은 재빨리 최항의 모든 가산과 재물을 끌어내어 반군版軍에게 나눠주었다. 그것으로 인심을 얻어야 했던 것이다.
별장 김인준이 신의군과 마별초의 힘으로 반란에 성공하고 중서령中書令 최항이 반군에 의해 주살당하자 최충헌으로부터 4대 60년 최씨 전정專政은 종막을 고하고 말았다. 국왕보다 더 큰 권세를 휘둘러오던 최씨가 거꾸러진 것이다.
정변에 성공하자 김인준은 몇 사람의 막료들을 모아 사후 대책을 협의했다. 그 자리에는 김인준과 배중손, 김통정과 거돌 등도 함께 했다.
"일단 거사에 성공했으면 최씨 문중을 철저하게 응징해야 합니다."

배중손의 주장이었다. 그러나 김통정의 의견은 달랐다.

"성공했다고 해서 최씨 문중을 뿌리째 뽑아 보복하면 안 되오."

"그게 무슨 말이오?"

이해할 수 없다는 듯이 배중손이 김통정을 바라보았다.

"4대 60년 동안 문무의 대권을 휘어잡은 것이 최씨 문중이오. 문제는 최씨 가문이 아니라 그들에게 붙어서 지금까지 아부곡세 하던 무리들입니다. 그들은 독초처럼 여기저기 뿌리를 박고 있습니다. 그들까지 일거에 휩쓸어버리지 못한다면 온건책을 써야 합니다."

"그 온건책이란 뭘 말하는 것인가?"

김인준이 김통정에게 물었다.

"최항에게는 적자嫡子가 없습니다. 하지만 서자는 많습니다. 서자 중의 하나를 내세우고 그들의 파당을 서서히 제거해 나가며 임금에게 왕권을 돌려드리자는 것입니다."

"흐음."

김인준이 고개를 끄덕이자 배중손은 다시 반대했다.

"안 됩니다. 그리 되면 다시 백년하청이 됩니다. 잘못하면 거사의 의의조차 없어지게 됩니다. 다시 세습하는 최항의 아들을 둘러싸는 무리들이 권세를 잡고 발호하면 최우, 최항의 시대나 똑같이 되고 맙니다."

그의 말에도 일리는 있었다. 그러나 김인준은 온건책을 택했다. 임금에게 왕권을 넘겨주고 최씨 붕당을 서서히 제거하는 대신 최항의 후계자로는 서자 중에서도 변변치 못한 자로 내세우겠다는 것이었다. 드디어 김인준은 최항의 집 안에 있던 정방을 철폐해 버리고 최항의 후계자를 내세웠다. 후계자가 된 인물은 나이 서른 살의 최의崔誼였다.

최의는 아비 최항의 노비였던 계집과 상종하여 낳은 아들이었다. 그 아들을 구태여 내세운 것은 몇 가지 뜻이 있었다. 최의는 그늘에서만 자라난 얼간이였다. 허수아비로 내세우기에는 안성맞춤의 인물이었다. 게다가 그는 어머니가 노비 출신이었다. 그를 내세움으로 해서 최씨 가문과 거사에 성공한 김인준의 출신(노비)을 대등하게 만들어놓자는 속셈이었다.

어쨌든 형식적이나마 왕권은 임금에게 넘어가고 60년 만에 왕정이 복고되었다. 그러나 김인준도 야심만만한 인물이었다. 비록 최항의 노비였지만 그는 소년 시절부터 권좌에 오른 자가 할 짓 못할 짓 다 해가며 영화의 극치를 누리던 것을 다 지켜보고 자랐다. 권세라는 것이 인간을 얼마나 위대하게 만드는 것인지 너무도 잘 알고 있었던 것이다. 그래서 그는 정방만을 폐지하고 도방, 서방 등은 그냥 최의의 저택에 놔두었다. 그리고 그는 최의의 옆방에 기거하며 삼별초군을 손아귀에 넣었다.

"이리를 키운 것 같습니다. 김인준은 최우, 최항과 똑같은 짓을 하고 있습니다. 좌우에 삼별초로 호위토록 하고 무장을 한 채 대궐을 마음대로 활보하고 있소. 그 역시 최항과 같은 야심을 가지고 있습니다."

세 사람이 오랜만에 모이자 거돌이 그렇게 불평했다. 그러나 김통정은 김인준을 비호했다.

"아직 모른다. 좀 더 두고 보자."

"두고 봤자입니다. 갈수록 후회할 것 같습니다. 벌써 권세를 잡은 지 두 달이 됐지만 우리와의 약속이 하나라도 이행됐습니까?"

"허허, 승급을 하지 않았느냐? 너와 강쇠는 대관隊官이 됐고."

이번 전공으로 거돌과 강쇠는 장교가 되었고 김통정은 말단이긴 하나 고급 장교로 진급했다.

"대관이 탐나서 일어선 것은 아니잖소? 모든 노비들의 처우를 개선한다 해놓고 그 약속은 식언을 해버렸소. 부모가 노비라고 해서 자식까지 노비가 될 수는 없지 않소? 노비의 신분은 당대에서 끝나야 합니다. 왜 그 하찮은 약속 하나 이행하지 못하느냐 이겁니다. 그리고 삼별초의 모든 초군들에 대한 대우도 그저 그렇습니다."

"그건 거돌 형님의 말이 맞습니다. 김 장군은 분명 밀린 급료와 양곡을 다 주겠다고 약속해 놓고 겨우 한 달분밖에는 주지 않았습니다."

"그것도 차차 개선되겠지."

천만에요. 최항의 가산을 몰수할 때 그 집 창고에서 나온 볏섬만도 1만 석이 넘었습니다. 그걸 차단하여 압수하고 내주질 않는 겁니다. 그래서 지금 삼별초 안에는 불평 불만이 그치지를 않고 있습니다."

그러나 김통정은 지금을 출발기로 보고 좀더 시간을 두고 기다려보자고 설득했다.

이튿날 거돌은 강화江華 서해안의 정탐 수색 임무를 띠고 열 명의 마별초 부하들을 거느리고 나가게 되었다. 몽고병은 해전에 약해서 수도를 강화도로 옮겼지만 만일의 사태에 대비하기 위해 언제나 해안 경비를 철저히 하고 있었다. 거돌은 초소들을 돌며 이상 없음을 확인하고 궁성이 있는 쪽으로 말머리를 돌렸다.

"저기 숲 속에 있는 절은 무슨 절이냐?"

거돌이 옆에 따르는 부하에게 물었다.

"감은사感恩寺입니다."

"감은사?"

거돌은 흠칫했다. 감은사라는 절 이름은 익히 들어 잘 알고 있었지만 그 숲 속에 있는 절인 줄은 몰랐던 것이다. 거돌은 무슨 생각이 들었는지 부하들을 돌아보며 명을 내렸다.

"먼저 군영으로 돌아가라. 나는 감은사를 다녀가겠다."

"알겠습니다."

부하들이 떠나자 거돌은 감은사 경내로 들어갔다. 단풍으로 둘러싸인 경내는 평화로움이 깃들어 있었다. 거돌의 가슴은 새삼스럽게 뛰고 있었다. 까맣게 잊고 있던 기억들이 떠오르고 있었던 것이다. 가사 장삼에 붉은 띠를 두르고 파르라니 깎은 머리에 송낙을 쓰고 눈물을 흘리던 향림의 얼굴이 떠올랐던 것이다.

거돌은 숲 속에 말을 매고 경내 후원으로 아무도 모르게 숨어 들어갔다. 이곳에는 최우의 혼백이 모셔져 있었고 그의 애첩들이 여승이 되어 혼백을 모시고 있었던 것이다. 그는 법당 뒤로 접근해 갔다. 목탁 소리가 은은히 들려오고 있었다. 거돌은 뒷문 틈으로 안을 들여다보았다.

"아."

그는 신음 소리를 올렸다. 여승 두 사람이 앉아서 녹경을 하고 있었는데 그중 하나가 향림이었던 것이다. 거돌은 어떡할까 망설였다. 문을 열고 들어갈 수도 있었지만 두 사람이 있으니 그럴 수도 없고 그중의 하나가 일어나기만을 기다리는 수밖에 없었다.

한동안 기다리자 독경을 끝낸 향림이 일어서는 게 보였다. 회색 장삼에 얼굴은 초췌해 보였지만 아름다움은 아직도 그대로 남아 있었다. 향림이 법당 문을 열고 막 돌계단을 내려올 때였다. 은행나무 뒤에 몸을 숨기고 있던 거돌이 갑자기 다가들어 향림의 팔목을 잡아끌었다.

"에그머니나! 누구요?"

"……."

"어마?"

끌고 있는 사내의 얼굴을 바라본 향림은 또 한 번 깜짝 놀랐다.

"거돌!"

"마님."

"어떻게 이렇게 왔어요?"

"예. 문득 보고 싶어서 왔습니다."

"아……."

향림은 반가움에 어쩔 줄 모르다가 자기가 서 있는 곳이 법당 앞이라는 걸 알았는지 숲 속으로 가자고 했다.

"발각이 되면 큰일 나요."

"그게 무슨 말이오?"

"관병이 지키고 있어요. 어떤 남자라도 이곳엔 출입하지 못하게 하고 있어요."

반란叛亂 323

"그건 몰랐군요."
"왜 그동안 한 번도 찾아주지 않았지요?"
"기다렸습니까?"
"……."

거돌의 손을 잡은 향림은 말없이 고개를 끄덕였다. 불제자가 되었지만 향림은 아직도 옛날과 다름이 없었다.

"숲 속으로 가서 얘길 나눕시다. 그게 좋겠습니다."

다시 법당으로 가려는 향림의 손을 잡으며 거돌이 간절하게 말했다. 향림은 마지못해 거돌을 따라 무수리나무가 들어찬 숲 속으로 들어갔다.

"그동안 어떻게 지내셨습니까?"
"……."

향림은 말을 잇지 못하고 눈물만 주르르 흘리고 있었다.

"죽지 못해 살았어요."

겨우 그 말을 하며 외면했다. 파랗게 깎은 맨머리가 애처롭게 보였다. 향림은 떠듬떠듬 말을 이었다.

"노력했어요. 세상 욕정 다 끊고 불제자가 되려고 무진 애를 썼어요. 하지만 그게 안 돼요. 미칠 것만 같았어요. 정실 부인도 아닌데 왜 내가 절에서 머리를 깎고 여승이 되어 일생 동안 그분의 혼백을 지키며 늙어야 한단 말예요?"

"당연하신 말씀입니다. 그렇게 생각하셨다면 왜 환속하지 않으셨습니까? 오라버님께 말씀만 드려도 될 텐데요?"

"그 뜻을 오라버니에게 전했지요. 하지만 오라버니는 꼼짝 말고 여기 있으란 거예요. 절에서 나오면 가문의 수치래요."

향림의 오라버니인 김방경은 틀림없이 그렇게 말하고도 남을 만한 사람이었다. 그는 출세에 대해서 아주 민감한 사람이었기 때문이다.

"그래 어떡하시겠습니까?"

"절 구해주세요. 구해줄 수 있는 사람은 당신밖에 없어요."

"제 힘으론……."

"알아요. 이 절을 나가면 강화도 안에서는 살 수 없어요. 곧 발각이 되겠지요. 난 육지로 들어가고 싶어요. 여길 빠져 나가면 육지에 나가 숨어 살겠어요. 강화 섬을 빠져 나가게만 해주세요."

난처한 듯 거돌은 생각에 잠겼다. 어찌해야 할까. 안 된다고 하면 크게 실망할 것 같다. 여자란 두 가지 종류가 있는 듯하다. 하나는 주어진 운명을 받아들여 순종하고 체념하는 여자, 또 하나는 그 운명을 자기 나름대로 극복하고 바꿔보려 하는 적극적인 여자, 이 여자는 후자에 속하는 것 같다.

지아비가 죽었으니 여승이 되어 일생 염불이나 하며 지아비의 명복을 빌어야 한다면 대부분의 여자는 그대로 따를 텐데 이 여자는 달랐다.

'하기야 정실도 아니고 애첩에 불과했으니 그럴 수밖에 없겠지.'

"어떡하겠어요? 날 구해주겠어요? 난 오래 견디지 못할 것 같아요. 요즘은 가끔 죽어버리고 싶은 충동을 느끼곤 해요."

"그렇게 마음을 약하게 가져서야 됩니까? 염려 마십시오. 배를 하나 마련해 보겠습니다. 빠져 나가시도록 도와드리겠습니다."

향림은 거돌의 목을 껴안으며 볼을 대었다.

"자리를 잡고 숨어 살면 한 달에 한 번쯤 절 보러 오세요. 그럴 수 있죠?"

"전 군영에 매인 몸이라 그럴 수 있을지 모르겠습니다만 애써 볼게요."

"고마워요."

향림은 몇 번이나 고마워하면서 어쩔 줄을 몰라 했다.

"자, 가십시다. 기다리겠습니다."

"조금만 더 있다 가요."

"일어나십시오."

"예……. 그리고요. 소식이 있으면 저쪽에 보이는 선방이 있지요? 그게 내 방이니까 그 쪽으로 와서 창문을 두드리면 돼요. 알았죠?"

"예."

거돌은 향림과 헤어져 다시 군영으로 돌아왔다.

'잊어버리고 있었으면 아예 잊어버리고 말걸. 왜 또 찾아가서 평지풍파를 일으키려 하는지 알 수 없구나.'

후회가 되었지만 일은 벌어졌으니 어쩔 수 없는 일이었다. 거돌은 아무에게도 얘기 못한 채 배편을 구하려고 알아보았다. 고기잡이배에 태우면 제일 안전할 것 같았다.

며칠 후 거돌은 선비船費를 주기로 하고 고깃배 한 척을 맞춰 놓게 되었다.

"육지에다가만 내려주면 되는 거지요?"

"물론이오."

그렇다면 건네주겠다고 어부가 승낙했다. 그날 밤으로 거돌은 감은사로 가서 선방의 창가에 붙어 지키고 있다가 향림과 만나는 데 성공했다.

"내일 저녁 달이 뜰 때쯤 갯가로 나오시오. 감은사 뒷산을 넘으면 용머리 갯가가 있소. 그쪽으로 오면 됩니다."

"알았어요. 고마워요. 임자도 그쪽으로 나오는 거지요?"

"예."

긴장한 얼굴로 향림은 고개를 끄덕였다. 거돌은 준비를 시켜 놓은 뒤에 군영으로 돌아왔다.

아침이 되자 김통정과 강쇠, 거돌은 중서령中書令 김인준의 호출을 받았다. 정변이 성공하자 김인준은 최항의 뒤를 이어 대권을 잡고 있었던 것이다.

"웬일일까요?"

강쇠가 궁금한지 김통정에게 물었다.

"글쎄다. 나도 모르겠는데……."

세 사람은 도방 안으로 들어가 김인준 앞에 섰다. 호화찬란한 관복을 입고 금장식이 요란한 패검을 늘여 차 한껏 위엄을 갖춘 김인준은 세 사람을 만나자 안석에 앉으라 했다.

"아주 급한 일이 있어 불렀네. 세 사람이 함께 가줘야겠어."

"예? 어딜요?"

알 수 없다는 듯이 김통정이 되물었다.

"원경元京에 갔다오게."

"옛? 원나라에요?"

"세 사람 이외에도 신의군에서 일곱 명이 선발되었다. 인솔자는 김통정이다."

"열 명을 데리고 원나라에 들어가서 어떡하는 겁니까?"

"그건 지금부터 내가 지시한다. 열 사람은 중대한 임무를 띠고 가게 된다. 중대한 임무란 다름이 아니다. 홍복원洪福源을 모살하는 것이다."

"옛? 홍복원을?"

세 사람은 동시에 깜짝 놀랐다. 홍복원이라는 자를 죽이라는 것이었다. 사람을 죽이라는 것에 놀란 게 아니라 김인준의 입에서 너무도 간단하게 밀명이 떨어진 것에 놀란 것이었다.

홍복원은 서경(西京:평양)의 도령都令이었던 홍대순洪大純의 아들이었다. 부자가 모두 고려를 배신하고 몽고에 항복한 자들이었다. 몽고의 1차 침구 때 복원의 아비 대순은 몽고가 강동성江東城을 침략하자 자진 항복했고 당시 서경낭장西京郎將이었던 홍복원은 몽고의 2차 침구 때 10여 성을 몽장 살례탑에게 바치고 항복했다. 그 뒤 또 고려 북변을 몽고에 내주려고 반란을 일으켰다가 조정의 관군에게 쫓겨 몽고로 도주했다.

몽고에 들어간 홍복원은 몽고 조정으로부터 동경총관東京摠管이란 벼슬을 받고 일신의 영화를 누리게 되었다. 그것으로 그치면 되는 걸 홍복원은 그 뒤로도 몽고의 침략이 있을 때마다 길잡이로 나서서 몽고군의 앞잡이로 활약했다. 고려 지리에 익숙하지 못한 몽고군은 고전을 하는 것이 마땅했으나 군사적인 요충지와 지름길에 너무도 소상하여 항상 관군보다 한 발 앞서 공격을 하여 그때마다 싸워보지도 못하고 패하곤 했다. 그것은 다 홍복원이 있었기 때문이었다.

"홍복원이 살아 있으면 그만큼 우리는 전란에 시달리게 되고 옴짝달싹 못하게 된다. 뒤늦은 감이 있지만 지금이라도 그자를 없애야 한다는 것이 내 생각이다. 그래서 열 명의 출중한 용사들을 선발한 것이다. 열 명 모두 몽고군에서 그들과 함께 싸우다가 도망쳐온 몽군 출신이다. 그래서 누구보다 몽고군의 속사정을 잘 알고 있다. 지금 홍복원은 원경의 자기 저택에 있다. 저택으로 숨어 들어가 감쪽같이 해치우면 되는 것이다."

청천벽력과 같은 명령이었다. 세 사람은 어안이 벙벙하여 김인준을 바라보다가 이윽고 김통정이 입을 열었다.

"명령이니 갈 수밖에 없지만 무슨 방법으로 몽고에 잠입하지요? 해로로 가나요? 육로로 가나요?"

"해로로 간다. 배를 타고 동래東萊로 가면 된다. 그곳으로 가는 배는 준비돼 있으니 떠나기만 하면 된다."

"언제쯤 떠납니까?"

"오늘 저녁때 출발하라."

"옛? 오늘?"

"구체적인 것은 떠날 때 말해 주겠다. 지금 돌아가서 출발 채비를 갖추도록!"

세 사람은 서로의 얼굴을 마주 보았다. 뭐가 어찌 돌아가는지 알 수가 없었던 것이다. 너무 졸지에 내려진 밀명이었다. 바로 내일 아침에 출발하라는 게 아닌가.

"이거 정말 너무합니다."

거돌이 어처구니없어하자 강쇠도 마찬가지라는 표정을 지었다.

"연경燕京을 다녀오는 것도 아니고 그곳에 가서 사람을 해치우고 오는 중대사를 결정하고도 이웃집 심부름 보내듯 다녀오라니 세상 천지 그런 법이 어디 있습니까?"

그러자 김통정이 침통하게 말했다.

"어쩔 수 없잖느냐? 우리한테야 너무나 급작스럽고 어처구니없는 일이지만 그걸 결정하기까지는 얼마나 오랫동안 생각했겠느냐? 명에 따를 수밖에 없다. 더구나 나라를 위해 가는 일이다. 홍복원 하나를 제거함으로 해서 우리나라에 끼치는 해독의 근본을 없앨 수 있다는 생각은 정말 잘한 일이다. 그자 때문에 얼마나 많은 백성이 전란으로 희생되었고 재물을 약탈당했느냐? 그런 자는 한시 바삐 없어져야 한다."

"하지만."

"하지만이라니?"

거돌은 뒷말을 잇지 못하고 우물쭈물했다. 내일 저녁, 달이 뜰 때쯤 해서 향림을 육지로 탈출시켜줘야 한다. 그렇게 약속을 했는데 그 약속을 이행하지 못하고 아침이 되면 떠나야 한다는 것이었다. 그러나 그걸 김통정과 강쇠 앞에서 털어놓을 수도 없던 것이다.

"무슨 일이야?"

"아닙니다."

"내일 아침에 출발하는 것으로 하자."

"……예."

그날 밤 거돌은 혼자서 감은사로 향림을 찾아갔다.

"네? 연경에요?"

"음, 아주 중대한 소임을 가지고 갑니다. 군軍의 일은 언제나

예측할 수가 없어요."

"그럼 난 어떡하지요?"

"평주平州에 가 계십시오. 송도로 가는 읍내 길목 어귀에 객주집이 하나 있습니다. 지금은 불타 없어졌을지 모르나 객주집 앞에 돌다리가 있습니다. 매월 보름날이나 그믐날 저녁이면 거기 나와서 기다리십시오. 그럼 연경에 다녀와서 만나게 될 것입니다."

향림은 그 말을 듣자 눈물을 반짝였다.

"너무 염려 마십시오. 내일 저녁에 약속된 포구로 나가면 노인 어부가 기다리고 있을 것입니다. 얘기는 미리 다 된 것이니 그 어선만 타시면 됩니다. 자, 그럼 가보겠습니다."

"아니에요. 아니에요. 조금만 더 있다 가세요."

향림은 안타까운지 거돌의 손을 잡으며 가슴에 얼굴을 묻었다.

"마님, 이럴 틈이 없습니다. 연경에 가는 일을 상론하는데 저도 참예를 해야 합니다. 자, 나중에 봅시다."

거돌은 품속에 들어온 향림의 얼굴을 두 손으로 쓰다듬어주며 자리에서 일어났다.

"몸 성히 다녀오세요."

"예, 마님께서도 몸조심하십시오."

그곳을 떠나고 싶지 않았지만 거돌은 재빨리 군영으로 돌아왔다.

"어딜 갔다 오느냐?"

기다리고 있었던지 김통정이 힐난했다.

"미안합니다."

"빨리 들어오라고 성화가 빗발친다. 자, 어서 가자."

세 사람은 신의군의 군영으로 들어갔다. 그곳에는 배중손 대관이 기다리고 있었다.

"어서 오시오."

배중손이 안내한 곳은 군영의 회의장이었다. 그곳에는 벌써 세 사람 외에도 함께 연경으로 떠날 나머지 장한壯漢 네 사람이 기다리고 있었다. 배중손은 이윽고 40여 세 나 보이는 귀공자 한 사람을 데리고 들어와 상석에 앉혔다.

"인사 올리시오."

모든 사람들에게 명을 내렸다. 일곱 명의 장한들이 군례를 드렸다.

"이분은 영녕공永寧公이십니다."

배중손이 소개했다. 영녕공 순은 왕제王弟였다.

"이번 거사는 공께서 발의하신 것이니 당부의 말씀을 들으시오."

앉아 있는 사람들은 비로소 홍복원의 제거 계획이 중서령 김인준의 계책이 아니고 임금의 아우인 영녕공의 발의라는 걸 알게 되었다.

"알다시피 홍복원은 국적國賊이다. 그런 자는 하루라도 빨리 없어져야만 국난이 일찍 평정된다. 국난의 책동자인 홍복원을 제거하는 대임은 여러분의 어깨에 걸려 있다. 이번 일만 성사시킨다면 조의에 붙이고 상감께 상주하여 공에 따라 행상行賞을 후히 할 것이다. 제거 방도에 대해서는 이미 몇 가지 짜여진 것이 있으니 그 일은 여기 있는 대관 배중손과 상론하기 바란다."

영녕공은 말을 마치자 밖으로 나가버렸다. 배중손은 약간 긴장한 채 거사 방법을 하달했다.

"육로를 택하면 몽군 점거 지역을 통과해야 하므로 위험 부담이 많다고 생각됩니다. 그래서 해로를 택했습니다. 여러분은 장사꾼으로 변복을 하고 우리나라 상선을 타면 됩니다. 한꺼번에 행동하면 발각되기 쉬우니까 2~3명, 혹은 혼자서 가는 체해야 합니다. 내일 아침 우리 상선이 동래(登州)로 출항합니다. 그 배를 타고 가면 됩니다. 동래에 당도하면 몽고군의 역소(役所)에서 조사가 있을 겁니다. 역소에서 조사를 당하면 안 되니까 배가 동래에 닿기 전 근해에서 작은 거룻배로 옮겨 타고 누구도 모르게 해안에 상륙해야 합니다. 여기까지 모르는 게 있으면 물어보십시오."

그러자 강쇠가 물었다.

"그럼 우리 상선은 우리가 밀명을 띠고 간다는 걸 압니까?"

"그렇습니다. 밀명의 내용은 모르지만 여러분을 돕기로 돼 있습니다. 그래서 거룻배 한 척도 미리 준비해서 가져가는 겁니다. 그 배로 옮겨 타고 다른 해안에 상륙하면 곧 각기 해산하여 연경으로 가야 됩니다."

"연경까지는 어떻게 가지요?"

"걸어서 갈 수도 있고 배를 타고 가도 됩니다."

"배라니요?"

"일찍이 수(隋) 양제(帝)는 연경 지방에서 장강(양자강)이 시작되는 회계(남경 근처) 땅에 이르는 천리 운하(運河)를 뚫어놓았습니다. 바로 그 운하를 배를 타고 거슬러 올라가는 것입니다. 도보로 간다면 적어도 20일쯤 걸리는 거리지만 배를 타면 3일이면 갑니다."

"그건 알겠소. 연경에 당도하면 어떡하지요?"
"예, 기다리십시오."
배중손은 일곱 장의 종이를 나눠주었다. 그 종이에는 똑같은 그림이 그려져 있었다.
"그림을 보시오. 그것이 연경의 약도이고 붉은 점을 찍은 곳이 홍복원이 살고 있는 저택입니다. 저택 주위에 가면 동방루東方樓라고 하는 주루가 있습니다. 굉장히 큰 술집입니다. 거기서 모여 객점에 숙소를 정하고 제거 계획을 세우면 됩니다. 홍복원의 제거 계획은 여러분의 인솔자요 대장인 김통정 대감께서 치밀하게 세울 것입니다. 출발부터 여러분은 김 대장의 명에 따라 움직여야 합니다. 물어보실 말씀이 있으면 해주십시오."
모두 잠자코 있었다. 그러자 누군가 한마디 했다.
"노자는 자담인가요?"
"아닙니다. 국고에서 충당합니다. 충분한 노자가 지급될 것입니다."
그로써 지시 사항 전달과 소임에 대한 얘기는 끝이 났다. 일곱 사람은 각기 집으로 갔다가 이튿날 아침에 다시 신의군 군영에 모이기로 했다. 집으로 돌아온 세 사람은 어느 누구도 오랫동안 집을 비우게 됐다는 얘기를 하지 않았다. 그러기로 약속했던 것이다.
이른 아침에 신의군 군영 앞으로 가보니 벌써 사람들이 다 모여 있었다. 배중손은 노자와 의복을 나눠주었다. 의복은 각 세 벌씩인데 모두 상인 복장이었다. 그것을 갈아입자 김통정이 지시했다.

"다시 돌아올 수 없는 곳으로 간다고 생각하라. 목숨을 건 모험이다. 나라와 백성을 위해 죽겠다는 일념으로 대사에 임해주기 바란다. 각자 해산했다가 잠시 후 강화 선창에서 만나기로 한다. 동래로 떠나는 상선이 대기하고 있을 것이다. 선부船夫에게 말하지 않고 승선해도 된다. 승선한 뒤에 배가 출항하면 갑판에 모여라. 다음 지시는 그때 하겠다."

사내들은 군영에서 헤어졌다. 사전 준비가 치밀하다는 데 뽑힌 장정들은 혀를 찼다. 얼마가 지나자 거돌과 강쇠, 김통정은 상선 있는 곳에 이르렀다. 사다리를 타고 배에 올랐다.

거돌, 강쇠를 포함한 김통정 일행과 뽑힌 자객 네 명 등 모두 일곱 명의 사내들은 동래東萊로 떠나는 고려 상선을 타게 되었다. 날씨는 쾌청했고 바다는 잔잔했다. 그로부터 열흘 만에 상선은 동래 근해에 무사히 도착했다.

"여기서 거룻배로 옮겨 타셔야 합니다."

선장이 책임자인 김통정에게 일깨워주었다. 갑판에서 바라보니 바다는 이미 노을 속에 잠겨 있었고 어둠이 다가들고 있었다. 좀 멀리 떨어진 쪽에 육지가 보였다.

"어느 지점으로 상륙하면 발각이 안 될까?"

김통정이 선장에게 물었다.

"이곳에서 좌편으로 한참 돌아가야만 동래 시가가 나타납니다. 그러니까 여기서 보이는 저 숲이 있는 쪽으로 상륙하면 안전할 것입니다."

"알았네. 그럼 거룻배를 내려주게."

선장은 곧 사공들을 시켜 거룻배를 내리도록 했다. 거룻배는 열 명이 탈 수 있는 가죽으로 입힌 통배였다.
"배에 타도록 하라."
일곱 명의 사내들은 배 안에 들어갔다.
"저기 보이는 숲 쪽으로 배를 저어라."
김통정이 명하자 여섯 명의 사내들은 재빠르게 노를 저었다. 거룻배는 가볍게, 쏜살같이 모선을 떠났다. 얼마 되지 않아 거룻배는 알 수 없는 모래사장에 닿았다.
"빨리 배를 끌어다가 숲 속에 감춰라. 그리고 표시를 해둬."
"예."
숲 속에 거룻배가 숨겨졌다. 나뭇가지를 쳐서 잘 숨겨놓은 뒤 사내들을 모이도록 한 김통정은 가지고 있던 전대를 풀어 각기 노자를 나눠주었다.
"이 돈이면 충분할 것이다. 여기서 헤어지기로 한다. 각기 흩어졌다가 제남濟南에서 모이기로 한다. 여기 표시되어 있는 지장도地掌圖를 봐라. 제남 시가에 들어가면 성청 맞은편에 제남에서 제일 큰 주루酒樓가 있다. 그 주루 아래층에서 만나기로 한다."
"언제쯤 말입니까?"
사내 중의 하나가 묻는다.
"앞으로 정확히 나흘 후 밤이다. 더 물어볼 것 없나?"
"예."
사내들은 변복을 한 채 각자 그곳에서 헤어지기로 했다. 얼마 후 김통정 주위에는 거돌과 강쇠가 따라오고 있었다.
"도대체가 하도 넓은 땅이라 어디가 어딘지 알 수가 없군요. 대체 제남이란 곳을 어느 쪽으로 가야 하는 거지요?"

강쇠가 김통정에게 물었다.
"모르면 물어서 가야지."
"우린 이제 어떻게 되는 거지요?"
"글쎄다."
"아니 인솔하는 책임자가 모르면 누가 압니까?"
"여하튼 지금은 그저 연경까지 무사히 들어가는 게 목적이다. 어떻게 해야 무사히 들어갈 수 있느냐 그것만 생각하면 된다. 뒷일은 연경에 당도해서 상의해 보기로 하자."
"나아 참, 이거야말로 구름 잡기가 아니고 뭐요?"
강쇠가 투덜거렸다. 실상 홍복원을 암살해야 한다는 밀명을 받기는 했지만 구체적인 방법은 세우지 못한 채 떠나온 것만은 분명했다. 그건 인솔자인 김통정조차 그저 부딪치면서 계획을 세워가자는 말에서 드러난 셈이었다.
세 사람이 묻고 물어서 산동山東 제일의 도성이라는 제남 땅에 이른 것은 약속한 날의 저녁때였다.
"저게 성청인 모양인데 주루가 안 보이지 않소?"
"저기 보이는 거각이 주루 같아 뵌다. 그쪽으로 가보자."
아닌 게 아니라 그들이 찾고 있던 주루였다. 세 사람은 술과 고기를 시키고 안석에 앉았다. 대처의 주루답게 호화롭기 이를 데 없는 곳이었다. 이곳에서 술을 마시는 자들도 모두 부잣집 아들이거나 행세하는 집안의 자식들인지 비단옷을 입고 흥청거리고 있었다.
"허, 눈알이 핑핑 돌 지경이오. 저 계집 좀 보시오."
강쇠가 군침을 꿀꺽 넘기며 손가락질을 했다. 가무잡잡한 사타구니까지 내보인 채 사내의 품에 안겨 두 발을 흔들어가며 술을 마시고 있는 작부가 있었다. 벌린 두 발을 흔드는 바람에 보여서는 안 될 곳까지 아슬아슬하게 그 가장자리가 드러났다가 감춰지곤 하는 것이었다.
"허허, 쳐다보지 말아라."
김통정이 강쇠의 옆구리를 찔벅였다.
"그러는 형님은 왜 화롯가에 붙은 엿처럼 허벅다리 안쪽에서 눈을 못 떼시오?"
"허허, 자꾸 쳐다보니까 사내가 이쪽을 노려보잖아? 이봐, 강쇠!"
"예?"
"위아래층을 다 찾아봐. 우리보다 먼저 도착한 동료들이 있을 테니까."
"알았습니다."
"허허, 닳겠다. 계집 사타구니 처음 봤냐? 응? 어서 알아보라니까."
"예, 예."
말은 하면서도 강쇠는 시선을 떼기가 아쉬운 듯 마른침을 꿀꺽 넘기고 어물어물 일어섰다.
"빨리 가, 임마."
거돌이 엉덩이를 때리자 강쇠가 불평했다.
"떠그랄, 형님이 찾아보면 안 될 일이라도 있수? 꼭 막내만 시키게."
"빨리 찾아봐."

"알았어요."

강쇠가 자리를 떠나서 아래층을 휘휘 둘러보고 다락으로 된 위층의 층계를 밟아 올라갔다.

"형님, 모두 우리만 쳐다봅니다그려?"

어깨를 움츠리며 거돌이 말하자 김통정이 웃었다.

"그럴 수밖에. 모두 귀공자들만 앉아서 술을 마시고 있는데 거렁뱅이 같은 우리들이 들어와 있으니 이상해 보일밖에."

아닌 게 아니라 세 사람 행색이 제일 초라했고 마치 촌닭이 관청에 나온 것처럼 보였다. 그래도 남자라는 것 때문에 눈앞에 있는 여자의 비밀이 노출되는 것은 꼭 봐둬야 할 것만 같은지 열심히 그 작부의 가슴패기와 두 다리 사이만을 흘끔거리고 있었다.

"찾아봐도 없습니다. 아직 하나도 도착하지 않은 모양입니다."

돌아온 강쇠가 그렇게 말했으나 두 사람은 들었는지 안 들었는지 건성으로 고개만 끄덕이고 이제는 한쪽 젖가슴 밖으로 나온 유두 쪽을 뚫어지게 바라보고 있었다.

얼마나 지났을까. 누군가 뒤에 와서 거돌의 어깨를 쳤다. 고개를 돌린 거돌은 흠칫했다. 몽고식의 변발을 한 사내 하나가 팔짱을 끼고 서 있었다.

"왜……요?"

"일어나봐."

"왜 그러십니까?"

"너희들 뭐야?"

"소, 손님입니다."

"잘못 들어온 거 아냐?"
"예?"
그러자 사내가 갑자기 거돌의 머리통을 홱 잡아 돌렸다. 돌려보니 조금 전까지 바라보던 여자의 젖가슴이 눈 안에 들어왔다.
"이 자식아, 여자 처음 보니?"
"예?"
"처음 보느냐고."
"아쿠."
거돌의 턱을 움켜쥐었다. 사내가 주먹으로 갈겼던 것이다.
"일어나봐."
목통을 잡아 올리더니 사내는 거돌을 들어 올릴 듯하다가 별안간 발로 거돌의 발목을 후렸다.
"엇."
거돌은 한순간에 무게 중심을 잃고 옆으로 나가떨어지고 말았다.
"하하하."
웃음소리가 나서 쓰러진 채 올려다보니 어디서 왔는지 모를 비슷한 또래의 사내들이 둘러서서 홍소를 터뜨리고 있었다.
"어엇."
거돌을 후린 사내가 비명을 질렀다. 어느 틈엔가 강쇠가 다가와 그의 변발 머리채를 낚아 쥐고 뺑뺑이를 돌린 것이다.
"이자들이 행세하는 주먹 건달들인 모양입니다. 본때를 보여줍시다요."
강쇠가 그렇게 외치며 김통정에게 나서주기를 요청했다.

"알았다."

그 소리와 함께 벌떡 일어난 김통정이 계집을 껴안고 있는 귀공자 앞으로 달려가 그자의 멱살을 움켜쥐었다. 주루 안은 금방 난장판이 돼버렸다. 날고뛰고 하면서 세 사람이 분전하자 일당 열 명은 견딜 수 없었는지 속출하는 부상자들을 이끌고 도망쳐 버렸다. 땀을 훔치며 자리에 앉은 세 사람은 술을 병째 들이켰다.

"고, 고맙습니다요."

주인인 듯한 자가 나와서 허리를 굽실거렸다.

"그자들은 늘 우리를 괴롭혀오던 건달패입니다. 퇴치해 줘서 정말 고맙습니다. 술, 고기 그저 마음대로 드십시오."

"별 볼일도 없는 놈들이 어깨에 힘을 주고 지랄했어."

통쾌한 듯 강쇠가 너털웃음을 웃으며 호리병째 입안에 밀어넣고 술을 마셨다. 주루에 날마다 죽치고 드나들며 야료를 부리던 불량배들을 청소해 주었다고 주인은 돈을 받지 않겠다며 술과 고기를 듬뿍 내놓았던 것이다.

동래에서 흩어졌던 일곱 명의 장한들이 다시 연경의 홍복원가家 근처에서 모이게 된 것은 한 달이 지난 뒤였다.

"고생은 했지만 어쨌든 이렇게 무사히 만나게 되니 반갑다. 이제 우리는 주어진 임무를 수행하고 본국으로 돌아가기만 하면 된다. 두 패로 분산해서 집안 사정을 탐지해 보고 계획을 세우자."

다시 사내들은 두 패로 나뉘어 근처의 객점에 묵기로 했다. 이튿날 거돌과 강쇠는 소금장수처럼 소금을 짊어지고 대문 앞에 나타났다.
"어디를 함부로 들어가려고 하느냐?"
파수지기가 가로막았다.
"이런 대갓집에 소금이 좀 필요치 않을까 해서 왔습니다요."
"소금? 나가, 필요 없어."
파수지기가 어깨를 밀었다.
"소금이 필요한지 안 필요한지는 부인들이 알지 나리가 어떻게 압니까요?"
"어허, 이 댁은 1년 먹을 소금을 미리미리 다 사놓는다구. 어서 꺼져버려."
"……."
어쩔 수 없다는 듯이 거돌과 강쇠는 담벼락 밑에 소금가마를 부려놓고 주저앉았다.
"냉큼 꺼지지 못하느냐?"
"다리가 아파서 그러오. 좀 쉬었다 갑시다."
그러자 파수지기도 이해하겠다는 듯이 저희 동료와 함께 다시 잡담을 시작했다. 거돌과 강쇠는 짐 보따리에서 호리병을 꺼내어 주거니 받거니 술 한 모금씩을 마셨다. 그걸 바라보던 파수지기들이 다가오더니 못마땅하게 내려다보았다.
"목이 말라서 먹습니다. 생각 있으면 이쪽으로 오슈."
강쇠가 호리병을 불쑥 내밀었다.
"누가 보면 어쩌려고 여기 앉아서 그러냐, 응?"
말은 그렇게 하면서도 침을 꿀꺽 삼킨 파수지기는 누가 볼세라 재빨리 호리병을 받아 병 주둥이를 입에 물었다.

"카아."

그러자 동료도 참을 수 없었던지 손을 내밀어 호리병을 채갔다. 두 사람은 계속해서 벌컥벌컥 술을 마시고 호리병을 내밀더니 빙그레 웃었다.

"제법이야."

"뭐가요."

"소금장수 주제에 술병까지 차고 다니니 말야."

"에이, 여보슈, 무시하지 마슈. 소금장수는 뭐 술 마시지 말란 법이라도 있소?"

"그런 건 아니지만 말야. 흠, 괜히 입맛만 버렸는데."

"좀 남았을 거유, 잡수슈."

"그래도……. 거, 미안하잖어?"

말은 그렇게 하면서도 또 호리병을 채간다. 술병에 약을 타놓아서 그랬는지 두 사람은 스르르 눈을 감더니 찢어지게 하품을 하면서 옆으로 쓰러졌다. 강쇠와 거돌은 기다렸다는 듯이 두 사람을 부축하여 대문 뒤로 갔다. 거기서 옷을 바꿔 입은 두 사람은 그들이 들고 있던 단창을 든 채 대문간으로 나와 섰다.

"형님."

"왜?"

"여기는 나 혼자 지키고 있을 테니 형님은 안으로 들어가 자세히 살펴보고 나오시오."

"그러지."

거돌은 대문을 강쇠에게 맡겨놓고 혼자 안으로 들어갔다.

'아, 저택이로구나! 아니다, 이건 저택이 아니라 성곽이다. 홍

반란叛亂 343

복원의 집은 성곽이나 다름없었다. 노비로 살던 개경의 김인성의 집보다도 훨씬 넓고 웅장했다. 고래 등 같은 2층 누각의 본채를 주위로 거창한 외곽 저택 다섯 채가 들어서 있고 그 주위는 숲이 울창한 정원이었다. 중문을 거쳐야 본채로 들어갈 수 있게 되었다. 중문에도 두 명의 군사가 파수를 보고 있었다.

"뭐야?"

다가오는 거돌의 얼굴이 낯설어서였는지 중문 파수지기가 가로막았다.

"왜 이래요?"

"처음 보는 얼굴인데?"

"온 지 하루밖에 안 되었소."

"하루? 그럼 어제 왔단 말이냐?"

"예, 마님이 부르신다기에 들어가는 길이오."

이상한 듯이 거돌을 잡고 더 시비를 하려다가 거돌이 핑하니 안으로 들어가는 바람에 그냥 물러났다. 거돌은 본채 안으로 들어가서 구석구석 여러 곳을 눈여겨보았다. 어디로 들어와야 쉽게 들어올 수 있나, 홍복원이 거처하는 방은 어디인가, 일이 끝나면 어디로 도망쳐야 하는가, 여러 가지를 연구해야만 했다.

무사히 돌아온 거돌을 보고 강쇠가 기뻐했다.

"어찌했수?"

"눈여겨두었다. 잘만 하면 별로 어렵지 않을 듯한데."

"그래요? 그럼 객점에 돌아가서 통정 형님한테 얘기합시다."

"그렇게 하자."

"그런데 문제는 대문 뒤에 숨겨놓은 파수지기 녀석들이군요.

어떡하죠?"

"데리고 가야지. 넌 여기서 파수를 보고 있어."

"형님이 운반하게요?"

"음."

거돌은 남이 보지 않는 틈을 이용하여 대문 뒤에서 깊이 잠들어 있던 두 사내를 하나씩 업어 객점으로 날랐다. 어둠이 내릴 때 운반해서인지 아무도 본 사람이 없었다. 김통정은 거돌의 보고를 듣자 곧 실행 계획을 세웠다. 그런 다음 잠에서 깨어난 파수지기를 협박하여 집안 내부의 약도를 그리게 했다.

"틀림없나?"

"예, 맞는 것 같습니다."

약도를 본 거돌이 고개를 끄덕였다.

"그 집 안에는 대략 몇 명이나 경비를 하느냐?"

김통정이 잡혀온 사내에게 물었다.

"모두 50명입니다."

"50명?"

경비병이 50명이나 된다는 걸 듣자 거돌은 놀랐다.

"내가 보기에는 몇 명 안 돼 보이던데?"

"아닙니다. 본채 뒤쪽에 있는 별채가 군막입니다. 그 군막 안에 대기하고 있지요. 열 명씩 하루하루 교대를 해가며 대소의 문을 지키고 남은 군사는 밤중에 요소요소를 순찰하며 지킵니다."

"그래? 그렇다면 대소의 문과 요소요소를 여기에 적고 파수 교대 시각을 표시해라."

김통정은 주도면밀하게 계획을 짰다. 사내는 시키는 대로 표시를 했다.

"됐다. 오늘밤 실행하자. 마침 요즘에는 홍복원이 집에 들어와 잔다 하니 기회는 좋다."

김통정은 일곱 명의 대원을 모두 모이도록 한 후 부서를 정해주고 준비를 시켰다.

"너희들도 함께 간다."

잡혀온 사내들에게 김통정이 말하자 그들은 깜짝 놀라 어쩔 줄 몰라 했다.

"두 사람은 그냥 대문을 지키고만 있으면 된다. 알았지? 이건 패물이다."

"허, 이거."

"받아두고 안에서 무슨 일이 일어나면 너희들은 나중에 다른 경비병들과 함께 행동하라. 그러면 누구도 너희들을 의심하지 않을 테니까. 괜찮지?"

"예, 고맙습니다."

목숨을 건진다는 것만도 고마운데 패물까지 얻고 살 방법까지 알려주니 정말로 고마워했다.

두 사람은 저희들의 옷을 찾아 입고 다시 대문간에 파수를 섰다. 밤이 이슥해지자 대문 앞으로 일곱 명의 사내들이 나타났다. 김통정과 대원들이었다.

"빨리 들어가십쇼."

그들이 먼저 서둘렀다. 일곱 사람은 대문을 거쳐 정원으로 숨어들었다. 중문이 있는 담벼락은 대문이 나 있는 쪽보다 훨씬 낮았다.

"담을 타고 넘어라. 이 담 너머에는 연당이 있다. 연못가에서 만나자."

김통정이 소곤거리자 사내들은 긴장한 채 소리 없이 담을 넘어 안으로 들어갔다. 잠시 후 연못가의 숲 속에 일곱 명의 사내들이 모였다.

"저쪽 2층 다락이 있는 곳, 그러니까 왼쪽으로 나 있는 방이 홍복원의 방이다. 거돌과 강쇠 두 사람이 그 방으로 접근해서 해치워라. 나머지는 경비병이 배치되어 있는 곳으로 가서 소리 없이 그들을 해치워야 한다."

김통정은 약도를 보고 수없이 되풀이 검토를 해서인지 요소요소를 정확하게 알고 있었고 경비병이 있을 만한 곳을 점찍고 있었다.

"자, 우리는 흩어져서 경비병을 해치울 테니 강쇠와 거돌은 2층 다락으로 숨어서 올라가라."

거돌과 강쇠는 불 켜진 방을 노려보며 고개를 끄덕였다. 거돌과 강쇠가 밖에 있는 처마를 타고 2층 다락으로 기어 올라가는 동안 김통정은 어둠 속에 숨어서 요소요소를 지키고 있던 경비병들을 소리 없이 해치워버렸다.

"소리가 나지 않도록 조심해라. 잡으면 입부터 막아."

김통정은 그렇게 당부하는 것을 잊지 않았다. 김통정을 따라온 일곱 명의 선발된 장정들은 모두가 힘깨나 쓰고 날렵한 자들이어서 경비병을 잠재우는 것은 손쉽게 처리했다. 본채 아래에 있던 김통정은 거돌과 강쇠가 무사히 2층 다락까지 기어오르기만 지켜보고 있었다.

"됐습니다."

김통정 옆에 있던 사내가 소곤거렸다. 다시 바라보니 거돌과 강쇠는 다락의 문지방 있는 곳을 넘어가고 있었다.

"과연 홍복원이 그 방에 있을까요?"

"쉬잇."

김통정은 긴장해서 숨을 막았다. 지금 제일 두려운 것이 바로 그 점이었다. 문지기 말만 듣고 거사를 실행에 옮겼던 것이다. 요즘 홍복원은 저녁이면 늘 집에 들어와 2층 다락 쪽에 있는 방에서 잠을 잔다고 했던 것이다.

'만일 없다면.'

그건 큰일이었다. 아직까지는 집안사람에게 낌새를 채지 못하도록 했지만 끝내고 나갈 때는 무슨 사고가 일어날지 모른다. 그렇게 되어 홍복원의 목숨을 노리는 자객이 있다는 것이 알려지면 홍복원을 없애는 일은 앞으로 아주 어렵게 될지 모른다.

그러나 김통정의 우려는 기우에 지나지 않았다. 문틈으로 방 안을 들여다본 강쇠와 거돌은 바로 방안에 홍복원이 있다고 확인했기 때문이다.

"어떡할까요?"

강쇠가 소곤거렸다.

"그냥 밀고 들어가자."

거돌이 어깨로 힘껏 방문을 밀며 안으로 들어갔다.

"어맛."

여자의 놀란 비명 소리에 두 사람은 멍하니 섰다. 사내가 안 보였던 것이다. 강쇠가 대체 어찌 됐는지 모르겠다는 투로 거돌의 얼굴을 바라보았다.

"없잖아?"

"예?"

거돌이 턱으로 가리키자 강쇠도 그제야 고개를 끄덕이며 어처구니없어 했다. 완전히 벗은 계집의 몸뚱이만 보여서 사내가 어디 있는지 안 보였으나 바로 계집 밑에 사내가 있다는 걸 손을 보고 알았던 것이다. 어떻게 된 셈일까. 분명 여자는 침상에 엎드린 채 비명을 질렀었다. 그런데 왜 사내가 밑에 있는 걸까. 거돌과 강쇠는 비수를 꺼내 들고 침상으로 다가갔다.

"아아."

계집은 계속해서 신음 소리 같은 비명을 내지르며 바싹 엎드려 이불을 뒤집어썼다. 강쇠가 이불자락을 움켜쥐고 휙 낚아챘다.

"어머닛."

계집은 이불을 놓지 않고 이불 째 침상 밑으로 굴러 떨어졌다.

그 순간 침상에는 가관인 풍경이 벌어졌다. 60이 다 된 비대한 사내가 실오라기 하나도 걸치지 않은 채 벌렁 누워 있었던 것이다. 너무 졸지에 당한 기습이라 사내는 얼이 빠졌는지 멀뚱멀뚱 바라보며 일어나지도 못하고 벌벌 떨고 있었다.

"일어나."

거돌이 고려 말로 날카롭게 말했다. 사내가 일어나 앉았다. 무슨 짓을 했는지 비릿한 냄새가 역겹게 풍겨오고 있었다.

"네놈들은 누구냐?"

비로소 사내가 몽고 말로 물었다.

"지껄이면 당장 가슴을 찌를 테다."

"……."

"네놈이 홍복원, 맞지?"

"아니다."

"비겁한 자식."

강쇠가 비수로 사내의 허벅지를 도려내려 하자 사내는 벌벌 떨며 눈을 홉뜬다.

"홍복원이지?"

"마, 맞소."

"진작 그럴 것이지. 네놈을 찾아 수천 리 길을 왔다."

"……."

"고려 말로 대답해. 넌 고려 놈이지?"

"예."

"개경에서 왔다."

"개경?"

"너 한 놈 때문에 우리 백성들이 얼마나 굶주리고 얼마나 죽었는지 아나?"

"내게 무슨 책임이 있소?"

"뻔뻔한 자식! 부자 2대에 걸쳐 조국을 배신하고도 책임이 없어? 네 죄상을 알려줄까? 몽고병이 쳐들어왔을 때 너는 네 아비와 함께 서경을 지키고 있었다. 가장 중요한 국경을 지키는 장수가 화살 한 번 날려보지 않고 몽고군에게 항복했지. 왜 그랬을까? 네놈 부자는 서경에서 20여 년 동안 갖가지 수단 방법으로 축재를 했다. 그 재물 뺏기는 것이 아까워 항복한 거지. 항복한 것까지는 좋다 하자. 너는 몽고에 아부하여 그 앞잡이를 자원해서 전후 10여 차례나 몽고군을 이끌고 조국을 짓밟았다. 너는 그 공으로 이곳에서 부귀 영화를 누리고 있지만 너 때문에 죽은 백성이 수십만이 넘고 너 때문에 고아가 된 아이들만 해도 수만이 넘으며 너 때문에 과부가 되어 몽고 놈들에게 당한 수치 때문에 자결한 여자가 수천 명이며 너 때문에 거지가 된 자 수십만이다."

거돌은 더 이상 말을 계속하지 못하고 손을 떨었다. 분노와 증오가 치솟아 올랐던 것이다.

"개보다 못한 자식, 형님, 여러 말 할 거 없소."

"아악!"

홍복원은 비명 소리와 함께 거꾸러졌다. 강쇠와 거돌의 비수가 동시에 가슴에 꽂혔던 것이다.

"성공이다."

어둠 속에서 초조하게 기다리고 있던 김통정이 신음 소리처럼 부르짖었다. 홍복원을 해치우면 다락으로 나와 두 손을 위로 치켜들기로 했던 것이다. 강쇠와 거돌은 난간을 타고 아래로 내려왔다.

"성공입니다."

"수고했다. 자, 떠나자."

김통정이 거느린 장정들은 중문을 빠져나와 대문을 향해 뛰었다. 대문에는 매수된 파수지기가 서 있어 이들이 빠져나가도록 도와주고 있었다.

"여기서 흩어져 동래에서 만나자. 동래에 상륙했던 지점으로 다시 모이면 우리 상선이 바다 위에서 기다리고 있을 것이다."

"형님, 이왕이면 불이라도 놓고 갑시다."

강쇠가 말했으나 김통정은 고개를 흔들었다.

"불이 나면 우리가 위험해진다. 그냥 가는 게 좋겠다. 날이 샐 때에야 범인을 찾겠지."

홍복원의 집 밖에서 일곱 명의 사내들은 또 헤어졌다. 이들이 다시 동래의 상륙 지점에 모이게 된 것은 그로부터 한 달이 지난 후였다.

"다행히 모두 다 모였구나. 별 희생 없이 일을 해치웠으니 이번 일은 대성공이다. 동래를 오고가는 고려 상선은 한 달에 다섯 번이라 했다. 초이레 그리고 열흘, 보름, 스무닷새, 그리고 그믐, 그 배들은 올 때마다 이쪽 해안을 지나면서 신호를 해주기로 돼 있다. 내일이 보름, 상선이 고려로 떠나는 날이다. 기다려보기로 한다."

하룻밤을 노숙으로 새우고 아침이 되자 일행은 해변으로 나가 배를 기다렸다. 감춰둔 거룻배도 끌어내어 바다 위에 띄웠다.

"배가 지나갑니다."

일행 중의 하나가 달려오며 알렸다. 채색된 깃발을 매단 것으로 보아 고려 상선이 틀림없어 보이는 배가 떠나고 있었다.

"신호를 보내라."

일행은 옷을 벗어 흔들기 시작한다. 한동안 흔들자 그쪽에서도 반응을 보였다. 황색의 커다란 깃발을 흔들고 있었던 것이다.

"됐다. 거룻배에 올라라."

김통정이 지시했다. 상선은 닻을 내렸는지 그냥 바다 위에 떠 있었다. 거룻배에 오른 일행은 상선을 향해 노를 저어가기 시작했다.

 이들이 다시 강화에 돌아온 것은 강화를 떠난 지 석 달 만이었다. 김통정은 일행을 거느리고 중서령 김인준을 만나러 갔다.
 "오, 무사히 돌아왔구나. 어찌 되었나?"
 "하명하신 대로 맡겨진 소임을 성실히 이행했습니다."
 "뭐라고? 그럼 홍복원을 해치웠다구?"
 "예."
 "장하다. 어서 상감께 이 사실을 복명해야겠다."
 김인준은 마치 이번 일을 자기가 해치운 것처럼 어깨를 으쓱였다.

출륙환도 出陸還都

  3대에 걸친 최씨 정권의 몰락은 고려에 정치적인 변동뿐 아니라 대몽對蒙 전쟁에도 중대한 변화를 가져왔다. 가문家門 정권의 흔들림을 막고자 하여 몽고에 굴복하지 않고 끝까지 항쟁하려고 몸부림친 것이 최씨들이라면 마지막 권자權者인 최의를 제거하고 정권을 잡은 대사성大司成 유경柳璥이나 별장 김인준은 최씨와는 달랐다. 그들 역시 최씨처럼 조정을 허수아비로 만들고 전권을 휘둘러 독재의 아성을 쌓고 싶었지만 하루아침에 막강한 권세를 잡을 수는 없었다.

  김인준이나 유경 정도의 실력파 무장들이 여러 명 있어 항상 두 사람을 지켜보고 있었던 것이다. 그중에서도 대호군大護軍 임연林衍 같은 무장은 추종 세력이 많았고 그 위치는 당당했다.

  그런 압력 세력이 있기에 김인준도 조심스럽게 행동하고 있었던 것이다. 강경한 대몽對蒙 자세 때문에 전란이 그치지 않았다는 비난으로 김인준 자신은 최씨 정권의 자세를 고수하고 싶었지만 어쩔 수 없이 온건론으로 기울었다.

　그래서 집권 후 김인준은 고종에게 만기친정하도록 하여 최씨 독재로 팽배해 있던 백성들의 소망을 충족시켜 주었다. 왕권 회복은 김인준이 거사할 때 내세운 거사 명분 중의 하나였다. 마음속으로는 조정과 임금을 허수아비로 만들고 싶었겠지만 시기상조라는 생각 때문에 양보했던 것이다. 왕권 회복은 몇 가지 면에서 김인준에게 좋은 인상을 남겨주었다.

　첫째는 지금까지의 최씨 무단 독재로 생긴 백성들의 불만을 해소시켜 줄 수 있었고 둘째는 자기에게는 최충헌이나 최우처럼 임금 위에 군림하는 독재자가 되지 않겠다는 뜻을 나타내주고 있었다. 그러니까 같은 무장들의 의심을 풀 수 있었던 셈이다. 그런 상태가 계속되고 있었으므로 김인준은 군 세력과 조정 사이에 끼어 큰 권력자의 행세는 못 하고 있었다.

　모처럼 잃었던 왕권을 되찾자 고종高宗은 30여 년 동안의 전란에 종지부를 찍기 위해 몽고와의 화친책을 쓰기로 했다.

　그 첫 번째 조치로 고종은 태자인 전倎을 몽고에 보내어 강화를 청했다. 오래전부터 고려는 입으로는 강경한 항몽 자세를 견지하여 몽고와 대응했기 때문에 몽고는 고려의 말을 믿지 않고 저희들이 믿도록 하려면 태자를 인질로 보내라고 강요했던 것이다. 그래서 태자를 보낸 것이었고 곧 이어 두 번째 조치를 취했다. 즉 강화의 외성外城과 내성內城을 헐어버렸던 것이다. 성곽을 헌다는 것은 몽고가 원하는 대로 출륙하여 왕성인 개경으로 환도하겠다는 의사 표시이기도 했다.

　이에 몽고도 고려에 주둔시켰던 군대를 철수하여 강화에의 반응을 나타냈다. 조정 상하는 그걸 보고 이제야 비로소 30여 년에 걸친 몽고와의 전쟁이 끝난다며 기뻐하고 있었다.

그러나 김인준의 속마음은 그게 아니었다. 몽고와의 강화가 너무 쉽게 그리고 빠르게 진척되고 있다는 게 초조했다.

'시간을 벌어야 한다.'

김인준은 최우처럼 독재 아성을 구축하려면 적어도 3년은 걸려야 된다고 생각하고 있었다. 반대 세력을 무력화시키고 다시 왕권을 약화시켜 모든 권력을 손아귀에 쥐려면 시간이 필요했다. 비록 노비 출신으로 배운 것은 없었지만 원래 영민했던 김인준은 매사가 치밀했다. 이미 그는 3년 후의 모든 계획서를 가지고 있었던 것이다. 그것을 하나하나 풀어 나가려 하는데 조정은 너무 쉽게 강화 쪽으로 기울고 있었다. 강화를 하게 되어 손해를 보는 쪽은 약소국인 고려 쪽이었다. 잘못하면 몽고의 속국이 된다, 속국이 될 때는 되더라도 권좌의 일인자가 된 뒤에 속국이 되어야 한다, 라는 것이 김인준의 생각이었다. 그 때문에 김인준은 자객단을 보내어 길잡이 홍복원을 살해하기로 결정했고 김통정, 거돌, 강쇠를 파견했던 것이다. 홍복원을 살해하여 길잡이를 없애는 것은 앞으로도 몽고의 침략을 예상해서였고 그리 되면 자기 위치가 굳어질 때까지는 몽고와 대적해 싸우겠다는 결심의 표시였다.

'시간을, 시간을 벌어야 한다.'

김인준은 그렇게 마음속으로 다짐하고 있었다. 그때 전갈이 왔다.

"상감께서 입궐합시란 명입니다."

"상감이?"

김인준은 알았다며 곧 입궐 채비를 갖췄다.

"부르셨습니까?"

"아주 난처한 일이 생겨 불렀소."

고종 사후, 새로 보위에 오른 임금(元宗)은 몹시 당황한 표정으로 김인준을 내려다보았다. 고종이 돌아가자 원경으로 들어가 인질이 되어 있던 태자 전이 다시 돌아와 보위에 오른 것이었다. 그는 원나라에서 인질로 있을 때 원의 태자였던 홀필렬(忽必烈: 쿠빌라이 후에 세조(世祖가 됨)의 행차를 만나 깍듯한 예의를 보여 좋은 인상을 남겼다는 일화를 가지고 있었다. 지금 몽고와 고려 간의 강화 담판이 순조롭게 이뤄지는 것도 홀필렬이 원의 황제가 되어 원종과는 서로 아는 처지였기 때문이다.

"무슨 일이옵니까?"

"몽고 황제가 국서를 보내왔소. 한 번 보시겠소?"

"……예."

김인준은 시립한 근신으로부터 국서를 넘겨받고 그것을 읽었다. 김인준의 얼굴이 붉어지더니 두 손이 떨리기 시작했다.

"다 읽으셨소?"

"예."

"어찌하면 좋겠소?"

김인준은 손을 떨며 두 눈을 감았다. 너무도 충격적인 내용이었던 것이다. 몽고 황제는 김인준 부자父子의 입조入朝를 요구하고 있었다. 김인준은 한 참 만에야 입을 열었다.

"지금 뭐라고 당장 답변치 못함을 용서하시기 바랍니다."

"그러면?"

"너무 중대한 문제이오니 하루쯤 생각할 여유를 주옵소서."

"좋소. 그렇게 하시오. 한데 과인의 생각으로는 너무 염려치 않아도 좋을 듯싶소."

"그건 무슨 말씀이온지?"

"전후 문맥으로 보아 강압적인 요구는 아니오. 몽고와 고려 간의 화해를 위해 고려의 실력자인 경을 만나 진지한 의논을 하고 싶다는 뜻이 아니겠소?"

"그 뜻은 압니다."

"그렇다면 지금 답변치 못할 것도 아니라고 보는데? 의논을 위해 만나자는데 신변에 어떤 위험이 있을 것으로 미리 속단함은 예의상 안 좋을 듯해서 그러오."

"아옵니다. 하오나 국서 내용으로 보아서는 일단 의심하지 않을 수 없게 되어 있습니다."

"왜 그렇지요?"

"진지한 상론을 해보고 싶어 소신을 부른다는 분이 왜 자식 놈까지 함께 와 달라는 것이지요?"

"음……."

"본인만 가도 되는 걸 자식 놈까지 동행해야 한다니 의심할 수밖에 없지 않습니까?"

"글쎄 그 뜻을 모르겠군. 아무튼 좋소. 경의 뜻대로 하루의 여유를 주겠소."

임금도 할 말이 없는지 모든 것을 김인준에게 위임했다. 그 이튿날 김인준은 다시 어전 회의에 참석했다.

"결론을 말씀해 주시오."

임금이 채근했다. 대신들의 반열에서 한 발 앞으로 나온 김인준은 큰소리로 말했다.

"소신은 몽제蒙帝의 요구를 들어줄 수 없다고 결심했습니다."

궐내가 물을 끼얹은 듯 조용해졌다.

"왜 거절하겠다는 게요?"

"언젠가는 몽고와 화친을 하고 전란에서 벗어나야만 한다는 뜻에는 변함이 없습니다. 하오나 너무 서두르심은 안 좋습니다. 서두르기 때문에 몽제는 우리의 항복을 시간문제로 보고 있는 듯합니다. 항복에 가장 장애가 되는 것은 역시 병마권을 가지고 있는 소신이겠지요. 그래서 그들은 소신 부자를 부르는 것입니다. 저희 부자가 들어가면 당장 없애버릴 것입니다. 그런 다음 몽제는 상감께 항복을 강요할 것입니다. 군사가 힘을 못 쓸 테니 상감께서 어쩌시겠습니까? 항복을 하시고 마시겠지요. 그런 불행한 사태는 오지 않도록 해야 합니다. 신은 몽고와의 항전을 계속하자고 삼가 주청하옵니다. 시간을 벌고 소신이 연경에 안 가고도 사태를 잘 해결할 수 있는 묘책을 찾아보고 다시 상주하겠나이다."

그렇게 묘의廟議에서 주청한 김인준은 몽고 입조入朝를 명한 쿠빌라이의 요구에 어떻게 대처해야 될지 몰라 퇴청하자마자 휘하의 배중손, 김통정을 불러 은밀히 상의했다.

"어떤 구실을 붙여서라도 몽고에 들어가지 않아야 합니다. 원경元京에 들어가서 그들에게 억류되면 끝장입니다. 우리나라는 그들이 바라는 대로 속국이 되는 것입니다. 생각해 보십시오. 30년 동안이나 그들의 지배를 받지 않으려고 항쟁해 왔습니다. 그건 우리 무인들이 버티고 있었기 때문이었습니다. 지금 이 순간에는 김 장군께서 휘어잡고 몽고와 싸우고 있습니다. 문신文臣들을 보십시오. 나약한 그들은 최씨 3대 치세治世 시절에는 한마디도 못하고 있다가 이제 와서 장군께서 새로 상을 차려주니 큰소리만 치고 있습니다. 몽고가 요구하는 대로 해줘라, 지난 30년 지겹지도 않으냐, 힘이 부치면서도 몽고와 대항했기 때문에 나라는 초토가 되고 백성은 전란에 허덕이게 되었다. 지금이라도 몽고와 화친하여 그들의 요구를 들어주고 평화를 되찾자고 목청을 높입니다. 상감이 제일 앞장서서 화친 강화를 주장하고 있습니다. 그 뒤에 올 사태를 모르고 그러는 것입니다. 동등한 실력자끼리 만이 양보가 미덕일 수가 있고 화친이 성립되는 것이지 한쪽이 기우는데 화친이라면 그건 예속이지 뭡니까? 예속된 속국으로 전락되면 앞으로 30년이 아니라 3백 년 동안 음으로 양으로 그들에게 착취당하여 지금의 손해보다 몇 십 배 더 손해를 보고 만다는 건 생각지 않습니까? 그런 판국에 장군께서 원경에 가신다는 건 항복하러 가는 거나 마찬가지입니다."

배중손은 그렇게 핏대를 올렸다. 그는 순수하고 정열적인 무인이었다.

"알았네. 그래서 내가 안 가겠다는 게 아닌가? 배 부장副將의 말이 맞아. 내가 간다는 건 고려의 군부가 항복하러 가는 거나 마찬가지다. 가지 않는다. 하지만 무슨 핑계를 대야만 명분 있게 빠져 나갈 수 있느냐는 것이다. 나는 그 방법을 묻고 있는 거야.

김통정, 무슨 방법이 없을까?"

 김인준은 김통정을 바라보았다. 김통정은 지금까지 한마디도 하지 않고 묵묵히 앉아 있다가 불쑥 입을 열었다.

 "병이 깊어서 갈 수 없다는 것도 하나의 방법이겠지요."

 "칭병을 한다?"

 김인준이 고개를 갸웃하자 배중손이 고개를 흔들었다.

 "가장 상식적인 속임수입니다. 그리고 우리 조정에는 몽고와 내통하는 간자間者가 있습니다. 당장 제보가 될 것입니다."

 "으음, 그렇다면 무슨 방법이 있단 말인가?"

 "묘안이 있습니다."

 "묘안?"

 김인준이 눈을 빛내며 김통정을 바라보았다.

 "궁궐의 축조 감독 때문에 못 간다고 하십시오. 어차피 궁궐 축조는 장군의 관할이 아닙니까?"

 "그거야 그렇지만 궁궐 축조가 뭐가 급하고 절실해서 원경입조의 불응 이유가 된단 말인가?"

 "될 수 있습니다. 몽고는 강화 정부의 조속한 출륙을 계속 강요해 왔습니다. 출륙은 곧 화친이요 굴복을 의미했기 때문에 우리가 계속해서 반대해 왔던 것입니다. 그것 때문에 우리는 몽고군의 침략을 받았습니다. 우리가 개경 왕성에 불타버린 궁궐을 지금 짓기 시작했습니다. 우리는 몽고에 궁궐만 낙성되면 바로 출륙하겠다는 뜻을 보이고 있는 셈입니다. 몽고 장수 속리대速里大가 왜 개경에 주둔하여 남의 나라 궁궐 짓는 걸 독려하고 있겠습니까?"

그건 사실이었다. 출륙 의사를 밝힘으로써 몽고군은 철수했지만 그중에 속리대군은 아직도 주둔하고 있었다. 그것은 궁궐 조영의 감독이란 이유 때문이었다.

"그러니까 하루라도 속히 궁궐이 완성되려면 장군이 직접 감찰해야만 하고 빨리 낙성이 돼야 고려 조정이 출륙할 수 있다는 이유를 붙이면 됩니다."

"좋은 생각이다."

김인준은 만족해했다. 그런 이유를 붙인다면 몽제도 어쩔 수 없을 듯했던 것이다. 어전 회의가 열리자 김인준은 궁궐 조영의 감독을 칭탁하고 원경에는 가지 않겠다고 버텼다. 임금도 어쩔 수 없었던지 문신인 지문하성사知門下省事 이장용李藏用만을 원경으로 보내게 되었다. 일이 이쯤 되자 김인준도 강도를 떠나 개경으로 가야만 했다. 궁궐을 신축하는 데 몸소 감독을 해야 했던 것이다.

"우리도 함께 간다."

김통정은 곧 아우들에게 그렇게 말했다. 개경에는 속리대의 몽고군이 주둔하고 있어서 김인준이 신변의 위협을 느꼈기 때문에 천여 명의 경호 군사를 대동했다.

천 명의 경호 군사는 삼별초에서 가려 뽑은 정예 군사들이었는데 김통정, 거돌은 물론 강쇠, 그리고 홍복원을 주살하기 위해 원경에 다녀온 장한들도 끼었다. 김인준은 김통정을 신임해서 특히 신변 경호의 책임을 맡기고 김통정으로 하여금 20명의 용사를 뽑게 하여 주야로 자기 주위를 경비케 하였다.

김인준은 강화를 떠나기에 앞서 조의朝議 때 앞으로 길면 2년,

짧으면 1년쯤 개경에 체류하게 될 것이라고 말했다. 아무튼 낙성을 해야 돌아오겠다는 것이었다.

드디어 김인준은 경호 군사를 이끌고 배에 올라 예성강 강구로 향했다. 김인준이 강화를 떠나자 가장 쾌재를 부른 것은 친왕파親王派의 문신들이었다. 송군비宋君斐, 김찬 등은 다투어 임금에게 상주했다.

"잘된 일이옵니다. 골치 아픈 존재가 제 발로 걸어 나간 것입니다. 좀 더 대담하게 국사를 전단하십시오. 우선 병권을 귀속시켜야 합니다. 현재 군은 김인준이 잡고 있지만 그 역시 최씨 일가처럼 임금 위에 군림하려는 야심을 가지고 있습니다. 그는 그 기반을 닦고 있는 것입니다. 임금이 병권을 가져야지 어찌 일개 대신이 병권을 잡는단 말입니까? 조정과 군이 분리되어 있기 때문에 국론을 통일할 수도 없고 상감의 권위도 세울 수가 없는 것입니다."

"짐도 그 점은 통감하고 있소. 하지만 알지도 못하면서 섣불리 건드리면 오히려 당하고 말 테니 그게 두려워서 가만있는 것이오."

그러자 송군비는 더욱 진지하게 충언을 했다.

"지금이 기회입니다. 김인준은 외지에 나가 있습니다. 거기다가 그는 자기 추종 세력의 절반 이상을 데리고 간 것입니다. 강화는 텅 빈 거나 다름없습니다."

"하지만……"

"소신에게 밀명만 내려주시면 김인준을 제거하고 군을 조정으로 돌아오게 해보겠습니다."

"어떤 자신이 있어서 그러는지 알고 싶구려."

임금이 좀더 흥미를 보이자 송군비는 소리를 낮춰 소곤거리듯 말했다.

"실상 군의 주도권은 양분되어 있다고 보입니다. 김인준과 임연의 양대 세력이 맞서 있습니다. 임연은 원래 음흉하고 야심이 있는 자입니다. 비록 지금은 김인준의 부장으로 있지만 언젠가 기회가 오면 김인준을 누르고 일어서 보려는 자입니다. 물론 구체적인 징후는 아직 나타나지 않았습니다만."

"그래서?"

"임연을 이용하자는 것입니다. 개경에 가 있는 김인준은 강도성을 신임하는 임연에게 맡기고 떠났습니다. 상감께서 은밀히 임연을 불러 칭찬하시다가 김인준을 비난만 하시면 됩니다."

"그거 가지고 될까?"

"원래 영리하고 술수가 능한 인물이라 곧 알아차리고 스스로 일을 해낼 것입니다."

"스스로 일을 하다니?"

"서서히 김인준 제거의 기회를 노릴 것입니다."

"으음, 그리 되면 짐에게 도움이 될 건 뭐가 있소?"

"하나로 되어 있는 세력이 양분되어 싸우기 때문에 그 자체의 힘이 약화됩니다. 그리 되면 혼란이 오지요. 혼란이 오면 임연을 잡아 가두고 병권을 잡으면 됩니다."

"으음, 좋은 착상이오만……."

임금은 쉽사리 결단을 내리지 못했다. 원래 원종은 영민함도 없고 과단성도 없는 군주였다. 그저 보통의 범인에 불과한 데다가 겁도 많았다. 하지만 김인준이 떠난 뒤에 친왕파 대신들이 줄기차게 설득해서인지 임금도 종내에는 결단을 내렸다.

한편 김인준이 떠난 도방은 장군 임연이 지키고 있었다.
"송송례宋松禮 대감께서 찾아오셨습니다."
집무청에 앉아 있던 삼별초 부도령 임연은 그런 전갈을 받자 의아한 표정을 지었다.
"송 대감이? 들어오시라고 해."
이윽고 송송례가 들어왔다.
"대감께서 어인 일로 소장을 찾아주셨습니까?"
"뵙고 드릴 말씀이 있어 왔소이다."
"안석에 앉으시지요."
"아닙니다."
송송례는 가볍게 고개를 흔들면서 머뭇거리는 표정을 지었다.
"왜 그러십니까?"
"어디 조용한 곳에서 말씀을 드리고 싶은데……."
"그러십니까? 여긴 제 집무소라 명령이 있기 전에는 아무도 출입할 수가 없습니다. 안심하시고 앉아서 얘기하십시오."
"그렇다면……."
송송례는 안석에 앉았다. 이제 예순을 넘긴 송송례는 문신으로, 그동안 요직을 거친 거물이기도 했다. 상감인 원종과는 아주 가까운 사이였다. 원래 고종의 근신近臣으로 신임을 받아 원종이 태자 시절 그의 스승으로 곁에 있었기 때문에 원종 즉위 후에는 더욱 밀착되어 항시 측근에서 보위하고 있었다. 그런 거물이 찾아온 것에 임연은 긴장하지 않을 수 없었다. 임연 역시 이제 예순이 갓 넘은 장수로 남다르게 덩치가 컸고 체구가 당당했다.

"말씀하시지요."

"글쎄올시다."

"아, 술이라도 한잔 드실까요?"

"술? 그만둡시다. 주안상을 마련하려면 복잡할 텐데."

"아닙니다. 술은 항시 준비되어 있지요. 그리고 안주도 있습니다."

임연은 손수 탁자 밑에서 호리병을 꺼내놓고 안주 접시를 내놓았다.

"아니? 안주는."

"예, 모두 말린 것들이지요. 고기, 생선 그런 것입니다. 여긴 진중陣中이니 다름없습니다. 진중의 장수가 걱식을 차려가며 술을 마실 수 있습니까?"

"허, 역시 무장은 다르오. 아니 그것도 무장 나름이지. 다른 장수들은 기방의 악녀樂女를 옆에 두어야 술을 마시는데 장군은 다르군요."

"아닙니다. 면찬하지 마십시오. 자 술이나 드시면서 얘길 하시지요." -

"고맙소."

송송례는 술을 마신 후 서서히 입을 열었다.

"나라의 운명이 험난하여 어찌하면 나라가 안정되고 외세를 물리칠 수 있느냐, 그런 문제 때문에 요즘 상감께서는 제대로 밤잠을 주무시지 못합니다."

"그러시겠지요."

"지금 국난에 처하여 무엇보다 중요한 것은 국론의 통일이 아닐까요?"

"물론입니다."

"그러나 조정은 조정대로, 군은 군대로, 백성은 백성대로 사분오열되어 있습니다. 하나로 뭉쳐도 국난을 헤쳐 나갈 수 있을까 하고 고심하는 이때, 그래 가지고야 우린 망하는 게 아닙니까?"

"무슨 말씀인지 알겠습니다. 군이 분열돼 있다니 구체적으로 사례를 들어줄 수 없습니까?"

임연이 진지하게 물었다. 송송례는 일단 임연이 자기 말에 완전히 끌려 들어오고 있다는 것을 눈치 채고 약간 안심하듯 미소를 지으며 말을 이었다.

"사례를 들라니 들겠소. 문제는 지금 병권을 가지고 있는 김 장군에게 있습니다. 지난 30여 년 동안 최씨 일가가 무단 독재를 강화하고 국정을 전단하여 백성 상하는 두려움에 떨며 진저리를 쳤습니다. 그래서 백성들의 한을 풀어주고 바로잡기 위해 김인준 장군은 최씨 독재를 멸했습니다. 조정 상하, 만백성은 환호를 올렸습니다. 이제는 자유스럽게 말하고 자유스럽게 살게 되었구나, 임금께서 만기친정하시고 현신賢臣들이 보좌하면 백성들을 위해 있는 조정으로 되어 태평성대가 오겠구나, 그렇게 기대했습니다. 그러나 병권을 잡은 김 장군은 점차 그 기대를 저버리고 있습니다. 만기친정하도록 임금께 모든 권한을 이양하겠다 해놓고도 그는 자기 집 안에 정방을 설치하고 최씨들이 하던 수법을 그대로 답습하고 있습니다. 병권뿐 아니라 정권까지 잡겠다는 흑심을 가지고 있습니다."

송송례의 말을 듣고 있는 임연의 얼굴은 상기되어 송충이 같은 굵은 눈썹이 한일자로 굳어 있었다. 그 비슷한 느낌은 가지고 있었지만 감히 그런 말을 하는 자가 없었던 것이다.

"흑심은 차치하고 다른 면으로 생각해 볼까요? 김인준 장군의 출신이 문제입니다."

"그게 왜 문제가 되지요?"

"그는 노비 출신의 천인賤人입니다. 국내부國內部의 요직을 역시 노비 출신으로 앉혀놓고 있습니다."

"······."

임연은 그 말에 흠칫하며 잠깐 누구누구일까를 헤아려보는 듯했다.

"그뿐이 아닙니다. 소정 내부의 요직에도 사기가 믿고 있는 천인 출신의 인물을 앉히고 있습니다. 이 때문에 조정, 군 내부의 위계질서가 엉망이 된 것입니다. 물론 삼별초를 맡고 있던 임연 장군이야말로 좋은 가문의 출신이지요."

송송례는 일단 임연을 칭찬하고 치켜세웠다. 좋은 가문이라 해봤자 임연도 중인 정도의 가문에서 입신한 인물이었다. 하지만 천인과는 물론 하늘과 땅의 차이가 있다고 임연은 생각하고 있었다. 평소에도 그는 김인준을 존경한 일이 없었다. 김인준이 정변을 일으켜 최씨 정권을 무너뜨릴 때만 해도 임연은 김인준의 부장으로 도와주었고 김인준의 배려로 제2인자의 자리에까지 오를 수 있었다. 왕성의 새 궁성 축조에 감독차 출륙하게 된 김인준이 강화 전도내全島內에 있는 삼별초군을 임연에게 맡긴 것을 보면 누구보다 그를 신임하고 있음을 알 수 있었다. 그런 대우를 받고 있어도 임연은 내심 김인준을 경멸했다. 그가 최항의 노비였다는 것 때문이었다. 노비 출신 주제에 어찌하다 보니 시류를 잘 타 권좌에 올랐을 뿐 자기와 비교를 하면 봉鳳과 닭의 차이라고 생각하고 있었다. 송송례는 바로 임연의 그 내심을 역이용하고 있었던 것이다.

"그와 같은 김인준 장군의 과오 때문에 나라가 이 모양이 되어 있다고 상감께서는 걱정이십니다. 상감뿐 아니라 조정의 제경諸卿, 제장諸將, 백성들까지도 똑같이 느끼는 근심입니다."

"그런데 한 가지만 물어봅시다."

임연은 마시려던 술잔을 내려놓으며 송송례의 말을 저지했다.

"뭐죠?"

"그런 말씀을 소장에게 하시는 이유는 무어지요? 그게 알고 싶군요."

"그건 임 장군의 위치와 관계됩니다."

"위치?"

임연은 이해할 수 없다는 표정이었다.

"그렇습니다. 임 장군은 김 장군 다음으로 실권을 가지고 있습니다. 김 장군을 제어하고 충간을 하여 바로 갈 수 있게 하실 수 있는 분은 임연 장군밖에 없습니다."

"허."

임연은 약간 상기되었다. 그 틈을 놓치지 않고 송송례가 뒷대를 눌렀다.

"그와 같은 말씀을 임 장군에게 드리라고 하신 분이 바로 상감 마마이십니다."

"상, 상감 마마께서?"

"그렇소."

임연은 옷깃을 바로 했다. 김인준 같으면 옷깃을 바로 하기는 커녕 냉소를 날렸을지도 모른다. 송송례는 일단 안도의 숨을 내쉬었다. 계획대로 되어가고 있었던 것이다.

"분열되고 혼란된 이 상태를 바로잡아 보겠다는 의지가 있으면 언제라도 좋으니 은밀히 상감을 알현해도 좋습니다. 이것 역시 상감의 밀명입니다."

"알겠소."

"금명간에 결심이 서시거든 상감을 알현하시오. 상감께옵서는 그 누구보다도 임 장군을 신임하고 계십니다."

"고맙습니다. 내일 알현하겠습니다."

임연은 고개를 끄덕였다. 송송례는 그와 헤어져 집으로 돌아갔다. 제이이이制夷以夷라 했던가. 오랑캐는 오랑캐로 막게 한다. 그것은 역대 중국인들의 변방 민족 통치술이다. 코만 내밀고 남의 손으로 코를 풀게 한다. 무장 김인준을 제거하기 위해서는 역시 그들 내부의 무장인 임연이 제거의 깃발을 들어야 하고 저희들끼리 피를 흘리게 해야 한다는 송송례의 계략이 맞아들어가고 있었던 것이다.

조정 내부에는 긴장감이 충만하기 시작했다. 임금을 만난 송송례는 만사가 뜻대로 될 듯하다고 귀띔했다.

"과연 임연이 움직일까?"

그래도 임금은 반신반의하면서 고개를 갸웃했다.

"일컬어 양호경식지계兩虎競食之計라 합니다. 두 마리 호랑이가 굶주린 채 포효하다가 산중에서 만났습니다. 그 앞에 고기를 던져주면 어찌 될까요? 서로 물고 뜯으며 싸웁니다. 그중 한 마리는 죽게 되지요. 호랑이 굴은 비게 됩니다. 그걸 늑대가 노립니다."

"그럼 짐이 늑대란 말이오?"

"그런 뜻으로 말씀드린 게 아닙니다. 반드시 그 계략은 성공할 것입니다. 임연은 눈앞에 부귀와 영달이 다가오고 있다는 걸 깨닫고 그 기회를 놓치지 않겠다는 야심을 보였습니다. 그러하오니 상감께서는 임연을 은밀히 불러 은근히 부추겨주시기만 하면 됩니다."

"으음, 언제 만나야 할까?"

"지금이라도 당장 부르시면 되옵니다."

"알았네."

임금은 곧 임연에게 입궐하라는 밀명을 내렸다. 아닌 게 아니라 임연은 기다리고 있었던 것처럼 급히 들어왔다. 임금은 좌우를 물리치고 단둘이 임연을 맞이했다.

"편히 앉으시오."

"예."

그는 송구스러워 어쩔 줄을 모르고 있었다.

"삼별초의 사기는 어떤지요?"

"충천해 있습니다. 원래 군사들 중에서도 정예 군졸만 뽑아 만든지라 사기뿐 아니라 조련도 잘돼 있는 정병精兵입니다."

"어때요? 임 장군은 과인이 알기에 현관顯官 환로宦路에 나선 것이 아주 이른 걸로 아는데요?"

"예, 무과에 등제한 것이 약관이었습니다."

"어쩌다 그토록 기량이 출중한 장군 같은 사람이 출세가 늦어졌는지 까닭을 알 수 없소."

"그릇이 변변치 못해서입니다."

"겸손의 말씀! 나라가 혼란하고 질서가 없어 그랬을 거요. 일개 무장의 사노私奴였던 사람들까지 갑자기 권세를 잡고 그 정상에 올라서니 차근차근 승급을 하며 묵묵히 나라를 위해 봉사하는 실력자가 빛을 못 보는 건 당연한 일이지."

"……."

임연의 얼굴이 붉어졌다. 상감은 노골적으로 김인준을 지적하지는 않았지만 그를 겨냥해 비난의 화살을 날리고 있는 게 아닌가. 게다가 그런 자들 때문에 실력자인 임연의 출세가 늦어졌다고 말하고 있었다.

"국난이 평정되고 국태민안해지면 말없는 실력자가 인정받는 질서의 세상이 될 것입니다."

"상감 마마, 소장은 그렇게 되도록 심혈을 다하겠습니다."

"임 장군."

임금은 곁에 세워놓았던 장검을 들었다.

"이 칼을 받으시오."

"예?"

임연은 당황해서 어쩔 줄을 몰랐다.

"이 칼은 보검이 아니라 과인이 사랑하던 칼이오. 이 칼을 하사

함은 모쪼록 임 장군이 정의의 편에 서서 무엇이 국리민복國利民福을 위하는 길인가를 헤아려 잘 쓰라고 내리는 것이오. 과인은 임 장군이 나라의 병마권을 맡아줘야만 한다고 생각하고 있었소. 그러기에는 주위에 장애물이 너무 많겠지만 장애물이 있을 때는 가차 없이 제거하시오. 뒷일은 과인이 책임질 테니."

"황공합니다."

임연은 감격해서 물러 나갔다.

한편 개경에 나와 있는 김인준은 조정 안에서 그런 음모가 진행되고 있다는 것을 까맣게 모르고 있었다. 김인준의 태도는 여유만만이었다. 몽고가 원하는 대로 출륙하겠다는 뜻만 보여주면 된다는 배짱이었다. 즉 불타버린 궁궐을 새로 짓는 게 바로 그 뜻이었다.

"인부들을 너무 독촉하지 말라. 될 수 있는 대로 공사 기간을 늦춰야 한다."

이미 강화의 안전은 심복인 임연에게 맡기고 왔으니 안심이었고 서두를 건 하나도 없었다.

"이렇게 좀 날마다 편해봤으면 소원이 없겠소. 뭐 할 일이 있어야지."

강쇠는 기분이 좋은 듯 웃었다. 김인준을 따라 새 궁성 축소장으로 감역監役차 따라오기는 했지만 실상 와보니 할 일이 없었던 것이다. 그래서 날마다 술타령이었다. 그런데 거돌은 별로 말도 없었고 침울한 표정을 풀지 못하고 있었다.

"거돌이."

김통정이 단둘이만 되자 거돌을 불렀다.

"왜 그러우?"

"얘기 좀 할까?"

"뭐요?"

"여기 와서 계속 얼굴을 못 펴고 침울해하는 이유가 뭔지 듣고 싶어서 그래."

"예? 내가 그래 보였단 말이오?"

"음."

거돌은 자기도 모르게 놀라면서 김통정을 바라보았다. 김통정은 거돌을 데리고 주막을 찾았다.

"오랜만에 단둘이 한잔하는 것 같군, 그렇지?"

"그렇군요."

"고민이 있으면 얘기를 해야지, 안 그런가?"

"글쎄요."

거돌은 머뭇머뭇하다가 한숨을 내쉬며 입을 열었다.

"말 못할 사정이 있습니다."

"그게 뭐야?"

"사실은 여자 때문입니다."

"여자?"

김통정은 깜짝 놀랐다. 거돌은 숨기고 있던 사실을 털어놓았다.

"뭐야? 향림 아가씨가 어디에 와 있어?"

"여기서 멀지 않은 객주방에 묵고 있소."

"허, 아니 최우가 죽은 뒤에 감은사로 들어갔댔잖어? 평생 최우의 혼백을 위로하기 위해서 말야. 여승이 되었다면서? 여승이 어떻게 널 찾아왔단 말이지?"

"내가 강화에 있을 때 감은사로 찾아가서 몇 차례 만났거든요."

"저런, 그래서?"

"나한테 통사정을 했어요. 감은사에서 도망쳐 살게 해 달라고 말입니다. 혼자서는 안 되겠대요. 감은사 주위를 항상 군졸이 지키고 있는 데다가 강화에서 빠져 나오려면 배를 타야 하는데 어디서 어떻게 타야 되는가도 모르구."

"그래서 네가 도망치도록 도와주었군?"

"예, 갑자기 연경으로 홍복원을 처치하러 떠나라는 바람에 아씨가 무사히 도망을 쳤는지 어쨌는지도 모르고 연경 가는 배를 탔었지요. 돌아와서는 안부가 궁금하여 백방으로 수소문하다가 ……."

"개경으로 나오게 되어 만난 것이구면? 그래서 어쩌자는 거야? 여자는 뭐라고 그래?"

"일생을 함께 하고 싶대요."

"뭐가 어째? 이미 혼인해서 안식구가 강화에서 기다리고 있는데 그게 될 법이나 한 소린가?"

"소실이라도 좋으니 버리지만 말아 달래요."

"복이 터졌군, 여자 둘 데리고 재미있게 살면 되는 게지, 그게 뭐가 고민이어서 이레 여드레 굶은 쌍판을 하는가?"

"그게 괴로운 겁니다요. 그 여자는 양가댁의 규수요 나는 천민 출신입니다. 그 여자의 오라비가 누굽니까? 조신 가운데서도 촉망을 받고 있는 참지정사參知政事 김방경입니다. 지금쯤 김방경은 누이가 감은사에서 빠져나가 자취를 감추었다는 걸 알고 있을 테고 백방으로 찾고 있을지도 모릅니다. 나하고 함께 산다는 게 드러나기라도 하면 나는 물론 형님까지도 온전하지 못할 것입니다. 그게 괴로운 겁니다요."

김통정도 그 말을 듣고는 입을 열지 못하고 무거운 표정이 되었다. 당장 어떻게 결론을 내릴 수 없는 일이었다. 여자가 미련 없이 떨어져준다면 문제는 간단한데 따라붙는다니 사정이 심각했다. 두 사람은 폭음을 하게 되었다.

"그만 마시고 군영으로 돌아가자. 김 장군이 찾으면 큰일이다. 자, 일어나."

김통정은 거돌을 부축한 채 군영으로 돌아왔다. 자리에 누워 막 잠이 들려 하는데 밖이 소란스러워졌다. 밖으로 나갔던 강쇠가 뛰어들어왔다.

"충돌이 벌어진 모양입니다."

"충돌이라니 그게 무슨 말이냐? 몽고병과의 충돌이냐?"

"알 수 없어요. 나와 보세요."

김통정이 달려 나갔다. 여기저기서 아우성 소리가 들리고 싸우는 소리가 들리고 있었다. 그건 몽고병과의 충돌이 아니라 궁성 축조를 경비하던 고려군끼리의 싸움이었다. 그런데 그 이상스런 조짐이 정변의 신호라는 건 아무도 몰랐다.

"반란 같습니다."

궁성 축조장에서 달려온 군졸 하나가 김통정을 보자 황급히 보고했다.

"반란? 어디서 어떻게 일어난 반란이야?"

"자세히는 모르겠습니다. 감역군監役軍 내에서 일어난 것은 아니고 어디서 왔는지 모르는 다른 부대와 충돌이 벌어진 것입니다."

"다른 부대?"

그럴 리가 없다고 김통정은 고개를 흔들었다.

"다른 부대라면 몽고병을 얘기하는 거냐?"

옆에 있던 강쇠가 물었다.

"아닙니다. 우리 고려군입니다."

"알았다. 강쇠!"

"예."

"가서 거돌을 깨우고 무장을 갖추어라."

김통정이 명했다. 군영 안이 더욱 소란스러워졌다. 시간이 흐름에 따라 충돌의 내막이 분명해졌다. 궁성 축조를 감독하고 경비하기 위해 이곳에 주둔한 감역군과 어디서 왔는지 모를 다른 부대와 접전이 벌어지고 있었던 것이다.

"말에 올라라."

김통정은 거돌과 강쇠에게 지시했다. 군마에 오르자 난장亂場으로 향했다.

"생포하라!"

그 소리와 함께 강쇠는 들고 있던 올가미를 던져 보졸 하나를 묶어 싸움이 벌어지지 않은 곳으로 끌고 갔다. 군졸은 개처럼 질질 끌려오며 비명을 질렀다. 군마에서 뛰어내린 김통정은 잡은 군졸의 목에 칼을 댔다.

"바른 대로 얘기해. 넌 어느 군 소속이냐?"

"사, 삼별초 신의군 소속입니다."

출륙환도出陸還都 377

"너와 함께 온 군사는 모두가 신의군인가?"

"그, 그렇습니다."

"언제 강화도를 떠났느냐?"

"어젯밤입니다."

"군사는 몇 명이냐?"

"1천 2백 명입니다."

"인솔자는?"

"삼별초 부도령 임연 장군입니다."

"뭐라고? 임 장군이? 떠나오기 전에 무슨 명령을 받았느냐?"

"……."

"어서 말해, 그렇지 않으면 목을 베어버릴 테다."

"사, 살려만 주십시오. 시키는 대로 명령에 따랐을 뿐입니다."

"그 명령이 뭐난 말야?"

"감역군과 싸움을 벌이라는 것이었습니다."

"그뿐이냐?"

"예."

"군사 모두 감역군의 군영을 습격했느냐?"

"모, 모두는 아니고 양분했습니다."

"양분을?"

그러자 거돌이 단언하듯 말했다.

"반란입니다. 김인준 장군이 위험하군요. 갑시다, 그리로."

"그럴 리가 없다. 임 장군이 왜 반란을 일으키겠느냐?"

"이놈이 입으로 불지 않았소? 임연이 일으킨 정변입니다. 군사를 양분하여 한쪽은 김인준 장군의 본영을 습격한 것입니다."

"그렇구나, 가자."

세 사람은 채찍을 날렸다.

"김 장군의 군막으로 들어가자."

김인준은 좀 떨어진 곳에서 기숙하고 있었다. 그는 장수 30여 명의 호위를 받고 있었다.

"불, 불을 질렀군요."

군막 있는 쪽이 불길에 휩싸여 있었다. 세 사람은 질풍처럼 군막의 정문을 통과했다. 이상한 것은 그곳에 한 사람의 군사도 없다는 점이었다.

"악!"

세 사람은 동시에 비명을 지르며 허공으로 떠올랐다. 세 필의 군마 역시 허공으로 떴다가 옆으로 쓰러졌다. 전신으로 창대가 파고들며 갈겨대고 있었다. 세 사람은 거의 같은 순간에 정신을 잃고 말았다.

군막 정문 안에 튼튼한 밧줄을 가로 매어놓았는데 어둠 속이라 보이지 않아 그냥 달려들어 오다가 말들이 걸려 넘어졌던 것이다. 정신을 차려보니 세 사람은 결박당한 채 방안에 갇혀 있었다.

"이게 어찌 된 일이지?"

"그러게 말이오."

세 사람은 아직도 통증이 남아 있는지 얼굴을 찡그렸다. 얼마 후에 방문이 열리더니 군졸 세 사람이 들어왔다.

"나갑시다."

그들은 세 사람의 등을 밀었다. 세 사람이 끌려 나간 곳은 군막의 집무소였다.

"꿇어앉아."

부장 하나가 지시했다. 그제야 앞을 보니 안석 위에 장수 하나가 앉아 있었다. 바로 삼별초 부두령이며 이번 거사에 성공한 임연 장군이었다. 어쩔 수 없이 세 사람은 꿇어앉았다.

"김통정."

임연이 불렀다.

"예."

"그 옆에 두 사람은 누군가?"

"제 아우 거돌과 강쇠입니다."

"거돌? 으음."

임연이 안석에서 일어나더니 다가와 손수 결박을 풀어주었다.

"일어나라."

"……."

"김인준 장군은 죽었다."

"옛?"

세 사람은 동시에 놀랐다.

"왜 놀라는가?"

"그럴 리가……. 무엇 때문에 죽었지요?"

"내가 데리고 온 군사들의 손에 죽었다. 김 장군을 제거한 것은 내 뜻이 아니었다."

"그건 무슨 말씀입니까?"

"어명이었다. 나는 어명을 받들어 김인준 장군을 징치한 것뿐이다. 왜 김인준을 제거치 않으면 안 되었는지 그 이유는 나보다.

귀장이 더 잘 알리라 생각한다."

"……."

"그는 위선자였다. 최씨 정권을 무너뜨린 후에 그는 제왕의 자리를 넘보기 시작했다. 그래서 제거된 것이다. 나는 무고한 인명을 희생하거나 김인준을 따르던 사람들에게 어떤 보복도 하지 않으려 하고 있다. 김통정은 누구보다 내가 기대하는 무장이다. 나와 함께 도탄에 빠진 민생을 바로잡고 나라를 위하여 몸 바쳐 주기를 간곡하게 부탁하고 싶다. 이의 있나?"

"……."

"왜 대답을 못하느냐?"

"……. 알겠습니다."

"물러들 가서 원대原隊에 복귀하라."

임연은 세 사람을 내보냈다.

"여름 하늘에 번개는 귀 막을 틈도 주지 않고 들이친다더니 이거야말로 번개 벼락이오. 한순간에 세상이 바뀌다니."

강쇠는 어처구니없는지 한숨을 내쉬었다.

"앞으로 우린 어떻게 해야지요?"

거돌이 물었다. 김통정은 괴로운 표정을 지었다.

"나도 모르겠다. 사제사초事齊事楚를 할 수도 없고."

"사제사초라니요? 그게 무슨 말이지요?"

"아침에는 제나라의 신하, 저녁에는 초나라의 신하!"

"허지만 이 판에 어쩌겠소? 의리 명분을 못 따르게 되었는데? 김인준 장군이 살았으면 모르지만 죽어버렸다는데 어쩌겠소?"

"아무튼 당분간 두고 보자. 사태는 유동적이니까."

앞으로의 거취가 문제였지만 그건 뒤로 미루기로 했다. 이튿날이 되자 임연은 감역군과 반군을 조련장에 집결시켰다. 그는 승자답게 위풍당당한 모습으로 누대에 올랐다. 이윽고 그의 입에서는 눌변이지만 우렁찬 말이 터져 나왔다.

"역도 김인준은 어명을 받들어 주살했다. 노비의 신분으로 태어난 김인준은 시세에 편승하여 백성들의 여망임을 빙자하여 최씨 정권을 무너뜨린 후 위축된 왕권을 부활시키고 임금이 만기친정하여 천하의 간신배를 멀리하고 현신을 등용하여 나라를 중흥케 하고 백성을 낙생樂生토록 하겠다고 약조했으나 한마디도 지킨 것 없이 최씨 통치 시절과 똑같이 그의 나쁜 점만을 답습하여 여전히 조정을 허수아비로 만들고 자기 집에 정방과 도방을 설치하여 조정과 군사를 독단하는가 하면 삼별초를 사병화私兵化하여 권력 집권의 시녀로 삼고 급기야는 왕위까지 넘보고 있었다. 나는 그와 같은 불의에 견딜 수 없는 분노를 느끼고 있었던 차 어명을 받잡고 흉악무도한 반적 김인준을 주살한 것이다. 이제 모든 권한은 조정에 있으며 명군의 왕화王化만이 나라가 안정되고 백성들이 잘 살 수 있다고 천명하는 바이며 이번 거사는 사리사욕을 떠난 공명정대한 반정反正이라는 걸 온 나라에 알리는 바이다. 앞으로는 두 번 다시 이런 불행이 없기를 기원하며 상감 마마의 건승만을 빌 뿐이다."

그는 거사의 이유에 대해서 이렇게 설명하였다.

김인준이 죽고 임연이 전군全軍을 장악한 채 강화 조정에 입성하던 날 아침부터 함박눈이 내리기 시작했다. 마치 하늘 한구석이 무너진 듯 흰 눈이 그치지 않고 열흘 동안이나 퍼부어댔다. 30년 만에 처음 오는 대설이라 했다. 임연은 친위군을 솔거한 채 먼저 개경을 떠났고 김통정을 비롯한 20명의 군사는 뒤처리를 하고 3일 뒤에 떠나기로 했다.

"어떡하면 좋아요."

객주에서 기다리고 있던 향림은 망연자실해서 눈물부터 흘렸다. 거돌은 당장 뭐라고 대답을 해야 할지 알 수가 없었다.

"이곳을 떠나버리시면 난 어떡해야 하느냔 말예요?"

난처한 것은 지금 향림을 데리고 강화로 들어갈 수 없다는 점이었다. 그 첫째는 감은사에서 도타했기 때문에 수배를 당해 잡히기만 하면 벌을 받게 되어 있었고 둘째는 거돌을 기다리는 처가 강화에 있었기 때문이다.

"난 궁성 축조가 끝날 때까지 여기 있을 줄 알았어요. 2~3년 걸릴 거라 했잖아요?"

"나도 그렇게 생각했지."

"그게 끝나면 조정이 이곳으로 출륙하여 천도할 것이고 그리되면 내처 여기에 있게 될 줄 알았는데."

"그런 갑작스런 사단이 일어날 줄 누가 알았겠소?"

"이젠 어쩔 수 없어요."

거돌의 품속에 얼굴을 묻고 있던 향림은 얼굴을 떼더니 눈물을 닦았다. 무슨 말을 할지 몰라 거돌의 표정은 약간 굳었다.

"함께 아무도 모르는 곳으로 도망쳐요. 그 수밖에 없어요."

"도망?"

"네, 무엇 때문에 군사가 되어 매어 있어야 해요? 그 이유가 뭐예요?"

"……."

"당장 먹고 살 수 없어서 그 방편으로 군에 있는 거 아녜요?"

그러자 거돌은 한숨을 내쉬며 고개를 흔들었다. 몹시 괴로운 표정이었다.

"그렇다고만 볼 수 없어. 먹고 사는 게 어려운 건 아니야. 난 타고난 근력이 있어요. 흙을 파고 씨를 부리며 농사를 지어도 먹고 살 수 있어."

"그럼 왜 군에 붙어 있는 거예요?"

"그건 나도 몰라. 누군가 내 손에 창칼을 쥐어주고 전쟁터에 내쫓았어."

그의 얼굴은 상기되었다. 목소리가 높아졌다.

"난 아씨가 알다시피 노비였소. 짐승 같은 대접을 받으며 살았었소. 내가 왜 그런 노비가 되어 세상에 태어났는지, 그게 정말 수수께끼였소. 나도 다른 사람들처럼 사람대접을 받고 싶었고 내 아버지가 누군지 알고 싶었소. 그러다 전쟁터에 버려졌고 비로소 나도 사람대접을 받을 수 있구나 하는 걸 느꼈소, 사람들은 평민인지 노비인지 따지지 않습디다. 난세라 그런 듯했소. 나처럼 노비였던 자가 국권도 잡았소. 그게 김인준이오. 나에게 그런 자유로움을 주었는데 보답은 해야 하지 않겠소?"

"보답이라니요? 누구한테요?"

"나라에, 나라에 보답을 해야지요. 보답하는 길은 몽고와 싸워 그들을 이 땅에서 물리치는 일이오. 난 거기에 목숨을 바쳐야 한다고 생각했기 때문에 지금까지 군사로 만족하고 있는 것이오."

"됐어요. 처인성에서 살례탑을 죽였고 곳곳에서 몽고병과 싸워 이겼어요. 그만큼 보답했으면 되는 거예요. 그 정도면 할 일 다 한 거예요. 이제 거기서 떠나도 돼요. 난 당신을 위해서 일생 동안 숨어 살겠다고 다짐한 여자예요. 나하고 아무도 모르는 곳으로 가요. 네?"

"아아."

거돌은 괴로워 어쩔 줄을 몰라 했다. 그때 방밖에 인기척이 들렸다.

"형님, 여기 있수?"

"누구냐, 강쇠냐?"

"예."

"왜?"

"통정 형님께서 찾고 계십니다. 빨리 군영으로 들어오시래요."

"알았다. 아씨, 조금만 기다리시오. 군영에 다녀올 테니."

"결심을 하고 오세요. 오늘밤 개경을 떠나기로 해요. 아니면 전 자결을 하겠어요."

향림은 밖에 있는 강쇠가 듣지 못하도록 목소리를 낮춰 소곤 거렸다.

"잠시 여유를 주시오. 내 다녀와서 다시 얘기합시다."

"결심을 하고 오세요."

향림은 나가는 거돌의 꼭뒤에 대고 거듭 다짐했다.

"이렇게 폭설이 내리니 공사는 계속할 수 없다. 인부를 귀향 시키고 우리는 내일 이곳을 떠나 강화로 들어가야 한다. 출발

준비에 소홀함이 없도록 하라."

김통정은 그렇게 지시했다. 거돌은 난감했다. 그러나 어쨌든 공사장의 인부들에게 귀향하도록 조치하고 대강 일을 마친 뒤 객주집으로 왔다. 눈이 쌓여서 무릎까지 빠질 지경이었다.

"아니?"

방문을 열어본 거돌은 흠칫했다. 아무도 없이 방안이 텅 비어 있었던 것이다. 불길한 예감이 들었다. 거돌은 주인 방으로 찾아 갔다.

"저쪽 방 아씨 못 보았소?"

"글쎄요. 우리도 나가는 건 못 보았는데요. 근처에 잠깐 나갔겠지요."

기다려보라는 것이었다. 거돌은 방안에 들어가 향림이 오기를 기다렸다. 그러나 저녁때가 다 되도록 종무소식이었다.

'이상하다. 어디를 간 것일까?'

자결 운운하던 말이 생각나서 거돌은 가슴이 덜컹 내려앉았다.

'그럴 리가 없다. 조금 기다려주면 돌아와서 얘기를 하겠다고 하지 않았나?'

거돌의 결심도 안 들어보고 스스로 목숨을 끊는다거나 그냥 가출해 버릴 여자는 아니었다.

'큰일이구나.'

마냥 기다리고 앉아 있을 수만도 없었다. 군영으로 들어가 봐야 했던 것이다.

"저 군영에 갔다가 밤늦게 나온다고, 오면 기다리라고 해주시오."

거돌은 객주 주인에게 부탁하고 총총히 군영으로 돌아왔다. 그 얘기를 김통정에게 해야 할까 말까 망설이다가 그만두기로 했다. 일이 손에 잡힐 리가 없었다. 거돌은 밤이 이슥해지자 다시 객주로 나왔다. 돌아와서 기다리겠거니 했으나 향림은 그때 까지도 돌아오지 않고 있었다. 거돌은 행여나 하면서 뜬눈으로 밤을 새웠다. 그러나 새벽이 되도록 향림의 모습은 나타나지 않았다.

애를 태우던 거돌은 희뿌옇게 날이 새기를 기다려 객주를 나섰다. 눈은 한 길이나 쌓여 있는데 아직도 눈발은 희끗희끗하게 날리고 있었다. 거돌은 개경에서 서북쪽으로 난 길을 걷기 시작했다. 여기서 10여 리를 가면 예성강禮成江이다. 강화를 탈출한 향림이 제일 먼저 몸을 숨기고 지낸 동네는 예성강가의 메터골이라는 곳이었다. 물론 향림 때문에 그곳에 가보지는 않았지만 어려서 한 번 가본 곳이었다. 눈밭에서 미끄러지며 늦은 아침이 되어서야 강가에 이르렀고 메터골이라는 곳에 당도하게 되었다.

"디딜방앗간 집이 어디요?"

촌로에게 물으니 마을에서도 좀 외따로 떨어진 집을 가리켜주었다. 그 집은 할머니 혼자 살고 있다고 향림이 한 말이 떠올랐다. 아닌 게 아니라 가서 주인을 찾으니 칠순이 다 된 노파 하나가 나왔다.

"개경에서 온 사람인데요. 향림 아가씨란 분이 이곳에 왔다고 해서 전해 드릴 말씀이 있어 찾아왔어요. 지금 안에 있나요?"

"누구라구요? 향림 아가씨?"

"예."

"난 그런 사람 모르구 또 여기 온 일도 없어요."

"숨기시지 않아도 돼요. 해를 입히려고 온 게 아니니까요. 아가씨한테 좋은 일입니다요."

노파가 숨기는 듯해서 거돌은 여러 가지 말로 안심을 시켰다.

"정 의심이 나면 들어와서 찾아보고 없으면 기다려보시구려."

노파는 그렇게 말했다. 거돌은 허탈해서 쪽마루에 주저앉았다. 마당에 놓인 디딜방아가 흰 눈을 뒤집어쓴 채 아직도 눈발을 맞고 있었다. 노파의 말은 사실인 듯했다. 향림이 이곳으로 오지 않은 건 분명했다.

거돌은 되짚어 개경으로 돌아왔다. 군영 일이 궁금하여 그곳부터 찾아갔다. 그런데 이게 웬일인가. 군영도 텅 비어 있었다. 거돌만 남겨둔 채 강화로 철군했던 것이다. 거돌은 당황하지 않을 수 없었다. 거돌이 향림을 찾아나니며 돌아오기를 기다리다. 지친 것처럼 김통정 또한 거돌의 귀대歸隊를 기다리다가 오지 않으니 그만 잔여 부대를 이끌고 강화로 철수해 버린 모양이었다.

"이거야말로 큰일이구나."

불타버린 궁성을 새로 짓기 위해 인부를 동원하여 조정에서는 축조 사업을 벌이고 있었으나 폭설이 내리고 눈이 쌓이게 되자 일을 할 수 없어 모두 귀향해 버려 황량하기 이를 데 없었다. 며칠 전까지만 해도 수백 명 인부와 수백 명 감역 군사가 몰려 도떼기시장을 이루었는데 오늘은 개미 새끼 한 마리 없이 쓸쓸하고 회색의 어두운 하늘에는 까마귀만 날고 있었다.

'군무이탈자가 되어버렸구나.'

자기도 모르는 사이에 도망병이 되었던 것이다. 거돌은 한숨을 내쉬며 머리에 쌓인 눈을 손으로 털어내며 객주집으로 터덜터덜 걸어왔다. 한꺼번에 두 가지를 잃어버렸던 것이다. 향림과 부대를 잃어버렸으니 앞으로의 일이 망연하기만 했다. 그래서 객주로 돌아온 것인데, 객주 주인이 눈을 치우고 있다가 거돌을 맞이했다.

"어디 갔다가 인제 오십니까?"

"군영에 갔다 오는 길입니다."

"안에서 무척 기다리던데요?"

"안에서?"

거돌의 눈이 번쩍 빛났다. 아니 그럼 향림이 돌아와 있단 말이 아닌가. 반가움에 거돌은 뒤채 방안으로 뛰다시피 다가가서 문을 열었다.

"아니? 어찌된 거지? 응?"

"……."

"어디 갔다가 이제 온 거야, 응? 대체 어떻게 된 거야?"

"들어오세요."

눈발이 묻어 있는 거돌의 몸을 향림은 덥석 끌어안았다.

"그냥, 그냥 있었군요."

"어떻게 된 거야?"

"보고 싶었어요."

향림은 눈물을 글썽이며 거돌의 품에 안겼다.

"왜 내가 묻는 말에는 대답이 없지?"

"천천히 말씀드릴게요. 손이 몹시 차네요."

"대체 그동안 어디 가서 뭘 했지?"

"그게 그렇게 궁금해요?"

"음."

"다른 객주집에 가 있었어요."

"뭐? 왜?"

"그럴 만한 이유가 있었어요."

"그 이유가 뭐야?"

"제가 없어지면 찾아다닐 게 아녜요? 그렇게 찾다 보면 군사들은 강화로 돌아갈 테구."

"뭐?"

거돌은 벌떡 일어나 앉으며 화난 얼굴이 되었다. 행방을 감춘 것은 다 계획적으로 한 일이었다는 말 아닌가. 부대가 떠날 때까지만 나타나지 말자, 떠난 뒤에 나타나면 거돌은 이러지도 저러지도 못하니까 남게 될 것이다.

"대체 어쩌자는 거야?"

그러자 향림도 일어나 앉으며 거돌의 팔을 잡았다.

"미안해요. 당신과 살 수 있는 방법은 그것밖에 없었어요. 어디론가 자취를 감추고 숨어서 살아요, 응? 소원이에요."

거돌은 말을 잃었다. 사랑하기 때문에 도망쳐 숨어 살기 위해 그랬다는 데야 할 말이 없었다. 얼마가 지난 뒤에야 거돌은 화난 얼굴을 풀고 사정하듯 달랬다.

"그럴 수는 없소."

"왜요?"

"숨어 살 수가 없어요. 숨을 데도 없구."

"산중으로 가면 되잖아요."

"안 돼요, 아씨, 산중에 숨어 살지 못하게 하는 건 몽고 놈들이오. 언제 어디서 쳐들어올지 모르니까. 그놈들처럼 잔인한 병사들은 없어."

거돌은 치를 떨었다. 이미 다 경험한 일이었던 것이다. 아무도 모르는 산중으로 가서 밭이나 일구며 살겠다고 계집종인 과부댁과 함께 청석골로 들어갔지만 결국 과부댁은 몽고병에게 윤간을 당하고 죽어버리지 않았던가.

"그럴 순 없소. 그렇게 숨어 살다가 화를 당하는 사람들을 하나 둘 본 게 아니오. 날이 새면 떠납시다."

"어디로요?"

"강화로 들어가야지."

"네? 안 돼요. 난 잡히면 끝장이에요. 왜 호랑이 굴로 들어가자는 거예요?"

"등잔 밑이 어둡다고 했소. 오히려 숨어 살기에는 강화가 안성맞춤이오. 난 군영으로 귀대를 해야 하오."

"싫어요. 들어가면 안 돼요."

향림은 완강하게 반대했다. 그러나 거돌은 아침이 되자 어쨌든 객주를 떠났다. 향림은 이미 깎은 머리가 길어서 쪽을 지을 만했다.

"남루한 옷을 입고 수건으로 얼굴을 가리면 누가 알아보겠소?"

거돌은 향림에게 변복을 하도록 하고 어선을 빌려 타고 강화로 들어왔다. 거돌은 별수 없이 두 집 살림을 차리게 되었다. 강도성 교외의 민가에 방을 얻어 있게 하고 날마다 왔다 갔다 하기로 했던 것이다.

"형님, 죄송합니다."

군영으로 찾아든 거돌은 우선 김통정을 만나 사과부터 했다.

"아니 영영 도망친 줄 알았더니 다시 돌아왔군?"

"실은 그 여자 때문이었소. 말도 없이 가출해 버려서 그걸 찾다가 그만."

"그래, 또 찾아 가지고 함께 왔단 말인가?"

"아, 아닙니다. 찾지 못했어요."

거돌은 어쩔 수 없이 거짓말을 하고 말았다. 도망친 줄 알았다고 말은 그렇게 하고 있었지만 다시 돌아올 거라고 믿고 있었던지 보고를 안 해서 며칠 군무 이탈이 된 것은 문제가 되지 않았다. 문제는 쥐꼬리만 한 녹봉을 받아 두 집 살림을 해야 하니 그게 목전에 닥쳐든 곤경이었다.

임연이 정변을 일으켜 대권을 쥐었으니 삼별초의 대우가 나아지리라 예상하고 있었지만 어찌된 셈인지 녹봉이 오를 기미는 보이지 않고 있었다. 그 때문에 군사들의 불평이 많았다. 그러자 임연은 약속 불이행의 책임을 조정에 돌리기 시작했다. 임금과 왕권파의 소원대로 김인준을 무너뜨리고 나자 그들은 재빨리 군권을 임금에게 돌리는 작업을 해버렸다. 정변이 성공한 지 3일 만에 임연은 허수아비가 되었던 것이다.

'정방과 도방을 폐지한다. 그 때문에 조정의 권한이 위축되고 모든 대권이 사가私家에 돌아갔던 것이다. 따라서 삼별초의 지휘권도 임금에게 위임한다.'

그런 조칙이 내려졌던 것이다. 전권을 잡은 역대의 무신들은 자기 집에 도방과 정방을 설치하여 조정과는 별도의 사조정私朝

廷을 만들어 천하를 호령했고 삼별초를 호위 군사로 만들었다. 그것을 폐지하겠다니 새로 전권을 잡은 임연은 일개 무장으로 대우하겠다는 말이나 다름없었던 것이다. 그 때문에 임연은 불만을 갖고 모든 책임을 조정에게 돌리고 있었다.

삼별초 내에 갑자기 비상령이 하달되었다.
"육번도방六番都房의 병사와 삼별초의 병사는 모두 구정毬庭으로 집결하라. 무장을 하라."
비상령이 하달되자 군내가 술렁거렸다.
"형님, 웬일이지요?"
"비상이잖아. 그래서 집결하라는 데 뭐."
전포를 입으며 거돌이 강쇠의 물음에 대답했다.
"이상하지 않우? 지금까지 육번도방 병사와 삼별초가 한 마당에 모여본 적 있소? 항상 신의군이면 신의군, 마별초면 마별초, 그렇게 모였지 않소?"
"한꺼번에 다 모인 적도 있잖아? 김인준 장군 정변 때 말야."
"오, 그렇군. 그럼 또 무슨 정변을 일으키려고 그러는 게 아닐까?"
"속단은 금물이다. 어서 나가보자."
삼별초의 연병장인 구정으로 나가보니 벌써 무장을 갖춘 전 군사들이 새까맣게 몰려나오고 있었다. 구장毬場이란 경기장을 말함이다.
고려에서는 격구擊毬를 국기國技로 삼고 있었다. 격구란 마상馬上 축구를 말함이다. 말을 타고 편을 갈라 잡물을 집어넣은 둥근

혁구革球를 가지고 긴 장대로 공을 다루며 양쪽 계문界門 안으로 집어넣어 승부를 결하는 경기이다. 이 경기는 조정뿐만 아니라 민간에서도 굉장한 인기가 있었다. 조정에서도 격구 경기가 벌어지면 임금까지 백관百官을 솔거하고 관전을 하며 응원을 할 정도였다. 그래서 격구장은 아주 넓은 초원의 광장이었다.

2천여 필의 군마를 탄 마별초가 오른쪽에 집결하고 나머지 5천의 삼별초군이 육번도방군 천여 명과 함께 대오도 정연하게 부대별로 정렬을 끝냈다. 오랜만에 활짝 갠 하늘에서는 황색의 햇빛이 쏟아져 늘여 세운 기치창검을 번쩍번쩍 빛나게 했다.

군마를 탄 교위校尉들이 사방으로 내달으며 움직이지 말라고 호령했다. 교위 속에는 김통정도 섞여 있었다. 이윽고 명금취타대鳴金吹打隊의 군악이 울리고 흑마에 오른 삼별초 도령 임연이 누대에 모습을 드러냈다. 취타대의 군악이 멎자 은빛 투구에 청색 전포를 번쩍이며 마치 전지로 떠나는 장수처럼 위엄을 보이며 임연이 앞으로 나와 외쳤다.

"오늘 제군을 이 자리에 모이게 한 것은 결단의 칼을 뽑기 위해서이다. 제군도 알다시피 본인이 역도 김인준을 타도한 것은 그의 횡포를 막아 국난을 극복하고 사직을 보전하려는 데 있었다. 상감이 본인의 뜻에 동조하여 내밀히 도와준 것도 바로 그 때문이었다. 당시 본인은 거사 성공을 전제로 두 가지를 보장해 달라 했다. 그 첫째가 몽고와는 굴욕적인 화친을 하지 말 것, 두 번째는 삼별초를 비롯한 육번도방 군사의 처우를 개선해 줄 것."

"와아."

마별초 쪽에서 함성이 일어나 임연의 사자후를 집어삼켰다.

임연은 함성이 가라앉기를 기다려 다시 말을 이었다.

"그러나 거사가 성공하자 임금은 일부 간신들과 결탁하여 약조를 위배하고 식언食言해 버렸다. 나 임연을 한낱 허수아비로 만들고 모든 권한, 심지어 병마권마저 임금에게 귀속시켜 버렸다. 따라서 왜 약조를 지키지 않느냐는 나의 항의도 묵살되어 버렸다. 임금은 간신배를 동원하여 몽고와 굴욕적인 담합을 벌여 몽고의 완전한 속방이 되기를 자원하고 있고 배고파 못 살겠으니 처우를 개선하라는 우리 군사들의 애소를 계속 묵살하고 말았다. 참을래야 도저히 참을 수가 없다. 그리하여 본인은 우리 군내의 실력자들과 회동한 결과 다음과 같은 결정을 보았다. 가장 시급한 것은 군사들의 처우 개선이다. 처우 개선이 되려면 새로운 임금이 보위에 올라야 한다. 새로운 임금은 우리가 뽑아야 한다!"

"와아!"

다시 한 번 함성이 진동했다. 처우 개선, 그거야말로 가장 절실한 문제였던 것이다. 왕권을 강화한 뒤 임금은 실상 할 일이 많았다. 제일 먼저 해결해야 할 문제가 몽고와의 화친 담판이었다. 싸우지 않고 국권을 지키며 평화를 찾아야 했던 것이다. 그 바람에 군사들의 처우 개선 문제는 생각할 겨를이 없었다. 먹고 살기 힘든 것은 군사들뿐만이 아니었다. 수많은 백성들이 당장 아사 직전에 있었고 오랜 전란으로 국고는 완전히 말라 있었던 것이다. 그러나 무지한 군사들이 그걸 알 리가 없다. 임연의 말만 믿고 그의 선동에 따라 임금만 책임을 뒤집어쓰게 됐던 것 이다.

임연이 노린 것은 바로 그 점이었다. 군사들을 선동하여 문무의 대권을 다시 한 손에 거머쥐자는 것이었다. 그러자면 임금을 갈아치워야만 했다.

"자, 내 뜻에 동조하는 군사는 날 따르라."

장검을 뽑아든 임연이 한 번 더 외치자 군사들이 함성을 올렸다.

"자, 왕궁으로 가자."

임연이 누대에서 내려오며 흑마에 올랐다. 군사들은 임연을 따라 왕궁으로 향했다.

"뭐라구? 임연이?"

편전에 왕비와 함께 앉아 있던 임금은 깜짝 놀랐다.

"지금 군사들을 이끌고 이곳으로 몰려오고 있다 하옵니다."

"용호군龍虎軍을 동원하여 임연의 삼별초군을 막아라."

임금이 명을 내렸다. 그때는 이미 삼별초군이 궁성문 앞에 이르렀을 때였다.

"궁문을 열어라. 나는 삼별초 도령 임연이다! 상감 마마를 알현하고 황급히 계품해야 할 일이 있다."

그러자 궁문의 파수지기가 나타났다.

"장군, 입궐하시는 건 좋으나 군사들은 궁 밖에 유진시키시고 단독으로 만나십시오."

"단독으로? 좋다. 여봐라, 파수 군졸을 모조리 결박하라."

임연의 명이 떨어지자 군사들이 난입하여 20여 명의 파수지기들을 묶어버렸다.

"미리 지시한 대로 각 군 교위들은 소속 부대를 지휘하여 궁 안의 요소요소를 점거하라."

궁사들은 함성을 지르며 밀려들어갔다. 궁성의 중문에 이르자 용호군(친위군)의 대장 최병진崔秉振이 3백여 명의 군졸을 거느리고 막아섰다.

"무슨 일이냐? 정지하라."

삼별초군이 주춤거리며 멈춰 섰다. 그러자 임연이 말머리를 앞으로 세우며 나섰다.

"나는 삼별초 도령 임연이다. 상감을 뵈러 왔다."

"임 장군."

최병진은 마상에서 군례를 했다.

"그 뜻은 알고 있습니다만 군사를 이끌고 궁 안에 난입하시다니 이게 무슨 변고입니까? 어서 군사를 물리시고 장군 혼자서 알현하십시오."

최병진은 당당하게 임연의 무례함에 못을 박았다.

"최 장군! 이것은 반정反正이다. 내 뒤에는 삼별초 전군과 육번도방의 전 군사, 도합 5천의 군사가 따라오고 있다. 내 앞길을 막지 말고 대세를 따라라."

"반란은 용서할 수 없다. 임연을 잡아라."

최병진이 외치자 임연은 감연히 노하여 군사들에게 공격을 명했다. 용호군은 변변히 저항조차 못하고 짓밟히고 최병진은 목이 날아갔다. 임연의 삼별초군이 궁내 요소요소를 점거하자 궁 안은 일대 혼란이 일어났다.

"동요하지 말라. 삼별초군은 조금도 피해를 입히지 않을 것이다. 다만 임금의 신변을 보호할 뿐이다."

교위들은 그렇게 외치고 돌아다녔다.

"전하, 어서 속히 피하셔야 합니다."

승지가 백지장처럼 되어 떨면서 말했으나 임금은 보좌에 앉은 채 잠을 자듯 눈을 감고 꼼짝하지 않았다. 임연이 곧 나타날 줄 알았으나 나타나지 않았다.

"중신들에게 입궐하라 일러라. 입궐하지 않는 자는 가차 없이 베겠다고 전하라."

임연은 어전 회의를 열도록 재촉했다. 조정의 대신들은 기별을 듣자마자 화가 미칠 것이 두려워 하나 둘 입궐하기 시작했다. 조정 대신의 집으로 군사들이 몰려가 입궐을 강요하니 거절했다가는 무슨 일을 당할지 몰라 대신들은 수레를 타고 창졸간에 입궐했다. 모든 대신들이 어전에 모이자 비로소 임연은 호위 장수 셋을 거느리고 편전으로 들어갔다.

"어디를 함부로 들어오시오?"

입직 승지가 놀라 가로막았다.

"비켜라. 중대한 일로 상감을 알현하러 왔다."

승지를 밀어내고 임연은 방안으로 들어갔다. 임금은 조금도 동요됨이 없이 살벌하게 들어오는 임연을 맞이했다. 임연은 부복한 채 입을 열었다.

"그간 옥체만안하시옵니까?"

"어찌 된 일이오? 갑자기 무장을 하고 살기를 번뜩이며 현신하다니?"

"어쩔 수 없는 중대사가 발생했습니다."

"중대사가 뭐요?"

"어전 회의를 주재하십시오."

"왜 내 말에는 대답이 없소?"

"소장은 연금 상태입니다."

"연금 상태? 과인을 연금한 것이 바로 임 장군인데 어찌 거꾸로 말하시오?"

"그것은 전하께서 잘못 아신 것입니다. 모든 삼별초군과 육번도방이 들고일어났습니다."

"무엇 때문에."

"처우 개선을 하라는 것입니다. 그 약조를 저버렸다고 전하와 소장을 표적으로 삼아 매도하고 나섰습니다. 그래서 무마를 했습니다. 소장이 책임을 지고 약속 이행의 보장을 전하로부터 받아낼 테니 기다려 달라 했습니다. 그런데도 흥분한 군사들은 기름에 불을 붙인 듯 더더욱 기승을 부리며 책임의 소재를 분명히 하겠다며 소장을 납치했습니다. 그리하여 이렇게 궁 안으로 끌려들어 온 것입니다."

"……."

임연은 교묘하게 거짓말을 하고 있었다.

"그래 지금 날더러 어떡하라는 거요?"

"어전에 나가시어 회의를 주재하시고 서 대책을 강구하십시오."

"음."

임금은 침통한 표정으로 생각에 잠기더니 자리에서 일어났다. 병장기를 든 군사들이 에워싼 가운데 어전 회의가 열렸다.

"과인은 군사들이 대체 무슨 불만이 있어 그러는지 알 수 없고 왜 이런 사태에까지 오지 않으면 안 되었는지 모르겠소. 게다가

이 소동을 주도한 인물이 누구인지조차 모르겠소."

그러자 형부상서刑府尙書 신사전申思佺이 반열에서 나섰다.

"이번 소란은 삼별초 도령인 임연 장군의 책임이 크다고 생각합니다. 처우 개선이라는 걸 이유로 소란을 피우려 할 때 임 장군은 수수방관했다고 합니다. 사태를 이렇게 되도록 만든 것은 임 장군이기 때문에 임 장군 자신이 해결해야 마땅하다고 생각합니다. 처우개선이라는 것은 소란의 이유가 못됩니다. 국고에 여유가 있는데도 처우 개선을 안 해주는 것도 아니고 곧 해주겠다고만 달래면 되는 걸 그걸 못했다는 것은 이해가 가지 않습니다."

신사전의 말을 듣고 있던 임연의 얼굴은 벌겋게 상기되었다. 그의 말이 끝나자 모든 시선이 임연에게 떨어졌다. 과연 뭐라 할까 하는 표정들이었다. 드디어 임연이 한 발 앞으로 나섰다.

"형부상서의 말씀 백번 지당한 줄로 알고 있습니다. 소장 무능하여 무마를 하지 못한 죄 크다고 여기고 있습니다. 하오나."

임연은 그 말에 힘을 주고 어깨를 펴면서 당당하게 말을 이었다.

"인내라는 것은 참을 수 없는 걸 참는 게 인내입니다. 하지만 그 인내에도 한도가 있습니다. 군사들의 불만은 당연한 것입니다. 군사들의 불만은 다만 처우개선 약속에 대한 불이행뿐만이 아닙니다. 몇몇 간신배의 농간에 의해 성총이 흐려지고 그 때문에 굴욕적인 화친 조건으로 나라를 몽고에 병합시키려 하고 있다는 데 불만을 가지고 있는 것입니다."

그의 말이 계속되는 동안 임금의 표정은 창백하게 변해가고 있었다.

"소장은 그런 뜻에서 보면 아무런 책임이 없습니다. 조정 내외가 알다시피 전하께서는 모든 권한을 소장으로부터 박탈하셨습니다. 따라서 군사들이 굶어 죽는다고 아우성을 쳐도 한마디 진언을 못했고 나라의 운명이 경각에 달려 있다는 걸 알면서도 한마디 진언을 못했습니다."

"무엄하오. 감히 상감 마마 앞에서 자신의 책임을 회피하고 요언妖言을 농하다니 그럴 수 있소?"

신사전이 또 나섰다. 그러자 임연은 발연히 노하며 외쳤다.

"신사전을 끌어내어 목을 베어라."

한순간에 어전이 긴장했다. 너무도 충격적인 명령이었던 것이다.

"뭐요?"

신사전이 놀라 뒷걸음질 쳤다. 그러자 뒤에 서 있던 군사들이 우르르 몰려나와 신사전의 양팔을 잡아 밖으로 끌고 나갔다.

"임연, 너는 대체 뭘 믿고 그러느냐? 이놈, 하늘이 두렵지 않으냐? 최충헌의 망령이 다시 살아나는구나."

끌려 나가며 그는 악을 썼다.

"조정의 간신배란 바로 저런 자를 두고 이름입니다. 사리사욕을 채우기 위해 몽고 조정의 뇌물을 받고 나라를 팔아넘기려는 자였습니다. 상감 마마, 신사전과 같은 부신의 무리들이 이 가운데에 많습니다."

임연이 팔을 벌려 대신들을 가리켰다. 두려움에 어쩔 줄 모르던 대신들은 자기들을 손가락질할까 봐서 모두 벌벌 떨었다.

"이 자리에서 나라를 이 꼴로 만든 책임자가 누구인지 가려내어 문책을 해야 마땅하다고 소장은 생각합니다."

임연의 추상같은 협박이 끝나자 대신 중에서 이장용李藏用이 임연의 눈치를 보며 반열에서 앞으로 나왔다. 이장용은 참지정사參知政事로서 재상을 역임한 중신이었다.

"상감 마마, 40여 년 간 조정을 위해 몸 바친 노구 삼가 한 말씀 올리겠습니다."

그가 입을 열자 모두 조용해졌다. 국가의 원로대신이기 때문에 그의 한마디는 권위가 있었던 것이다.

"임연 장군의 주장은 옳다고 보아집니다. 역도 김인준을 주살하고 만기친정을 하여 국난을 극복하고 민생을 안정시키기 위해 불철주야 노력하셨다는 것은 소신 또한 너무도 잘 아옵니다. 하오나 2년이 다 되어가는 지금도 조정 상하는 안정이 안 되고 있습니다. 싸우지 않고 나라를 보전하자는 데 반대할 사람은 없습니다. 명예로운 화친은 누구나 바라는 일입니다. 하지만 그런 걸 기화로 요즘 몇몇 중신들은 굴욕적인 조건까지 감수하며 화친하자고 나옵니다. 몽고는 화친이 완전히 성립되지도 않았는데 마소馬牛를 보내라, 쌀 3천 석을 싣고 대해大海를 건널 수 있는 대함大艦 천 척을 건조해 내라고 강요하고 있습니다. 화친을 맺고 나면 어찌 되겠습니까? 맺지도 않았는데 그 정도로 요구한다면 맺고 나면 나라를 요구하고도 남지 않겠습니까? 지금 화친을 교섭하는 대신들은 그것조차 감수하자고 나옵니다. 상감께서도 그 주장에 동조하셨고 동조해 오셨습니다. 이것은 모두 상감 마마가 책임지실 일입니다."

이장용의 말에 임금 이하 모든 대신들 역시 다시 한 번 충격을 받고 아연했다. 이장용이 나설 때는 임연의 무례한 언동을 질책하고 상감의 입장을 옹호할 줄 알았는데 엉뚱하게도 임연의 편에 서서 임금을 구석으로 몰고 있었던 것이다. 전각 안은 한동안 무거운 침묵이 흘렀다. 임금이 뭐라 할지 숨을 죽이며 기다리고 있었다. 드디어 한 참 만에야 떨리는 목소리로 임금이 입을 열었다.

"참지정사! 과인이 지금 할 수 있는 최선의 일이 무엇이오?"
"……."
"보위에서 물러나야 한단 말이오?"
"……."

그 말에는 임연도 대답을 못하고 고개만 떨구고 있었다.

"왜 말이 없소? 과인이 손위遜位해야 나라가 바로 설 수 있고 이 국난을 극복할 수 있다면 서슴없이 물러나겠소. 물러나라는 말이오?"

그래도 이장용은 말이 없었다. 그러자 임금은 임연을 향해 했던 말을 되풀이했다. 임연은 잠시 망설이다가 입을 열었다.

"그렇습니다. 보위에서 물러나시는 것만이 나라를 바로 세울 수 있습니다."

"으음."

임금은 신음 소리를 내더니 보좌에서 옆으로 쓰러졌다. 의식을 잃어버린 것이었다.

이장용의 강력한 손위遜位 권고를 받은 임금은 마침내 체념한 듯이 양위의 뜻을 비쳤다. 임금을 모시던 근신들은 차마 소리

내어 울지도 못했다. 임연의 허리에 차고 있는 칼이 언제 뽑혀 나올지 알 수 없었던 것이다. 임금이 눈물을 흘리며 양위에 순순히 응한 것도 임연의 무시무시한 협박 때문이었다.

알 수 없는 건 이장용의 태도라고 쑤군거렸다. 사실 이장용이 손위를 주장하게 된 것은 사전에 임연에게 매수되었기 때문이었다. 어쨌거나 임연은 문무文武의 대권을 잡고 원종의 폐립을 단행, 별궁別宮에 유폐시켜 버렸다.

그런 다음 임연은 안경공安慶公 창의 저택을 방문했다.

"누구냐?"

"임연 장군이 듭셨습니다."

"임연이?"

창은 잠시 뭔가 생각하다가 사랑으로 들어오도록 했다. 창을 만난 임연은 부복했다.

"아니, 장군 왜 이러시오?"

놀란 창이 말렸다. 그가 보인 예는 바로 지존인 상감을 알현하는 거나 마찬가지였던 것이다.

"일어나시오, 어서."

"예, 그간 찾아뵙지 못한 죄 용서하시기 바랍니다."

임연은 비로소 자세를 바로 하고 찾아온 이유를 설명했다. 그러나 그건 어디까지나 사후 설명이지 상의가 아니었다.

"그와 같은 소신의 행위에 대해서 용서를 하실 수 있는지 없는지 그걸 알기 위해 왔습니다."

그러자 창은 약간 침통한 얼굴을 하고 있다가 어렵게 입을 열었다.

"나는 원래 조정의 일도 잘 모르고 관심이 없어 상감 마마께서 그런 허물과 과오가 있는지는 모르고 있었소이다."

"겸손의 말씀을."

"허나 임 장군의 말씀을 들어보니 백척간두에 선 나라의 운명을 생각하고 구국의 일념으로 그런 일을 하셨다니 그렇게 이해할 수밖에 없군요."

창은 몹시 조심스럽게 대꾸하고 있었다. 임금조차 갈아치운 임연이기 때문에 두려웠던 것이다. 찾아온 이유를 알 것도 같고 모를 것도 같은데 여기서 잘못 답변하면 어떤 화가 미칠지 알 수 없었다. 안경공 창은 고종高宗의 둘째 아들이었다. 장자는 고종의 뒤를 이어 원종元宗이 되었으니 원종은 폐립을 당한 지금의 임금이다. 그러니까 창은 임금의 아우인 셈이었다.

창은 소년 시절부터 수난을 많이 겪었다. 계속적인 몽고 침입 이후 수도를 강화로 옮기자 몽고는 출륙을 강요하며 왕자 볼모를 요구했다. 임금이 직접 오지 않으려면 왕자라도 보내라는 것이었다. 그 때문에 결국 창은 원경에 인질로 잡혀가기도 해서 많은 고생을 겪었다. 따라서 그는 몽고에 대한 원한이 깊었다. 길잡이 홍복원을 해치워야만 한다고 주장한 사람도 바로 그였다. 그러면서도 조정이나 국정에 전혀 관심이 없는 것처럼 하는 것은 임연의 속셈을 몰라서였다.

"그리고 소신 이렇게 찾아 뵈온 또 다른 이유가 있습니다."

"그게 무엇이오?"

"하늘에 태양이 없으면 안 되듯이 지존이 한시라도 안 계시면 나라는 어둠 속을 헤매게 되옵니다. 그리하여 중신 회의를 열고 중지를 모아본 결과 전하만이 나라를 바로잡을 수 있다는 결론을 얻고 삼가 보위에 나아가 주십사 간곡히 말씀드리러 온 것입니다."

"뭐라구요? 날더러 지존의 자리에 오르라구요?"

"예, 이것은 소신의 소망인 동시에 조정 상하의 한결같은 바람입니다. 이 뜻을 거둬주시옵소서."

다시 한 번 임연은 부복했다. 창은 어쩔 줄 몰라 했다. 거절하고 싶어도 명분이 없었다. 명분이야 세우면 있겠지만 그걸 개진할 용기가 없었다.

"장군, 아시다시피 나는 국정을 맡아 만백성을 다스릴 만한 재목이 못 되오."

"아닙니다. 나서셔야 합니다."

결국 안경공 창은 임연의 강권에 따라 보위에 올랐다. 등극하자 참지정사 이장용은 임연에게 소곤거렸다.

"원경에 사절을 보내셔야 합니다."

"그게 무슨 말이오?"

"아국 국정 문제를 트집 삼아 몽고가 다시 대군을 일으켜 침략해 올지도 모릅니다. 그런 화는 미리 막으시는 게 좋겠습니다."

"으음, 그렇군. 그럼 어떻게 해야 하지요?"

"금상께서는 오랫동안의 숙환으로 더 이상 정무를 볼 수 없어 아우인 안경공에게 손위를 하게 되었다는 내용만 알리면 되겠지요."

"그 사절은 누구로 해야 하오?"

"중서사인中書舍人 곽여필이 좋겠습니다. 그런 다음 또 하실 일이 있습니다."

"그게 무엇이오?"

"선왕先王을 따르는 중신이나 그 당여黨與가 조야에 아직 많이 남아 있습니다."

"그렇지 않아도 뿌리를 뽑으려 하고 있소."

"서두르시면 안 됩니다. 하나하나 서서히 제거를 해야 합니다. 그러기 위해서는 친병親兵 조직이 필요합니다."

"친병?"

"가장 신임할 수 있는 부하들로 구성하여 선왕과 대신들이나 장수들의 거동을 일일이 감시하여 사전에 모의를 못하게 해야 합니다."

"그것 참 좋은 생각이군, 당장 착수하겠소. 50여 명만 돼도 되겠군?"

임연은 이장용의 의견을 받아들여 곧 비밀 사병 조직에 착수했다. 그런 뒤에 고문庫門을 열고 병량兵糧을 방출하여 불만에 찬 삼별초의 군사들을 달랬다. 처우 개선이 정변의 가장 큰 이유였던 것이다. 그러나 그것도 미봉책에 불과했다. 워낙 국고가 말라 있었기 때문에 앞으로가 난감했다. 게다가 몽고와의 대치 상태가 계속되고 있었고 거듭되는 정변의 악순환 때문에 국정은 파탄 직전까지 와 있었다. 이러한 난국을 떠맡은 임연은 대체 어찌해야 할지 몰라 우왕좌왕할 뿐이었다.

한 달이 지난 후 몽고에 갔던 사신 곽여필郭汝弼이 돌아왔다. 그는 몽고의 사신인 알탈아불화斡脫亞不花를 대동하고 있었다. 알탈이 품속에서 꺼낸 몽고 황제 쿠빌라이의 답서는 협박장이나 다름없었다.

"고려 국왕 원종에게 과실이 있다는 말을 짐은 일찍이 들은 바도 없고 그가 건강이 나쁘다는 것도 들은 바가 없다. 설사 과실이 있다면 우리 조정에 고하고 나의 조처를 기다려야 마땅하거늘 신하된 자로서 임금의 폐립을 마음대로 자행하다니 그럴 수가 있느냐. 다시 복위를 시키지 않으면 후회할 일이 있으리라."

쿠빌라이는 원종을 복위시키라고 강력하게 요구하고 있었다. 답서를 받은 임연도 아연할 뿐이었다. 그는 이장용을 찾았다.

"어쩌면 되겠소?"

"추밀원부사 김방경을 쿠빌라이에게 보내십시오. 김방경은 몽고에 두 번이나 사신으로 다녀왔고 쿠빌라이의 신임을 받고 있소이다. 그를 시켜서 건강 때문에 만부득이 양위를 하여 신왕이 들어선 것이라고 설득하도록 하십시오."

임연은 그 말이 좋다 하여 김방경을 새로운 사신으로 보냈다. 그러나 한 달 후에 다시 돌아온 김방경도 좋은 소식은 가지고 오지 못했다. 쿠빌라이는 아직도 화를 내고 있으며 구왕舊王 원종 형제와 임연의 입조入朝를 요구하고 빨리 복위를 시키라고 하더라는 것이었다.

"갈수록 태산이군. 그걸 거부하면 어찌 되지요? 다시 몽고는 침략 대군을 보내겠지요?"

"물론입니다."

이장용도 한숨을 내쉬었다.

"이젠 군량도 다하고 버틸 힘이 없으니 어찌하면 좋소?"

그렇게 걱정이 태산인데 서북면西北面에서 급보가 날아들었다.

"서북면 병마사兵馬使의 기관記官 최단이 반란을 일으켰습니다. 서경 유수留守 판관判官을 죽이고 몽고군에 항복했다 합니다."

"뭐라구? 최단이?"

놀라운 소식이었다. 또 다른 제2의 홍복원이 나타났던 것이다. 압수(압록강) 유역의 서북면을 다 몽고군에게 바치고 항복했다는 것이었다. 몽고는 안무고려사安無高麗使라 하여 장수 몽구토蒙哥篤에게 대군을 인솔케 하여 서북면을 손에 넣고 동녕부東寧府라 개칭했다.

이쯤 되니 임연으로서도 더 이상 버틸 수 없다는 생각을 갖게 되었다. 몽고에게 무릎을 꿇지 않을 수 없는 막다른 골목에 들어섰던 것이다. 그는 우선 자기 손으로 몰아낸 원종을 다시 복위키로 결심했다.

서북면에서 최단이 반란을 일으켜 몽고에 항복하고 몽장蒙將 두련가頭輦哥가 대병을 이끌고 국경을 위협하자 임연은 몽고의 압력에 굴복하여 폐위했던 원종을 다시 복위시킬 수밖에 없었다. 이것은 임연이 스스로 쟁취한 패권을 내놓는 결과가 돼버렸고 결과는 정변을 일으키지 않은 것만 못하게 되고 말았다.

"이게 대체 어찌 된 일이오?"

강쇠가 어이없다는 듯이 김통정에게 물었다.

"글쎄, 나도 어안이 벙벙할 뿐이다."

"호랑이 가죽을 쓴 늑대에 불과하지 않소? 임연이 그렇게 허약한 사람인 줄은 몰랐습니다."

"그러게 말이다. 하긴 누가 대권을 맡아도 그럴 수밖에 없었을 게다. 오랜 전란으로 국고는 완전히 비어 나라 살림은 거덜이 나 있는데다가 몽고군은 계속해서 내침을 하고 군사를 먹일 군량조차 없는데 어쩌겠느냐?"

"결국 고려는 몽고의 속방이 되고 말겠군요? 지금 쫓겨난 임금은 몽경蒙京에 있습니다. 다시 복위를 시킨다고 해 김방경이 임금을 모시러 갔습니다. 쿠빌라이가 뭐라 할까요? 내 덕에 다시 복위를 하게 됐으니 앞으로는 내 말대로 따라야 한다고 하겠지요?"

정국은 강쇠의 예상대로 돌아가고 있었다. 복위가 결정되어 귀국하는 원종을 인견하는 자리에서 몽제 쿠빌라이는 결정을 내리고 떠나라 했다.

"출륙 환도還都를 하고 화친 협약을 맺도록 하라. 그리 되면 우리 몽고제국은 향후 고려의 안전을 보호해 줄 것이다. 약조하겠는가?"

"하겠습니다, 폐하."

원종은 쿠빌라이의 요구대로 따르겠다고 서약했다.

"그리고 세자世子를 이곳에 두고 공부를 하게 하고 내 딸과 혼인을 시키겠다. 이의 없느냐?"

"없습니다."

원종은 그것까지 승낙했다. 세자는 원종을 이어 고려 국왕이 되는 것이다. 그런데 그 세자비를 쿠빌라이의 딸로 정하겠다는 것이었다. 이것은 고려를 몽고의 속국으로 영원히 묶어두려는 정략에서 나온 것이었다. 고려를 사위국으로 만들어 역대 국왕을 몽고인으로 동화시키자는 것이었다.

굴욕적인 약조를 하고 원종은 몽고를 떠나 강화로 귀국하여 다시 임금이 되었다. 복위를 하자 다시 친왕파의 중신들이 기를 펴게 되었고 상대적으로 임연 측은 위축이 되었다. 강화를 떠나 개경으로 환도한다는 소문이 떠돌기 시작했다. 군사들이 술렁이기 시작했다. 환도를 한다는 건 바로 몽고에 항복을 한다는 말이나 다름없고 항복을 하게 되면 군사들은 실직하게 되는 거나 마찬가지였다. 실직을 하게 되면 당장 생계가 막연해지고 가족들은 굶게 된다. 몽고의 속국이 되더라도 군사는 필요한 것이고 군사를 유지하려면 응분의 대우를 해주는 게 아니냐고 주장하는 사람들도 많았지만 대부분의 군사들은 항복이 곧 군대 해산이고 해산이 실직이라고 믿기 시작했다. 신분 고하를 막론하고 군사들의 사기는 엉망이었고 그들의 신경은 날카로워질 대로 날카로워지고 있었다. 걸핏하면 시비가 붙고 칼부림이 일어났다. 게다가 거돌은 이중고를 당하고 있었다. 두 집 살림을 하고 있는데 실직의 위기가 닥쳐왔던 것이다.

"두 달째예요, 두 달째. 두 달 동안 장작개비 하나 쌀 한 톨 들여오지 않았어요. 뭘 가지고 먹고 살란 말이지요?"

"……"

"왜 말이 없어요. 지난 두 달 동안 받은 녹봉은 대체 어느 년한테 가져다주었어요, 네? 왜 말을 못해요?"

거돌의 처는 입에 거품을 물고 추궁했다.

"녹봉 구경 못한 지가 언젠데 그래? 제대로 나오면 왜 안 가지고 오겠어?"

"뭐가 어쩌구 어째요? 구경도 못해? 별초외창別抄外倉에 내가 안 가본 줄 알고?"

"뭐여? 무슨 소리야?"

"하도 답답해서 외창에 가서 알아봤어요. 녹봉이 왜 계속 안 나왔느냐고 말예요."

"그랬더니?"

"나왔대요. 지난달에는 쌀 닷 말씩 하구 장작 스무 단 하구 소금 두 되, 지난달에도 똑같이 나왔대요. 그럼 우리 걸 달라고 했더니 꼬박꼬박 다 가져갔는데 왜 또 달래느냐고 그러대요?"

"……난 받은 일 없어."

"그럼 거돌이란 귀신이 받아갔단 말이우?"

"그런지도 모르지."

"말 같은 소릴 해요. 대체 어느 년을 숨겨놓고 먹여 살리는 거여요, 네?"

"이게 왜 이래?"

"그게 다 어디루 갔느냐 말야, 어디루! 누가 거짓말을 하고 있는지 함께 가보면 알게 아냐? 일어나요. 어서 함께 가보자고."

처는 거돌의 팔을 잡아 일으켰다.

"왜 못 일어나? 일어나!"

"이년이!"

거돌은 저도 모르게 뺨을 갈겼다.

"왜 쳐! 니가 잘 해준 게 뭐가 있다구 치는 거야, 응?"

"이게 미치려고 환장을 했나? 가만있지 못해?"

또 한 번 갈겼다.

"오늘 내일, 우리가 사느냐 못 사느냐 그런 마당이야. 한두 번

녹봉 못 받는 게 문제가 아니라 이제는 영원히 못 받게 된다구. 알았니, 알았어? 안 그래도 미칠 지경인데 왜 불을 붙여? 왜? 에이!"

분통을 터뜨리던 거돌은 자리에서 벌떡 일어났다. 처는 방바닥에 주저앉으며 울음을 터뜨렸다. 거돌은 밖으로 나가버렸다. 갈 데도 만만치 않아 주막에 가서 술 몇 잔을 마시고 마음을 달랬다. 주막 밖으로 나온 그는 향림이 숨어 사는 동네로 발길을 돌렸다. 용골 동네에 방을 하나 얻어 살고 있는 향림은 거의 외출을 않고 있었다. 신분이 드러나면 안 되었던 것이다.

"어디서 술을 마셨어요?"

"음음."

"아주 기분이 우울해 보이네요?"

"냉수 한 그릇 좀 주겠소?"

"기다리세요."

냉수를 떠온 향림은 몹시 걱정스러운 얼굴을 하고 있었다. 머리는 쪽을 질 만큼 길었지만 향림의 얼굴은 초췌해 있었다.

"기분 나쁜 일이 있었어요?"

"아니, 아니오."

한숨을 내쉬며 거돌이 억지로 웃었다.

"저기, 말해도 좋을지 모르겠어요."

향림은 망설이더니 거돌의 손을 잡아 제 아랫배로 가져갔다.

"나아, 저어."

"왜 그래?"

말랑거리는 아랫배를 쓸어주며 거돌이 향림을 바라본다.

출륙환도出陸還都 413

"애를 가진 것 같아요."

"뭐라구? 아일?"

"응."

"허."

거돌의 표정이 묘하게 이지러졌다. 애가 생기고 아버지가 되다니 왠지 믿어지질 않았던 것이다.

"그, 그럼 어떡해야지?"

"낳아야지요, 뭐."

"음? 허."

거돌이 향림의 손을 잡고 어쩔 줄 모르고 있을 때 방문이 벌컥 열렸다.

"아니?"

거돌은 깜짝 놀라서 들어오는 사람을 바라보았다.

"누구시죠? 누군데 함부로 들어와요?"

향림이 두려운 얼굴로 물었다. 들어온 사람은 여자였다. 그 여자는 향림을 싹 무시한 채 거돌을 노려보고 있었다. 머리채가 풀려 있고 두 눈이 이글이글 빛나고 있었다. 거돌의 처였다.

"숨겨놓은 계집이 없다구?"

"……"

"흥, 할 말 있으면 해보시지? 아이구, 분해."

거돌의 처는 부르르 몸을 떨었다.

"너도 통이 큰 년이다. 아예 살림까지 차렸구나? 언제부터 차렸니, 응?"

"……"

향림은 당황한 채 두려움에 떨 뿐이었다. 그 기세로 보아 당장 머리채를 잡아 마당으로 끌어낼 듯했던 것이다.

"이게 여기가 어디라고 쫓아와서 그래? 뭘 알지도 못하면서?"

"뭐가 어째?"

"이분은 내가 모시고 있던 아씨야. 사연이 있어 이곳에 잠시 기거하신다. 그래서 내가 가끔 도와드린 거야."

"모시고 있던 아씨? 잘도 둘러다 붙이시는구먼?"

"정말이야."

"그럼 데리구 나와요. 관에 가서 대질해 보겠어. 어느 댁 아씨인지. 만일 거짓말이라면 각오를 해요. 자, 일어나요, 어서!"

서슬이 퍼랬다. 거돌은 아차 했다. 말을 잘못 꺼냈던 것이다. 드디어 일은 터지고 말았다. 거돌의 처는 성질을 내고 화를 터뜨리더니 방문을 걷어차고 밖으로 나가버렸다.

"어떡하지요? 나가보세요."

향림은 어쩔 줄 모르며 거돌을 바라보았다.

"내버려둬요. 저 하고 싶은 대로 하게."

화를 이기지 못한 거돌은 얼굴을 붉히고 씩씩거렸다. 거돌로서도 이런 경우에 대체 어떻게 대처해야 할지 알 수 없었던 것이다.

"언젠가는 이런 일이 있을 줄 알았어요. 어떡하면 좋아요!"

"너무 염려 말아요."

거돌은 문을 박차고 나간 아내를 무시하는 투로 얘기했지만 정작 밖으로 나간 아내는 일을 저지르고야 말았다. 얼마 안 되어 관원官員을 데리고 들이닥쳤던 것이다.

"바로 저 여자예요. 신분을 좀 철저하게 조사해 봐요. 몽고 사람하고 내통하고 있는 것 같거든요."

"몽고?"

놀란 것은 거돌과 향림이었다. 몽고와 내통을 하고 있다면 내간(內間:첩자)이 아닌가.

"따라와요."

관원은 향림에게 턱짓을 하며 나오라고 했다. 거돌이 가만있을 수가 없어 나섰다.

"이거 봐요. 이 여자는 미친 여자야. 제정신이 아냐, 함부로 하는 말을 어떻게 믿는다고 그러는 거야?"

"흥, 이젠 날 미친 년 취급을 하는구먼? 잡아가요. 저놈도 같은 놈이란 말야."

처가 고함을 질렀다.

"당신은 뭐요?"

관원이 거돌 앞으로 왔다.

"보면 모르나? 삼별초 기총旗摠이야."

기총이라면 장교급에 속한다.

"정말이오?"

"아니면 왜 군복을 입고 있나?"

"그건 그렇지만 일단 관가로 가십시다. 가서 조사를 해봐야겠소."

"가긴 왜 가나? 왜 남의 집안싸움에 끼어드나?"

"집안싸움이든 집 밖 싸움이든 내가 알 바 아니오. 좌우지간 가서 얘기합시다. 이봐요, 당신도 따라와요."

관원은 거돌의 처에게도 같이 가자고 했다.

"허, 이봐요. 가정 싸움이라니깐 왜 이러나. 이쪽은 내 처고 이쪽은 내가 잘 아는 아씨야. 그런데 내 처가 오해를 하고 이러는 거라구."

"오해든 사해든 가서 얘기합시다. 저 여자가 이 여자를 내간으로 고발한 이상 그냥 돌아갈 수는 없으니까 어서들 갑시다."

거돌로서도 더 이상 어찌 해볼 도리가 없었다. 세 사람을 각기 다른 방에 있게 하고 하나씩 불러서 조사를 했다. 그곳은 강화수영江華水營에 속해 있는 좌수군左水軍 영내였다.

영장은 한 사람씩 불러 이것저것 자세히 물었다.

"하나는 정처고 하나는 측실이라구?"

영장이 거돌에게 물었다.

"그렇습니다. 시앗 싸움에 불과합니다."

"그중에 측실은 언동이 아주 수상해."

"무슨 말입니까?"

"이름은 물론 출생지, 부모 성명조차 대지 않으려고 한단 말야. 끝까지 입을 열지 않고 있어. 틀림없이 자네 정처가 말한 대로 그 여자는 배를 타고 잠입한 몽고의 내간이야"

"처, 천만의 말씀입니다."

"당신도 수상해. 당신을 통해서 측실은 우리 군기軍機를 빼내어 몽고에 보내오고 있었으니까."

"이거 보시오. 그 여자는 내가 모시고 있던 주인 아씹니다."

여기서 말꼬리를 잡혔다. 대체 어디서 어떤 사정으로 모시게 된 아가씨이며 누구의 딸인지 얘기하라는 것이었다. 거돌은 시달리다 별 수 없이 김인성의 딸이라는 걸 밝히게 되었다. 영장은 확인해 보겠다더니 이튿날 난데없이 군사들이 들이닥쳤다.

"왜 이러나? 난 삼별초 기총이다."

"할 말 있으면 형부刑府에 가서 하시오."

"형부!"

군영 앞마당에 나오고 나서야 거돌은 돌변한 상황을 직감했다. 수레 한 대가 와 있었는데 그 수레에는 대신급의 한 사내가 앉아 있었던 것이다.

'앗? 병부시랑 김방경이다!'

그 대신은 다름 아닌 김방경이었다. 그는 향림의 오라비였다. 김방경은 잡혀 나온 거돌 쪽은 보지도 않고 오열을 터뜨리고 있는 향림을 수레에 태우도록 한 후 떠나버렸다.

'아, 끝장이구나.'

〈상권上卷 끝〉